Sois forte, Lucia

Du même auteur

Romans :

L'exilée, Éditions Le temps des Cerises, juillet 1997
Sois forte, Lucia, Éditions Gatuzain (1re édition avril 2007 ; 2e édition juin 2007)
L'exilée, Éditions Gatuzain, juin 2009
La valse de l'oie, Éditions Gatuzain, octobre 2009
Le mur des absents, Éditions Gatuzain, avril 2014
L'exilée, Éditions Cairn, novembre 2015
J'ai quelque chose à te dire, Éditions Cairn, avril 2016

Recueils de Nouvelles :

Nouvelles d'ici, Éditions Sorgin Beltz, mai 1987
Retour d'exil, Éditions Orbia, mars 1997
Souvenirs d'ici et d'ailleurs, Éditions Gatuzain, décembre 2011

Romans traduits en espagnol :

Se fuerte Lucia, Éditions Txalaparta, février 2009
El vals de la oca, Éditions Txalaparta, septembre 2010
La exiliada, Éditions Txalaparta, août 2012

Photo de couverture :
Les photos de couv sont extraites d'Iñaki Egaña, 1936. Guerra Civil *en* Euskal Herria, *Andoain, Aralar Liburuak, 1998-2000.*

ISBN : 978-2-35068-428-4

Marie José Basurco

Sois forte, Lucia

éditions Cairn

Préface

C'est l'histoire d'un double amour. Amour de Lucia pour un homme, le beau Mikel, qui l'adore ; amour pour le peuple basque auquel tous deux appartiennent et dont le sombre destin va marquer l'union des amants du sceau de la tragédie.

L'exilée avait révélé le grand et singulier talent de Marie José Basurco. Alors que le roman français sombre dans les eaux tiédasses du nombrilisme, elle lance ses personnages sur la houle océanique de l'Histoire. Elle sait tricoter ensemble l'intime et le public, la recherche têtue du bonheur et le fracas de l'événement saccageur de vie. Au terme de la guerre d'Espagne, Mikel écrit dans son journal : *Lucia s'est érigé des défenses infranchissables, mieux qu'un vieux militaire chevronné, pour se protéger du malheur. Elle ne vit que pour le bonheur de l'instant, habitée par une soif que je ne peux étancher.* Hélas, le mot « infranchissables » est trop optimiste : le malheur accompagne et endeuille la vie des Basques depuis le putsch franquiste jusqu'à nos jours. Tous les Basques ? Au moins ceux d'entre eux, et ils sont innombrables, qui, se voulant Basques, entendent être reconnus en tant que tels, parler leur langue, faire perdurer une antique culture, décider de leur présent comme de leur futur, jouir enfin de ce droit reconnu à tous les peuples de disposer d'eux-mêmes. De ceux-là, le moins qu'on puisse dire est que l'existence ne s'est jamais déroulée devant eux comme un tapis de roses.

Roman politique? Assurément. Comment en serait-il autrement quand les deux héros se trouvent, dans la fleur de leur jeunesse, précipités dans un tourbillon politique qui ne s'est jamais apaisé, fût-ce après la mort de Franco? Mais ce serait mutiler l'ouvrage de Marie José Basurco que de le réduire à cette dimension. Son fil rouge, c'est la quête obstinée du bonheur qui ne cesse d'animer Lucia. Un bonheur qui semble inscrit au programme quand, jeune et belle étudiante, elle rencontre à Bordeaux un Mikel très séduisant, par ailleurs rejeton d'une famille aussi riche que puissante, propriétaire à Bilbao d'une aciérie et de prospères chantiers navals. Deux enfants naissent en 1934 et 1935. Tout va bien. Mais la révolte des Asturies, cruellement réprimée par Franco, frappe les trois coups d'un drame qui n'aura plus de fin. Lucia – et c'est là sa grandeur – n'abdique pas devant l'événement. Son goût des choses de la vie résiste à la lente et irrésistible montée des forces de la mort. À propos de Marie José Basurco, on a déjà évoqué la grande Colette. C'est ici la même sensualité, l'insatiable appétit pour les nourritures terrestres et le corps de l'homme aimé, la même faculté de trouver, au cœur de la nuit la plus opaque, des raisons d'espérer. Amoureuse passionnée et mère protégeant ses enfants avec une énergie léonine, cette Lucia, qui inspire trop bien sa créatrice pour ne pas lui ressembler beaucoup, nous fait plus d'une fois penser à Scarlett O'Hara, l'inoubliable héroïne d'*Autant en emporte le vent*, comme elle supérieure au chaos historique dans lequel elle est plongée et ne renonçant jamais, même aux heures les plus noires, à son droit au bonheur.

Le second personnage du livre est le peuple basque lui-même, dont Mikel incarne toutes les vicissitudes. On ne déflorera pas ici les violentes péripéties que vit le héros : les lecteurs et les lectrices les découvriront au fil des pages haletantes. Que de bruit et de fureur ! Et quel martyrologe…

La trahison est à la source de cette rivière de sang et de larmes qui ne cesse de traverser le Pays basque. Pourquoi les démocraties se sont-elles abstenues de soutenir la République espagnole alors que Franco recevait le soutien militaire de l'Allemagne nazie et de l'Italie fasciste ? Et pourquoi, après avoir abattu les dictatures d'Hitler et de Mussolini, ces mêmes démocraties se sont-elles si bien accommodées de celle de Franco ? Pourquoi le pape Pie XI n'a-t-il même pas frémi quand les bombes allemandes écrasèrent Gernika ?

Pourquoi de Gaulle n'a-t-il pas tenu la promesse faite au chef du Bataillon Gernika qui venait de s'illustrer à la pointe de Grave : « Commandant, la France n'oubliera jamais les efforts et les sacrifices accomplis par les Basques pour la libération de notre sol » ? Pourquoi cette France qui se pose si volontiers en championne des droits de l'Homme consent-elle depuis des décennies à livrer à la torture les militants basques réfugiés sur son sol ? Sinistre litanie…

Nul doute que le beau roman de Marie José Basurco sera très lu au Pays basque. On espère que son audience s'étendra bien au-delà de ses frontières. Écrit dans un style qui confirme, s'il en était besoin, le grand talent de son auteur, peuplé de personnages hauts en couleur, souvent poignant, toujours passionnant, susceptible de captiver même les lecteurs qui ne s'intéressent pas à l'Histoire, il est aussi l'inoubliable témoignage de la tragédie d'un peuple.

Gilles Perrault

Gracias a la vida que me ha dado tanto.
Violeta Parra

Si l'écho de leurs voix faiblit, nous périrons.
Paul Éluard

À Joseba, à mon père, mes deux absents.

Première partie

I

« Voilà ! » ai-je dit, pour mieux résumer ma situation.

Voilà ! Ainsi va la vie, je n'ai rien d'autre à ajouter.

Je n'ai d'ailleurs aucune envie d'en dire plus. Les mots sont coincés entre mon cœur et ma gorge.

Je n'en veux à personne pour le silence qui m'habite désormais.

Je n'en veux à personne pour la brume épaisse et humide qui étouffe la ville depuis cinq jours, paraît-il, et nous a maintenus au large des côtes un jour de plus.

Mon avenir ne m'appartient plus, il est entre les mains de l'homme qui m'accompagne, Xabier de Urresti. C'est lui qui décide pour moi, après m'avoir expliqué avec une patience infinie l'intérêt de mes actions placées, déplacées, replacées.

« Je m'en moque comme de l'an quarante ! » ai-je envie de lui hurler aux oreilles quand, penché sur les documents, il me montre les lignes que je suis censée lire et que je ne lis pas, avant de les signer. Je suis bardée des recommandations d'Anastasio au regard gris et froid.

Je ne suis pas à plaindre, je suis à l'abri, j'ai des protections.

Je pense aux autres femmes comme moi et qui n'ont rien, elles ! Je n'arrête pas d'y penser, je les vois dans les rues. Je les croise. Je ne vois qu'elles et le noir qui les enveloppe. J'irai mettre des cierges dans toutes les églises de la ville pour ne plus les croiser, ne plus les voir, mais je ne crois plus en rien. Je n'irai pas mettre de cierges.

– Bien ! vient de conclure Gracieuse Lasserre en me regardant, si vous le voulez bien, nous pourrions y aller maintenant.

Et nous l'avons suivie, Xabier et moi, dans les rues de la ville aux trottoirs gras d'humidité.

– Attention, n'allez pas glisser, recommande Gracieuse Lasserre avec son joli sourire, emmitouflée dans son beau manteau.

Je souris. Absente. La brume est épaisse. Tant mieux. Je ne veux rien voir.

Depuis le navire, et la peur qui nous collait les uns aux autres, dans un silence de plomb, au large des côtes, la clémence m'a désertée. J'étais, je suis, je crois, devenue absente à ma propre vie, et même la peau tendre de mes enfants ne m'emplit plus de béatitude. Tous les « Jesús » étouffés cette nuit-là lorsque la peur faisait monter aux lèvres des mots vite avalés – « Jesús ! Jesús ! » – m'ont rendue sourde aux prières, sourde à tout.

– Nous y sommes, vient de dire Gracieuse Lasserre en ouvrant une belle porte cochère peinte en vert sombre.

Nous entrons dans une cour d'où s'échappe, vers les hauteurs, un majestueux escalier de pierre, à la somptueuse rampe de fer forgé.

– L'ascenseur – magnifique lui aussi – ne dessert pas le quatrième et dernier étage où nous allons, sourit Madame Lasserre.

– Aucune importance, se croit obligé de répondre Xabier.

Nous prenons l'ascenseur puis l'escalier. Une porte unique s'ouvre sur le large palier.

– Nous y voilà ! Entrez s'il vous plaît, sourit toujours Gracieuse Lasserre, femme comblée et heureuse de vivre apparemment.

J'entre. Suivie de Xabier, homme exquis, poli à l'extrême, qui sait se déganter pour vous serrer la main.

L'air est glacé et sent le renfermé des appartements inhabités depuis des siècles, même si Gracieuse Lasserre vient de nous dire qu'il est fermé depuis « seulement » deux ans.

Il est beau, l'appartement, il est vaste, il a une vraie salle de bains – divine, aurais-je dit un autre jour –, une immense cuisine avec une cheminée d'angle où l'on peut s'asseoir sous le manteau.

Mon œil enregistre tout. Les quatre belles chambres de chaque côté du grand couloir, le double salon et les cheminées de pierre blanche.

– Est-ce que cela vous plaît ? interroge Gracieuse Lasserre.

Je dis « Oui bien sûr » avec un petit sourire en coin, un petit sourire forcé.

– Oh ! tant mieux, car il y a une surprise.

Et quelle surprise ! Une terrasse entre les toits, grande comme le pont d'un navire sous la brume. Une terrasse conçue pour faire l'amour les nuits d'été sous les étoiles, mes mains agrippées à ses belles épaules.

– La brume est tenace, elle cache l'horizon, dit Madame Lasserre, d'ici vous voyez la Nive et les flèches de la cathédrale, de là… d'ici…

Je n'écoute plus. L'horizon pour moi n'a plus qu'une ligne, celle du *cinturón del Hierro*(1), mon cœur est resté là-bas dans le ciment, ici, dans ce bel appartement qui est désormais le mien, je vais attendre qu'il se défasse de sa gangue de pierre et qu'il se remette à battre, à vivre.

– Ne craignez rien, ajoute Xabier, c'est un très bon investissement. Anastasio sera rassuré.

Nous sommes dans la brume dehors.

– Il va geler cette nuit, a dit Gracieuse Lasserre en nous quittant un peu plus tôt et en nous remettant les clés de l'appartement – un lourd trousseau qui pèse dans la poche de mon manteau.

1- Traduction et explication des mots en basque et en espagnol page 405 (note de l'éditeur).

Nous marchons sur le boulevard. Xabier m'explique ce que je vais pouvoir accomplir dès demain. Il me laisse carte blanche pour l'aménagement, et toute cette liberté d'action, pour moi qui n'ai jamais aimé compter, plombe un peu plus la poche de mon manteau et me donne un air penché à gauche, vers Xabier en fait, et la buée blanche qui sort de sa bouche dans l'air glacé.

Dès demain, si je le veux, je ne ferai plus partie de l'importante tribu qui occupe une splendide villa du quartier des Arènes, que Xabier a achetée à un prince russe et alcoolique.

Une immense villa où je vis depuis cinq jours avec mes enfants.

Le soir venu, autour de la table, où Xabier insiste pour que je sois alors que je préférerais dîner avec les enfants à l'office, chacun me donne son avis : « Vous avez tout votre temps avant de nous quitter », ou encore : « Rien ne vous presse, laissez passer les premiers froids, vous venez juste d'arriver. »

Dans le brouhaha des voix, chacun protège de sa propre détresse la détresse de l'autre.

Il y a trois services tous les jours dans la grande maison des Arènes, pour la trentaine de personnes qui y cohabitent, avec une cuisinière qui dort dans l'office sur un lit pliant et trois jeunes bonnes, exilées elles aussi.

Plus en exil que nous tous. Surtout elle, Incarnacion, qui n'a plus rien là-bas. Qu'un tas de ruines et des corps ensevelis. Combien de personnes ? « Huit », répond-elle, le regard ailleurs, la grand-mère aussi, elle avait quatre-vingt-cinq ans.

Il se dit que Xabier a placé à la banque un petit pécule pour chacune d'entre elles. Pour elles qui n'ont jamais rien eu et n'ont plus rien.

Un jour, elles pourront s'acheter un petit quelque chose, ici ou ailleurs. Cela n'a pas d'importance, ici ou ailleurs, quand on est en exil. Incarnacion, qui n'a plus de grand-mère, ni de père, ni de mère, ni de frères, ni de sœurs, s'occupe avec amour des enfants des autres. Elle les prend dans ses bras, quand elle ne sert pas à table ou qu'elle ne s'active pas dans la cuisine. Elle sourit. Elle chante. J'entends sa voix chaude qui les berce.

Honte à toi, Lucia, me dis-je. *Prends exemple!*

Les berceuses viennent mourir sur mes lèvres, je murmure dans la nuit, en berçant Flora, une note grave. Une même note. Et je caresse son petit crâne jusqu'à ce que le sommeil me gagne.

Le matin, depuis que je vis chez Xabier, je me réveille encore toute surprise dans une autre chambre, dans une autre maison, avec d'autres voix, d'autres bruits. Puis mon regard se porte sur le divan bas où dorment, l'un contre l'autre, Julian et Manuela, mêmes boucles mêlées, mêmes poings serrés, sur l'oreiller, mes enfants, si doux, emportés malgré eux par une lame de fond, échoués dans cette grande maison où ils ne connaissent personne.

Je m'en veux des regards inquiets qu'ils portent sur le monde où ils sont obligés de vivre.

Je m'en veux d'être aussi peu mère et je me promets d'être à nouveau la jeune femme vive qui sait déclencher leurs rires espiègles. J'attends qu'ils se réveillent pour leur dire, tandis que je les habille, que très très très vite nous allons vivre tous les quatre ensemble, sans personne d'autre.

– Sans personne d'autre? a demandé Julian de sa petite voix fluette.

– Sans personne d'autre, ai-je confirmé.

– Et *Aita,* alors?

– *Aita* est loin, ai-je répondu.

Ne pleure pas Lucia, s'il te plaît, sois forte! Pense aux enfants.

Et sous leurs regards, j'ai ajouté d'une voix que j'ai voulu assurée:

– *Aita,* il se bat.

J'ai su qu'il y a des mots qui parfois ne veulent rien dire, quand Julian a haussé les épaules et qu'il a conclu avec une petite moue:

– Ah! bon.

Le déjeuner battait son plein dans la très belle salle à manger où un poste de TSF donnait des nouvelles à chaque heure du jour dans l'odeur du café et du pain frais ce matin-là. Les mines étaient grises.

Un homme élégant se tenait aux côtés de Xabier. Le bel homme, ministre du Gouvernement Basque, revenait de Barcelone où il était allé chercher des secours. Il était porteur des listes des fusillés de Donosti, que tenait entre ses mains tremblantes *Abuelita.*

J'ai salué le ministre comme il se doit, et il m'a proposé la lecture des listes ; il en détenait plusieurs copies.

Je me suis adossée au mur du salon et j'ai lu :

Ont été fusillés depuis le 13 septembre : Dominika Artola Etcheverria, Jose Manuel Arregui, Modesto Arizcuren Murillo, Jose Mari Larrañaga, Manuel Artola Iraola, Jose Arizabalaga Pildain, Angel Balzola Ituarte, Ignacio Picabea, Anastasio Arbella Aguirre, Josefa Echeverria Imaz, Petra Landa Zubiaga, Antonio Arzac Echave, Buenaventura Emaldi Osa, Rogelio Esparza Esparza, Maria Gastezi Garciandia, Juan Imaz Borda, Jose Isasa Azcue, Teresa Tellechea Lagie, Eloisa Varga Lomera, Jeronimo Zubeldia Aranburu...

Je n'ai rien laissé paraître de mon trouble même si j'ai croisé le regard de Xabier fixé sur moi.

J'ai rendu les listes des fusillés au ministre et je suis partie à la recherche d'Incarnacion.

– Je dois partir, lui ai-je dit, est-ce que je peux te laisser les enfants ?

– Oui, bien sûr. Je vais m'en occuper, ne crains rien. Fais ce que tu as à faire.

Les larmes qui coulaient le long de ses joues, j'ai feint de ne pas les voir.

Je me suis éloignée, lâche, égoïste, vers la porte d'entrée, après avoir avalé un thé brûlant qui m'a saisie.

Il avait bien gelé durant la nuit et la brume avait disparu. Le ciel était clair, d'un bleu métallique, les arbres, blancs de givre, s'égouttaient sur le trottoir. J'ai couru et je suis arrivée essoufflée à mon rendez-vous.

Elle était à l'heure, Gracieuse Lasserre, enveloppée dans son manteau de fourrure. Elle m'a accueillie de son joli sourire, et je ne sais pourquoi, j'ai su qu'elle venait d'entrer dans ma vie pour toujours.

Nous avons revisité l'appartement, il était glacé.

– Les cheminées fonctionnent mais il faudra les ramoner si vous voulez y allumer du feu.

– Bien sûr. Oui. Oui. Bien sûr.

– Vous aimeriez peut-être une autre couleur sur les murs que ce gris bleuté ?

– Oui. J'aimerais un blanc ou un jaune coquille d'œuf.

– Les balcons qui donnent sur l'avenue sont en très bon état.

Nous en étions là de nos échanges et j'ai pensé que je ne vivrais pas de sitôt dans cet appartement. Mais Gracieuse avait des solutions à tout, et je dois dire que je me suis laissé faire. Xabier m'avait confiée à elle, il semblait très bien la connaître et ce qu'il m'avait dit d'elle était suffisant :

– Elle est une femme de confiance.

Propriétaire d'un bel hôtel et du meilleur restaurant de la ville, son Gascon de mari répondait au doux prénom de Marcel. Elle connaissait tout le monde, Gracieuse, l'électricien, le plombier, le ramoneur, l'ébéniste, les magasins pour la literie, tout en somme.

Avec elle, je suis allée chez Martin Berdot, le quincaillier, pour y passer une commande à faire frémir son gros ventre sous le tablier bleu ; une commande qu'il a écoutée, ses petites mains jointes replètes qu'il frottait l'une contre l'autre : une batterie de cuisine, la meilleure, un service à café, un service de table, un service à verres, une ménagère sur deux tiroirs dans son écrin de velours beige, et d'un même pas, elle m'a traînée chez Monsieur François, l'électricien.

– Un homme en or, m'a dit Gracieuse Lasserre, vous verrez, il sait tout faire en un tournemain.

Le quartier des Arènes m'a vue revenir au pas de course, les joues rougies par le froid, coupable de m'être absentée si longtemps. Coupable d'être futile tout à coup, alors que s'alignaient les noms des fusillés et que les populations fuyaient toujours plus en avant vers Bilbao sous une pluie de bombes.

– Il n'y a plus que des ruines partout, ai-je entendu. – Xabier s'inquiétait pour Anastasio et la belle Arantxa. – Je ne comprends pas, non, je ne comprends pas qu'ils n'aient pas déjà quitté le navire pour le laisser aux rats. Ils ne lui feront pas grâce de son statut parlementaire ; il se trompe. – Ah, a-t-il dit en se tournant vers moi, vous êtes là ?

– Oui, mais je dois repartir, il y a…

Le reste s'est noyé dans un « Chut ! » brutal.

– Chut ! les informations !

Et ils se sont tous réunis autour de l'énorme poste à galène dans un silence religieux que j'ai fui à l'autre bout de la villa, vers les cuisines, vers mes enfants, qu'Incarnacion avait mis à la sieste dans la buanderie. Un autre poste de radio marchait dans la cuisine pour Incarnacion, Ramonita, Lurdes et les plus jeunes gens de la maison.

– Bilbao ne peut pas tomber. Le *cinturón del Hierro* est imprenable. Les fascistes vont s'y casser les dents…

– Et le reste…

– Ils y piétinent devant depuis plus d'un mois.

– Un mois ? Deux mois, oui ! Et cela malgré leurs avions !

– *Puñeta*, si nous avions leurs armes, Mola, Franco et toute leur bande, il y a longtemps…

– Et ces Français qui bloquent les armes !

Tout le monde parle à la fois, l'air dans la cuisine n'est pas le même que dans le salon, il y a ici un goût de révolte. Incarnacion m'a vue. Son regard n'est pas celui de ce matin, la colère fait briller ses yeux.

– Excuse-moi, ai-je dit, je suis en retard.

– Quelle importance ! Ils bombardent la Biscaye à présent, alors quelle importance, le reste !

– Tu as raison, mais je dois repartir. Je n'ai pas terminé avec l'...

Elle ne m'a pas laissé terminer ma phrase.

– Eh bien repars, qu'est-ce que tu veux que je te dise !

J'ai senti dans mon dos les regards rivés sur moi et je n'ai eu qu'une envie : retrouver Gracieuse Lasserre et me noyer dans la futilité.

Ce que j'ai fait tout ce mois de mars 1937.

J'ai retrouvé chaque jour Monsieur François et les peintres qui chantaient à tue-tête « C'était un musicien » de Tino Rossi ou une autre que j'aimais bien et que j'ai fini par fredonner avec eux, « Il pleut sur la route », mais une autre, « Guitare d'amour », que j'écoutais malgré moi, m'assaillait d'une émotion qui faisait dire à Cyprien quand, entre deux coups de pinceau, il me surprenait : « Elle est triste celle-là, hein, jolie madame ? »

J'acquiesçais d'un signe de tête, le regard en peine.

La peinture a séché plus vite qu'ils ne le croyaient et les peintres sont partis ; je me suis retrouvée seule avec Monsieur François, celui par qui la lumière arrive et qui sait faire tenir un crochet dans un gros mur. Il était laid, Monsieur François, d'une laideur même pas avenante. Chauve, avec un restant de cheveux ramenés en arrière avec de la gomina, sur des oreilles largement écartées, un visage sanguin et allongé, un front large sur un nez triste, une grande bouche ouverte sur des dents jaunissantes. Il était si laid que je me suis reposée entièrement sur lui, je lui ai même confié les clés de l'appartement.

Monsieur François ne connaissait pas la guerre d'Espagne. Ou très peu. Parfois il m'en parlait à mots confus, s'il me surprenait à écouter la radio que j'avais achetée pour la mettre dans la cuisine.

Il prenait l'air religieux pour dire :

– Pauvres gens…

Pauvres gens ! Je n'ai jamais su s'il parlait des républicains, des franquistes, des carlistes, des *miqueletes* ou des miliciens. Des morts ou des vivants.

« Pauvres enfants ! disait-il avec le même air religieux quand Incarnacion amenait les enfants dans l'appartement en chantier. Pauvres enfants ! »

Incarnacion haussait les sourcils en secouant la tête, Monsieur François souriait de ce sourire qui fait peine à voir et repartait vers les étagères de la bibliothèque qu'il fixait dans le long couloir, immense bibliothèque où je n'ai rien à mettre. Malgré mes titres et mes actions en banque, je ne possède rien du passé. Ou si peu. Des plans de navires. Un gros cahier à dessins. Un calot de milicienne et son étoile rouge. Deux portraits au crayon. Un paysage. Une splendide couverture de laine rouge. Et des photos. Il est trop tôt pour les sortir des volumineux paquets où je les ai protégées.

Avril s'annonce frileusement. Il y a encore quelques flocons de neige qui s'accrochent aux cimes des montagnes dans le lointain.

Demain, Monsieur François va me quitter et ce matin, alors que, chargée de cadres anciens et du *Mystère Frontenac* de François Mauriac qui gonfle la poche de mon manteau, je ne sais pourquoi je songe à Monsieur François alors que je longe la cathédrale : sans doute parce qu'hier, plus onctueux que jamais, il m'a entretenue de Dieu, comme si Dieu était son cousin.

– Le Bon Dieu (B majuscule, D majuscule), m'a-t-il avoué en serrant une vis, est en chacun de nous. Il suffit de le vouloir pour que vous L'entendiez.

– Ah! oui, et Il vous parle souvent? ai-je interrogé, l'œil brusquement mauvais, tout en maintenant à bout de bras la lourde étagère qu'il fixait au mur.

– Souvent, je ne sais pas, mais en y réfléchissant, je pourrais même dire très souvent.

Et il m'a souri.

Ô Dieu, Vous auriez pu, dans Votre mansuétude, éviter de l'affliger de ce pauvre sourire-là, ai-je pensé méchamment.

– Vous croyez au Bon Dieu peut-être vous-même?

– Non, je ne crois pas au Bon Dieu, je croirais plutôt au Christ révolutionnaire.

L'étagère reposait bien droite à l'horizontale du mur, j'étais satisfaite.

Il n'a pas répondu, Monsieur François, il s'est mis à ranger le tournevis dans la boîte à outils, le Bon Dieu étalé sur son crâne chauve.

Je ne sais pourquoi, sans crier gare j'ai eu une envie meurtrière de lui en décalotter une rondelle avec une lame de rasoir.

J'ai chassé cette pensée impie tandis que d'un coup de pied, Gracieuse Lasserre poussait la porte d'entrée entrouverte, les bras chargés de potées de fleurs, de jacinthes, de jonquilles, de narcisses aux parfums entêtants. Les couleurs sont entrées dans le vaste appartement vide avec Gracieuse. Ces couleurs que j'ai tant aimées avant et dont j'avais peint les murs de notre appartement de Donosti. Il n'y a plus de murs là-bas aujourd'hui, sauf un pan de mur brûlé.

– Elles vous porteront bonheur, vous verrez, dit Gracieuse tandis qu'elle les dépose sur la table de la cuisine.

Elle m'embrasse rapidement, puis elle dit:

– Je reviens, je reviens sans tarder, alors qu'elle referme déjà la porte du vestibule.

Monsieur François ne peut retenir une moue, il graisse les charnières des placards méticuleusement.

Les talons de Gracieuse Lasserre claquent à nouveau sur les pierres plates de l'entrée, elle porte un volumineux paquet.

– Ouvrez! dit-elle, l'œil allumé d'impatience juvénile.

Le lourd paquet, les ficelles de cordes retirées, s'ouvre sur des draps et des taies d'oreiller brodées.

Je dis:

– Non, c'est trop, je ne peux pas accepter.

– Mais oui, il faut savoir accepter. C'est une qualité, savez-vous, Lucie: savoir accepter. Demain soir, vous dormirez dedans et vous penserez à moi, comme cela. Vous voyez, quand on offre on est toujours un petit peu égoïste.

Je souris. Je suis émue mais je ne veux rien laisser paraître.

– Bonsoir Madame Lasserre, bonsoir Madame Lucie, dit Monsieur François, la tête passée dans l'encadrement de la double porte du salon, l'imposante boîte à outils tenue au bout de ses bras. À demain!

– À demain! sourit Gracieuse Lasserre.

Au petit matin, il est là, gominé de neuf, fleurant l'après-rasage à faire tourner mon estomac à jeun. Il fignole, Monsieur François, il est minutieux.

Moi aussi, je le suis, minutieuse, pour les derniers préparatifs. Dans la cheminée de la cuisine, j'amoncelle une pyramide de papiers froissés, de brindilles de fagots de bois et une splendide bûche de chêne fendue en son milieu pour le feu que je ferai demain. Je prépare aussi le feu dans la cheminée du salon et je dispose les pots de fleurs devant les fenêtres – j'en ai acheté d'autres –, elle m'a ouvert un petit appétit, Gracieuse, pour les couleurs – et des bougeoirs sur les cheminées (il y en a six). Je fais les lits, le mien avec les draps brodés et les lits des enfants avec les draps que j'ai achetés. Le savon rond et rose, je le laisse dans son papier de soie pour le déposer à l'angle de la baignoire. Je baigne dans une douce béatitude, je passe de pièce en pièce, j'observe: demain, je serai ici avec mes enfants et je leur montrerai sur la terrasse le beau citronnier dans sa jarre de terre cuite que vient de faire livrer Gracieuse Lasserre à l'instant. Je ne veux pas me souvenir. Mes deux lourdes valises sont l'une sur l'autre dans ma chambre. Je ne les ouvre pas, même si je caresse de ma main leur cuir souple.

Du salon me parviennent des bribes de chanson… *Qu'est-ce qu'on attend pour être heureux…* Je rêve.

Une main frôle ma hanche, la saisit, une bouche dans mon cou remonte vers mes lèvres et les écrase sous un baiser humide, le visage de Monsieur François m'apparaît flou contre le mien. Il me serre de ses larges mains contre lui. Je hurle ou je crois hurler.

Je le repousse de toutes mes forces qui vont plus vite que mes pensées.

– Mais qu'est-ce qui vous prend ? Vous êtes fou ou quoi ? Ça ne va pas, non ? Ça ne va pas ?

Sa main plaquée sur mon sein, il tente un second baiser. Je mords sa lèvre et il recule, le teint blême. Le Bon Dieu a déserté son regard, il saisit sur une étagère une ampoule électrique qu'il jette à terre avec une violence étonnante et se dirige vivement vers la porte d'entrée. Je crie :

– Vous oubliez la boîte à outils ! – et aussi lourde qu'elle fût, je la précipite derrière lui dans l'escalier.

Il y a dans tout l'immeuble un grand bruit métallique, comme un chariot fou qui déraille.

Je referme la porte, les clés sont là posées sur un fauteuil. Ouf ! Merci mon Dieu, et je ne sais pourquoi, je sens poindre au creux de moi un rire puissant qui m'envahit tout entière, avant les larmes que je verse sans pouvoir me calmer.

Beaucoup plus tard, j'ai remonté l'avenue vers le quartier des Arènes. L'air du soir est doux. C'est vraiment le printemps. Demain, je serai seule dans une nouvelle vie avec mes enfants.

Ma dernière nuit est à venir.

Xabier m'attend dans le salon, il me sourit :

– Vous ne serez éloignés que par quelques rues et deux avenues, et vous le savez, la maison pour vous reste ouverte.

Puis en rajustant ses lunettes :

– Les nouvelles du front ne sont pas bonnes, nous avons pu avoir un contact téléphonique avec Anastasio et Arantxa. Ils sont vivants. Mikel a été promu commandant de son bataillon, je pense que vous en êtes fière.

– Très fière.

Et je n'ai rien ajouté.

J'ai voulu plus tard m'endormir au creux de mon lit dans la grande maison.

Il vivait donc, Mikel, il était vivant et commandant. Il occupait une position sur le *cinturón del Hierro*. Une position avancée et imprenable, paraît-il, avec six cents hommes ou quatre cents, je ne sais. J'étais loin d'en être fière. Je transpirais de peur sous les draps. Son uniforme de commandant ne le protégerait pas des bombes ni du peloton d'exécution. Je lui en voulais, à mon jeune commandant, de m'avoir abandonnée, d'être parti dans la nuit après m'avoir confiée aux bons soins de ses parents, pressé par le temps, après un voyage chaotique dans une camionnette de l'armée sur des chemins connus de lui seul où il n'a cessé de me rappeler :

– Il ne faut pas que tu restes, il faut que tu partes au plus tôt avec les petits. Promets-moi. Au plus tôt.

Et moi, triple idiote, ma tête sur son épaule, les bras entourant mon ventre, je lui ai dit :

– Il doit naître bientôt.

Il a serré sa mâchoire, les yeux fixés sur la route devant nous, entre les prés et les champs où campaient, à la sortie des villages, dans des casernements de fortune, les troupes des miliciens et les bataillons des *gudari*.

– Viens avec nous s'il te plaît, ne me laisse pas, je ne peux pas vivre sans toi, je ne pourrai pas vivre sans toi.

Il a fait celui qui n'entendait pas.

– Promets-moi, Lucia, il faut que tu partes au plus tôt. Promets-moi.

– Je te le promets.

– Je t'aime Lucia, je vous aime et lui aussi je l'aime, a-t-il murmuré, sa main posée sur mon ventre. Tu verras, nous la gagnerons, la guerre.

J'ai dit :

– Oui.

Et j'ai pleuré, ma tête sur son épaule, ma main sur sa cuisse, durant toute la petite heure qui nous restait à être ensemble avant qu'il ne m'abandonne. Il a embrassé les petits dix fois et moi, oh moi, j'étais lâche, je pleurais tant que je n'ai rien vu de ses beaux cheveux noirs ni de son regard clair qui cherchait le mien, j'ai senti ses lèvres parcourir mon front, mes cheveux, mes mains. Et sa voix douce qui chuchotait :

– Ne pleure pas, Lucia. Je te retrouverai vite. Ne pleure pas. Sois forte.

Il a couru jusqu'à la camionnette, a démarré, et un nuage blanc de poussière l'a englouti, il y a maintenant sept mois, un siècle.

Depuis, je fais ce qu'on me dit de faire, je suis ici dans ce lit où je ne dors pas, dans cette belle villa envahie de tous ceux qui ont fui la guerre, de tous ceux qui ont pu prendre un bateau, de tous ceux qui ont eu de la chance dans le malheur. Et je mens quand d'Anastasio, je parle du regard froid et gris, car il ne l'était pas, froid, sur le quai du port lorsqu'il nous a confiés au capitaine du navire de Ramón de la Sota.

Je mens si je persiste à penser que la belle Arantxa est restée de glace lorsqu'elle nous a regardés s'éloigner d'elle, de derrière la baie vitrée du salon, alors même qu'elle a embrassé sa main pour nous envoyer tous les petits baisers qui s'en échappaient pour nous protéger du malheur.

Je mens pour ne pas me souvenir du bonheur fou qui me liait à Mikel. Et de notre vie d'avant et d'amants, à Bordeaux et à Donosti, avant la guerre.

Cette nuit, je sais que je ne dormirai pas. Mon cœur, que j'ai voulu enfouir dans une gangue de pierre, ce n'est pas vrai qu'il ne bat plus. Il bat.

II

Il bat comme à Bordeaux lorsque je l'ai vu, la première fois, à l'école des Beaux-arts.

– Pardon, le bureau de Monsieur Duprat ?

– Juste derrière vous, dernière porte à gauche.

Il a souri – Dieu ! ce sourire ! –, il a reculé un peu puis, se ravisant, est revenu vers moi.

– Je vous connais, non ?

– Non !

– Dommage.

Je l'ai regardé s'éloigner entre les portiques de marbre blanc qui supportent deux statues faussement antiques et hideuses, et je me suis rendue à mon cours. J'ai vingt ans, la tête dans les nuages, je veux vivre de mon talent et, couverte de gloire, faire la couverture de *L'Illustration*. Mais chaque soir, je rentre sagement chez Victoire, la cousine de ma mère qui est directrice d'une école, rue Fieffé. Et qui me surveille, Victoire, et fait son rapport à Hortense qui lui téléphone chaque semaine. Je dors toutes les nuits dans la chambre-bureau, sur un cosy d'angle. Et je rêve, je rêve. Il n'y a que Paul que je peux voir de temps à autre. Paul, jeune médecin, futur chirurgien.

– Un médecin, se rengorge ma mère en extase, tu y songes parfois, Lucie, tu t'imagines femme de chirurgien à Bayonne? Lucie, tu m'écoutes? Et puis il est beau, Paul, ce qui ne gâche rien, bien au contraire.

– Il est blond. Je n'aime pas les blonds.

Je fais front mollement. Je ne veux pas me fâcher avec ma mère.

– Il t'aime, Paul, tu le sais? s'emporte Hortense qui n'a jamais peur, elle, d'un esclandre.

– Je le sais.

– À jouer avec le feu, un jour tu te retrouveras seule, Lucie.

– Paul est un ami.

– Paul est follement amoureux de toi.

– Tant pis pour lui!

– Égoïste, va! Sans-cœur! – mais pas sans ardeur – Qu'est-ce qu'il te faut donc, Lucie?

– L'amour, ai-je dit, les yeux rivés sur les toits des ateliers où mon père a réussi à créer son petit empire dans le bruit des machines et des odeurs fortes du mazout qui gagnent tous les soirs la terrasse par temps chaud.

– Insolente, conclut Hortense.

Paul est mon rempart. Je peux avec Paul sortir deux soirs dans la semaine, rencontrer d'autres étudiants, et grâce à ce rempart bienveillant, j'ai pu rejoindre Joseba, mon cousin, l'anarchiste au grand cœur comme je l'appelle souvent, ce jeune cousin à moitié journaliste et à moitié globe-trotter, revenu depuis peu d'Union soviétique où il s'est acoquiné avec une jeune trotskiste, qu'il a quittée après lui avoir fait un enfant. Je l'ai appris de la bouche même d'Hortense, laquelle m'a avertie:

– À Bordeaux, je t'interdis de rencontrer Joseba, tu t'en doutes évidemment.

Joseba et son camarade, Jon Azpiazu, campent tous les deux rue Tiffonet chez Felix Egaña, un « rouge » de Donosti.

Joseba, avec ses lunettes à la monture d'écaille, sa chevelure frisée ramenée en arrière, cet air qu'il a de tout connaître du monde, à juste vingt-cinq ans, et qui n'a peur de rien ni de personne, vient me voir à la sortie des cours souvent accompagné de Jon, coureur invétéré de jupons, fils de bourgeois guipúzcoans, destiné à un avenir cossu dans le journalisme.

– Mais lui, commente Joseba, pas un journaliste à la petite semaine comme ton cousin adoré. Non, lui, il est déjà un envoyé spécial. Un bon. Un vrai. Un comme il en faut dans un journal d'aujourd'hui à grand tirage. Il est venu avec moi à Moscou. Il a eu une entrevue avec Lénine pour *El Liberal* et *El Heraldo de Madrid*. Moi, je n'ai rien obtenu à Moscou qu'une filature en règle.

– Et la jeune trotskiste ?

– Rien. J'aurais bien voulu l'avoir dans mes bras, mais la Guépéou était surtout dans mes jambes.

– Mais alors, l'enfant ?

– L'enfant ? Des ragots de bigote. Ma mère invente des vies, en triturant les grains de son chapelet.

Nous rions. C'est le printemps. Nous nous attablons aux terrasses des cafés. Jon est si beau que les jeunes Bordelaises se retournent sur lui.

– On s'y fait, dit Joseba.

Quelquefois le samedi soir, avec Paul je vais dans une minuscule cave voûtée, où l'on débouche après avoir descendu deux raides escaliers de pierre jaune et friable. Il y a là un saxophoniste merveilleux et un contrebassiste au talent fou, porté sur l'alcool et les jeunes hommes.

C'est un endroit exigu où il faut trouver sa place très tôt pour être assis sur les banquettes qui courent le long des murs, sinon il faut rester debout contre le bar.

Paul trouve toujours une place, presque souvent la même, les odeurs de l'hôpital flottant encore dans sa chevelure et sur sa chemise. Moi, je m'assieds à terre entre ses jambes, mes épaules serrées entre ses genoux.

Ce soir-là, le hasard – non! le destin – a fait descendre le double escalier à Joseba, Jon, suivi de celui que j'avais rencontré aux Beaux-arts.

Mon cœur s'est mis à battre si fort que j'avais peur que Paul ne l'entende.

– Tiens, s'est exclamé quelqu'un sur ma droite, les Soviets.

– Toi, camarade, a répondu d'une voix forte Joseba, tu as beaucoup encore à apprendre.

Je ne sais comment, ma robe de soie fleurie, courte et osée, a épousé mon corps lorsque je me suis levée.

– Pfutt! a sifflé Joseba, tu damnerais un archevêque.

J'ai souri.

– Tiens, Mikel, je te présente ma cousine Lucia et Paul, son chevalier servant.

J'ai bu deux gin-fizz tandis qu'il m'observait, Mikel, froidement. Et lorsque j'ai dansé aussi, son œil accroché aux fleurs de ma robe.

Paul, qui était ma montre parfois, a décidé tout à coup:

– Bon, rentrons, Lucie, il se fait tard. Tu as assez bu.

Au-dessus des trottoirs que nous suivions dans la nuit, des nuées de chauves-souris voletaient autour des réverbères. Je n'ai soufflé mot durant le trajet jusqu'à la maison de Victoire, où il s'est penché vers moi pour le baiser habituel, en biais, à la commissure de mes lèvres.

– Je ne t'aime pas, Paul, tu le sais.

– Oui, je le sais. Bonsoir Lucie, dors bien!

Et je n'ai pas dormi. Victoire a trouvé que j'avais une mine de papier mâché et m'a mise au bouillon tout ce triste dimanche où j'ai regardé le ciel, appuyée à la rambarde de la fenêtre, des fourmis plein les jambes.

Le lundi matin, j'ai couru à mon cours, déchiffonnée, la mine superbe. Un pas joyeux me portait. J'ai compté les chats noirs que je croisais et qui n'attirent pas malheur, m'affirmait Honorine quand enfant, je mettais une main devant mes yeux si j'en rencontrais un.

– J'ai peur. J'ai peur. J'ai vu le diable, disais-je horrifiée.

– Mais non, il n'existe pas, le diable, ma cocotte. C'est une invention de curés pour faire peur aux petits enfants. Le diable c'est le curé, tu as vu comme il est laid, lui, cet animal ?

Je riais un peu.

– C'est vrai ? interrogeais-je ma grand-mère.

– Mais bien sûr que c'est vrai, moi je ne te mens jamais.

Je devenais plus légère, moins triste sous son aile, à Honorine, et quand, au catéchisme, je regardais l'abbé Aramendi, je le trouvais laid comme la gargouille au-dessus du porche de la sacristie.

Les chats noirs, j'en ai vu trois, rue des Étables.

Sur le perron de l'école des Beaux-arts, en chemise blanche, les manches retroussées jusqu'aux coudes, Mikel m'attendait. Il ne pouvait être là que pour moi, et non pas pour Monsieur Duprat, même si une seconde le doute m'a effleurée.

– Bonjour, vous avez bien terminé la soirée samedi ? m'a assené Mikel, comme un direct au beau milieu du front, au cas où j'aurais oublié que je les avais tous quittés au comptoir du bar pour suivre Paul sans leur dire au revoir.

– Oui, très bien. Paul m'a raccompagnée chez ma duègne et voilà ! (Le mot que je préfère et qui ouvre mille chemins à ceux qui veulent les voir.)

– Vous avez le temps de prendre un café, là, maintenant ?

– Non ! Là, j'ai deux cours. Mais à midi je pourrai. Il y a un bistrot sur le quai, « Chez Raoul ».

Il m'attendait « Chez Raoul ».

– Je suis là, ai-je déclaré, mutine, le cahier à dessins entre mes bras croisés sur ma poitrine.

– Je vois.

Et de son regard clair levé vers moi :

– Vous ne mangez rien, vous, à midi ?

Je l'ai toisé en m'asseyant.

– Vous allez continuer à me questionner longtemps comme cela ?

Il a souri.

– Parce que moi, je vais vous le dire de suite, Paul est un ami, j'ai vingt ans, et je suis vierge.

Je ne me reconnais pas, je n'ai jamais levé un pan de mon intimité à personne, pas même à ma sœur Élise, que tout le monde, depuis qu'elle est née, appelle Lili.

– Pardonnez-moi, dit-il, sincèrement, pardonnez-moi.

Tandis que Raoul, du comptoir, interroge :

– Un thé pour toi, ma jolie ?

Un thé, oui ! Pour mes jambes qui mollissent quand elles rencontrent les longues jambes de Mikel sous la table.

– Je sais beaucoup de choses sur vous grâce à Joseba, enfin, sur vous, sur votre famille.

– Et de vous, moi je ne sais rien en revanche.

Il a étalé sa belle main sur la table, la paume ouverte.

– Moi, je suis de Bilbao, mon père a une aciérie importante là-bas – beaucoup plus importante qu'il ne le prétend – j'ai le même informateur que lui. – J'ai suivi mes études d'ingénieur dans la construction navale à Madrid. – Il oublie de me dire que sa famille détient trois chantiers navals, deux à Bilbao, un à Pasajes San Pedro. Qu'il est plus riche qu'il en a l'air. Et que s'il adhère, lui, aux idées de gauche de la République espagnole, son père est député aux Cortes pour le Parti Nationaliste Basque. Et c'est pourquoi, poursuit-il, je suis à Bordeaux sur un chantier, à la Bastide – plutôt dans les bureaux, mais je me tais en l'écoutant.

Sa main a saisi mon poignet.

– Tu sais tout.

Je souris.

– Tout ? On ne sait jamais tout.

– C'est une façon de dire, parce que l'important je le tais.

– Et l'important, c'est quoi ?

– L'important, je pourrai te le confier si tu le veux bien, mais pas ici.

Nous nous taisons, sa main toujours sur mon poignet. Une brise de panique sourd en moi – qu'est-ce que je dois faire, là, à l'instant ? –, séparée de lui par une table en fonte, alors que je voudrais être dans ses bras, mon visage contre son torse. Et que les pavés lourds des avenues se mettent à danser tout seuls dans la poussière de ce jour printanier et brûlant, et que le comptoir de « Chez Raoul » ondule comme la marée qui remonte la Garonne.

Nous nous sommes levés. Mikel a payé le thé et une bière, et Raoul a claironné tandis que je sortais :

– À bientôt, ma jolie !

J'ai cherché l'ombre le long des murs, l'ombre était difficile à trouver, mais pas la bouche de Mikel quand il s'est penché sur moi et que j'ai prise comme si elle était mienne depuis toujours.

Ce que nous sommes devenus après, seules les rues de Bordeaux s'en souviennent. Nous avons erré comme deux bienheureux frappés d'extase. Le soir nous a surpris sur un banc du Jardin public et je me suis écriée brutalement, replongée dans la réalité :

– Oh ! mince, j'ai oublié Victoire.

Victoire vers laquelle j'ai couru au galop et qui avait dû ranger mon couvert, en regardant l'horloge au-dessus du buffet.

– L'heure, c'est l'heure, serine à qui veut l'entendre son fonctionnaire de mari, Amédée, après l'heure ce n'est plus l'heure.

– Oh ! ça va, murmure Victoire, quelques rares fois quand elle se rebelle petitement contre l'autorité tatillonne de son époux.

– Comment cela, ça va ?! Ce que je dis, ne t'en déplaise, est une vérité fondamentale.

– Il y en a d'autres ! marmonne Victoire, le nez plongé dans la correction des cahiers des grands élèves qu'elle prépare aux concours de l'Administration.

– Tu rentres bien tard, petite, m'interroge Victoire, le nez chaussé de ses lunettes, il ne t'est rien arrivé de grave, au moins ?

J'ai fait non de la tête, les mots se bousculent dans ma gorge, sous son regard.

– Tu ne me caches rien, au moins ? insiste-t-elle.

Ô Seigneur, viens à mon secours, juste un instant, que je sache parler, que je sache la convaincre, que je lui dise qu'un homme m'attend, et que je mourrai de ne pouvoir le rejoindre.

Victoire, derrière sa table de correction, attend des explications que je lâche à la volée. *Pauvre petite fille naïve, comme tu sais bien dire les mots du cœur, les mots qui te viennent sans que tu aies pris le temps de t'asseoir. Des mots qui te ressemblent, et pour terminer, tu n'as trouvé que « Je l'aime, il m'attend dehors ».*

Elle retire ses lunettes, Victoire, elle n'a jamais peut-être connu le feu qui me consume, elle me regarde, de son regard de directrice d'école, elle me juge comme le mauvais élève qu'elle s'apprête à remettre sur le droit chemin.

– Comment cela, il t'attend dehors ?

– Il m'attend.

Elle soupire devant ce qu'elle croit être une divagation hystérique.

– Lucie, comment peux-tu tomber amoureuse d'un garçon, d'un homme que tu ne connais ni d'Adam ni d'Ève, et que tu as rencontré comme cela dans la rue ? Je ne comprends pas qu'une jeune fille pondérée comme tu l'es, à moins que tu ne sois hypocrite – *je le suis, Victoire, je le suis devenue, hypocrite, j'ai toujours eu peur* –, veuille aller partager sa vie sur un coup de tête avec un homme dont elle ne connaît strictement rien, sinon ce qu'il a bien voulu lui en dire. Es-tu sûre au moins qu'il est ingénieur ? tu n'en as aucune preuve. Je crois que tu dois réfléchir, Lucie, et ne pas t'enflammer ainsi, ce qui est normal, avoue-le, par ces temps chauds, sourit-elle. Lucie, je vais te faire une tisane pour que tu dormes, pense à tes examens.

Mes défenses se sont écroulées, je ne me suis pas ruée sur la porte d'entrée, je n'ai rien tenté d'extravagant, et de la fenêtre ouverte sur la rue, depuis le premier étage, j'ai fait signe que non à Mikel :

– Ne m'attends pas !

– Saute, Lucia, saute ! Je suis là, tu ne te feras pas mal, saute !

Victoire a surgi de la cour.

– S'il vous plaît, Monsieur, je vous prie de la laisser tranquille, sinon j'en appelle à la force publique.

J'ai refermé la fenêtre, tiré les lourds rideaux d'un orange passé où s'entrelacent les ramures vertes d'acanthes fanées, et qui soulèvent une poussière de la fin du XIXe siècle. J'ai lâchement abandonné Mikel au courroux de Victoire, dont j'entendais les voix mêlées, celle calme et basse de Mikel qui ne désarmait pas.

Par ma lâcheté, je me suis condamnée à ne plus le revoir, moi qui, entre deux baisers fous, lui avais déclaré avec emphase, quelques heures auparavant :

– Je te suivrai jusqu'au cap Horn.

– Mum ! mum ! avait murmuré Mikel en reprenant ma bouche consentante.

Et je n'avais même pas été capable de le suivre au coin de la rue Fieffé.

Je me suis sentie sans force brusquement, je me suis assise à même le parquet ciré, le regard fixé sur la fenêtre condamnée, prisonnière de moi-même.

Victoire est entrée à pas feutrés, une tasse de tisane sur un plateau entre ses mains : « Tiens, la tisane, Lucie, prends-là et couche-toi. Repose-toi, demain est un jour important… », et sans un mot de plus, elle a refermé la porte doucement.

Le lendemain, très tôt dans le matin, les oiseaux piaillaient dans les dômes des marronniers, à rendre fous les gens qui comme moi n'ont plus le goût à rien.

Victoire et Amédée prenaient le petit-déjeuner sur la table de la salle à manger, entre les piles des cahiers corrigés.

– Tu ne déjeunes pas, Lucie?

– Non, je ne veux pas être en retard.

– Ce n'est pas raisonnable, mon petit, prends le temps d'avaler un petit quelque chose.

– Il faut te forcer, a renchéri Amédée, quand j'ai passé mes examens, il y a très longtemps... très très très longtemps, je déjeunais copieusement. Le corps réclame quand l'esprit travaille.

– Tu ne veux rien avaler, Lucie? Force-toi donc un peu... sinon tu vas tomber d'inanition.

– Je n'ai pas faim.

– Bonne chance alors! a soufflé Victoire.

– Bonne chance! a répété Amédée, une biscotte au bout de ses doigts, dégoulinante de café au lait au-dessus de son bol.

Les jours se sont écoulés, mes doigts recroquevillés sur les crayons et les fusains, mon esprit encadré de règles, les perspectives butant sur des obstacles infranchissables.

Victoire me couvait avec une vigilance accrue, même Paul n'avait pu obtenir de sauf-conduit:

– Les examens l'ont beaucoup fatiguée, elle se repose en attendant les résultats qui ne vont pas tarder, lui expliquait-elle d'une voix forte pour que je puisse l'entendre, et faussement enjouée, elle ajoutait: descends, Lucie, Paul est là.

Je ne descendais pas.

Une semaine plus tard, nous avons lu les résultats ensemble, Victoire et moi, son œil de poule à l'affût, parcourant la liste des noms apposée dans le hall d'entrée de l'école.

– Tu es reçue! s'est-elle exclamée.

Hortense, qui avait pris le temps et le train pour arriver la veille et précipiter mon retour au bercail avant la date prévue, nous attend à l'ombre de l'énorme platane de la place Renaudel.

– Elle est reçue, claironne Victoire, elle est reçue !

Hortense relève la voilette de son joli chapeau bleu pour m'embrasser.

– Tu es contente, Lucie ?

Et l'inquiétude voilant son regard, elle ajoute :

– L'année prochaine ce sera Paris, alors ?

J'ai haussé les épaules.

– Peut-être.

– Il faudra que nous en discutions dès notre retour avec ton père. Il va être fier, ton père... Sans lui...

– Ne remue pas le passé, Hortense, ce n'est pas le jour, intervient Victoire. Allons, pressons, nous avons une bouteille de Monbazillac qui attend... Mais votre train n'attendra pas, lui !

Le reste des mots s'est perdu dans l'air suspendu au-dessus de la rue. J'ai attendu que le portail s'ouvre sur la grande cour d'entrée pour souffler, presque agonisante :

– Maman, je ne rentre pas avec toi. Je reste à Bordeaux.

– Lucie, je ne veux pas de scandale ! a marmonné Hortense, traversant la cour au pas de charge.

À l'ombre de la salle à manger aux persiennes closes, elle a fait un demi-tour sur elle-même en retirant sa veste. Son chemisier d'organdi blanc était taché de sueur qui perlait aussi sous la voilette de son chapeau bleu, dont elle ne s'est pas défaite.

– Comment cela, tu restes à Bordeaux ? Et pourquoi donc ?

Je ne réponds pas.

– Tu n'as aucune raison de rester à Bordeaux, aucune ! À moins que tu ne sois devenue subitement folle !

– Je t'avais prévenue, soupire Victoire, le chignon branlant du chef au sommet de la tête, l'air de la désolation ravinant son visage.

– Ne me dis pas, Lucie, que tu restes à Bordeaux pour ce... pour ce... pour ce... (... *pourceau*!, hurle-le donc, Maman, pour ce pourceau qui a envoûté ta fille!). Je t'interdis, Lucie... je t'interdis de franchir cette porte! Tu n'es pas majeure, songes-y!

Je franchis la porte, grimpe l'escalier et, avec des gestes calmes, m'empare de la valise où sont rangées depuis la veille les quelques affaires de ma vie d'étudiante.

Si peu de chose pour un grand départ.

– Lucie! crie ma mère, Lucie, attention à ce que tu vas faire! Tu risques de le payer fort cher!

– Tant pis! ai-je répondu en descendant l'escalier alors que la main crochue d'Hortense se saisit de mon épaule et tente de m'interdire d'accéder à la porte d'entrée que j'ouvre.

– Ferme donc la porte, Hortense, supplie Victoire, toute cette touffeur est à mourir.

Et dans le soleil, sur le seuil de la maison:

– Va le retrouver, ton Espagnol! Va! Je ne te souhaite que du bonheur, s'écrie Hortense, alors que je referme le portail.

Ce 8 juin 1933, le tramway m'attendait cours de la Marne. Je l'ai pris, encombrée de mon carton à dessins, de mon gros cahier et de la valise. Elle est restée dans ma tête, Hortense, toute de bleu vêtue, jusqu'à la Garonne scintillant de mille feux sous le soleil. Après la Garonne, il y a la Bastide, cet immense quartier d'usines, et tout au bout sont les chantiers navals, et le 38 rue de Brazza où il loge.

C'est là que je sonne, et c'est là qu'il ouvre la porte, étonné.

– Qu'est-ce que tu fais là, Lucia? Qu'est-ce que tu fais là? Qu'est-ce qu'il t'arrive?

Je me suis effondrée dans ses bras, mon front contre sa poitrine, mais je ne pleurais pas.

– Viens, rentrons, m'a invitée Mikel.

Il y avait dans la vaste pièce où il vivait des plans, une table à dessin, deux tabourets, un vieil évier de pierre surmonté d'une étagère où trônait une cafetière rouge, et dans le fond de la pièce, contre un mur de planches blanchies, un grand lit en fonte à demi masqué par une haute et large armoire. Une odeur particulière flottait dans la pièce.

– C'est l'odeur des usines à vinaigre, a expliqué Mikel sans que je lui ai rien demandé, puis, l'index pointé vers une petite porte que je n'avais pas vue :

– Les toilettes sont au fond de la cour, et pour se laver, c'est ici, derrière ce rideau que tu dois trouver bien moche.

Nous nous sommes assis autour d'une table bancale.

– Raconte-moi, Lucia.

– Je suis folle peut-être, mais je n'ai pas suivi ma mère.

Il est devenu subitement inquiet, Mikel.

– Tes parents peuvent venir te chercher ici, non ?

– Personne ne sait où tu habites.

– Ce n'est pas que moi, je ne veuille pas que tu restes, mais j'ai peur pour toi. Tu veux que j'aille voir tes parents ?

– Non !

Un « Non » obtus, sans concession, un « Non » rebelle, provocateur.

– Si tu ne me veux pas, dis-le-moi, Mikel ! Tu peux me le dire, mais dis-le-moi maintenant !

– Lucia, ne te braque pas.

– Je ne me braque pas, je te trouve mou.

J'ai dit mou parce que je l'avais imaginé me prendre dans ses bras, me faire tournoyer dans les airs, rire avec moi de mon geste fou qui m'avait précipitée vers lui, sans réfléchir, c'était vrai – et face à moi, si pondéré et calmant mes ardeurs, il était mou, voilà !

Son doigt replié sous mon menton, il a relevé mon visage que je tenais baissé.

– Lucia, tu me trouves mou, ce n'est pas très flatteur.

Et il a souri.

– Ce que nous allons faire demain, plus tard, je n'en ai aucune idée. Ce que je veux faire maintenant, je le sais. Je ne voudrais pas que tu le regrettes un jour.

– Regretter quoi ? de t'aimer ?

Il a embrassé ma bouche, dénudé mes épaules, fait glisser ma robe.

Je n'ai pas dérobé mon regard, j'ai agrippé mes mains à ses belles épaules.

Oui ! Il était beau, Mikel, dans la lumière du soir qui rougeoyait les murs. Il était tendre aussi.

– Je ne te fais pas mal, Lucia, dis-moi si je te fais mal.

– Tu ne me fais pas mal.

L'aube blanchissait les eaux du Bassin quand nous nous sommes endormis entrelacés.

L'été a été splendide comme notre amour, même les orages violents qui éclataient souvent et saccageaient les vignes alentour, nous les aimions.

Je n'avais plus peur, amoureuse de tout ce qui était lui, affamée de son corps que je cherchais sans cesse, de sa bouche qui calmait ma soif, et de sa voix tendre qui me questionnait.

– Tu vas m'attendre jusqu'à ce soir, Lucia, tu es sûre ? Je vais rentrer tard, tu sais.

J'attendais et je décorais la longue pièce où nous vivions, comme si nous y allions vivre une vie entière.

Aucun gendarme n'a jamais sonné à notre porte cet été-là.

Je croisais les doigts vers le ciel pour le remercier quand sur la gondole pour traverser la Garonne, le clapotis de l'eau qui se mourait sur sa coque me faisait voyager vers de lointaines contrées que je découvrais alors dans l'entrepôt d'Arturo Katz, antiquaire de son état, rue de Candale et où j'entraînais souvent Mikel. C'est chez lui que nous avons trouvé la splendide couverture de laine rouge, légère, brodée en son milieu et bordée d'un galon de soie pourpre. Cette couverture, je l'ai encore aujourd'hui, et c'est en elle que je veux être enterrée. Arturo Katz, petit homme aux cheveux blancs, énergique et grand mélomane, détenait des merveilles dans son bric-à-brac, où j'ai laissé toutes mes économies et où derrière une tenture persane vivaient sa femme et leurs six enfants. Et c'est chez lui qu'un matin, nous avons découvert dans un écrin de velours noir un anneau syrien, en or ciselé, incrusté de six petites agates grises, rouges et noires.

C'est le seul anneau que je porte, je n'en ai jamais voulu d'autres.

Mikel l'a mis à mon doigt tandis qu'Arturo Katz disait : « On dirait qu'il vous attendait. » Puis Arturo Katz a murmuré : « Soyez heureux, mes enfants. »

J'étais si émue que je me suis penchée pour l'embrasser, et le petit Arturo Katz, dans un geste que je n'oublierai pas, nous a serrés contre lui, si fort que sa kippa est tombée à terre.

Le soir, nous les avons invités « Au Chapon fin », lui et Clara, sa femme.

Les murs du restaurant couverts de fresques se mariaient bien à l'anneau syrien. Nous avons bu un vin à tomber à genoux, « cru classé, 1910, Château Latour » a murmuré le sommelier, en veste blanche et nœud papillon sous son col cassé.

C'est ainsi que nous nous sommes mariés, Mikel et moi, avec comme témoins de notre bonheur Arturo, Clara et Émile Dupuis, le sommelier.

Un jour – je ne l'ai jamais avoué à Mikel –, je suis allée à l'hôpital Saint-André, Paul traversait la cour intérieure, le nez dans ses dossiers. Quand il est passé devant moi, il a marqué un temps avant de déclarer :

– Tu as osé ?

– Il ne fallait pas ?

– Je ne sais pas. Je ne peux pas t'en vouloir, c'est vrai. J'étais averti.

L'orage grondait, il pleuvait de grosses gouttes étoilant le sol d'une immense constellation grise ; il était séduisant, Paul, à contre-jour sur ce ciel assombri, c'est vrai, elle avait raison Hortense, et il avait un bel avenir devant lui. Je le lui ai affirmé :

– Un très bel avenir, c'est vrai ! Mais sans toi !

Il m'a prise dans ses bras, m'a serrée contre lui, a embrassé mes cheveux.

– Tu as fait couper tes cheveux, Lucie, ça te va bien, mais je ne devrais pas te le dire.

Puis après un baiser sur mes lèvres que je ne lui ai pas refusé :

– Laissons passer le temps, juste pour que la petite cicatrice se referme, là ! – Et il a mis son doigt sur son cœur. – Tu es d'accord ?

J'étais d'accord, je suis partie sous la pluie tiède et j'ai marché longtemps jusqu'à la Bastide.

III

À la fin du mois d'octobre, nous avons pris un train, Mikel et moi, pour aller vivre à Donosti. C'était chez lui là-bas, mais c'était aussi chez moi désormais.

Un vent fou nous attendait à notre arrivée, un vent qui soulevait les papiers gras, les feuilles des arbres et la poussière grise le long des caniveaux.

Les drapeaux républicains claquaient contre les balcons de l'avenue où ils étaient suspendus.

Nous avons souri en les voyant et nous avons attendu dans le vent chaud Joseba, qui n'est pas venu.

L'attente a été longue ; blottie contre Mikel, sur le banc où nous avions fini par nous asseoir, j'ai dit tout en relevant ma tête décoiffée :

– Je crois que je suis enceinte, ou alors c'est le vent, je me sens bizarre.

– Tu le crois vraiment ? m'a-t-il interrogée, le regard subitement inquiet, sa belle bouche contractée.

– J'en suis sûre.

Il s'est levé d'un bond.

– Bonté, mais qu'est-ce qu'il fait Joseba ? Qu'est-ce qu'il fait ?

– Appelle une ambulance au lieu de t'énerver !

– Tu es vraiment drôle, Lucia, je t'assure, vraiment drôle, s'est agacé Mikel. Et claquant des doigts : Taxi ! s'il vous plaît.

Un taxi avec un chauffeur aimable comme un dogue est arrivé – « C'est un phalangiste, m'a soufflé Mikel à l'oreille, tous les chauffeurs de taxi le sont » – pour nous conduire dans un quartier où un concierge (phalangiste lui aussi ?), derrière sa vitre teintée, nous a remis les clés de l'entresol de la part de Jose Mari Larrañaga des chantiers de constructions navales de Pasajes San Pedro.

Dès la porte ouverte sur l'entresol :

– C'est sombre, ai-je déclaré, et ça sent vraiment le pipi de chat.

– Oui, c'est sombre et ça sent le pipi de chat, oui mais bon, c'est comme ça. Demain, je dois être sur le chantier, et avant il faut que je passe au bureau du Parti. Mais si tu préfères, Lucia, on peut aller à l'hôtel, a proposé Mikel, une ride neuve sur son front.

– Pourquoi à l'hôtel ? Nous avons tout ici, même si je n'aime pas le marron des murs, ni ce vieux lit, là, ai-je répondu en ouvrant la double porte donnant sur la chambre.

– Ça, pour un lit, c'est un lit, a ri Mikel.

Le dosseret marron en cuir repoussé de Cordoue, avec Don Quijote chevauchant Rossinante comme futurs témoins de nos folles nuits à venir, nous a laissés pantois. Mais le lit était fait, impeccablement fait, avec des draps blancs brodés et deux oreillers moelleux sous un couvre-lit de damas d'un gris triste, frangé d'un galon doré.

– Et la salle de bains, elle est où ici ? l'ai-je interrogé, railleuse.

Nous avons découvert à l'autre bout du couloir une salle d'eau sinistre, mais trop fatiguée, j'ai procédé à une toilette de chat, juste assez pour me glisser dans les draps frais, une main posée sur la petite vie qui poussait dans mon ventre.

– Tu ne dînes pas, Lucia, tu n'as pas faim ? a murmuré Mikel ses lèvres dans mon cou.

– J'ai sommeil.

C'est le bruit de la rue qui m'a réveillée, les voix nouvelles, les pas sur les trottoirs, et Mikel :

– Je dois partir, je t'ai laissé un mot sur la table, dors, à ce soir.

Posé sur un bouquet d'œillets rouges sur la table de la cuisine, le mot disait : *Je t'aime, Lucia. Je suis triste de te laisser ainsi dans ce lieu que tu trouves si laid, et tu as raison ! J'ai hâte de te retrouver ce soir. J'espère que j'ai acheté tout ce que tu aimes.*

Et j'ai découvert, disposés sur la table, sous une serviette blanche impeccablement repassée elle aussi, une boîte de thé, des pots de confiture, du pain frais et du beurre au goût rance qu'il avait mis dans l'eau d'un ravier.

« Ils n'ont pas de bon beurre en Espagne, ce n'est pas comme ici en France », aimait à répéter Hortense à mon père, lequel, fort de sa nationalité espagnole, n'avait pas rejoint les tranchées de Douaumont ni de Verdun à la gloire de la France.

À midi, Joseba, gêné, a poussé la porte de l'entresol :

– Je suis désolé, vraiment. J'ai cru que vous arriviez ce matin ; il m'a téléphoné, ton zèbre, il était furieux.

Puis dans un sourire, tout en essuyant les verres de ses lunettes sur son pull :

– Tu as peut-être faim, Lucia ! Allez, viens ! je t'invite. Il y a de très bons restaurants pas loin d'ici.

Il y avait un très bon restaurant pas loin, en effet. Il était heureux de me retrouver, Joseba, impatient que je lui dise tout.

– Raconte-moi tout, Lucia, je le connais depuis longtemps, imagine, Mikel. Jamais je n'aurais cru qu'il tombe amoureux comme il l'est.

– Et pourquoi ?

– Parce qu'il n'a jamais eu de grain de folie. Il n'a jamais eu que l'acier en tête avant qu'il ne te connaisse. Ce n'est pas Jon, Mikel !

– Et Jon ? Où est-il ?

– Il est à Madrid. Il y a des manifestations chaque jour là-bas. Ici aussi, mais surtout dans les Asturies. Les Asturies, j'en viens, je pourrais t'en parler pendant des heures. Mais ce n'est peut-être pas ce que tu veux entendre !

– Bien sûr que je veux !

C'est ainsi que par Joseba, Jon Azpiazu, Felix Egaña et sa compagne Isabel, j'ai mis un pied dans la situation politique de la République espagnole.

Un petit pied seulement, car j'avais du mal à suivre les successions au sein du gouvernement, Azaña un jour, Lerroux le lendemain, les démissions des cabinets trop à gauche, pas assez à gauche, un peu trop au centre. Jamais dans le juste milieu.

Et puis je dois avouer que même si les couleurs du drapeau républicain m'allaient très bien au teint, j'étais plutôt préoccupée par les couleurs de notre vaste entresol – où Mikel avait dépêché trois ouvriers pour le repeindre en blanc.

– Tu vas tout laquer en blanc ? tout ? vraiment ?

– Oui !

Mais un soir où il est rentré fort tard d'une réunion du Parti Nationaliste Basque, il a découvert ma grande originalité.

Dans le salon, le mur où trônait la cheminée était devenu jaune, le mur en face, rouge, et celui où s'ouvraient les deux portes, l'une de la chambre, l'autre du vestibule, violet. Seul le mur donnant sur la rue, percé de trois grandes fenêtres, était resté blanc.

– Tu aimes ? ai-je demandé, fière de mon œuvre.

– Pourquoi pas, a souri Mikel à demi convaincu, alors que je l'ai entraîné vers les deux pièces où mon talent s'était exercé : la cuisine avec ses trois placards aux couleurs du drapeau républicain et la salle de bains où une vague tricolore courait sur les quatre murs.

– Et le bébé ? m'a demandé Mikel, il faisait quoi pendant que tu peignais ?

– Il a bougé.

– Tu es sûre que ce n'est pas dangereux pour lui ?

– Je ne pense pas.

– Je n'en suis pas certain ! a rétorqué Mikel, l'œil réprobateur.

J'ai rejoint la chambre où m'attendaient l'immense lit et Don Quijote, et sans m'être déshabillée je me suis endormie, de la peinture rouge, jaune et mauve au bout des doigts et sur les avant-bras.

Au matin, réunis dans la cuisine pour le petit-déjeuner, j'ai annoncé triomphalement à Mikel :

– Aujourd'hui, j'ai rendez-vous avec Cristóbal Balenciaga. Je vais travailler pour lui !

– Je t'arrête, Lucia, a riposté Mikel. Tu ne vas pas travailler dans ton état, premièrement, et deuxièmement, nous ne manquons pas d'argent.

– Tu ne manques pas d'argent toi, moi je n'ai rien.

– Lucia, mon argent, comme tu dis, c'est aussi ton argent.

– Non, Mikel ! À Bordeaux j'avais encore trois sous à moi…

– Je ne discute pas, a conclu Mikel en se levant, je suis déjà en retard.

Mes lèvres ont évité les siennes.

Dehors, l'hiver soufflait un air glacé. Têtue, je me suis faite belle pour la journée à venir, et même si le bain, dans le bac en fonte émaillé où je pouvais me tenir assise, n'était pas d'une bienfaisante chaleur, je me suis frottée tant et tant, avec ardeur, que j'avais très bonne mine lorsque je suis sortie, le carton à dessins sous mon bras, emmitouflée dans mon superbe manteau – cousu par de « petites mains » qui travaillaient près du Marché – que je portais pour la première fois ce jour-là.

Cristóbal Balenciaga m'attendait dans le bureau de sa maison de couture où sur la toile jaune du store de la devanture, en grand et en lettres noires, s'étalait un nom aussi étrange que beau : EISA.

Il ne parle pas trop, le grand maître, que je couve de mon œil admiratif. Il regarde mes dessins, son grand front soutenu dans sa belle main blanche, le regard si immobile qu'il semble endormi, et pour m'assurer qu'il ne dort pas sur mes croquis, j'émets un léger, très léger raclement de gorge, suivi d'un aller-retour rapide de mon pied droit sur l'épais tapis.

– Oui, dit Cristóbal Balenciaga sans relever la tête, vous avez un talent certain, mais bon, votre style est médiocre, et sans le style – il tapote de sa belle main les feuilles éparpillées devant lui, il hésite un instant – on ne crée pas, Mademoiselle !

Il lève la tête vers moi, me jauge sans aucun doute.

Je m'en moque, notez, Cher maître ! Les couronnes de lauriers, je me les déposerai moi-même sur la tête, je n'aurai besoin de personne, ai-je pensé.

Lui, grand de Getaria, m'a reconduite lui-même jusqu'à la porte, empereur en son salon, sa toge de velours rouge le suivant en une traîne glorieuse.

Moi, avec peine, je supportais ma tête de reine décapitée dans ma main droite.

– Merci, Monsieur Balenciaga, merci de m'avoir reçue.

– Tout le plaisir a été pour moi, sourit Pompée, croulant sous ses couronnes juxtaposées. Laissez-moi votre carte, on ne sait jamais.

Je n'avais pas de carte. J'ai griffonné mon nom et mon adresse sur une feuille vierge.

L'air glacé m'a revivifiée. J'ai remonté l'avenue jusqu'à la Concha qu'un cordon de gardes civils défendait. Les rues alentour étaient désertes. Rien à l'horizon que le sable doré de la plage.

– Les Chantiers navals sont en grève, m'annonça Mikel le soir venu. Il y a un appel à la grève générale pour demain, – et tout en fourrageant dans un tiroir de la commode de l'entrée – je dois me rendre au siège du Parti. Je vais essayer de ne pas trop tarder. Et toi, tu as vu Cristóbal Balenciaga ?

– Non !

La grève a été générale, il n'y a pas eu de pain, ni de journaux, ni d'électricité. Mais il y a eu des palabres toute la journée dans l'entresol.

– Entrez ! disait Mikel aux nouveaux venus, sa main me tirant vers lui ou me poussant vers eux, je vous présente ma femme Lucia.

– Enchanté, Madame.

Joseba a passé l'après-midi avec moi dans la cuisine où je m'étais réfugiée. Au soir, la porte d'entrée de l'entresol a claqué.

– Quel froid dehors, a claironné une voix d'homme dans le vestibule sonore.

– C'est Jon ! s'est exclamé Joseba en se précipitant sur la porte qu'il a ouverte sur le revenant.

Jon, emmitouflé dans une canadienne, est entré dans la cuisine.

– Lucia, ce n'est pas vrai, toi ici !

– Ici et enceinte, a cru bon de rire mon adorable cousin.

– Je suis vraiment heureux de te retrouver, vraiment heureux, a-t-il chuchoté en me serrant contre lui.

– Moi aussi, je suis heureuse.

C'était vrai.

J'ai ouvert une bouteille d'un vin jeune à la lueur des premières bougies que j'ai allumées sur la table.

– Mikel est au salon, a expliqué Joseba, avec Jose Mari Larrañaga, Felix Egaña, Cipriano Solano de l'UGT…

– Ah !…, s'est étonné Jon, les sourcils relevés, Solano ?

– Solano, sûr, et Diego Garcia. Isabel y est également, mais elle est venue en observatrice pour le Komintern.

– Et Mikel ? a interrogé Jon tandis que j'activais le feu dans la cuisinière, en pensant : *Dieu, que va-t-on dîner ce soir ?*

– Mikel essaye d'enrayer les grèves sur les chantiers navals.

– Il rêve, s'est écrié Jon, la situation est pourrie jusqu'à l'os. Je viens de Gijón, une révolution va éclater, et ce ne sera sans doute pas celle que l'on croit.

Du salon nous parvenaient des éclats de voix et une épouvantable odeur de cigares qui empestait l'air.

– Les phalangistes vont être au pouvoir plus vite que l'on croit si Lerroux continue sa politique de levrette. La République promet et ne tient aucune de ses promesses. Aucune réforme agraire n'a été appliquée. C'est tout ce qu'espéraient Gil Robles et les autres représentants de la CEDA. La République n'est pas née qu'ils l'ont déjà assassinée, a continué Jon, assis sur une chaise, la canadienne de grand prix posée sur ses épaules.

– Tu ne m'apprends rien, a dit Joseba, je les connais les grands bourgeois, ils attendent l'heure bénie pour nous faire manger les racines de ce que l'on a planté.

– Et vous, ici ?

Joseba s'est levé, a posé ses lunettes sur la table, et une main sur son cœur, a singé, avec beaucoup de talent, certes, Jose Antonio Aguirre, dans la profession du Parti Nationaliste Basque qu'en 1931 il avait prononcée aux Cortes de Madrid.

– Pour nous, dans cette phraséologie à laquelle je fais allusion, si être de droite c'est être opposé aux progrès légitimes de la démocratie contre les pouvoirs absolus, si être de droite c'est cela, nous sommes de gauche. Et si être de droite consiste à défendre l'identification de la religion avec un régime quelconque, et non l'indépendance absolue des pouvoirs ecclésiastiques et civils dans leurs domaines respectifs, alors aussi nous sommes de gauche. Et si par être de droite, on entend, sur le terrain social, s'opposer aux progrès du prolétariat, si c'est cela ce que l'on appelle être de droite, alors aussi nous sommes de gauche. Mais par contre, si être de gauche c'est aller contre la famille, contre les principes sacrés de l'Église catholique dont nous suivons les règles, alors dans cette phraséologie que j'estime ridicule, nous sommes de droite…

– Il n'y a pas de quoi rire, si c'est cela que tu veux, Joseba. Moi, je le respecte, Jose Antonio Aguirre, son rôle n'est pas facile et je le comprends.

– Je ne me moque pas, ma chère cousine, tu te trompes. Cesse de tout prendre au tragique !

Les portes du salon se sont ouvertes, libérant un nuage de fumée qui a envahi le vestibule. Les voix se sont perdues et Mikel, les traits tirés, est entré dans la cuisine, surpris d'y trouver Jon et heureux de l'y trouver attablé.

– Alors, tu vas être père ? a interrogé Jon qui s'est levé pour lui assener trois claques amicales dans le dos.

– Oui, je vais être père dans quelques mois, a répondu Mikel avec un petit sourire las.

Je me suis éloignée brusquement, une nausée sournoise me précipitant vers la salle de bains où Mikel m'a rejointe.

– Ça ne va pas, Lucia ? tu es toute pâle.

– C'est l'odeur du tabac. Elle est partout.

Je me suis blottie dans ses bras, au creux de lui, sa main dans mes cheveux, bercée par lui.

– Je vais ouvrir en grand les fenêtres, le froid va chasser les odeurs. Puis je vais allumer le feu dans le salon et nous allons dîner, toi et moi. C'est moi qui vais faire la cuisine ce soir.

– Et Jon ? Et Joseba ?

Il rit.

– Je les ai chassés, je voulais te retrouver, être seul avec toi.

Nous avons dîné d'une boîte de sardines, d'une autre d'asperges, d'une salade d'oranges sucrée avec une goutte de rhum et de trois vieilles tranches de pain de riz qui craquaient sous la dent.

– Et demain ?

– Demain, le travail reprend sur les Chantiers navals. J'ai réussi à faire baisser les cadences et à augmenter les salaires les plus bas.

– C'est vrai, tu as fait ça ? Mais c'est magnifique, je suis fière de toi !

Je me suis levée pour l'embrasser et me retrouver aussitôt assise sur ses genoux, sa main posée sur mon ventre, mes lèvres sur son front, son nez, sa bouche.

– Tu es fière, toi, Lucia, a réussi à dire Mikel entre deux baisers, mais mon père, lui, je ne sais pas s'il va l'être demain !

Il est arrivé, le grand patron, dès le lendemain, jeune encore, élégant, racé, le regard gris, il voulait me rencontrer après sa visite sur ses chantiers de Pasajes San Pedro.

Moi, dès que Mikel a ouvert la porte, suivi d'Anastasio Lizardi Olazaguirre, je suis devenue la petite fille de mes sept ans, les fesses serrées dans ma culotte, la peur de me faire pipi dessus, remontant jusque sur mes lèvres pincées.

– Bonjour Madame, a dit Anastasio en me tendant la main.

– Bonjour Monsieur, ai-je répondu la voix mourante, le regard peureux de la chienne qui sait que les coups de bâtons vont pleuvoir.

– Entrez, *Aita*, a invité Mikel, déférent, en désignant le fauteuil près de la cheminée, vous prendrez bien quelque chose.

Mais quoi ? ai-je pensé aussitôt.

– Un verre d'eau, a répondu Anastasio, le regard sévère.

– Je vais le chercher, ai-je déclaré précipitamment, en essayant d'échapper au regard de métal.

– Non ! non ! Mikel va le faire. Vous ! asseyez-vous !

Assise le ras des fesses sur le bord du fauteuil, les mains jointes sur les genoux, j'ai attendu.

Mikel est revenu avec un verre d'eau posé sur une assiette qu'il a déposée devant son père, sur l'affreux guéridon qui a oscillé sur l'un de ses trois pieds.

– Attention ! Le verre d'eau ! me suis-je exclamée de façon incongrue.

Un silence lourd a plané sur l'écho de ma voix tandis qu'Anastasio buvait son verre.

– Bien ! lance-t-il froidement, alors que Mikel s'assied sur le bras du fauteuil et m'entoure de son bras courageusement. Bien ! répète Anastasio fixant Mikel, je vois que tu as choisi de me mettre devant les faits accomplis, je passe, et tu l'as constaté toi-même ce matin sur le ralentissement des cadences et l'augmentation des salaires, mais ce que je n'accepte pas se joue ici. Tu as une femme que tu ne m'as jamais présentée et qui, je crois comprendre, porte ton enfant, si je ne me trompe!

– Vous ne vous trompez pas, *Aita*.

– Un enfant donc qui sera mon petit-fils ou ma petite-fille, cela est sans importance, cet enfant aura ton nom, mon nom, et je trouve inadmissible que tu n'aies pas eu le courage de venir me l'annoncer toi-même, à Bilbao, à moi, bien sûr, et à ta mère. Inadmissible! – La voix enfle et se cogne aux murs. – Les idées politiques peuvent parfois séparer un père d'un fils, comme tu le sais si bien, mais ces mêmes idées ne peuvent pas séparer un grand-père de l'enfant qui doit bientôt naître. Je n'ai plus rien à ajouter.

Il se lève et se dirige vers le corridor.

– *Aita*, vous ne pouvez pas partir ainsi sans m'avoir écouté.

– Si tu veux me parler, tu sais où me trouver. Au revoir, Madame, ajoute-t-il, je suis désolé.

Mikel a suivi son père. Je ne sais pas ce qu'ils se sont dit dans ce face-à-face que je regardais de derrière le rideau, de la haute fenêtre du salon. Il faisait de grands gestes, Mikel, les bras écartés, les mains tendues, puis j'ai vu Anastasio se pencher vers la portière de la voiture qui l'attendait le long du trottoir; la haute silhouette de son fils, de dos, a suivi la voiture jusqu'à ce qu'elle disparaisse au bout de la rue. La porte franchie, dès qu'il a été près de moi, nous nous sommes souri. Les chats feulaient dans l'impasse, comme chaque soir, et peut-être plus que chaque soir. Nous nous sommes réfugiés, Mikel et moi, sous la belle couverture rouge de notre lit, et nous nous sommes aimés, avant de dîner des restes de la veille et de boire un bon vin de la Rioja Alavesa. Nous n'avons pas parlé d'Anastasio, ni des grèves, ni des assassinats, ni de la confusion dans laquelle nous vivions et qui m'effrayait parfois.

Le printemps a arrondi mon ventre que je cachais sous mon ample manteau et que Mikel surveillait d'un œil inquiet.

Un après-midi du mois d'avril, j'ai croisé sur l'avenue Cristóbal Balenciaga, un pardessus d'alpaga posé sur ses épaules, coiffé d'un béret noir.

– Oh, bonjour Mademoiselle (il se souvenait donc de moi), il y a quelques jours j'ai failli vous demander de me ramener vos croquis *(il est encore temps, Maître!)*, j'avais remarqué lors de notre entrevue que vous portiez ce très élégant manteau, au plombé superbe, et que j'aime vraiment. Pourrais-je revoir vos croquis?

C'est mon cœur qui répond à ma place, il enchaîne un galop infernal sous le regard du maître qui m'interroge, là, dans le vent frais et printanier.

– Bien sûr que vous pouvez les voir, mes croquis... Bien sûr... Oui, oui... Oui, oui... demain, si vous le voulez.

– Très bien, demain. Je vous attendrai.

Il ne m'a pas attendue, Cristóbal Balenciaga, je me suis postée devant la devanture avec presque une heure d'avance, sous une pluie fine portée par le vent d'ouest d'un matin très gris. La maison de couture n'ouvrait jamais avant dix heures, et il se levait tard, le maître, je ne le savais pas, ensuite il lisait la presse dans tous les sens, jusqu'au début de l'après-midi où enfin il apparaissait dans ses deux ateliers mais jamais dans sa boutique, sauf pour une grande d'Espagne ou une riche Madrilène, dont il devait baiser la main dans une révérence princière qu'il n'avait pas dû apprendre sur le port de Getaria.

Une faim de louve me tenaillait l'estomac quand, avec plein d'exclamations dans la voix, j'ai entendu:

– Quel étourdi! Je ne vous ai certainement pas dit que je ne reçois jamais le matin.

– Ce n'est pas grave, ai-je souri.

– Mais qu'avez-vous donc fait pendant tout ce temps?

– Je vous ai attendu.

– Dehors? Sous la pluie? Pilar ne vous a pas invitée à vous asseoir, à prendre un café?

– Bien sûr que si, elle m'a gentiment invitée, mais j'ai refusé.

– Venez, venez donc. Je suis désolé.

La désolation flottait autour de moi : Cristóbal Balenciaga était désolé, Anastasio l'était aussi, les hommes des partis politiques étaient désolés de la situation. Les journaux l'étalaient dans leurs pages. La désolation se lisait sur toutes les lèvres et jusqu'au visage tendu de l'homme de la rue, qui l'était beaucoup plus que les danseurs du grand ballet espagnol, épuisés par leurs entrechats et leurs entrées et sorties de scène.

– C'est très gentil à vous de me confier vos croquis, dessinez-en d'autres. Des tailleurs. Des manteaux. Je présente ma collection d'hiver en juillet à ma grande amie, la princesse Maria Elena de Valderrobres y Montalvana, une petite-cousine d'Alphonse XIII.

J'ai pris l'air de la connaître fort bien, la princesse qui résidait dans son palais d'été au-dessus de la Concha, et je me suis juré qu'elle pouvait attendre longtemps d'avoir sur elle un manteau de moi qui aurait inspiré le maître.

J'ai reçu un peu plus tard une carte de Cristóbal Balenciaga qui m'invitait à lui rendre visite, avec un billet de banque marron et bleu.

Le billet, je l'ai gardé précieusement dans une enveloppe et je le sors de temps en temps encore pour m'assurer que je n'ai pas rêvé.

Certains soirs où l'impatience me rongeait, nous partions, Mikel et moi, marcher jusqu'au port et nous installer aux longues tables en bois, dans les odeurs de friture qui m'ouvraient l'appétit et celles de la criée qui me le fermaient.

Souvent, Jon Azpiazu nous y rejoignait accompagné d'une jeune et pure beauté – *una chica bonita* –, suivi toujours de Joseba, de Felix Egaña, d'Isabel et d'autres que j'aimais plus ou moins selon mes humeurs.

Joseba écrivait beaucoup dans des revues trotskistes que personne n'achetait, pas même nous. En revanche, *Les Cahiers Modernes* qu'il venait de créer, seul, avec l'argent de tout ce qu'il avait vendu y compris sa bicyclette, éditaient des poètes de talent, inconnus pour la plupart, mais aussi Antonio Machado, Federico Garcia Lorca, Rafael Alberti, et étaient épuisés alors même qu'ils venaient de paraître.

Joseba, fidèle à ses idées, vivait de peu et nous faisait mourir de rire quand il imitait ma tante dans ses prières, qui implorait Dieu tout au long du jour pour le rachat de nos âmes, lui son fils et moi sa nièce, qu'elle évitait ostensiblement lorsqu'il nous arrivait de nous croiser dans une rue.

Jon Azpiazu prenait souvent Mikel à partie.

– Je rentre d'Oviedo, tu devrais lire ceci – et il lui tendait une feuille intitulée « La Tierra » où un jeune leader de la CNT, Valeriano Orobon Fernandez, affirmait que le risque du fascisme en Espagne était vraiment tel qu'une nouvelle alliance de la classe ouvrière était nécessaire.

– Personne ne dit le contraire ! assénait Mikel.

– Oui mais vous, le patronat, que faites-vous contre la montée du fascisme ?

– Plutôt que de m'attaquer, Jon, entre au Parti, personne n'y est de trop. Il faut ouvrir un front à gauche au Parti, nous y arriverons. Mais ne restez pas dehors avec la faucille et le marteau, ça ne sert à rien ni à personne.

Le ton montait. La jeune et pure beauté jouait des cils, la main sur l'avant-bras de Jon qui ne la voyait pas et s'enflammait sans que personne ne cherche à apaiser les tensions – les mêmes qu'aux Cortes.

– Tu crois qu'il va te laisser entrer la faucille et le marteau, Jose Antonio Aguirre ?...

Et tandis qu'ils se portaient les dernières estocades, je me levais fatiguée et triste.

– Va le lui demander toi-même, à Jose Antonio Aguirre. Moi, du Parti, je ne connais que ce que nous avançons jour après jour, et au Parti, j'en connais qui sont peut-être plus à gauche que toi.

L'air avait des relents de sardines grillées.

– J'arrive, disait Mikel dès qu'il me découvrait debout adossée contre le pilier de pierre, tiède encore des rayons du soleil couchant.

Les voix de Felix Egaña, d'Isabel, de Joseba se mêlaient, me revenaient.

– Je m'en vais, annonçais-je d'une voix forte pour qu'il m'entende, Mikel, mais lorsque j'écoutais son pas courir sur la chaussée bien plus tard, je savais qu'il ne m'avait pas entendue.

– Il faudrait arrêter un peu de vous disputer tous les soirs. C'est pénible, tu ne trouves pas ? l'ai-je interrogé, tandis que relevant mes cheveux pour y glisser sa main sur ma nuque, il disait :

– C'est peut-être vrai. Mais la réalité politique d'aujourd'hui nous oblige à nous affronter.

– Il est trotskiste, Jon ?

– Il l'est, je le suis, comme l'est Joseba, comme tu peux l'être. Nous sommes tous trotskistes par la pensée, mais dans les faits c'est autre chose. Nous refusons le monde de nos parents, fermé, étouffant, guindé, c'est vrai ! Nous voulons changer le monde, et nous avons raison. Le monde bouge, les institutions aussi commencent à bouger, mais les anciennes fondations doivent soutenir ces changements. Et puis c'est très bien que Jon attaque le patronat dont je suis, mais je ne l'ai jamais entendu proposer que les cliniques de son père et de ses oncles deviennent un grand hôpital civil aux soins gratuits pour les plus démunis.

– Ce n'est pas un argument politique, ça.

– Ça l'est ou ça ne l'est pas. Mais Jon ne peut pas vouloir changer la société en n'apportant que des critiques.

Et brusquement, sa main sur mon ventre aussi rond qu'une mappemonde :

– Il va se décider quand, le petit monsieur, ou elle va se décider quand, la petite demoiselle ?

Je souriais, amoureuse, pleine de sa tendresse, ravie de son baiser, sous le réverbère qui venait de s'allumer.

– Nous sommes la Révolution, disait Mikel en relevant la tête, le sourire aux lèvres, et me montrant du doigt le couple que nous venions de croiser : As-tu vu l'air de dégoût qu'ils avaient, ces deux-là, en nous regardant ?

Il arriva une nuit chaude de juillet, le petit monsieur, sans crier gare.

Une nuit d'étoiles où nous avions laissé les fenêtres des chambres ouvertes sur l'impasse, à la recherche d'un peu d'air frais.

Julian est né ce matin, dix-huit juillet, a télégraphié Mikel à ses parents.

Le lendemain, une corbeille de fleurs nous était livrée dans un panier d'osier.

– Les plus belles fleurs de Donosti, a souri Mikel en décachetant la carte et en se mordant les lèvres.

– Tiens, lis, c'est mon père.

Nous vous attendons avec Julian, écrivait Anastasio.

Dans la touffeur des premiers jours du mois d'août qui fait trembler l'air et efface le contour des montagnes dans le lointain, nous avons pris un train pour Bilbao.

À la gare nous attendait Anastasio, sans son chauffeur.

– Bonjour Lucia, bonjour toi ! – avec un signe du menton vers Mikel. – Bonjour petit – son index effleurant le crâne de Julian –, montez dans la voiture, il fait vraiment très chaud.

Après Getxo, stupéfaite, j'ai découvert la maison familiale de Mikel : un manoir de pur style anglais, isolé sur une colline dont la pente douce se mourait dans la mer. Un manoir de pierres grises avec une tourelle crénelée et sur le perron aux larges marches de pierre blanche, en demi-cercle, un groupe de personnes – l'horreur ! – qui nous attendait. J'ai croisé le regard de Mikel qui a aussitôt haussé les épaules, tandis que la confortable conduite intérieure s'arrêtait au bas des marches en faisant crisser le gravier.

Une longue et belle femme, toute de beige vêtue, s'est avancée vers nous.

– Je te présente ma mère, a dit Mikel tandis qu'elle se penchait avidement sur Julian.

– Ô Jesús ! Jesús ! *Ene* ! Qu'il est beau !

Et très femme du monde, l'émotion perlant au bord de ses beaux cils, la tête relevée :

– Bonjour Lucia, approchez. Nous vous attendions.

Toute une famille, au grand complet, des grands-parents, oncles et tantes, neveux et nièces, penchée sur Julian que tout le monde voulait toucher, m'embrassait.

« Jesús ! Qu'il est beau ! » répétait le chœur des femmes tandis que les petites filles avec de grands nœuds blancs sur les barrettes qui retenaient leurs cheveux s'esclaffaient de rire, les mains jointes sur leur bouche.

– Bonjour Lucia, je suis Itziar, la jeune sœur de Mikel, et voici mon mari Juan Anton. Notre sœur aînée, Begoña, est au Carmel. Je pense que Mikel a dû vous le dire.

Elle se trompait mais je souriais, perdue comme jamais, ma main accrochée au poignet de Mikel qui s'engouffrait avec allégresse dans les subtilités du biscayen, tandis que je nageais à contre-courant dans mon labourdin.

– Votre père est de Fontarrabie, n'est-ce pas ? m'a questionnée un peu plus tard Anastasio, il a bien une entreprise de mécanique navale à Ciboure ?

– Oui, ai-je répondu, surprise.

Le rappel de mon père m'a donné le brusque désir de l'avoir à mes côtés, là, face à la mer, pour participer à ces agapes dont Julian était le petit prince qu'il ne connaissait pas. Un chagrin brutal m'a envahie et j'ai entendu Hortense : « C'est de ta faute Lucie, ton orgueil est aussi grand que l'océan Pacifique. »

L'immense océan Pacifique, pacifié, *in pace, in Domine Pace*, ai-je pensé. *Pardonne, et tu seras pardonnée. Allez en paix, soyez bons les uns envers les autres. Le bien que vous ferez sur cette terre vous sera rendu au centuple au ciel.* Quand ?

Des cargos croisaient au large, et deux torpilleurs espagnols mouillaient en face des côtes, plus au sud, vers Santander.

– Ce sont des torpilleurs, ces deux navires là-bas ?

– Vous avez l'œil avisé pour une femme, Lucia, ce sont deux torpilleurs espagnols, c'est exact.

– Et pourquoi sont-ils là ?

– Demandez cela plutôt à Mikel, il doit savoir ce que ses amis préparent.

Perplexe, j'ai fixé l'horizon et je n'ai rien demandé à Mikel lorsque je l'ai retrouvé.

– Julian a-t-il été baptisé ? m'a interrogée un peu plus tard Anastasio qui ne me lâchait pas, sa main posée sur mon coude comme une coquille Saint-Jacques, pour m'accompagner de groupe en groupe.

Je n'ai pas failli, mon « Non ! » courageux a franchi mes lèvres tandis que mon œil gauche émettait un signal d'alarme vers Mikel. Il s'est mis à l'arrêt, Anastasio, a porté une main à son sourcil qu'il a gratté.

– Je ne vous comprends pas, quelle aberration ! Mikel est au Parti et vous n'avez pas fait baptiser Julian ? Je vais lui en toucher un mot.

Quelques minutes plus tard, contrarié comme jamais je ne l'avais vu, Mikel m'a déclaré :

– Faisons les bagages, nous rentrons.

– À pied ?

– Tu sais ce qu'il veut, mon père ?

– Que nous baptisions Julian. Et pourquoi pas ? Vous avez une chapelle dans votre propriété, là-bas sur le promontoire, tu as deux oncles prêtres, ils sont ici. Nous pouvons aller annoncer à ton père, si tu veux, notre accord.

– Tu changes d'idée…

– Oui, je change d'idée. Je suis fatiguée, je n'ai pas envie de me battre, je suis baptisée aussi et je suis là avec toi, l'eau du Jourdain ne m'a rendue ni idiote ni bigote.

Il lève les yeux au ciel.

– Bon, écoute-moi Mikel, Julian a faim, je dois lui donner le sein, je le lui donne où, le sein ? dans le couloir ? sur le perron ? en haut de la tour ? Où ?

– Ici, a murmuré Arantxa, que nous n'avions pas vue arriver à contre-jour, en ouvrant la porte d'un petit salon beige aux tentures fleuries de pivoines. Une fois la porte refermée sur nous :

– Céder c'est capituler, tu le sais, non ?

– Pour une fois, je m'en moque !

Et j'ai ri, les seins soulagés de leur tension par la petite bouche goulue de Julian.

– Tu serais donc parjure ? m'a interrogée Mikel tandis que je tapotais le petit dos de Julian en attendant son premier rot.

– Parjure est un très grand mot pour un petit plaisir que nous pourrions offrir à tes parents.

– Tu crois vraiment ce que tu viens de dire ?

– Écoute-moi, Mikel, de toute ma jeune vie je n'ai pénétré dans une maison comme la tienne, une maison de la haute bourgeoisie où depuis que nous sommes arrivés, je souris à tous les tiens. Nous sommes peut-être du même peuple, Mikel, mais pas du même monde. Je viens de le découvrir, et c'est ici que tu voudrais que nous nous affirmions comme d'authentiques révolutionnaires ?

Il fulminait, Mikel, de dos face à la mer, il tapotait de ses doigts le carreau vitré de la baie entrouverte sur le jardin.

– Tu le savais en me conduisant ici, tu ne m'as jamais parlé de la tour crénelée, de ta sœur au Carmel, de tes oncles prêtres, de tout ce qui a toujours existé ici, qui existe et qui ne changera pas si nous partons maintenant. Ils me croient ton épouse devant la loi, tes parents, et même s'ils ont un doute sur ma légalité, ils ne m'ont pas demandé mes papiers.

– Arrête, Lucia !

– Pourquoi devrais-je me taire ? Il ne fallait pas venir si pour une petite croix sur le front de ton fils, tu veux brandir face aux tiens la faucille et le marteau en or, tu en as les moyens, toi !

– Tais-toi, tu dis n'importe quoi.

Et je me suis tue, Julian entre mes bras, mes yeux levés vers le grand tableau, aussi large que la cheminée et aussi long que le silence dans lequel nous étions plongés.

– Il est de qui, le tableau de la *Fuite en Égypte*, là, en face de moi ? de Zurbarán ?

– Non ! de Zuluaga, a répondu Mikel dans mon dos, ses lèvres posées sur ma nuque.

J'ai tendu ma main restée libre au-dessus de mon épaule pour retrouver la sienne.

Le lendemain, avant que la grande chaleur ne s'abatte sur les terres, dans la petite chapelle de Notre-Dame de Guadalupe, Don Miguel, le parrain de Mikel, a baptisé Julian avec beaucoup de simplicité.

Aux premières notes de l'« *Agur Maria* », ma voix malgré moi s'est envolée au-dessus de la mer.

– Tu as conquis mes parents, a ri Mikel quand nous revenions sur le sentier, au milieu de l'herbe rase de la colline brûlée par les vents de la mer.

– Ce n'était pas mon intention.

Devant nous, d'un pas alerte, Anastasio et Arantxa, qui tenait entre ses bras son petit-fils, regagnaient la maison pour une collation sur la terrasse.

Dès notre retour à Donosti, Jose Mari Larrañaga nous attendait la mine sombre.

– Excusez-moi, je devais vous voir, Mikel, absolument…

– Entre, tu n'as pas à t'excuser.

Les portes refermées sur le salon, j'ai dénudé le petit corps de Julian que la chaleur incommodait, et je me suis mise à ranger nos affaires. Une odeur âcre flottait dans l'entresol.

Mon odorat en alerte, j'ai suivi l'odeur jusque dans la pièce, que j'appelais pompeusement la buanderie et où, devant la fenêtre fermée, reposait sur son trépied l'énorme lessiveuse, le couvercle à terre, et honteuse, je me suis rappelé que j'y avais laissé tremper les langes et les couches de Julian depuis… j'ai compté sur mes doigts… quatre jours.

Julian, que j'avais laissé au milieu de notre grand lit, s'est mis brusquement à pleurer; j'ai traversé le couloir en courant vers lui, une boule de peur au milieu de l'estomac. Non! Il n'était pas tombé du lit, il était là, sur le drap froissé, hurlant de plus belle et rouge comme la crête d'un coq.

Par l'entrebâillement de la porte, Mikel a demandé:

– Qu'est-ce qu'il se passe?

Un doigt posé sur la bouche, j'ai murmuré « Chut », et fait de la main un signe qu'il déteste: « Va-t'en! »

La porte s'est refermée sur un claquement sec.

Julian et moi, le store en lattes de bois entrouvert sur l'impasse où les chats miaulaient à l'habitude, nous nous sommes installés dans le lit jusqu'à ce que la nuit vienne.

Mes lèvres sur son crâne, je chantonnais une berceuse, et un petit sourire de temps en temps parcourait ses lèvres. Rien n'existait alors pour moi que la main potelée de mon fils qui s'accrochait à mon index et ce calme qui s'emparait de moi quand nous étions seuls comme ce soir-là, moi, nue, adossée à la tête du lit contre le cuir ventouse qui collait à ma peau, et lui, sa petite tête brune entre mes seins lourds que, repu, sa bouche continuait de téter dans le vide.

Fort tard, Mikel est venu nous rejoindre et le visage levé vers le plafond, plissant le nez pour humer l'air ambiant:

– Qu'est-ce que c'est cette odeur?

– Les langes.

Et du regard de celui qui découvre un monde nouveau :

– Quels langes ?

J'ai désigné le petit postérieur de Julian.

– Tu ne le mets pas dans le berceau ? Il dort bien, non ? tu ne crois pas ? a-t-il murmuré, une main caressant la courbe de mon sein tendu, tandis qu'il s'allongeait contre moi après s'être défait de ses vêtements qu'il a jetés à même le parquet.

Mes jambes sont devenues prisonnières des siennes.

– Pourquoi est-il venu, Jose Mari Larrañaga ?

– Pour rien. Je t'expliquerai demain, mets-le dans le berceau, Julian, non ?

– Si je peux.

Il s'est écarté légèrement de moi, et tout sourire :

– Tu peux, tout en déposant un léger baiser sur le petit crâne de Julian.

Comme toutes les nuits, j'ai laissé la porte entrouverte sur le berceau que nous pouvions surveiller ainsi de notre lit.

– Ferme la porte un peu plus, la lumière le gêne.

– Éteins la lumière.

– Non, justement, je ne veux pas l'éteindre, la lumière, je veux pouvoir t'admirer, te regarder, par contre, tire le rideau sur l'impasse. Tu sais ce que j'ai envie de faire maintenant si je m'écoutais ? – rejetant le drap, ne me cachant rien de son désir.

J'ai haussé les épaules.

Il s'est levé d'un bond et s'emparant de moi nue, telle une proie, il m'a jetée sur le lit entre nos rires que nous essayions de calmer.

Est-ce qu'ils se doutaient de quelque chose, les voisins ? Est-ce qu'ils savaient déjà que nous serions des amants magnifiques ? Est-ce qu'ils savaient le goût de sa bouche sur mes lèvres ? Et son sexe dressé comme un mât de misaine, pour moi seule ? Est-ce qu'ils l'ont deviné, les chats qui se sont tus brusquement, l'embrasement de nos deux corps accordés pour que les mots chuchotés deviennent plainte et que la plainte devienne un râle, un feulement, un cri, un cri de pleine jouissance ?

Ce fut notre nuit. Et pour m'en souvenir, sur un tout petit carnet à la couverture de cuir rouge où je notais les petits et grands détails de notre vie, j'ai écrit : *Dix août 1934, le lion a comblé sa lionne*, et j'ai dessiné trois étoiles et trois lunes. Signes secrets connus de moi seule. Une nuit que j'ai prise comme si elle était la première mais aussi la dernière.

Depuis le mois de juin, les députés nationalistes basques et catalans ne siégeaient plus aux Cortes. Les grèves se succédaient au même rythme que les manifestations et avec une violence accrue.

Mon inquiétude grandissait semblable au galop des chevaux des gardes nationaux qui poursuivaient de plus en plus souvent les manifestants jusque dans les coins reculés des petites rues.

Une nuit, les gardes civils se sont tenus en embuscade dans l'impasse.

– J'ai peur, ai-je murmuré.

– Ce n'est rien, a chuchoté Mikel alors que nous étions réfugiés sur le divan du salon, le bras de Mikel protégeant Julian qui dormait contre mon ventre.

Les heures se succédaient sur le réveil éclairé par une petite bougie que nous avions allumée sur la table basse. Puis, brutalement, nous avons entendu trois claquements secs d'une arme, et l'index replié sur ma bouche, je me suis efforcée de calmer l'angoisse qui me tenaillait et que je lisais aussi dans le regard de Mikel.

Au matin, sur le trottoir d'en face, une flaque de sang s'étalait. Par Felicia, la femme du concierge, nous avons appris qu'Antonio Fernandez – « un anarchiste », a-t-elle déclaré l'air condescendant – avait été abattu.

Une manifestation monstre a eu lieu, où nous sommes tous allés le lendemain.

Je me suis vêtue d'une petite robe noire, et j'ai noué un foulard rouge dans mes cheveux. Julian dans les bras de Mikel, nous avons suivi le cortège nos poings levés jusqu'aux cordons de la garde civile et des gardes nationaux qui bloquaient les accès de la mairie. La fureur de tous ceux qui voulaient continuer a éclaté. Felix Egaña s'est emparé de la grille en fonte d'une bouche d'égout, l'a lancée devant lui sur un cheval dont il a brisé une jambe.

Je ne l'ai pas vu, bien sûr. Nous étions à l'abri d'un couloir quand Joseba nous l'a raconté. Un vrai combat de rues a éclaté et pour nous, une nuit sous un escalier que nous n'avons quitté qu'au petit matin.

Des manifestations, il y en a eu tous les jours, dont Mikel revenait souvent en nage, l'œil vibrant de colère.

Et moi qui avais l'interdiction de sortir, devant le danger qui régnait désormais, je lui demandais de m'expliquer.

– Il n'y a rien à expliquer. La République de 1931 a basculé à droite et avec Gil Robles à l'extrême droite. Elle met en péril notre pays, elle arrête nos députés, remet en cause le Consorcio de 1870, tout n'est que trahison et arbitraire.

J'étais subitement fatiguée, j'entendais sans écouter vraiment, je disais « Oui, je comprends » mais je ne comprenais pas tous ces affrontements politiques. Mes rêves de révolutionnaire s'amenuisaient comme peau de chagrin, et souvent, sans le lui avouer, j'ai voulu prendre le train avec Julian dans le sens inverse de notre arrivée, riche de promesses.

Et puisqu'elle devait éclater un jour, la Révolution a embrasé les Asturies, violente, inattendue, si rapide qu'elle a laissé sur le chemin tous ceux qui ne l'avaient pas entendue gronder entre les mains des mineurs asturiens.

Isabel rayonnait.

– Imagine, disait-elle, c'est formidable, chaque commune, chaque ville est contrôlée par les comités révolutionnaires qui assurent aux populations le ravitaillement et leur sécurité. Quand tu penses qu'hier, une tranche de pain était une journée de travail pour l'ouvrier et que grâce à la Révolution, aujourd'hui ils mangent dignement, qu'est-ce que tu veux rêver de mieux ?

Elle était splendide, Isabel, quand elle proclamait cela, son beau regard bleu, vif, traversé d'éclairs de joie.

– Oui, mais…

– Attends, Isabel, « Oui-mais » va parler, rétorquait Joseba en la prenant par les épaules, écoute-la.

– Oui, mais les couvents incendiés, les églises pillées, les prêtres fusillés, les religieuses violées, je ne peux pas l'accepter.

– Ils ont trop souffert, écrasés par la Croix, et ce depuis trop longtemps. Essaie de les comprendre, Lucia !

Elle est partie la première, Isabel, rejoindre les camarades qui se battaient à Oviedo, à Gijón, à Mieres.

Et quand, à leur tour, Joseba, Felix Egaña et Jon sont allés la rejoindre, nous sommes restés seuls, Mikel et moi, comme abandonnés, les oreilles collées au poste de radio. Entre les grésillements des ondes brouillées, nous avons entendu d'une radio qui émettait, je crois, de Turón :

« Camarades, nous, le comité révolutionnaire de Grado, créant une nouvelle société… Il ne faut pas s'étonner que le monde que nous forgeons ait pour prix le sang, la douleur et les larmes. Il n'est rien sur terre qui ne soit fécond. Soldats de l'Idéal, à vos fusils !

Femmes mangez peu, juste le nécessaire… Et vive la révolution sociale ! »

Julian souriait dans mes bras.

– Trente mille ouvriers combattants ! disait Mikel en secouant la tête, trente mille ouvriers combattants !… Et en dix jours seulement, c'est magnifique et dangereux à la fois !

– Ne va pas les rejoindre, reste, ai-je supplié.

Il m'a caressé la joue.

– Je ne partirai pas.

Soulagée, ma main ramenant en arrière la belle mèche de ses cheveux noirs :

– Je suis enceinte, ai-je avoué dans un sourire.

– Encore !

– Comment cela, encore ? La deuxième fois seulement.

Le lendemain, la nouvelle qui est tombée de tous les postes de radio nous a pétrifiés d'effroi : le gouvernement de Madrid faisait appel au général Franco, au colonel Yagüe, à la tête des unités de la Légion, et aux troupes marocaines pour mater la rébellion dans les Asturies.

– Ils sont fous ! a rugi Mikel en frappant de son poing le mur du salon, ils sont fous !

L'horreur s'est étendue sur les Asturies. Impitoyable. Un champ de ruines, couvert de morts. Deux mille morts. Trois mille blessés. Au moins quinze mille personnes incarcérées. Torturées. Et parfois sommairement exécutées.

Joseba, revenu depuis peu avec Jon Azpiazu dans un vieux train où tous les journalistes avaient été forcés de grimper, ne parlait pas, vieilli, fatigué. Jon, souvent transi de froid et si pâle, en avait perdu de sa superbe.

À Donosti, la bourgeoisie s'affichait aux terrasses des cafés le long de la Concha, et sablait le champagne. Felicia, l'infâme, avait épinglé au mur de sa loge une photo du général Franco, et lorsque je passais devant, elle me le désignait du doigt :

– Notre Sauveur.

Et son sourire mauvais me glaçait les sangs.

Un jour, Joseba, qui voulait me faire rire, a commenté :

– Regarde-le, Jon, il est parti, le marteau et la faucille dressés comme un hauban au-dessus des foules, et voilà comment il nous revient, le ruban bleu de la Vierge noué au bout de son marteau ; lui qui pouvait baiser toutes les *chicas bonitas* de Donosti et d'ailleurs, quelle tristesse !

Mais je ne riais pas.

Tous les articles où il avait décrit les carnages de la répression dans les Asturies avaient fait l'objet d'une censure. *El Heraldo de Madrid*, muselé par la droite, avait été obligé de se défaire de Jon Azpiazu, son expert en politique étrangère et envoyé spécial, sillonnant les feuilles blanches de Rome à Moscou, de Montevideo au Caire, à l'encre de son stylo.

Un soir de novembre où la pluie cinglait les vitres du salon, Mikel est venu vers moi et tout doucement, m'a prise dans ses bras, et sur la défensive, j'ai demandé :

– Qu'est-ce que tu as ?

– Isabel ne reviendra pas, a-t-il répondu d'une voix douce, elle a été assassinée à Mieres.

– Ce n'est pas vrai ! Comment tu le sais ?

– Par Felix. Il vient de rentrer de Santander où il est resté caché. Je viens de le voir au bureau du Parti.

J'ai secoué la tête :

– Ce n'est pas vrai.

– Si, c'est vrai.

– Oh, non ! Pas Isabel. Pas elle. Ce n'est pas juste.

Mon visage est devenu douloureux et mes poings se sont abattus sur les épaules de Mikel.

– Viens Lucia, viens.

Je me suis mise à pleurer au creux de ses bras, si longtemps qu'il a fini par me bercer, tandis que d'une voix monocorde je répétais :

– Pas Isabel. Pas elle.

– Pense à Julian, ma petite grenouille aux yeux rouges, pense au petit que nous allons avoir. Il y a la vie, et tu le sais, Lucia, tu es forte, tu es si forte que si nous sortons maintenant, là, jusqu'au port, je suis sûr que tu vas dévorer une langouste.

– Je ne crois pas.

– Moi, j'en suis sûr.

Pour conjurer le sort, nous avons filé jusqu'au port en poussant le landau de Julian. Sur la grande table en pin verni, nous avons dégusté une langouste avec un vin blanc de Getaria puis un mérou à l'ail.

– Au fond, je devais avoir très faim, ai-je avoué après le flanc au caramel, la jeune morte à mes côtés.

– Ne pleure pas, Lucia.

Mes larmes sont venues éclabousser le caramel au fond de l'assiette.

Alors, il a embrassé ma main qu'il a levée au-dessus de la table, son regard clair plongé au fond de mes yeux. Comme je l'ai aimé, en cet instant-là.

Malgré son amour, je me suis refermée sur moi-même, sur Julian. Je ne lisais plus la presse. Je n'écoutais plus la radio. Joseba ne me faisait plus rire. L'ombre des Asturies cendrait les reflets de la mer malgré l'or printanier qui verdissait les arbres des avenues où je ne me promenais plus, parce que si je m'aventurais sous leurs ombres fragiles, Isabel m'y attendait, son regard bleu me transperçant, et je voyais bouger ses lèvres.

Il n'y avait que sur le sable de la plage que je me sentais apaisée et où Mikel faisait courir Julian le long des petites vagues qui venaient mourir à leurs pieds.

– Que tu es lointaine, Lucia, disait Mikel.

Je ne le contredisais pas.

Ce printemps 1935 est une ligne sombre et droite, je n'ai ouvert le petit carnet secret que pour y consigner cette ligne droite, et même mon ventre qui s'arrondissait, je ne voulais pas y penser.

– Qu'as-tu, Lucia ? questionnait tendrement Mikel.

– Je ne sais pas.

Coupable d'être amorphe, je jouais des heures entières avec Julian, assise sur le tapis que j'avais tiré jusque sous les fenêtres du salon ; il adorait les piles de cubes en bois que je dressais patiemment et que d'un geste vif de sa menotte, il abattait dans un éclat de rire.

Il adorait aussi la fresque que je m'étais mise à peindre dans sa chambre, à mi-hauteur des murs, une ronde d'éléphants et de girafes bleus. Joseba et Jon, en cette fin de printemps, dînaient tous les soirs avec nous; je n'écoutais rien de ce qu'ils disaient, l'oreille attentive malgré moi.

– Le journaliste Luis de Sirval a été assassiné dans sa cellule par trois officiers de la Légion.

– Et hier soir, près de l'hôtel Maria Cristina, Felix Egaña a été pris à partie par un groupe de phalangistes, et s'il est en vie, c'est parce qu'il a sauté du pont dans l'Urumea...

Je me suis approchée pour savoir la fin de l'histoire et avec une mimique excédée, je grondais:

– Arrête de fumer, Joseba! Tu empestes tout le salon.

De la main, j'ai chassé la fumée avant de m'asseoir à côté de Mikel.

Calmée, j'ai interrogé:

– Et alors, Felix?

– Tu lui demanderas toi-même quand tu le verras, m'a répondu Joseba en écrasant son petit cigare dans sa tasse de café.

Dans la nuit du 7 juillet, Mikel, pris de court par l'intempestive rupture des eaux, a couru chercher le vieux docteur Emilio Ruiz de Alegria, notre proche voisin du deuxième étage et monarchiste convaincu.

Quand il est descendu vers deux heures du matin, le cheveu en bataille, le lorgnon pincé sur son nez, une petite tête brune s'essayait déjà au passage entre mes cuisses relevées.

– Un petit peu de patience, jeune dame, et vous serez bientôt délivrée, a-t-il déclaré tout en remontant le drap du lit jusque sur mes seins. Tout va bien, ne vous inquiétez pas.

Il s'est aussitôt assis sur une chaise qu'il a poussée devant le store de la fenêtre. De l'intérieur de sa veste, il a sorti un éventail qu'il a agité énergiquement.

Je serrais les dents, et à aucun moment la douleur de plus en plus intense ne m'a arraché un cri, à peine un petit grognement.

« Ton orgueil démesuré, pour une fois, te sert à bon escient », aurait dit Hortense.

La sage-femme qu'Emilio avait fait quérir par Mikel, et qui par chance n'habitait pas loin, est arrivée pour l'ultime passage, celui qui est à la fois la vie et la mort. Margarita Redondo avait mis au monde des centaines d'enfants et d'une main experte, elle a fait glisser le crâne du bébé doucement vers la lumière.

C'est elle qui d'une voix forte, alors qu'elle tenait le bébé suspendu par les pieds, a annoncé « C'est une fille », au moment même où Manuela a poussé son premier cri.

Avec un grattement discret, Mikel a entrouvert la porte que la vieille femme d'un geste vif a refermée aussitôt.

C'est elle, avec une énergie qui brassait l'air, qui a lavé puis habillé Manuela, a remis la chambre en ordre, a refait mon lit avec des draps propres, tout en répétant à la cantonade :

– Je n'ai besoin de personne.

C'est elle aussi qui d'un geste autoritaire a mis Manuela à mon sein, a changé ma chemise de nuit, et dans un vieux journal a empaqueté avec dextérité le placenta et le cordon, et qui a ordonné à Mikel d'aller le jeter à la mer, en lui accordant une minute pour qu'il embrasse sa fille. C'est elle aussi qui m'a apporté un grand verre de vin.

– Buvez, cela vous fera du bien. On en donne bien aux vaches, alors pourquoi pas aux femmes.

Elle aussi qui a surveillé le sommeil de Julian, à peine perturbé par les allées et venues de la grande femme au chignon gris.

Et après un baiser sur mon front :

– Je repasserai cet après-midi, en attendant essayez de dormir.

Emilio Ruiz a regagné son appartement après m'avoir conseillé d'ouvrir toutes les fenêtres, car « Il fait très chaud chez vous. À cette heure-ci, il est bientôt six heures, l'air n'est pas encore brûlant ».

Mikel est revenu du bord de mer au pas de course, la chemise mouillée par la sueur.

– Quelle femme, cette Margarita Redondo, quelle énergie !

J'ai confirmé, admirative.

– Et tu vas rire, a souri Mikel, c'est une fasciste de longue date.

– Non ?!

– Elle n'aura pas eu une naissance commune, notre fille, entre un monarchiste et une fasciste.

À midi, Petra est arrivée et s'est étonnée de me trouver au lit, Manuela endormie sur mon sein.

– Mikel est venu te chercher hier soir mais tu n'étais pas chez toi.

– Non ! J'avais une réunion et j'y suis allée tranquillement. Rien ne pressait quand je t'ai examinée hier matin.

C'était vrai. Elle était très jolie, Petra, une brune piquante, disait d'elle Joseba, et une militante au verbe coloré qui n'avait pas peur de prendre la parole.

Peut-être, mais elle est froide. Elle ne m'a pas embrassée, elle ne s'est pas penchée vers Manuela, et quand Julian est revenu de la promenade avec son père, elle ne s'est pas agenouillée pour le prendre dans ses bras, elle a accaparé Mikel pour lui parler uniquement de politique.

Quand elle est partie, tournée vers Mikel, j'ai dit :

– Elle est froide, Petra. C'est quand même elle qui a mis au monde Julian, elle ne lui a rien dit, ni bonjour, ni rien. Elle n'a que la CNT et la FAI au bout de la langue en ce moment.

Il a souri, et son sourire était plus éclatant dans son visage hâlé, et c'est moi qui, les yeux remplis de larmes, ai tendu la main vers lui :

– Embrasse-moi, Mikel.

– Lucia, tu ne vas pas devenir jalouse ?

Je n'ai pas répondu, je me suis blottie au creux de ses bras.

Malgré le temps lourd et orageux, Margarita Redondo est venue chaque jour et ne refusait jamais le petit verre d'anisette que je lui offrais.

Le ciel s'assombrissait en fin d'après-midi, mais il n'y eut jamais d'orages violents; seuls de grands éclairs zébraient le ciel au-dessus de la mer.

Nous restions confinés dans l'entresol et je surveillais les pas de Julian qui se déplaçait à petite allure, ce qui n'empêchait pas les chutes sur le parquet. Il pleurait, il riait. Et quand son père revenait, fourbu, des Chantiers navals, il tendait vers lui ses petits bras. Le bonheur était là, si simple.

Un dimanche après-midi, Mikel nous a conduits jusqu'au sommet du mont Igeldo.

Nous avons étendu au pied de la tour en ruine qui surplombait la mer une couverture et nous avons pique-niqué face à Donosti, la belle. De ce poste élevé nous embrassions la ville, et toutes les montagnes où dans l'horizon bleuté émergeaient les sommets de la Navarre.

Mais la côte vers le nord, je n'ai pas voulu la regarder.

– C'est magnifique, s'émerveillait Mikel. Regarde, Julian, comme il est beau ton pays – l'index pointant l'horizon au bout de son bras tendu, et se tournant vers moi:

– Montre à Manuela comme c'est beau.

– Mais elle ne voit pas, elle n'a que quinze jours.

– Ça ne fait rien, donne-la-moi.

Nous étions debout devant le paysage qui nous faisait frissonner.

– Regarde, Manuela, regarde, ma petite fille, comme il est beau notre pays. Et d'un geste large enrobant l'horizon: C'est Euzkadi.

Nous sommes allés à Bilbao, bien sûr, et Manuela a été baptisée dans la robe de baptême de sa grand-mère. Je ne voulais que du bonheur et je me suis réjouie tout au long du banquet, servi à l'ombre du splendide cèdre du Liban. Les tensions politiques entre Anastasio et Mikel s'étaient calmées. De ce temps béni entre tous, j'ai de très belles photos: une des quatre générations des Lizardi

Olazaguirre, Julian assis sur les genoux de son arrière-grand-père, et une autre de moi avec Manuela et Julian que Mikel a prise, où je lui offre le splendide sourire d'une femme amoureuse.

Et c'est l'amour qui m'a rendue aveugle aux événements qui se préparaient, même si tous les signes étaient visibles. Le 31 décembre, nous avons dîné dans le salon, devant la cheminée, où pétillait un feu qui s'est éteint à l'aube alors que nous levions nos verres à la nouvelle année ; j'ai grimpé jusqu'au deuxième étage avec une bouteille de champagne dans la main et deux coupes de cristal pour souhaiter tout le bonheur du monde à Emilio Ruiz.

– Tout le bonheur du monde à vous aussi ! a répété le vieux médecin, que j'avais réveillé mais qui ne m'en voulait pas.

La situation politique est devenue plus tumultueuse dès que l'état d'alerte, qui avait maintenu un calme apparent dans toutes les régions après la révolte des Asturies, a été levé. Il y a eu des échanges violents dans les meetings énormes où les militants du Front populaire proclamaient : « Le fascisme du Vatican vous a proposé du travail et vous a apporté la faim ; il vous a proposé la paix et vous a apporté cinq mille tombes ; il vous a proposé l'ordre et a dressé les gibets. Le Front populaire n'offre ni plus ni moins que ce qu'il apportera, le pain, la paix et la liberté ! »

De son côté, Calvo Sotelo exhortait ses foules à voter pour le Front national et contre le drapeau rouge : « … Car si le drapeau rouge flottait sur l'Espagne, ce serait le symbole de la destruction du passé de l'Espagne et de ses idéaux. »

L'Espagne appela aux urnes le 16 février.

Chacun s'y rendit, sauf moi.

– Il y aura une voix en moins à Donosti pour les nationalistes basques, ai-je déploré.

– Tu n'aurais pas voté pour le Front populaire, toi, ma petite Léontine ? s'est amusé Joseba.

– Non, j'aurais voté pour notre Parti, si j'avais pu.

– Comme il va être déçu, Blum, s'il l'apprend un jour !

– Et toi Joseba, tu votes pour qui ?

– Moi, je ne te le dirai pas. Mais par contre, demande à Jon où vont ses préférences, mais avant assieds-toi.

Le regard étonné, j'ai suivi Joseba qui s'éloignait vers le bureau de vote d'où revenait Mikel, le sourire aux lèvres.

– Ce soir, nous dînerons où ?

– Ce soir, nous dînerons tard, si nous dînons !

Ce soir-là, nous n'avons pas dîné, nous avons écumé – « N'exagère pas », m'a dit Mikel – tous les bars du vieux quartier, croquant des beignets dans l'un, engloutissant une omelette aux pommes de terre dans l'autre, glissant dans nos bouches ouvertes des œufs farcis de crabe et de mayonnaise, et pour terminer ou recommencer, buvant du vin rosé. Une ébullition de paroles nous tenait debout dans les ruelles, et je poussais le landau gris où dormaient tête-bêche Julian et Manuela. L'inconscience de la jeunesse nous a amenés, malgré le crachin, à finir la nuit autour d'un chocolat épais et brûlant.

Les résultats des élections ne furent connus que le 20 février. La victoire du Front populaire était incontestable ; en Euzkadi, neuf députés du Parti Nationaliste Basque devancèrent les sept députés du Front populaire.

Jon Azpiazu a décortiqué les résultats à la loupe, province par province. Il travaillait à nouveau pour *El Heraldo de Madrid.*

Felicia, notre concierge, avait enlevé la photo du Sauveur sur le mur de la loge, et il y avait maintenant un rectangle plus clair sur le mur jaune.

Je n'ai pas vu venir dans l'ombre les comploteurs contre la République, trop occupée de moi-même et de la nouvelle petite vie qui germait au creux de moi.

– Cristóbal Balenciaga a quitté la ville pour se rendre à Paris, m'a soufflé Pilar un matin où le hasard me l'a fait rencontrer au Marché aux fleurs, alors qu'elle s'exclamait tour à tour sur Julian et Manuela et sur mon ventre rond que je ne cachais pas. Moi, je n'ai pas eu d'enfants. Mon mari n'en voulait pas. Quand il est mort l'an dernier, avant qu'il n'expire, je lui en ai fait le reproche. Aujourd'hui, je l'en remercie. Je quitte Donosti pour aller vivre à Paris moi aussi, Monsieur a besoin de moi là-bas. Donosti va me manquer, c'est sûr, mais que voulez-vous…

Elle a haussé les épaules, les coudes de chaque côté de ses hanches, les mains ouvertes vers le ciel… C'est la vie!

C'est la vie!

Le 18 juillet au Maroc, le général Franco, qui digérait mal son demi-exil, appela à un soulèvement militaire. En Navarre, son ami le général Mola leva une armée de trente mille hommes, mais Jon, qui se dépêcha de rejoindre Pampelune avec son stylo et sa carte de journaliste, revint pour informer les députés basques que les franquistes fusillaient les nationalistes basques coupables d'avoir mal voté s'ils ne s'enrôlaient pas dans l'armée de Franco. Les chiffres qu'il avançait étaient énormes: sept mille fusillés, sans doute plus.

Le 19 juillet, dans un communiqué paru dans le quotidien *Euzkadi*, le Parti Nationaliste Basque déclara:

Face aux événements qui se déroulent dans l'État espagnol et qui, directement et douloureusement, peuvent avoir des répercussions sur le destin d'Euzkadi, le Parti Nationaliste déclare que – le combat se déroulant entre la citoyenneté et le fascisme, entre la République et la monarchie – ses principes le portent du côté de la citoyenneté et de la République conformément au régime démocratique et républicain qui fut celui de notre peuple durant son histoire de liberté séculaire.

Le même jour, une mobilisation générale volontaire fit descendre dans la rue tout le peuple basque, paysans, ouvriers, pêcheurs, comme pour une grande kermesse. Dans la nuit, une colonne républicaine venue du centre armurier d'Eibar se mit en marche vers Donosti où elle défila sous les applaudissements d'une foule agglutinée de chaque côté des trottoirs. Des uniformes apparaissaient dans le cortège, ceux des miliciens. Dans un camion poussif, des jeunes femmes en bleu de travail, le calot sur la tête et des fusils contre leur épaule, saluaient de la main.

Je ne sais pourquoi j'ai levé mon poing gauche dans leur direction, mon bras droit tenant le landau où s'agitait Manuela, tandis que Julian regardait, étonné, tout ce vacarme.

– Camarade! a crié une milicienne, viens avec nous. Tiens! – et joignant le geste à la parole, elle me jette un calot de toile bleue brodé d'une étoile rouge; je m'en suis saisie à la volée, si rapidement qu'une douleur aiguë a parcouru mon ventre.

J'ai coiffé le calot, et j'ai suivi le cortège en poussant le landau et en chantant « L'Internationale », Julian, gai comme un pinson, sautillant à mes côtés.

– Où étais-tu passée, Lucia? a questionné Mikel lorsque j'ai regagné l'entresol.

– J'étais dans la rue.

– Depuis ce matin?

– Oui, et nous avons déjeuné dans un restaurant populaire près du marché.

En signe de désapprobation, il a secoué la tête sans rien dire.

Le calot à l'étoile rouge, je l'ai caché prestement entre deux draps au fond de l'armoire, et cette journée, je l'ai consignée sur le petit carnet:

20 juillet 1936. Le peuple est dans la rue, et je suis de ce peuple-là. J'en oublie même les assassinats du lieutenant Castillo (gauche) et de Calvo Sotero (droite). Si mon bébé est une fille, je l'appellerai Flora pour tous les œillets rouges de ce jour magnifique.

Dans l'euphorie qui nous appelait à vivre dans la rue et à nous enivrer de paroles, je n'ai rien voulu voir de ce qui se préparait et j'ai cru que la vie en moi suffirait à arrêter l'avancée des troupes de Mola et de Beorlegi.

C'est seulement lorsque Joseba est apparu un matin dans un uniforme de l'armée basque, avec un écusson vert, blanc, rouge au revers de son épaule, que j'ai su que la guerre était là.

Je l'ai su surtout le 10 août lorsque Mikel, dans le même uniforme, m'a dit :

– Sois forte, Lucia, je pars.

Je n'ai pas pleuré, je l'ai accompagné avec les enfants jusqu'au coin de la rue, forte de sa main enserrant ma nuque.

Le 11 août, le colonel Beorlegi était le maître de la crête de Picoqueta.

Du 11 au 20 août, j'ai vécu terrée dans l'entresol, et je prenais juste le temps de courir jusqu'à l'épicerie et à la boulangerie, que je trouvais chaque jour de plus en plus loin. Et quand le 17 août un bombardement a ébranlé la ville, je n'ai pas couru, j'ai longé les murs tandis qu'une poussière grise tombait d'entre les toits sur les trottoirs et les passants affolés. Dans la rue, juste à deux pas de notre immeuble, une femme qui courait au milieu de la chaussée hurlait :

– Il y a des morts ! Il y a des morts !

Je ne sais pas d'où elle arrivait ainsi, le tailleur maculé de sang, un lambeau de chair pendant au bout de ses doigts. Felicia, que les hurlements avaient attirée à la fenêtre de la loge, s'est mise à crier à son mari en rabattant les volets :

– Ne laisse entrer personne. Ferme les portes. Fixe les entraves !

Emilio Ruiz de Alegria et son épouse, María-Concepción, chargée d'un filet à provisions, m'ont retrouvée collée contre la porte d'entrée.

– C'est fermé, ai-je dit d'un air navré.

– Comment cela, fermé ? ! s'est exclamé Emilio Ruiz.

Il a carillonné tant et plus alors qu'une deuxième déflagration a fait trembler le sol et soufflé dans un nuage de poussière un jet de pierres qui s'est écrasé au milieu de la chaussée.

– Elle ne va pas nous laisser sur le trottoir, cette folle ! a vitupéré le médecin, la colère blanchissant ses lèvres. Ouvrez, nom de Dieu ! hurlait-il tandis que son épouse se signait.

Le colonel républicain Ignacio Picabea, notre voisin du premier étage, a traversé d'un pas rapide la rue et s'est joint à notre petit groupe apeuré.

– Que faites-vous là ?

– Nous essayons d'entrer mais Felicia a dû mettre les verrous de sécurité.

Et après avoir entendu Emilio Ruiz, il a dégainé son arme en nous conseillant vivement de nous éloigner et de nous coucher à même le sol, contre le mur.

Le coup de feu est parti, faisant éclater la serrure de la porte d'entrée dont des éclats de bois sont venus se ficher dans ma chevelure.

Un long hurlement a suivi tandis que d'un coup d'épaule, le Colonel a enfoncé la porte.

Nous l'avons suivi précipitamment, et María-Concepción, malgré les kilos qui l'enrobaient et faisaient trembler son double menton, m'a aidée à tirer le landau à l'intérieur.

D'un autre coup d'épaule, le Colonel, l'arme toujours à la main, a défoncé la porte de la loge, et le canon du pistolet pointé sur Felicia et son mari qui tremblaient contre l'angle du mur où ils s'étaient réfugiés :

– La prochaine fois, je vous tue.

Felicia, le visage noyé de larmes, a fait oui du menton, alors qu'une déflagration plus forte a secoué l'immeuble. Le Colonel a découvert sous la cage de l'escalier sa femme Dolores, leurs deux enfants Belen et Pedro et le très vieux couple du troisième étage, les époux Lazcanotegui, les anciens cafetiers de la place de la Constitution.

J'ai proposé comme abri pour la nuit et les jours à venir l'entresol où chacun s'est installé.

– Ce sont les cuirassés rebelles España, Almirante Cervera et Velasco qui ont pilonné la ville cet après-midi, a expliqué le colonel Picabea. Le gouverneur militaire Antonio Ortega a déclaré ce matin que pour chaque mort civil, il fera passer par les armes cinq prisonniers.

– Quels prisonniers ? a demandé Emilio Ruiz.

– Du très beau monde.

Et il a cité deux noms en particulier.

– Ô Seigneur ! a gémi María-Concepción en se signant.

Nous avons dîné de peu, rongés par l'inquiétude, et je les ai quittés pour rejoindre mon abri invincible, le lourd matelas de notre lit que j'avais tiré jusque sous la table de la cuisine, recouverte de l'horrible dessus-de-lit de damas gris galonné d'or ressorti pour l'occasion.

Nous avons peu dormi, des avions survolant la ville à basse altitude, mais aucune bombe n'a éclaté.

Au matin, j'ai confié une clé de l'entresol à María-Concepción – « au cas où, on ne sait jamais ».

Puis chacun a regagné ses appartements, le temps d'une accalmie qui a duré jusqu'au nouveau pilonnage des cuirassés.

Un jour où de petits nuages blancs moutonnaient l'azur, des avions ont largué leurs bombes sur la ville.

Les enfants serrés contre moi, je me suis précipitée sous la table, et accroupie, je me suis mise à prier :

– Si je vis, Seigneur, si j'échappe à ce carnage, je Vous promets que ma vie durant, jamais je ne ferai de mal à personne, pas même à mon pire ennemi.

Le soleil de ces jours-là était de plomb, et dans la prison qu'était devenu l'entresol, l'air vicié et lourd poissait les peaux, collait les cheveux sur nos fronts. Une fin de soirée, alors que les bombes avaient éclaté un peu partout, des poings ont martelé les stores des deux chambres, et j'ai entendu une voix forte :

– Lucia, ouvre vite, c'est moi !

C'était lui, Mikel, dans son uniforme froissé, et si fatigué que les cernes sous ses yeux agrandissaient son regard. Il m'a serrée contre lui et se détachant de moi, à peine étonné de voir les voisins reclus dans le salon :

– Dépêchons-nous. Je n'ai pas le droit de faire ce que je fais là, Lucia. J'ai abandonné les hommes du bataillon. Je pourrais être fusillé à cause de ça. Rassemble les affaires qu'il te faut, vite!

Avec des draps j'ai fait deux ballots, j'ai entassé ce que j'aimais le plus, la couverture rouge, les plans de navires, toutes les photos, le cahier à dessins et deux portraits au crayon, le paysage que j'avais peint, mon beau manteau, toutes les chemises de Mikel, les vêtements des enfants et bien sûr, le calot de la milicienne et le petit carnet rouge.

J'ai dit adieu à l'entresol d'un baiser sur le mur de la chambre, et j'ai caressé le mur violet en quittant mes voisins.

Mikel nous a poussés dans la rue jusqu'à une camionnette blanche de poussière tandis que j'apercevais de derrière la fenêtre du salon la main tendue du bon docteur Emilio qui nous a regardés partir.

La camionnette a parcouru des quartiers inconnus où des poutres enchevêtrées dans un indescriptible amas de bois et d'acier fumaient encore au milieu des façades éventrées.

Sur un trottoir, une petite fille gisait, la bouche entrouverte, son manteau de piqué blanc souillé de sang. Auprès d'elle, une jeune femme à genoux s'est couchée sur le petit corps, le dos traversé de sursauts.

– Ne regarde pas, Lucia.

Je me suis mordu le poignet jusqu'au sang et je n'ai rien dit pendant un temps qui m'a semblé infini, sauf entre deux sanglots:

– Ne me quitte pas, Mikel.

La nuit était tombée lorsque nous sommes arrivés à Getxo.

– Je n'ai pas le temps, a dit Mikel. Il faut que je sois à Orereta avant le lever du jour.

Puis, agitant son bras à travers la vitre baissée de la camionnette alors qu'il s'éloignait:

– Adieu *Aita*! Adieu *Ama*!… Adieu Lucia!

Figés sur le perron, les ballots à nos pieds, une valise couchée sur eux, nous l'avons suivi du regard jusqu'à ce qu'il disparaisse.

Surpris par notre arrivée impromptue, Anastasio et Arantxa nous ont invités à les suivre dans la grande maison aux boiseries sombres.

– Entrez, Lucia, ne restez pas là, a imploré d'une voix douce Arantxa, il fait nuit.

Ils nous ont installés dans une chambre jusqu'alors inhabitée au fond d'un immense couloir sur lequel débouchait le monumental escalier.

Anastasio a transporté des lits d'enfant jusque dans la chambre sous le regard d'Arantxa qui a souri.

– C'est bien la première fois qu'il le fait. – Puis après un temps de silence : C'est la chambre de Mikel, a dit Arantxa, la salle de bains se trouve derrière la porte, ici, à côté du lit.

De la terrasse où le lendemain matin nous prenions notre petit-déjeuner face à la mer, j'ai découvert une armada de navires.

– C'est le blocus, a expliqué Anastasio, il empêche le réapprovisionnement en armes de nos troupes. Une chose, mon petit, les affaires que vous avez transportées dans les ballots hier soir, je vous conseille de les ranger dans des valises, elles ne manquent pas ici, et de les tenir prêtes. Je ne vous cache pas qu'il me faudra vous rapatrier au plus vite.

– Mais je ne peux pas partir… je… le bébé va naître, enfin… demain peut-être, ai-je murmuré, paniquée.

– Déjeunez tranquillement, nous reparlerons de tout cela. À ce soir.

Le 2 septembre, Flora est née, fragile, les cheveux noirs de Mikel comme une touffe au sommet de son crâne, alors même que les Navarrais, après des combats féroces, se sont emparés du couvent de San Marcial.

Le 3 septembre, Irun est tombée entre les mains des troupes franquistes, sous les ordres de Beorlegi (qui est mort le lendemain d'une blessure à la jambe – *Il y a donc une justice !* ai-je pensé).

Itziar, la jeune sœur de Mikel, est arrivée peu après, porteuse de nouvelles qu'Anastasio recevait avec un air de ne pas y croire.

– Il paraîtrait qu'un détachement d'anarchistes venu des Asturies a mis le feu à la ville.

– Tu ne vas pas me faire croire qu'Irun brûle parce qu'un détachement d'anarchistes y a mis le feu, même si je désapprouve leurs exactions ! Depuis six jours, les troupes de Mola bombardent la ville sans aucun répit, et ce ne sont pas quatre petits foyers misérables qui expliquent la ruine de la ville.

Elle n'a pas répondu.

– Et ceux-là ? a-t-elle soupiré en désignant d'un geste las les navires du blocus.

Anastasio, à qui Arantxa avait interdit ma chambre, est reparti sur la pointe des pieds.

Vive comme une anguille, Itziar ne tenait pas en place ; elle allait du berceau, où elle souriait sans la voir à Flora, au fauteuil où elle se tenait assise quelques minutes.

– Les blessés affluent dans notre hôpital de campagne, devenu trop petit et trop près de la ligne des combats. Nous allons être transférés à Azpeitia, chez les jésuites. Ou si tu préfères, à saint Ignace de Loyola. Pourvu qu'il nous protège !

– Que Dieu t'entende !

– Oh *Ama*, je ne vous avais pas entendue arriver.

Arantxa a souri :

– Personne ne m'entend arriver, ton père me le reproche assez souvent.

Le 13 septembre, Donosti a capitulé ; les phalangistes ont achevé les blessés de l'hôpital de campagne d'Urnieta et ont fusillé tous ceux qui pouvaient être de près ou de loin nationalistes basques.

Mille quatre personnes furent arrêtées, déportées, avant d'être fusillées à Pampelune.

Itziar a surgi un soir, sortie de l'enfer, couverte de boue et en se jetant dans les bras d'Arantxa :

– Oh *Ama*, ils les ont tous achevés, tous !

Et entre deux sanglots, si doucement que j'ai eu du mal à l'entendre, elle a ajouté :

– Ils ont fusillé Juan Anton.

– Mon Dieu, a gémi Arantxa en fermant les yeux, une main dans les cheveux de sa fille, oh mon Dieu.

J'ai éloigné Julian qui croyait à un jeu et laissait éclater son rire.

Pendant les jours qui ont suivi, je n'ai jamais su où était vraiment ma place. Est-ce que je devais porter le deuil de Juan Anton, que je ne connaissais pas ? Est-ce que je devais être dans le cortège de la famille pour la cérémonie qu'une foule énorme attendait devant l'église ? Est-ce que je devais accepter la poignée de mains de Jose Antonio Aguirre et des parlementaires qui saluaient les membres du cortège ? Est-ce que ma place était là, dans les salons du manoir où les proches et les intimes entouraient Itziar ?

– Il était médecin, s'offusquait une vieille dame, on ne fusille pas les médecins.

Je ne disais rien, un verre à la main, debout contre une porte ouverte sur le salon vert.

Une envie folle d'être ailleurs, juste sous le cèdre, auprès de mes enfants qu'une jeune nurse en uniforme bleu et blanc surveillait d'un œil vague, m'a fait poser mon verre sur le plateau qu'avançait vers moi Hilario.

Hilario, maître de cérémonie en ce jour de larmes, qui d'une main de fer dirigeait le personnel dont sa propre épouse, la si gentille cuisinière Primitiva, m'a d'un geste ouvert la porte sur le jardin.

Je me suis souvent demandé ce que je serais devenue si Hortense m'avait prénommée Primitiva.

J'ai couru jusqu'au cèdre bleu sous lequel, dès qu'il m'a aperçue, Julian m'a tendu les bras, et mes lèvres dans son cou, je me suis juré de ne jamais porter de deuil.

– Mikel est à Elgeta, m'a annoncé Anastasio le soir venu, c'est tout ce que j'ai pu savoir.

Une nuit, le blocus a été forcé par le commandant Lezo à bord d'un bateau chargé de mitrailleuses venant de Hambourg, achetées par le Parti Nationaliste Basque.

Nous avons mis un cierge à la vierge de Guadalupe, Arantxa et moi. Les franquistes n'avanceront plus d'un pouce pendant des mois, et j'ai toujours regretté de ne pas avoir embrassé le commandant Lezo pour le remercier de sa bravoure.

À l'aube du 7 octobre, le chauffeur a avancé la voiture d'Anastasio Lizardi Olazaguirre, vêtu d'un col blanc cassé et d'une cravate grenat sous une veste noire queue-de-pie et d'un pantalon gris à fines rayures.

– Quelle élégance, a soupiré Arantxa en le regardant s'asseoir à l'arrière de la limousine.

Le personnel au grand complet était réuni sur le perron pour ce jour exceptionnel où Jose Antonio Aguirre allait former le premier gouvernement basque à Gernika et, sous le chêne sacré, prêter serment :

Humble devant Dieu
Debout sur la terre basque
En souvenir des ancêtres
Sous l'arbre de Guernica, je jure
De remplir fidèlement mon mandat.

– Un si jeune président, il n'a que trente-deux ans, a murmuré Arantxa, le regard perdu, tournée vers la mer. Allons mettre un cierge pour lui, Lucia.

Des cierges, nous en avons beaucoup brûlé chaque jour, et moi qui ne priais plus, je suppliais, je m'abîmais dans les suppliques.

Devant la vierge de Guadalupe, elle a déployé un petit drapeau basque en soie où elle avait brodé en son milieu, et en lettres de fil d'or, *Euzkadi*.

Le drapeau, elle l'a étalé au pied de la Vierge tandis qu'elle s'est assurée par deux fois qu'il était bien maintenu sous le socle de la statue.

À genoux sur la chaise, les mains jointes, les yeux fermés, elle s'est oubliée dans la prière.

Quelle femme étonnante, ai-je songé. Que pouvait-elle donc cacher sous ses airs hautains, ses cheveux blonds impeccablement bien coiffés, son éternelle élégance, cette retenue qui la faisait apparaître raide et froide, démentie par le sourire qu'elle esquissait souvent ?

Malgré le grand deuil qui l'avait plongée dans un mutisme inquiétant, Itziar avait tenu à accompagner son père à Gernika.

Vive et volubile – « un vrai miracle », disait *Amona*, engoncée dans sa robe de velours noir, la tête dressée sur une collerette de dentelle où brillait en son milieu une médaille en or –, elle nous a raconté dans les moindres détails les événements d'une journée où l'émotion, la fierté et l'espérance avaient régné.

– Jose Antonio Aguirre y Lekube – tenait à préciser Itziar chaque fois qu'elle le nommait – a été élu à l'unanimité et a présenté son gouvernement. Puis il a prêté serment devant le chêne – arbre sacré entre tous dont chaque famille au Pays basque possède une feuille séchée, encadrée comme un tableau précieux. Il y avait une foule incroyable, une centaine de journalistes – Ah ! Lucia, je te transmets les salutations de Jon Azpiazu, que j'ai rencontré devant le parlement.

Et toute à la joie de nous tenir suspendues à ses lèvres, elle a cité chaque ministre, portefeuille par portefeuille, dont elle avait noté le nom sur un petit calepin.

Nous étions rassemblées dans le salon beige – le salon aux pivoines – dévolu aux femmes de la famille.

– Dès demain, je vais prendre un poste d'infirmière à l'hôpital de Basurto. Le gouvernement a besoin de chacun d'entre nous ; ce n'est pas le moment de défaillir.

La nuit était avancée quand nous avons regagné nos chambres sous le regard mécontent d'Hilario, pestant depuis plusieurs jours contre le désordre de la grande maison.

– Rien ne ressemble à rien ! maugréait-il en replaçant les fauteuils et en pliant les journaux, laissés parfois grands ouverts sur les tables.

– Ne faites pas une tempête avec une goutte d'eau, le tançait vertement Arantxa quand elle le surprenait marmonnant entre ses dents.

Le vent du sud soufflait depuis plus de six jours, ramenant les mouches grasses jusqu'aux salons où l'écho des canons nous parvenait étouffé.

Julian, dès que les derniers rayons de soleil embrasaient l'horizon, guettait l'arrivée de son grand-père. Anastasio, peu coutumier d'élans de tendresse, tendait vers lui sa longue main, que Julian agrippait avec un grand sourire.

Puis il l'autorisait à pénétrer dans son bureau – sanctuaire dont même Mikel n'avait jamais eu le droit de fouler le tapis, m'a confié Itziar.

La lourde porte de chêne refermée sur eux, je savais par Julian que son grand-père sortait alors d'un tiroir une immense boîte de crayons de couleur et que sur des feuilles blanches, il l'invitait à dessiner des navires.

Souvent, je les ai regardés marcher côte à côte sur l'herbe de la colline et revenir vers la maison, liés par des secrets.

– Je ne peux pas te le dire, *Ama*, c'est un secret, disait Julian.

Le grand vent du sud a soufflé jusqu'aux premiers jours de novembre.

Il y avait peu de nouvelles du front, sinon que les franquistes n'avançaient pas d'un pouce et que Mola, sous sa casquette et derrière ses lunettes rondes, fort du soutien des Allemands et des Italiens, avait promis que sous peu la Biscaye céderait, sinon il la raserait.

Manuela gambadait à présent dans les couloirs et connaissait la porte du salon aux pivoines où se tenaient les femmes depuis que les premiers froids avaient gagné la côte.

Les mines souvent y étaient tristes : le front n'était plus qu'à quarante-cinq kilomètres.

Il n'y a pas eu un jour où je n'ai scruté l'allée bordée de tilleuls pour y voir apparaître la haute silhouette de Mikel.

Pas un jour où je n'ai imploré le ciel pour que Mikel vienne embrasser Flora.

Pas un repas où j'ai dévoré avec appétit.

Pas une nuit où je n'ai pas pleuré.

Noël nous a réunis autour de l'imposante crèche qu'Arantxa avait dressée sur un coffre sculpté comme un retable d'église, et si haut et si long que j'ai toujours cru que c'était l'autel d'une église asturienne sauvée de la révolution de 1934.

À minuit sonnant, Arantxa a déposé l'Enfant Jésus sur la paille, et Don Bernardo, l'oncle qui n'avait pas encore rallié les aumôniers de l'armée basque, a entonné un cantique à pleins poumons pour remercier l'Enfant-Roi venu apporter la paix dans le monde.

À la fin du cantique, il nous a invités à prier pour tous les morts de la guerre, les fusillés, les disparus, les prisonniers et les combattants qui cette nuit veillaient aux destinées de la Biscaye.

– Que Dieu leur apporte la force, la foi et l'espérance pour combattre les forces du mal qui se déchaînent contre notre peuple.

– Amen ! avons-nous répondu d'une même voix.

Je n'ai pas dormi de la nuit, j'ai attendu en vain le cadeau que le ciel aurait pu m'offrir tant je l'avais supplié.

Mais il n'en fut rien.

Dès le lendemain matin, Anastasio piqua une colère contre Don Bernardo.

– La prochaine fois, mon cher beau-frère, évitez dans vos prières de faire allusion à l'Enfant-Roi, j'y ai presque entendu « le Christ-Roi ».

– Oh ! a protesté Arantxa devant la mine déconfite de son frère.

– Excusez-moi, je suis navré : je n'ai à aucun moment voulu offenser quiconque sous le toit de votre maison, a répondu Don

Bernardo, les mains serrées sur le crucifix qui pendait sur sa soutane.

Une tempête soufflait au large et l'horizon totalement bouché effaçait jusqu'aux contours des destroyers et des torpilleurs espagnols et allemands.

Malgré le froid, la neige, la faim, les *gudari* et les miliciens tenaient toujours; c'était là le principal.

Il n'y avait qu'Itziar pour dire l'horreur des combats qui amenaient chaque jour leur lot de soldats mutilés à l'hôpital.

– N'en parle pas devant les enfants, lui conseillait Arantxa, qui veillait sur chacun mais ne le montrait pas.

Et un jour où les Junkers 54 lâchèrent leurs bombes si près que nous sommes descendus dans les caves de la maison pour nous abriter, Anastasio a pris la décision que je quitte Bilbao avec les enfants.

– Mais vous?

– Nous ne partirons pas. Les Aciéries ont besoin de moi. Et les franquistes ont besoin des Aciéries. Il n'est pas encore venu, le moment où nous leur en ferons cadeau – il a souri, son regard gris plongé dans ses pensées. Préparez vos valises, Lucia, je m'occupe de vous faire partir. Le cargo accostera à Bayonne, et à Bayonne vous serez attendus par mon fondé de pouvoirs. Il prendra soin de vous.

– Et Mikel? ai-je interrogé douloureusement.

– Mikel prendrait la même décision que celle que je prends.

Les jours qui suivirent, Anastasio m'a couverte de recommandations, de conseils, et le dernier matin, il est venu chargé d'un lourd paquet qu'il m'a fait mettre au fond d'une des valises.

La grande maison nous a regardés partir tristement, personne n'est sorti sur le perron. Chacun s'est calfeutré dans les salons. Il n'y a qu'Arantxa qui m'a obligée au dernier moment à rajouter par-dessus mon manteau sa longue veste de vison, malgré mes véhémentes protestations.

– Vous allez avoir froid, Lucia, il ne faudrait pas que vous tombiez malade, n'est-ce pas ? Pensez aux enfants, ils ont besoin de vous.

Elle a gardé Manuela contre elle jusqu'à la voiture où elle l'a assise.

– Que Dieu vous protège.

– Ne restez pas là Arantxa, rentrez ! a ordonné Anastasio d'une voix forte.

Mais avant qu'elle n'atteigne la porte d'entrée, j'ai couru derrière elle.

– Veuillez m'excuser, j'ai écrit une lettre pour Mikel, je l'ai laissée dans le tiroir de la table de chevet, si…

– Ne vous inquiétez pas, je la lui donnerai.

Puis après avoir tracé sur mon front un signe de croix :

– Bonne chance à vous Lucia, prenez soin des enfants.

Anastasio et le chauffeur s'impatientaient, je me suis engouffrée dans la limousine, et avant que la maison ne disparaisse au bout de l'allée, j'ai aperçu derrière une baie vitrée Arantxa qui agitait sa main.

Le cargo était à quai. Les gens disciplinés, surtout des mères avec des enfants, grimpaient sur des passerelles pour rejoindre l'entrepont, chargées de valises et de baluchons.

– Ah ! voici le capitaine, a dit Anastasio soulagé.

Puis après lui avoir serré la main :

– Je vous présente ma belle-fille Lucia et je vous la confie ainsi que mes trois petits-enfants.

– Je vous promets d'en prendre soin, Monsieur Lizardi, n'ayez crainte.

D'un coup de sifflet en acier, le capitaine a fait descendre trois matelots par l'échelle de coupée.

– Prenez les valises et le sac, je me charge de la petite fille.

Anastasio nous a embrassés d'un baiser rapide sur le front et a déposé Julian, qui était blotti contre lui, à terre.

– Donne la main à *Ama*, Julian et fais bien attention à ne pas tomber à l'eau.

Je tends ma main vers sa menotte qui s'empare de la mienne et nous suivons les matelots et le capitaine jusqu'à la passerelle.

Julian se retourne vers son grand-père et lui tend sa petite main gantée de laine grise.

– Viens *Aitita*, viens, invite-t-il d'une toute petite voix.

Il traîne des pieds, toujours tourné vers le grand Anastasio.

– Viens *Aitita*, viens !

– Monte, mon chéri, il ne peut pas venir *Aitita*, il doit rester.

– Mais moi, je veux qu'il vienne !

Du haut de la passerelle, il crie plus fort :

– *Aitita*, viens, viens !

Les passerelles retirées, il s'agrippe à la rambarde de toute la force de ses petites mains.

À ce moment, Anastasio nous tourne le dos pour parler avec le chauffeur.

– Pourquoi il ne vient pas *Aitita*, pourquoi il ne vient pas ?

Et le front entre les deux barreaux de la rambarde, il éclate en sanglots.

Le cargo corne trois coups, beaucoup pleurent en agitant des mouchoirs, des mains s'élèvent au-dessus de la foule restée à quai.

– *Aitita*, pleure Julian, sa menotte tendue au-dessus des eaux noires du Nervión, tandis que le cargo s'éloigne du môle.

Il marche le long du quai, Anastasio, il agite son béret, et puis il est caché par le socle d'une grue gigantesque.

– Ô *Aitita*, je ne le vois plus, sanglote Julian.

– Viens, mon petit chéri, viens.

Un matelot nous indique la cabine où nous devons rester assis pour la durée de la traversée.

– Viens contre moi, Julian.

Mais il ne veut pas, il s'est recroquevillé dans l'angle de la banquette, et la tête entre ses mains, il pleure.

Je caresse ses cheveux doux, et Manuela fait de même.

– J'espère que nous allons pouvoir passer le blocus, dit un passager à sa femme.

– J'espère bien, dit-elle, le Gouvernement Basque nous l'a garanti – et se tournant vers moi –, il en a, du chagrin, le pauvre petit !

Je ne réponds pas.

Manuela s'est endormie contre son frère dans le ronronnement des moteurs. Julian ouvre un œil, observe.

– Il est grand le bateau ?

– Oui, il est très grand.

– Tous ces gens, ils sont comme nous ?

– Ils sont comme nous, ils vont à Bayonne.

– C'est grand Bayonne ?

– C'est une grande ville, très belle, avec un château et des remparts.

Je raconte Bayonne jusqu'à ce qu'il s'endorme. Flora tète mon sein.

Mon cerveau est vide.

– Nous venons de passer le blocus.

Le capitaine vient nous le confirmer.

– Un destroyer anglais va nous accompagner jusqu'à l'embouchure de l'Adour, ajoute-t-il.

Plus je m'éloigne de Bilbao, plus une douleur aiguë tord mon ventre. J'ai si mal que je serre les dents.

Au large, la brume nous cueille et nous enrobe. Le cargo navigue à vue. Et à chaque choc contre sa coque, de la cale et des ponts montent des prières, une succession de « Jesús ! Jesús ! Jesús ! ».

– Ce sont des mines flottantes, affirme quelqu'un. Ces bruits sur la coque, ce sont des mines flottantes, j'en suis sûr!

– Non! Monsieur, répond un matelot qui distribue de l'eau aux passagers.

– Qu'est-ce que vous en savez, vous?

– Je le sais, et je vous prie de vous calmer.

La brume est si épaisse qu'elle rend impraticable le passage de la Barre à l'embouchure de l'Adour.

Nous restons au large, nous attendons patiemment la fin du jour et toute la nuit, jusqu'au matin.

Puis les moteurs se remettent en marche.

– Nous allons bientôt accoster, annonce le capitaine.

La brume recouvre la ville d'une chape grise, épaisse, humide. Sur le quai, des gens s'agitent. Des membres de la Croix-Rouge, un prêtre dans une soutane lustrée par les années, des hommes qui appellent des familles, et là, devant le jardin public, un homme râblé à lunettes, élégant dans son pardessus.

Il s'approche de notre groupe où deux matelots m'aident à transporter les valises, tandis que le capitaine l'interroge.

– Vous êtes Monsieur Xabier de Urresti?

– Oui, je suis bien Xabier de Urresti et je suis chargé de la famille de Monsieur Lizardi Olazaguirre.

Voilà!

Je n'ai pas dormi de la nuit.

C'est vrai, avril s'annonce frileusement. Quand j'ouvre les volets, le fond de l'air est frais. Une bonne odeur de café règne dans la maison où je viens de passer ma dernière nuit.

J'aère les lits, je plie, je range, je balaie, tandis qu'un à un s'éveillent les enfants. D'abord Julian, suivi de très près par Manuela et par Flora qui grogne. Il est presque midi quand je descends aux cuisines où Incarnacion tient au chaud sur la petite cuisinière nos petits-déjeuners.

Elle se mouche bruyamment.

– Tu as attrapé froid, Incarnacion ?

– Non ! Ils ont bombardé Durango. Il y a des centaines de morts.

– Durango ? Et Elgeta ? On a des nouvelles d'Elgeta ?

– Je ne sais pas. Ils ont fait tomber leurs bombes sur les églises : vingt-sept religieuses sont mortes.

Je mets ma main sur l'épaule d'Incarnacion, je ne veux rien savoir de plus.

– Je vais partir. Tu pourras venir nous voir quand tu veux.

Elle fait oui de la tête, serre les enfants contre elle.

– Je viendrai. Je vous le promets.

C'est ainsi que je suis partie avec un sac de voyage, le landau gris et mes trois petits.

Nous nous sommes installés dans le vaste appartement, aux senteurs de cire, de draps frais et d'édredons neufs. Après la sieste des enfants, et parce que dehors brillait un soleil à peine printanier, nous sommes allés acheter un gros pain, un gâteau à la crème pâtissière, et avant de rentrer j'ai voulu aller régler ma note à Monsieur François.

Son entrepôt n'était pas bien loin, juste derrière les halles ; j'ai franchi le seuil avec les enfants.

– Bonjour Madame.

– Bonjour, je viens régler la note pour les travaux que votre mari a effectués dans mon appartement.

– François ! appelle d'une voix de crécelle l'épouse du bon Monsieur François. François, as-tu préparé la facture de Madame ?

Il n'apparaît pas, Monsieur François ; elle part à sa recherche. Elle en revient vite, Voix de Crécelle.

– Il arrive, dit-elle, je la mets à quel nom, la facture ?

– À mon nom.

– Mais votre nom, je ne le connais point.

– Lucia Lizardi Olazaguirre.

– Ah ! vous êtes espagnole ?

– Si vous le dites… J'attends la facture, Madame, j'aimerais bien la régler avant que la nuit tombe.

– François ! François, mais qu'est-ce que tu fais ?

Il arrive, Monsieur François, franc comme un âne qui recule.

Il me salue en fixant la feuille qu'il tient entre ses mains.

– Tiens, la voilà, la facture, dit-il en la tendant à Voix de Crécelle.

Et il repart du pas rapide de celui qui est pris d'une subite colique.

Je paie – plutôt, elle paie, l'Espagnole, rubis sur l'ongle, elle ne mégote pas sur les centimes. Elle arrondit la somme – Voix de Crécelle fait des ronds de jambe.

– Oh ! merci, merci.

Et parce que les mercis appellent une grande largesse d'esprit :

– Nous avons écouté à la radio, ils ont bombardé Burango en Espagne ce matin ? C'est loin de chez vous, Burango ?

– Très loin. En Amérique latine.

Elle a ouvert des yeux ronds comme des billes.

Je suis sortie dans la petite rue, fière de moi malgré une profonde tristesse.

Au quatrième étage, un gros et grand panier nous attendait contre la porte palière. Ce ne pouvait être que Gracieuse.

C'était elle.

Pour ce premier dîner, nous avons pensé, Marcel et moi, qu'une poularde à la crème avec un petit Buzet vous feraient le plus grand bien. Pour les petits, vous trouverez des timbales de riz avec des filets de sole.

Nous avons pensé qu'avec la terrible nouvelle du bombardement de Durango, vous souhaiteriez rester seule avec vos enfants. Nous pensons à vous. Courage, Lucie. Embrassez les enfants pour nous.

Gracieuse – Marcel

Toute cette sollicitude m'a semblé exagérée. Julian et Manuela couraient d'une pièce à l'autre et je les grondais lorsque la sonnette de la porte d'entrée a retenti entre leurs cris aigus.

– Bonjour Lucia, a dit Xabier en pénétrant dans le vestibule. Pourquoi ne m'avez-vous pas attendu ce matin, avant de partir ?... je n'ai pas compris votre précipitation.

J'ai baissé le regard jusqu'à la pointe de mes chaussures, je n'avais pas d'excuse, j'en ai bredouillé une mixture qui passait mal sur mes lèvres, pendant que les enfants sautaient sur le canapé.

– *Ama*, *Ama*, Manuela a fait pipi sur le coussin ! a crié Julian.

– Excusez-moi, je suis un peu... enfin, c'est leur premier jour, ils sont un peu énervés.

– Faites comme si je n'étais pas là.

Il s'est installé dans un fauteuil près de la cheminée et j'ai parcouru le couloir jusqu'à la salle de bains en traînant Manuela hurlant de colère. Je me suis mise à crier aussi fort qu'elle pour qu'il m'entende, Xabier.

– J'en ai assez ! Je suis fatiguée, oui, *Ama* est très très fatiguée, alors il faut que tu arrêtes ! De suite ! Et toi aussi Julian, tu vas arrêter ! Sinon...

Qu'il m'entende, le fondé de pouvoirs !

Mon cœur était en charpie et il aurait fallu que je sois déférente, que je me mette à genoux, que je lui baise les deux mains peut-être, et que de sa main posée sur ma tête baissée il m'accorde le pardon pour toutes mes offenses ?

– Et merde ! ai-je crié.

À mon retour dans le salon, entourée de ma petite troupe enfin calmée et de Flora réveillée qui depuis mes bras souriait à Xabier :

– Nous sommes tous un petit peu énervés aujourd'hui, a-t-il reconnu, c'est normal. J'ai eu un entretien téléphonique ce matin, entre de multiples coupures avec le ministre de l'Intérieur. D'autres bombardements ont eu lieu et de violents combats se sont engagés au nord de Villareal. Notre armée a dû se replier. Il y a des centaines de morts et des centaines de prisonniers.

– Et Mikel ?

Il a fait une moue significative.

– En l'état actuel de la situation, nous ne pouvons avoir aucune nouvelle. Si j'apprends quoi que ce soit, vous en serez la première informée.

– Il est mort ?

– Je ne peux rien vous dire. Allez, Lucia, soyez forte, ne perdez pas l'espoir.

La porte refermée sur le messager de l'Apocalypse, je me suis enfermée dans la cuisine avec les enfants, et machinalement j'ai craqué une allumette pour faire flamber le feu qui attendait depuis hier dans la cheminée.

La nuit avait été humide et une colonne de fumée s'est élevée vers le conduit avant de refluer dans la pièce.

– *Ama*, ça pique les yeux.

– *Ama*, moi ça me brûle les yeux.

– Ce n'est rien ! N'exagérez pas. Je vais ouvrir les fenêtres.

Les fenêtres ouvertes, je me suis couchée sur les dalles devant la cheminée et j'ai soufflé sur une petite flamme bleue qui courait encore sur les journaux noircis, sous les brindilles. Je me suis tant époumonée qu'une flamme jaune a jailli, refoulant l'âcre fumée.

Je me suis relevée, des cendres dans les cheveux, et je me suis mise à applaudir, sous le regard étonné des enfants assis sur leur chaise haute, sauf Julian qui avait droit à un coussin de toile rouge à rayures blanches sur une chaise normale.

– Alors, elle n'est pas forte, *Ama* ? Vous ne l'applaudissez pas ? Vous ne lui dites pas *txalo* !, à *Ama* ?

Et de leurs petites mains, ils ont applaudi alors que Flora tapait avec sa cuillère sur le plateau en bois de sa chaise.

J'ai refermé les fenêtres et nous avons dîné à la lueur du feu dans la cheminée. J'ai bu trois verres de Buzet, et pour notre première nuit j'ai attendu qu'ils dorment à poings fermés pour en terminer un quatrième, le regard perdu dans le feu qui se mourait.

J'ai lutté contre le sommeil qui m'envahissait; à l'aube, j'ai plongé dans un cauchemar où des morts sans orbites se traînaient dans le couloir et tiraient sur eux les draps qui me couvraient. Des tanks s'avançaient sans bruit dans l'allée des tilleuls et j'entendais des craquements d'os avant de découvrir le visage de Julian grossi et aplati sur une chaussée blanche dans un village inconnu, en suspens au-dessus de la mer.

« Julian! »

C'est mon cri qui m'a réveillée et je me suis assise au milieu du lit, accrochée à mes couvertures, tremblant de tous mes membres.

Le matin est venu, triste et gris, même si le soleil brillait dans un ciel si pur que les dentelles des sculptures des flèches de la cathédrale ressemblaient à du verre sur le point de se briser.

Gracieuse a trouvé que j'avais une mine « à me recoucher ».

– Allez vous reposer, j'irai promener les enfants jusqu'au Jardin public.

– Non, je vais y aller, je ne suis pas mourante.

Et malgré ma mauvaise humeur, elle nous a accompagnés, Gracieuse Lasserre, jusqu'au Jardin public où elle a sorti un sac avec des morceaux de pain pour les canards.

Julian et Manuela riaient.

« Coin! coin! coin! » disait Gracieuse aux volatiles qui se pressaient comme un seul homme autour d'un morceau lancé par Julian ou par Manuela.

Nous sommes revenus un peu plus tard après avoir longé les halles, et Gracieuse a insisté pour m'envoyer une pauvre femme, Florentina, une réfugiée de 1936 qui cherchait du travail.

– Elle vit dans une impasse au quartier Saint-Esprit, avec sa mère et ses cinq enfants ; son mari a été fusillé.

Le malheur au secours du malheur, pourquoi pas ? ai-je pensé.

Florentina a pris son service le 8 avril, elle en est repartie le 15. Le général Franco appelait les populations qui n'étaient pas passibles de crimes à regagner leurs villes et villages.

– Elle a grandement tort, a commenté Xabier, elle fait confiance à Dieu, je ne sais pas si à Tolosa, Dieu est plus clément qu'ailleurs. Elle le verra elle-même, la pauvre femme !

Je n'ai éprouvé aucune tristesse au départ de Florentina. Je préférais être seule chez moi, en ma propre compagnie, les enfants me servant de garde-fous.

Un jour, l'orage grondait dans le lointain, et brutalement un coup de tonnerre a claqué comme une détonation sèche, bleuissant le ciel.

– *Ama* ! a hurlé Julian, *Ama*, les avions !

– Non ! ce ne sont pas les avions, c'est l'orage, n'aie pas peur.

J'ai essayé de calmer sa frayeur, mais tourné vers la fenêtre, il répétait :

– Les avions, *Ama*, les avions !

La violence de l'orage s'est déchaînée sur la ville, le ciel, devenu noir tout à coup, nous a plongés dans l'obscurité et comme l'électricité était coupée, j'ai allumé toutes les bougies de ma chambre, et avec la couverture de mon lit, j'ai improvisé une tente où nous nous sommes réfugiés tous les quatre.

Une verte vallée s'est ouverte sous nos yeux où gambadent des agneaux blancs comme les blancs d'œuf montés en neige, sur un tapis de fleurs de camomille qui embaume l'air et où de beaux loups aux yeux dorés empêchent de méchantes gens, qui n'aiment ni les fleurs ni les enfants, d'entrer. Une rivière coule dans ce paradis, traversée par l'éclair coloré d'un martin-pêcheur.

Un jour, en haut de la colline, derrière un cèdre bleu, une surprise attend les enfants qui jouent dans la prairie.

– C'est quoi la surprise ? ai-je interrogé.

– *Aita* ! ont répondu d'une même voix Julian et Manuela.

L'orage s'éloignait.

– Encore ! *Ama* ! Encore ! ont supplié les enfants.

J'ai plié la tente, et la tente pliée, j'ai brisé le rêve.

On frappait à la porte. L'électricité n'était pas encore revenue mais le soleil perçait entre les sombres nuages et éclairait le couloir d'une lumière jaune bouton-d'or. Derrière la porte se tenait Incarnacion, les cheveux mouillés, les vêtements détrempés. Mon cœur est devenu une pelote de cuir frappant contre les parois de ma poitrine.

– Qu'est-ce qu'il y a ?

– Cent vingt-six réfugiés viennent de débarquer à Bayonne. Ils ne savent pas tous où aller, alors j'ai pensé...

– Entre, viens te sécher, tu vas attraper la mort, mouillée comme tu es.

Incarnacion s'est séchée, et dans une robe que je lui ai prêtée, et une veste de laine couleur bleu nuit que j'aime et que je regrette aussitôt de lui avoir si gentiment proposée :

– Ce sont des miliciens. Ils sont quatre. Ils viennent de Durango. Deux sont en uniforme, alors si la police les arrête...

– J'ai compris. Amène-les vite.

– Ils sont en bas, avoue-t-elle dans un petit sourire.

L'appartement si vaste me semble tout à coup minuscule, et le confort et l'ordre qui y règnent, dangereusement menacés.

Mais ils sont déjà là, avec leurs baluchons dégoulinants d'eau, leurs vêtements qui s'égouttent sur le tapis du vestibule.

– Entrez ! Venez dans la cuisine, il y fait chaud (il n'y a surtout pas de tapis).

Incarnacion nous présente les uns aux autres :

– Lucia, voici Pablo, et Emilia et son mari Emeterio, et Juan. Je ne me suis pas trompée ? interroge-t-elle, son regard allant de l'un à l'autre. Et une main sur la tête de Julian : Voici Julian – et sa main sur l'épaule de Manuela : Voilà Manuela, et le bébé dans les bras de Lucia, c'est Flora.

Chacun se salue. Je n'ose demander combien de temps ils comptent rester ; une crampe à l'estomac m'assaille tandis que je sens mon cœur rétrécir d'égoïsme.

J'accueille les nouveaux venus comme je peux, Emilia me regarde avec un sourire timide.

C'est à moi de parler, d'expliquer, de répartir l'espace, d'ouvrir la porte sur la salle de bains, de sortir les serviettes éponge et les savons et de conclure, le regard subitement sévère malgré moi :

– On ne fume pas dedans mais sur la terrasse.

Emilia, Emeterio, Pablo, Juan acquiescent ; même si je surprends dans mon dos et au vol la voix de Pablo qui dit à Incarnacion :

– Elle nous emmerde, la bourgeoise !

Les trois premiers jours n'ont pas été faciles à vivre, et comme l'opulence atténue les rigueurs de la vie, je me suis réjouie de posséder deux W.-C. et j'ai déploré de n'avoir qu'une salle de bains.

Xabier m'apportait chaque semaine une liasse de billets, et chaque fois que j'ouvrais l'enveloppe, mon cœur se serrait en pensant à Anastasio qui avait assuré mon repli jusque dans les moindres détails.

Gracieuse, que je retrouvais au Jardin public et qui me faisait quelques confidences sur sa vie sans que je l'y pousse, ne venait plus si souvent me voir, et je le regrettais.

Je ne parlais à personne de Mikel, murée dans mon angoisse par une pierre de tombeau. D'Anastasio et d'Arantxa, j'avais des nouvelles au compte-gouttes, quand par une communication téléphonique qui arrivait encore à passer, ils pouvaient joindre Xabier ; mais de Mikel, il n'y avait plus rien. Ou le peu que je savais depuis trois jours, c'était que son bataillon avait été décimé sur plus de la moitié de ses hommes.

– Mais lui ?

– On ne sait rien de plus.

– Et par Itziar ?

– Non ! rien, déplorait d'un air accablé Xabier.

Ma chambre m'était devenue précieuse, et une nuit où je ne dormais pas, j'ai ouvert les valises douloureusement ; j'en ai extrait la couverture rouge, les plans des navires, le calot de la milicienne, et une à une les photos dans leurs cadres, que j'ai disposées sur le manteau de la cheminée ; celle du couple enlacé, debout devant le Café de la Marine à la Bastide, je ne l'ai pas reconnue. Et il m'a fallu longtemps pour que les visages ne m'apparaissent plus flous.

Pour rejoindre la cuisine, je suis passée par la terrasse. C'est la nuit. Il pleut. La pluie frappe avec rage les toitures des immeubles. Dans la cuisine, sur le fauteuil contre la cheminée, Juan dort, le bras replié sur son front, et au bruit de la théière que je dépose sur la table, il sursaute :

– Pardon, excusez-moi. Je ne dormais pas.

Il ne dit plus rien.

Il ne dit jamais rien, Juan.

Il fixe les murs ou au-delà des fenêtres, la rue.

Il profite que je sois là pour m'annoncer qu'il part demain. Surprise, je l'interroge :

– Vous n'êtes pas bien ici ?

– Ce n'est pas cela. Je sais depuis hier où sont ma mère et ma jeune sœur.

– C'est une bonne nouvelle, vous devez être heureux.

Mais il ne répond pas.

– Elles sont où, votre mère et votre petite sœur ?

– À Saint-Christau, en Béarn, dans une résidence du Gouvernement Basque. Pablo va m'y conduire, ensuite il va rejoindre Barcelone pour continuer le combat.

– Et vous ?

– Cela dépendra de ma petite sœur.

Il fait gris lorsqu'ils nous quittent. Je leur ai donné à chacun des savons, un pull de laine, du chocolat, du sucre, du café, des biscuits.

– Merci à vous, Lucia, dit Pablo, si nous gagnons, je vous promets que je reviendrai vous voir.

– Je l'espère bien. Bonne chance!

Nous les entendons courir dans l'escalier de pierre et continuer à courir dans la rue, vers le pont, vers la gare.

Emilia aère leurs chambres, balaie, et quand elle a fini, met à laver les draps dans la lessiveuse.

Nous sommes dans la cuisine, je lui prépare du thé.

– Non, pas de thé. Un café. Je préfère.

Les enfants font la sieste, le temps s'écoule lentement.

– Voilà, ils sont partis, ai-je soupiré, et pour meubler le silence, j'ai rajouté:

– Il ne parlait pas trop, Juan.

– Oh! Juan, s'il s'était mis à parler, il serait devenu fou. Juan est d'Irun, continue-t-elle. Ils se sont battus là-bas, maison par maison, corps à corps, et un matin, les *requetés* ont trouvé son frère Antonio qui tirait sur eux du clocher de l'église Santa Maria. Il était en soutane, imagine! Il était prêtre. Ils l'ont fait vite descendre du clocher et dans la cour, après le parvis, ils l'ont tenu au bout de leurs armes tandis que d'autres soldats sont allés chercher son père, sa mère et la petite sœur. C'était un magnifique joueur de football, Antonio. On l'appelait le Lièvre. Quand il a vu le visage de sa mère en larmes, il a souri: « Ne pleure pas, *Ama.* » Les *requetés* l'ont mis en joue, lui, il souriait toujours, et les canons de leurs pistolets autour de son cou, ils ont tiré à lui faire sauter la tête qui a roulé alors qu'il s'effondrait sur le sable du jardin, et sa tête, Lucia, sa tête, ils l'ont jetée aux chiens errants, les chiens ont emporté la tête d'Antonio sous les rires des *requetés*. Et puis ce n'est pas fini, le pauvre père, ils l'ont obligé à faire le salut fasciste les pieds joints, sur le corps de son fils. Ils lui ont demandé d'ouvrir la bouche pour crier « *Viva Franco !* ». Alors, un officier a mis le canon de son arme dans la bouche du pauvre vieux, et il a tiré. La mère et la petite sœur se sont mises à hurler comme des bêtes. Le colonel Solchaga a renvoyé ses hommes parce que les combats continuaient plus haut vers la mairie, et il a laissé partir les femmes. Juan n'a jamais su pourquoi. Elles ont passé le pont International à Hendaye, où elles ont trouvé un refuge chez les religieuses, et puis après elles ont été amenées à Saint-Christau dans le Béarn. Juan a continué le combat plus au nord vers Fontarrabie, ses deux plus jeunes frères sont tombés sous les balles, mais ils étaient seulement blessés. Alors les nationalistes les ont précipités dans les ravins au-dessus de la mer, depuis les hauteurs de Guadalupe.

Nous sommes restées longtemps dans le silence d'après l'horreur, ma main sur la main d'Emilia, avant qu'elle ne poursuive :

– Chez nous, à la position Zubelzu, il y avait une jeune milicienne, Maria. On disait d'elle qu'elle avait un petit grain, car elle montrait la photo de son mari aux nouveaux venus : « C'est mon mari », confiait-elle. Un beau Navarrais blond aux yeux bleus, un costaud d'après la photo. Une nuit, sur la crête de Zubelzu, alors que nous étions de garde, on a entendu des bruissements d'herbes, et comme la brume était épaisse, nous ne soufflions mot. Maria les a sentis, elle nous a fait glisser doucement sur le dos toute la pente herbeuse jusqu'à nos premiers renforts et les premières maisons du village. Sur la crête, les miliciens qui n'avaient pas bougé avaient été égorgés. Nous avons combattu tout le jour suivant, et au soir nous occupions à nouveau la crête, sauf Maria. Elle est partie, mais avant, elle a ressorti la photo d'Esteban, son jeune mari, et elle m'a raconté : « C'était en Navarre, les phalangistes ont envahi le village, ils nous ont fait sortir du lit et nous ont obligés à courir dans les ruelles, à moitié dénudés et pieds nus, le bras tendu, au cri de "Vive le Christ-Roi". Et Esteban s'est mis à rire, je ne sais pas pourquoi, parce que peut-être devant lui courait le boulanger, petit et rond comme une boule de pain, qui perdait son caleçon. Alors les *requetés* ont amené Esteban dans un champ de blé coupé, à l'entrée du village, où ils m'ont obligée à les suivre. Ils lui ont fait mettre les bras en croix et lui ont ordonné de crier "Vive le Christ-Roi" pendant qu'ils lui tranchaient les membres. J'ai cru devenir folle lorsqu'ils ont achevé Esteban à coups de baïonnette. Les deux prêtres de la paroisse qui voulaient intervenir ont eux aussi été exécutés. »

Emilia s'est tue.

J'ai fermé les yeux, les mains contre mes lèvres, les coudes sur la table.

Les enfants qui se réveillaient de leur sieste m'ont ramenée à la vie, et malgré l'envie de vomir que je ressentais, j'ai rejoint avec eux ma chambre, mon havre, et sous leurs yeux émerveillés, je leur ai donné à voir toutes les photos.

– Là c'est *Aita*, et là c'est *Aitita*, *Amona*, Hilario, Itziar et Juan Anton.

– Il est mort, a dit Julian avec un air de circonstance.

– Tu te souviens, Julian, de l'appartement de Donosti ?

Et comme il acquiesçait avec un grand sourire, je lui ai montré le paysage que j'avais peint, les deux portraits de Manuela et de lui, et je me suis coiffée du calot de la milicienne pour ramener à la lumière nos souvenirs enfouis.

Dans l'autre valise, la plus petite mais la plus lourde, j'ai retrouvé le carnet rouge et le paquet qu'Anastasio avait amené le matin même de notre départ.

– Ouvre-le, Julian, il doit être pour toi.

Mais il n'a pas voulu l'ouvrir.

C'est moi qui, défaisant le paquet, ai découvert la boîte à crayons aux quatre tiroirs, couleur par couleur, tous les jaunes, tous les rouges, tous les bleus et verts, tous les gris et blancs, tous les noirs ; et sous le couvercle du dessus qui s'ouvrait, une série de gommes de la plus petite à la plus grande, des aiguise-crayons, et trois règles millimétrées en bois. Un trésor.

Lorsque j'ai levé mon visage vers Julian, je n'ai vu que ses larmes, et ce chagrin d'enfant m'a arraché l'âme. Je l'ai attiré contre moi.

– Il n'est pas mort, *Aitita*, il est toujours à Getxo.

– Je veux aller à Getxo, *Ama*, a supplié Julian, ses larmes mouillant mon cou contre lequel il s'était blotti.

Cette nuit-là, sur le drap brodé j'ai étendu la belle couverture rouge, et de ma main sous l'oreiller j'ai protégé la photo prise à la Bastide.

Il est venu me rejoindre, Mikel, c'était bien lui. Il me croquait. Il me mordait. J'adorais sa gloutonnerie animale. J'en riais et, folle, je me livrais entière et nue à ses mains qui gardaient prisonnières mes épaules. Sans un mot. Seul son regard parlait. Il me parlait de moi. Dans l'instant je savais tous les mots qui jaillissaient de son regard pâle, et plus pâle lorsque dans un râle, il s'abattait sur moi.

Et toujours, de la même voix douce et basse contre mon oreille :

– Tu as été bien, Lucia ?

Mes mains dans ses cheveux, ma bouche sur son menton :

– Oui, merveilleusement, murmurais-je.

Et lui, dans un rire :

– Nous recommencerons !

Je me suis réveillée le corps endolori, les épaules recouvertes de notre belle couverture rouge que je serrais contre moi.

Sur le petit carnet, j'ai noté :

26 avril 1937 – Le gros chagrin de Julian me bouleverse. Je vais faire installer un appareil téléphonique pour qu'il entende la voix de son grand-père. J'ai rêvé de Mikel comme jamais. Pourvu qu'il ne soit pas mort cette nuit.

C'est lundi. Un matin pur. Je suis sur la terrasse où j'ai étendu les draps et nous jouons à cache-cache entre les voiles blanches qui se balancent sous une petite brise tiède. Gracieuse nous surprend dans nos jeux et sourit, un énorme bouquet de lilas blancs et mauves entre ses bras.

– J'ai apporté le repas de midi. Vous m'en direz des nouvelles.

Je proteste.

– Protestez! protestez! Marcel ne rate jamais ni ses foies gras ni ses confits. Allez! je vous quitte, je reviendrai ce tantôt. Bon appétit!

Il est quatre heures et demie quand elle réapparaît. Il est à peine cinq heures lorsque nous nous promenons dans les jardins sur les remparts.

Julian et Manuela, de leurs petits doigts, cueillent des bouquets de pâquerettes et de boutons-d'or. Il est cinq heures lorsque nous goûtons les succulentes chocolatines. Flora à mon sein, je regarde le ciel et la voix claire de Gracieuse s'exclame:

– Quelle merveilleuse journée!

Il est un peu plus tard dans la soirée quand je fais prendre le bain aux enfants. Emilia et Emeterio sont absents.

J'en profite pour chanter « Tant qu'il y aura des étoiles sous la voûte des cieux ».

Il est huit heures du soir quand Xabier, pâle comme la mort, sonne à ma porte.

– Vous savez?

– Mikel?

– Non. Gernika a été bombardée cet après-midi. Il ne reste plus rien de la ville. Plus rien. Que des décombres et des morts. Des morts. Plus d'un millier de morts.

J'ai tendu mes bras vers Xabier. Mes bras étaient de plomb. Et ma tête aussi.

– Asseyons-nous, ai-je invité, un goût de fer sur la langue, pour ajouter aussitôt: Qui a fait ça?

Il garde les yeux fermés, Xabier, il ne les ouvre que pour dire:

– Si vous voulez écouter les informations sur votre poste de radio, tous les services de presse franquistes affirment que c'est le Gouvernement Basque qui a fait sauter Gernika.

Il se tient le front à deux mains.

– Comme si… nous aurions pu…

Il se tait ; il respire une grande bouffée d'air.

– Nous devons apporter un démenti formel. Je pars ce soir pour Paris, et j'irai aussi jusqu'à Londres. Il le faut. Nous ne pouvons pas tolérer l'ignoble mensonge.

Emilia et Emeterio sont arrivés peu après. Elle avait dû beaucoup pleurer, la jolie milicienne, ses yeux étaient gonflés. Elle n'avait pas faim ; Emeterio grillait cigarette sur cigarette, assis contre le mur de la terrasse où je me suis dépêchée de plier les draps.

– Nous partons demain pour Barcelone, m'a confié Emilia, nous pensons que notre devoir est là-bas.

Coupable d'être incapable de prendre un fusil entre mes mains, mais seulement dans ma tête, je ne lui ai pas répondu.

Nous avons allumé le poste de radio, pour apprendre qu'« aujourd'hui, la coquette petite cité, l'une des plus typiques de la Biscaye, aux multiples et inestimables richesses de la tradition basque, n'était plus qu'un monceau de ruines ».

Selon « des sources sûres », le général Mola venait de déclarer que Gernika avait été totalement incendiée par les anarchistes avant leur retraite. Le chêne ainsi que le parlement n'avaient pas été touchés.

– Ceci explique cela, me suis-je entendu commenter. Napoléon aussi, lors de la guerre contre l'Espagne, avait détruit une grande partie de Gernika ; le chêne avait tenu bon. Le chêne et le parlement n'ont pas brûlé aujourd'hui, cela veut dire que les Basques ne périront jamais.

Je me suis trouvée aussitôt ridicule ; ni Emeterio ni Emilia ne m'avaient écoutée. Ils cherchaient sur les ondes à capter d'autres informations, mais c'était Burgos qui brouillait à dessein les autres radios, et nous revenions toujours aux mêmes commentaires sur la destruction de la ville.

Emeterio, d'un coup de poing violent, a fait basculer le poste qui s'est écrasé au sol, sur le carrelage de la cuisine.

– Ce n'est pas grave, ai-je dit en ramassant les morceaux de verre et en essayant de rassembler les lettres dorées et éparses de G. Marconi.

Emilia a remis le poste sur le buffet, a tourné les boutons dans tous les sens, mais aucune lumière n'a clignoté.

Un peu plus tard, j'ai entendu des éclats de voix qui me parvenaient de leur chambre.

Le lendemain matin, à huit heures précises, avant de me quitter, ils m'ont demandé pardon pour le poste, mais toute à la tristesse de leur départ, je me suis effondrée dans les bras d'Emilia.

– Ne va pas te faire tuer là-bas.

– Compte sur moi ! Je n'y vais pas pour me faire tuer, j'y vais pour gagner contre les fascistes.

Et elle a levé le poing.

L'appartement est devenu subitement vide et silencieux, mais il tenait debout ; je me suis consolée en embrassant la peau tendre de mes enfants, une peau qui ne collait pas à leurs os noircis par les flammes.

Gracieuse est arrivée, éplorée.

– Quelle horreur ! Je viens d'entendre les nouvelles, la Chambre des Communes en Angleterre vient de protester contre le bombardement aérien.

– Comment cela ?... Hier soir encore...

– Ne vous énervez pas, Lucie, le consul britannique Monsieur Stevenson vient d'apporter son témoignage, il était hier à Gernika. Des correspondants de presse étrangère, en ce moment même, parlent à la radio. Marcel a noté sur cette feuille ce qui lui a paru important de noter pour que vous le lisiez.

Elle m'a tendu une feuille pliée en quatre que j'ai glissée aussitôt dans la poche de ma jupe. Je l'ai regardée sans dire un mot, la lèvre inférieure mordue par mes dents qui s'y enfonçaient.

– Ne perdez pas espoir, Lucie. Votre mari est peut-être vivant.

– Peut-être. Mais il est peut-être mort.

Elle m'invite à vivre, Gracieuse, qui décide pour moi de la journée à venir.

– Venez, nous allons nous installer sur la terrasse ; Marcel va apporter tout à l'heure un banc et une table ; avec les beaux jours, vous verrez, vous y passerez des heures agréables. Il a ressorti aussi du grenier un vieux parc d'enfant. Il vous l'installera, vous serez plus tranquille pour que les petites y jouent sans craindre une chute.

– Pourquoi faites-vous tout cela pour moi ? l'interrogé-je, peu amène.

Elle sourit.

– Il y a des questions qui n'appellent pas de réponse.

Je soupire, mon œil sur les enfants qui jouent dans leur chambre, si sagement que je m'en inquiète.

– Les enfants sentent les événements, ce sont encore de petits animaux.

– Je n'irai pas jusque-là.

Et d'un seul trait, comme si subitement la mémoire me revenait :

– Mais nous sommes mardi, vous ne travaillez pas aujourd'hui ?

– Non ! Marcel et moi avons décidé de fermer le restaurant en signe de deuil.

Nous avons passé la journée sur la terrasse, sur le banc en bois peint en rouge que Marcel avait transporté démonté, et qu'il a remonté « en un tour de main ».

– Marcel est le Gascon le plus doué que je connaisse, a dit de lui Gracieuse, un sourire au fond des yeux.

Entre maints allers-retours, et toujours « en un tour de main », il a installé la table de jardin et aussi le si joli parc à l'ancienne en pin massif, sur ses quatre pieds boules, et dont le plateau pouvait se retirer « en un tour de main ».

– Tenez, Lucie, en un tour de main, clic-clac, vous le remettrez à l'endroit ou à l'envers. Et pour le nettoyer, c'est sacrément plus facile.

« En un tour de main » était l'expression préférée de Marcel, et à la fin de la journée, malgré les morts de Gernika, nous avons eu un fou rire, Gracieuse et moi.

– Tu l'as prononcé quatorze fois aujourd'hui, mon chéri.

Il a haussé les épaules.

– Moquez-vous ! moquez-vous ! Et moi qui voulais vous inviter dans le meilleur restaurant de la ville.

Nous y sommes allés alors même que les yeux levés vers le ciel, j'ai aperçu ma première hirondelle.

– Faites un vœu, Lucie !

Je l'avais déjà fait, le vœu, en croisant mes doigts.

Nous avons dîné dans la petite salle du restaurant, au premier étage dont les trois fenêtres à meneaux donnaient sur la Nive.

– Tu t'es surpassé, Marcel, a souri Gracieuse en découvrant les filets de soles Chauchat[(2)] puis le gigot d'agneau à la Richelieu[(3)].

– Et ce Château Haut-Brion 1928, comment le trouvez-vous, Lucie ? m'a interrogée Marcel.

– Je ne sais pas trop, je ne connais pas bien les grands vins.

– C'est un très grand vin, qui se laisse boire, mais peut-être que le jour ne s'y prête pas.

Je n'ai pas répondu car il avait raison, Marcel, le jour ne s'y prêtait pas.

Je les ai quittés après les œufs en neige dont avaient raffolé Julian et Manuela.

Nous avons remonté l'avenue alors que la nuit tombait. Puis la porte cochère franchie, j'ai rangé le landau dans la remise, au fond de la cour. L'ascenseur nous a hissés vers les étages.

D'un pas très lent, j'ai monté les marches de pierre, Julian et Manuela accrochés à l'ourlet de ma jupe, Flora endormie dans mes bras.

2- Filets de sole pochés au beurre et au jus de citron, nappés de sauce Mornay et servis accompagnés de pommes de terre.

3- Gigot d'agneau accompagné d'un hachis d'échalotes et de noisettes, nappé de crème et fromage de chèvre et parsemé de fines herbes hachées.

Sous le paillasson de l'entrée, un petit mot, écrit par Incarnacion, m'attendait :

Il y aura demain à quatre heures de l'après-midi, à la salle paroissiale de la place Montaut – à côté de la cathédrale –, une réunion avec des habitants de Gernika (des vrais témoins).

Vrais, souligné trois fois.

Il y a tant de monde dans la salle lorsque j'y arrive que j'ai du mal à me rapprocher des premiers rangs, et c'est dans le couloir, près des portes grandes ouvertes que, haussée sur la pointe des pieds, j'aperçois le dos d'Incarnacion, et sur l'estrade face à nous, un prêtre – le père Alberto Lizazo, m'informe mon voisin, si grand et si large d'épaules qu'il dépasse d'une bonne tête le groupe agglutiné dans le couloir.

Le père Lizazo, une fois s'être éclairci la voix, s'adresse à nous.

– Après Hendaye, Saint-Jean-de-Luz, nous voici auprès de vous, à Bayonne, mes chers compatriotes, pour vous faire part du désarroi qui nous habite aujourd'hui, nous tous, vous les exilés et nous qui avons vu brûler Gernika. Je tiens à vous informer que de leur côté, les pères Pedro Menchaca et Agustin Isusi sont parvenus jusqu'à Rome où ils ont demandé une audience à Notre Saint-Père le Pape, pour lui remettre une lettre signée par plus de vingt prêtres basques, dont certains sont les témoins oculaires du massacre, et pour dénoncer les véritables auteurs de la destruction de Gernika. Nous attendons d'une minute à l'autre un appel téléphonique de nos mandataires auprès du Vatican, s'ils arrivent à joindre l'évêché de Bayonne.

Après un temps de silence, il invite le témoin du massacre à venir le rejoindre sur l'estrade.

L'homme se racle la gorge avant de prendre la parole :

– Pardonnez-moi. Je ne vais pas être long. Lundi c'était jour de marché à Gernika ; il y avait beaucoup de monde dans les rues, venu des campagnes, mais aussi des femmes de pêcheurs de

Bermeo. Il y avait de nombreux enfants qui, comme chaque fois qu'il y a le marché, se retrouvent pour jouer entre eux. Quand nous avons entendu les cloches des églises sonner, nous avons vu arriver dans le lointain un bombardier qui a lâché les premières bombes incendiaires sur la ville. Il était, je crois, cinq heures moins vingt. Le bombardier était allemand. Il est reparti et il est revenu aussitôt avec quatre autres bombardiers et vingt-trois avions – des Junkers 52 – qui larguèrent tous des bombes. Des chasseurs – des Heinkel 51 – mitraillèrent à basse altitude toutes les personnes qui tentaient de s'échapper. D'après certains témoins, en plus des avions allemands, il y avait aussi des avions italiens. Tout le centre de la ville est brûlé et entièrement détruit…

Nous percevons un sanglot dans sa voix.

Il poursuit :

– Il y a plus d'un millier de morts. Si je suis vivant, c'est qu'à l'heure du bombardement, je me trouvais à mon travail à l'usine d'armes qui, elle, n'a pas été touchée car elle se trouve à l'extérieur de la ville, continue-t-il comme pour s'excuser d'être en vie face à nous.

Le silence est si dense qu'il est palpable.

D'un trait, il ajoute :

– Ma femme et mes cinq enfants sont morts brûlés à Gernika.

À mes côtés, une femme se signe, et sur la joue de l'homme aux cheveux blancs qui nous dépasse d'une tête, je vois couler une larme qui se perd dans son cou.

Dans un bruit de chaises, le père Alberto Lizazo traverse la salle ; les rangs s'écartent pour le laisser passer et rejoindre la rue. Juchée à nouveau sur la pointe des pieds, j'essaie de voir où il est allé que déjà, les gens s'écartent à nouveau pour le laisser regagner l'estrade.

Il s'éclaircit la voix avant d'annoncer :

– Les pères Menchaca et Isusi n'ont pas été reçus par le Pape (il dit « le Pape » et non plus « Sa Sainteté »). Le cardinal Pacelli, le secrétaire à la papauté, les a quant à lui reçus à la seule condition qu'ils ne fassent nulle allusion à l'affaire qui les amenait à Rome. Mais lors de l'entrevue, les deux pères n'ont pu s'empêcher de parler de Gernika. Le cardinal Pacelli leur a rétorqué froidement : « L'Église est persécutée à Barcelone. » Et il les a reconduits jusqu'à la porte.

Un silence lourd s'abat sur les visages accablés. Les chaises crissent sur le plancher et les gens petit à petit quittent la salle.

J'ai cherché Incarnacion, et quand enfin je l'ai trouvée, nous nous sommes regardées avec la même mimique de désolation. J'ai profité de notre rencontre pour lui glisser mon numéro téléphonique et le transmettre à Anastasio, si jamais…

– Tu peux compter sur moi, a répondu Incarnacion.

Et je ne sais pourquoi nous nous sommes embrassées comme deux sœurs, liées dans le malheur.

Dehors, le même silence suit les groupes qui s'éloignent, et je me mets en route moi aussi, jusqu'au Jardin public où Gracieuse joue avec les enfants.

– Alors ? me demande-t-elle.

Je secoue la tête.

– Le Vatican n'a pas daigné nous entendre.

– C'est monstrueux ! s'écrie-t-elle, subitement indignée, sa main dérangeant d'un geste brusque le triple rang de son collier de perles grises.

Puis le calme revenu :

– Ne restez pas seule ce soir, venez dîner avec nous, prie-t-elle.

– Non, Gracieuse, merci ! C'est gentil mais il faut que je fasse front toute seule parfois. Ce soir, je vais dîner sur la terrasse avec les enfants, et puis comme les Postes et Télécommunications ont installé l'appareil téléphonique ce matin, je voudrais être là si Anastasio réussit à nous appeler.

Elle tapote ma main.

– Je comprends, Lucie, rentrez vite.

L'avenue était belle sous les marronniers, et dans le lointain, devant la porte cochère de l'immeuble, j'ai aperçu une longue silhouette poudrée d'or par le soleil de cette fin d'après-midi. Une silhouette en uniforme, une casquette serrée sous le bras.

Je me suis mise à courir, en poussant le landau si vite que je me suis tordu la cheville et que j'ai perdu Julian dans ma course. Il s'était assis sur un banc et j'ai dû rebrousser chemin pour le supplier de me suivre, et du doigt je lui ai montré la silhouette, si proche et si lointaine à la fois.

Les derniers mètres qui me séparaient d'elle, je les ai franchis portée par une dangereuse allégresse.

C'est quand la silhouette s'est retournée vers nous, son magnifique sourire nous enrobant, que je me suis figée :

– C'est toi, Jon ! J'ai cru…

Il s'est approché de moi, m'a serrée contre lui, sa main plongée dans mes cheveux :

– C'est moi, c'est seulement moi, Lucia, et j'ai de la peine de te décevoir.

Bravement, j'ai relevé la tête, en ravalant les larmes qui se bousculaient dans ma gorge.

– Entre, Jon ! Nous habitons au quatrième.

Il nous a suivis jusqu'au quatrième et il a parcouru l'appartement d'un air ébahi.

– Il est magnifique cet appartement. Toutes les pièces portent ta griffe, Lucia.

J'ai rétorqué :

– Oh ! n'exagère pas, aide-moi plutôt à mettre le couvert sur la terrasse.

– Je ne voudrais pas que tu te sentes obligée vis-à-vis de moi.

– Je ne m'oblige à rien. Tu es là, Jon, je ne vais pas te chasser. Tu peux bien dîner avec nous, non ?

Une émotion subite a traversé le bleu de ses yeux tandis qu'il nous suivait vers la terrasse.

Il n'avait pas très faim, Jon, il arrivait de Gernika, mais il a dévoré et bu une bouteille de Pomerol – ma cave à vins, c'est Marcel qui me l'avait offerte et l'avait agencée dans l'office.

Julian accaparait Jon, sous la moue jalouse de Manuela.

– Je crois que je le connais, ce monsieur, *Ama*.

– Je crois que moi aussi je vous connais, mon cher Monsieur, a répondu Jon, en lui serrant la main d'une poigne d'homme. Vous ne seriez pas Julian Lizardi Olazaguirre ?

Impressionné, Julian s'est redressé sur son séant, sa main toujours dans celle de Jon.

– Moi, je suis Jon Azpiazu Elorza. Nous nous sommes connus à Donosti. Tu étais un tout petit bébé quand je t'ai vu pour la première fois.

– Moi aussi je le connais, moi aussi je le connais, répétait Manuela, tandis que Julian, aux anges, éclatait de rire.

– Toi, a dit Jon en juchant Manuela sur ses genoux, toi, tu étais si petite, si petite – et il a posé sur la tête de Manuela sa casquette militaire – que tu aurais pu dormir dedans.

Elle a ri en mettant ses deux petites mains devant sa bouche.

Qu'il parte ! Qu'il s'en aille !

Les enfants enfin endormis, il m'a annoncé, alors que nous nous trouvions dans le couloir, qu'il se rendait à Londres, et que de Londres il rejoindrait New York.

– Tu parles anglais, toi ? l'ai-je interrogé, surprise.

– Bien sûr, et heureusement. C'est comme cela que j'ai pu déjouer les contrôles policiers avant la frontière.

– Et dans ton uniforme ?

– Tout est possible quand on circule dans une voiture consulaire de Grande-Bretagne…

Je l'interromps.

– Et tu étais hier soir à Gernika ?

– Oui, j'y suis allé dès la fin du bombardement ; je n'y étais pas seul comme journaliste, il y avait aussi mes confrères de la presse étrangère et le consul britannique, Sir Stevenson, un vrai concours de circonstances, c'est ainsi !

Ma tête était lourde : j'avais du mal à le suivre dans son périple qui semblait si simple pour lui et si compliqué pour moi.

– Et maintenant, que vas-tu faire ?

– Maintenant, a répondu Jon dans un sourire, je vais te quitter.

Et d'un ton suffisant alors qu'il ne l'était pas, il a ajouté :

– Je ne retournerai plus jamais en Euzkadi, ma mission est ailleurs.

Planqué! ai-je pensé, alors même qu'il se penchait vers moi pour m'embrasser. J'ai ouvert la porte sur le palier, et avant même qu'il ne descende la première marche de l'escalier :

– Bien le bonjour à l'Angleterre de la part de ceux qui se battent à Bilbao, et aussi de la part des morts calcinés de Gernika.

Il a déposé sa sacoche d'un geste vif, et de retour auprès de moi, face à moi, ses mains serrées sur mes avant-bras :

– Je comprends que tu aies du chagrin, Lucia, mais ton chagrin ne te permet pas de dire n'importe quoi. Les morts de Gernika, je les ai vus, je ne les oublierai pas. Surtout les enfants. Enfonce-toi ça dans ta jolie petite tête !

Il m'a lâchée. Sans se retourner, il s'est mis à dévaler l'escalier, et je suis restée là, contre la porte palière, mon front appuyé au battant.

Désemparée, j'ai pris un taxi le lendemain avec les enfants, vêtus de nos plus beaux atours. Tout de blanc vêtus. Quand j'y resonge, est-ce de ma virginité que je voulais faire état ? Sur l'avenue, des gens se retournaient sur nous.

– Taxi, s'il vous plaît, pouvez-vous nous conduire jusqu'à Saint-Jean-de-Luz ? C'est possible ?

– C'est possible, oui, ma petite dame, mais cela va vous revenir cher.

– Cela n'a aucune importance.

Devant mon assurance :

– Bon ! bon ! Comme vous le désirez, a-t-il dit en ouvrant la portière.

Le voyage fut calme, ponctué de temps à autre des questions du chauffeur.

– Vous êtes d'ici, non ? À l'accent, on les reconnaît, les gens d'ici.

– Je suis de Ciboure.

– Ah ! de Ciboure ? J'y conduis parfois de riches clients, à La Réserve. Vous connaissez La Réserve ?

– Oui, je connais.

J'aurais voulu fermer le petit volet vitré qui me séparait de lui, mais je n'ai pas osé.

– Voulez-vous que nous passions par la plage, à cette heure-ci...

– Non, merci. Je connais.

Il ne m'a plus adressé la parole jusqu'au port où je lui ai demandé de nous laisser.

J'ai glissé un billet dans sa main, et royale :

– Gardez la monnaie.

L'argent que j'avais n'était pas à moi, c'était sans doute pour cela que je le distribuais avec autant de facilité.

« Ah, Lucie, le jour où tu gagneras ta vie, tu compteras tes sous », me disait Honorine quand à la papeterie Malbos, avec l'argent de mon père, j'achetais trois cahiers, des tubes de peinture, des pinceaux et des petites choses qui faisaient grimper l'addition.

Pourvu qu'elle ne soit pas morte, Honorine, pendant mon absence. Pourvu qu'elle soit encore à la maison.

Sur le port il y avait foule. Une foule avec des hardes reconnaissables entre toutes.

– Encore ceux-là, a commenté une femme bien mise, les lèvres pincées de dépit. Il serait temps que les autorités réagissent.

« Ceux-là » se sont entassés dans trois camions, et je les ai regardés partir sous la houlette d'un vieux curé.

Mikel n'était pas parmi eux.

Nous nous sommes dirigés vers le Café de la Marine où j'ai demandé au garçon s'il me serait possible d'appeler le numéro que je n'avais jamais oublié.

– Bien sûr, la cabine est sous l'escalier.

Je m'y suis engouffrée, les enfants dans mes jambes, Flora endormie contre mon cou.

– Décrochez ! Vous avez la communication ! a annoncé d'une voix de corne de brume le patron derrière son comptoir.

– Allo… allo… qui est à l'appareil ? Je n'entends rien.

– Allo Maman, c'est moi, c'est Lucie.

– Lucie, Lucie, mais d'où appelles-tu ?

– De Saint-Jean. Du port.

– Jose, appelle-t-elle, Jose… Attends, Lucie, je vais chercher ton père.

Les minutes s'écoulent, si longues que j'ai peur que le cafetier à l'autre bout du comptoir appuie sur le petit levier et coupe la communication.

– Lucie – je reconnais la voix bourrue de mon père –, Lucie, tu es où, là ?

– Au Café de la Marine.

– Bon, tu ne bouges pas, tu m'entends ? J'arrive.

Dix minutes plus tard – et encore, j'ai un doute sur les dix minutes –, une camionnette neuve couleur lie de vin freine brutalement devant le café.

Deux portières s'ouvrent en même temps ; ma mère, d'un regard furtif, fait le tour de la place et nous découvre à l'ombre d'un platane.

– Ô Lucie, Lucie, murmure-t-elle en devenant toute pâle.

Mon père, lui, toujours aussi énergique, l'émotion à fleur de peau qui fait trembler son menton, marmonne :

– Allez, Lucie, ne restons pas là. Montons dans la voiture, nous serons mieux à la maison.

– Je n'ai même pas eu le temps de t'embrasser, ma fille, soupire Hortense, le regard voilé de larmes, alors que nous grimpons dans la camionnette.

– On ne peut pas dire qu'ils ne sont pas de toi, les enfants, ils te ressemblent assez, déclare mon père en s'installant au volant.

Hortense tapote ma main.

– Je suis heureuse, Lucie, que tu sois revenue.

– Ne pleure pas, Maman.

Et d'une voix faible, je demande :

– *Amatxi* n'est pas morte au moins ?

– Elle ? Elle nous enterrera tous ! s'exclame mon père dans le crissement des freins de la camionnette qu'il arrête juste devant le portail en tôle rouge de la maison.

J'ai ouvert le portail sur l'étroit escalier qui grimpait vers la maison. Elle était là, Honorine, une main sur la rampe, les yeux rougis, mais telle que je l'avais gardée dans mon souvenir, les cheveux tirés sur un strict chignon, dans sa robe noire de cotonnade, avec sa broche épinglée sur le col, son grand tablier blanc noué autour de ses reins et des bas de coton gris dans ses sandales blanches.

– Ô ma cocotte, je suis si heureuse..., a-t-elle sangloté en me serrant fort contre elle.

– Avance, Lucia ! ne bouche pas le passage, allons nous mettre sous la tonnelle, a commandé mon père.

Nous nous sommes retrouvés sous la tonnelle, où la treille bourgeonnait sur les branches entremêlées des platanes qui, au fil des années, avaient réussi à épouser à la perfection les arceaux de fer.

– Assieds-toi, Lucia, ne reste pas debout comme une pendule !

Il n'avait pas changé, mon père.

– Hortense, va chercher de la citronnade pour les enfants, ils ont soif !

Non ! il n'avait pas changé, mon père.

Hortense est revenue avec la carafe, les verres et Honorine qui tenait un gâteau sorti à peine du four et dont le parfum s'est répandu avec bonheur autour de nous.

– Julian, est-ce que tu as soif ? a demandé mon père. Et toi, tu as soif ?

– Non j'ai pas soif, a répondu Manuela.

– Quel âge a-t-elle ? a interrogé Hortense.

– Elle fera deux ans en juillet.

– Mais elle parle très bien pour son âge.

– C'est ce que l'on me dit.

– Bon ! enchaîne mon père qui tape du plat de la main le bois de la table, vous êtes arrivés quand ?

– En février. À Bayonne.

– En février ?! Et c'est seulement aujourd'hui que tu nous donnes signe de vie ?

– Ne crie pas s'il te plaît, José, implore Hortense, tu fais peur aux petits.

Il souffle et secoue la tête, mais ses doigts tambourinent sur la table, il va certainement revenir à la charge.

– Je suis allé chaque jour au port, à chaque arrivée des bateaux, et si ce n'était pas moi, c'était ta mère, ta grand-mère ou ta sœur qui t'ont cherchée.

Je le regarde dans les yeux :

– Je n'ai pas osé revenir.

– Tu crois que nous t'aurions chassée ?

Je hausse les épaules :

– Quelle mule tu es ! dit-il en secouant la tête.

– Elle a de qui tenir, sourit à demi Hortense.

– Bon ! tu es là, c'est le principal. Tu es en vie et les petits aussi. Et Mikel ?

Il sait donc son prénom.

– Je n'ai pas de nouvelles. Il est commandant, d'un bataillon dont je ne sais pas le nom et qui s'est battu à Elgeta.

Un silence accompagne mes mots.

– Il n'est pas mort ? murmure tout doucement ma mère à mon oreille.

– Je ne sais pas.

– Bon ! bon !… Tout cela est terrible, terrible, laisse échapper mon père soudain radouci, et tu comptes faire quoi maintenant, Lucie ?

– Je ne sais pas. J'attends.

– Et de Joseba, tu as des nouvelles ?

– Aucune. Il est dans un bataillon de l'ANV, c'est tout ce que je sais.

– Tu sais au moins que ta tante et ta cousine sont en prison à Saturraran ?

– Non ! Mais pourquoi les auraient-ils arrêtées, elles n'ont jamais été d'accord avec Joseba !

– Peut-être, mais ma sœur a toujours été nationaliste, je ne t'apprends rien, là, Lucia ! s'enorgueillit mon père qui poursuit : Elles sont donc à Saturraran le crâne rasé, un petit drapeau espagnol collé au-dessus de leur crâne. Elle doit être jolie comme ça, ma sœur.

– Et le père de Joseba, où est-il ?

– Ici. Où veux-tu qu'il soit ? Il dort ici. Pour le reste, je ne lui demande rien. Il se console comme il peut.

– Au Café Bittor ou au Café du Trinquet, précise Hortense.

Julian et Manuela donnent quelques signes d'ennui.

– Les enfants s'ennuient, s'inquiète Honorine.

– Allons jusqu'à la balançoire si tu n'as pas peur qu'ils se fassent mal, me propose Hortense.

Nous allons jusqu'à la balançoire, accrochée depuis des lustres au platane du fond du jardin.

– Mais il y a des maisons à la place des lilas et des lauriers ! me suis-je exclamée.

– Oui, deux maisons, confirme mon père. Je les ai fait construire pour ton frère et ta sœur.

– Elles sont jolies, balbutié-je, tandis qu'une dague transperce mon cœur.

Tu es partie, Lucie, tu n'as plus ta place ici. Tu l'as bien cherché, avoue !

– Lucie, m'explique mon père comme pour me faire oublier les deux maisons à l'identique dont l'accès par la grande cour des ateliers nous tourne le dos, en 1929, la flottille de pêche était de trente-deux bateaux, et aujourd'hui, en 1937, tu vas au port, il y a soixante-deux bateaux. Tous les bateaux étaient à vapeur, tu te souviens ? Aujourd'hui ils sont tous équipés de moteurs à huile lourde. Alors, tu peux imaginer que j'ai suffisamment d'argent pour construire deux maisons et même trois, si tu décides de venir vivre à Ciboure.

Il me regarde et attend ma réponse. Flora s'agite dans mes bras.

– Elle est jolie la petite, dit mon père en lui prenant sa petite main. Ah ! tant que j'y pense, les enfants savent qui nous sommes ?

– Bien sûr, réponds-je, brusquement en colère.

– Ne te fâche pas, je voulais savoir, c'est tout. Tu vas rester ici quelques jours ?

– Non. Je vais rentrer, il n'y a qu'à Bayonne que je peux avoir des nouvelles de Mikel.

– Je comprends, acquiesce-t-il, le regard subitement triste.

– Vous allez dormir ici ce soir ? demande Hortense qui nous rejoint avec les enfants.

– Elle ne peut pas, explique mon père.

– Elle va être déçue, Élise, si elle ne te voit pas.

Je souris, soudainement ivre de tous les mots qui se chevauchent et qui me font m'asseoir sous la tonnelle.

– Flora a faim, dis-je.

Pudique, mon père s'éloigne pour rejoindre ses ateliers où le bruit des machines perce les murs et devient strident quand il en ouvre la porte qu'il referme aussitôt.

– Élise est enceinte, me confie Hortense, elle est mariée avec Pedro Arriola… Non, tu ne le connais pas. Il est de Fontarrabie, ils sont arrivés ici en septembre, après la chute d'Irun. Ton père avait déjà travaillé avec eux. Les Arriola sont mécaniciens de père en fils.

Elle parle vite, Hortense, elle dévide la bobine d'un film que je n'ai pas vu.

– Ton père avait du travail à leur proposer et dès qu'elle a vu Pedro, Élise est tombée amoureuse… Un peu comme toi.

Elle me sourit, me prend la main.

– Ma pauvre petite fille, comme tu dois souffrir.

– Le Bon Dieu m'a punie, Maman, je l'ai bien mérité, non ?

– Ne dis pas de bêtises, Lucie. Tu sais, j'ai souvent pleuré en songeant à toi, j'ai souvent eu peur, et j'ai beaucoup prié.

Elle pleure, Hortense, sa main sur la mienne.

– Je m'en suis beaucoup voulu, ajoute-t-elle en se mouchant.

Je l'embrasse sur la tempe tandis qu'elle se tamponne les yeux avec un mouchoir.

– Et Lili alors ?

– Élise attend un bébé pour le mois d'octobre, elle a déjà tout préparé. Elle est allée à Saint-Jean pour acheter de la laine d'angora… Je me demande où elle est allée. Cela fait une heure qu'elle devrait être de retour.

– Et Juanito ?

– Il est à Saint-Nazaire, ton père l'y a envoyé chercher deux nouveaux moteurs.

Je m'étonne, je questionne, j'apprends qu'il est marié avec Thérèse Larre, la fille du grainetier, et qu'elle attend elle aussi un bébé pour le mois d'août.

Je ferme les yeux. Toutes les vies qui germent n'effacent pas les morts des jours derniers.

Je me tais.

– À quoi penses-tu, Lucie ?

– À Gernika.

Mon père nous a ramenés le soir même dans la camionnette, qu'il conduit comme un jeune homme inconscient sous les rires de Julian et de Manuela.

– J'ai deux minutes, Lucie, je monte si tu veux bien. J'aimerais voir où vous vivez.

– Entre, dis-je alors qu'il observe la très belle porte palière.

– Dis-moi, si tout le reste ressemble à la porte!..., s'exclame-t-il.

– Viens, *Aitatxi*, invite Julian.

– Toi alors, sourit mon père, ému, en lui ébouriffant les cheveux.

– Il est magnifique cet appartement, conclut-il après avoir parcouru toutes les pièces, et la terrasse... c'est une vraie merveille! Il ne s'est pas moqué de vous, Monsieur Lizardi!

Je le regarde, étonnée, tandis qu'il se tient debout dans le couloir.

– Oui, en novembre 1935, je suis allé te chercher à Bordeaux, mais vous étiez déjà partis. Aux chantiers navals de la Bastide, j'ai réussi à savoir le nom de famille de Mikel, alors je suis parti pour Bilbao où Monsieur Anastasio Lizardi m'a reçu pour me dire qu'il ne te connaissait pas mais que son fils vivait à Donosti. Il m'a donné l'adresse de Donosti. J'y suis venu en décembre 1935 et je vous ai aperçus de loin, toi et Mikel. Je suis revenu à Ciboure sans vous parler; ne me demande pas pourquoi, je ne saurais pas te répondre.

– Oh, Papa...

– Allez Lucia, c'est du passé tout cela. Ce qu'il faut espérer maintenant, c'est qu'il soit vivant, Mikel, tout le reste... n'a aucune importance... Ne pleure pas, Lucia... les enfants te regardent.

Il est revenu, mon père, dès qu'il a pu, accompagné d'Hortense, et quand il ne le pouvait pas, il me téléphonait.

Anastasio, lui, n'a jamais appelé.

Le silence monstrueux recouvrait les massacres de Durango et de Gernika, jusqu'à ce divin matin où dans le journal *La Croix* et le journal *L'Aube* du 8 mai 1937 a paru l'appel:

Pour le peuple basque

La guerre civile espagnole vient de prendre au Pays basque un caractère particulièrement atroce.

Hier, c'était le bombardement aérien de Durango.

Aujourd'hui, par le même procédé, c'est la destruction presque complète de Guernica, ville sans défense et sanctuaire des traditions basques.

Des centaines de non-combattants, de femmes et d'enfants ont péri à Durango, à Guernica et ailleurs.

Bilbao, où se trouvent de très nombreux réfugiés, est menacée de subir le même sort.

Quelque opinion que l'on ait sur la qualité des partis qui s'affrontent en Espagne, il est hors de conteste que le peuple basque est un peuple catholique, que le culte public n'a jamais été interrompu au Pays basque.

Dans ces conditions, c'est aux catholiques, sans distinction de parti, qu'il appartient d'élever la voix les premiers pour que soit épargné au monde le massacre impitoyable d'un peuple chrétien. Rien ne justifie, rien n'excuse les bombardements de villes ouvertes, comme celui de Guernica.

Nous adressons un appel angoissé à tous les hommes de cœur, dans tous les pays pour que cesse immédiatement le massacre de non-combattants.

Ont signé :

François Mauriac de l'Académie française, André Bellivier, Charles du Bos, Stanislas Fumet, Francisque Gay, Georges Bidault, Hélène Islowski, Georges Hoog, Olivier Lacombe, Maurice Lacroix, Jacques Madaule, Gabriel Marcel, Jacques Maritain, Emmanuel Mounier, Jean de Pange, Domenico Russo, Boris de Scloezer, Pierre van der Meer de Walcheren, Maurice Merleau-Ponty, Martin Moré, Claude Bourdet, Claude Leblond,

Paul Vignaux, un groupe de vingt-huit élèves de l'École Normale Supérieure.

De l'étranger, ont adhéré :

Élie Beaussart, Luigi Sturzo, V.M. Crawford, et le groupe anglais People and Freedom.

La sonnerie du téléphone a retenti dès que j'ai fini de compter les signataires.

– Tu as lu le journal *La Croix* ce matin ?

– Oui, oui j'ai lu ! C'est Madame Lasserre qui vient de m'apporter les journaux *La Croix* et *L'Aube.*

– Il est extraordinaire, ce François Mauriac ! Ta mère qui est à côté de moi me souffle... Jacques Maritain aussi !

– Ils sont plus de cinquante à avoir signé l'appel et en Angleterre, les lords de la Chambre des Communes ont vivement protesté eux aussi.

– Ça, c'est une bonne nouvelle, Lucie ! Il n'y a pas que des lâches sur la terre !

Le soir même, j'écrivais à François Mauriac.

Monsieur,

Je ne sais comment vous remercier de l'appel pour le peuple basque que je viens de lire ce matin dans la presse. Il m'a semblé que le soleil au-dessus de Gernika et de Durango brillait un peu à nouveau, et qu'un digne linceul recouvrait les corps martyrisés des enfants.

Il m'a semblé qu'à travers vous, mon mari qui se bat à Bilbao, s'il est encore vivant, m'a adressé le signe de l'espérance qui m'a quittée depuis si longtemps.

À mes enfants qui sont encore très jeunes, je parlerai toujours de vous comme de l'Ami qui est venu vers nous sur le chemin si sombre où nous cheminons et que vous avez éclairé d'un magnifique soleil.

Avec toute mon infinie gratitude.
Lucia Lizardi Olazaguirre

Plusieurs navires au mois de mai accostèrent à Saint-Jean, à Bayonne, et même beaucoup plus loin, à Saint-Nazaire et Nantes. J'ai attendu Mikel dans le parfum des seringats qui embaumait l'air, et je me suis retournée plusieurs fois dans la rue, croyant apercevoir sa longue silhouette.

– Mange un peu, Lucie. Force-toi, implorait Hortense quand je dînais avec les enfants sous la tonnelle.

Le 19 juin, Bilbao tombait, et je me suis écroulée tel un mur où les pierres manquantes en son milieu entraînent sa chute.

Les deux jours misérables qui ont suivi, je les ai passés au creux de mon lit, sous la protection d'Hortense.

– Dors, Lucie, ne t'inquiète pas. Tu te fais trop de souci. Dors.

Dors. Ne parle pas. Ne hurle pas. Ne t'échappe pas dans les rues. Ne demande pas aux passants : « Et Mikel ? Est-ce que vous ne l'avez pas vu, par hasard ? » Dors, Lucie, ne pense pas à ces corps qui pourrissent dans une tranchée du cinturón del Hierro, *la bouche ouverte, les orbites creuses, où grouillent les petits vers blancs qui finiront par te manger toi aussi. Dors, Lucie. Il est mort, Mikel. Toi seule le sais.*

– Bois de la tisane, Lucie. Le tilleul tiède est encore meilleur. Fais un effort et viens t'asseoir au salon. Je viens d'allumer la radio. Ils y jouent le « Concerto pour violon et orchestre » de Beethoven, que tu aimes tant. Écoute… C'est ton passage préféré, sourit Hortense tout en tapotant ma main.

Misérable et hirsute, la bouche pâteuse, je me suis recroquevillée dans le fauteuil rouge et je me suis laissé porter par les notes du violon, fragiles comme un fil tendu prêt à craquer.

Gracieuse – dont Hortense me disait le plus grand bien – revenait en fin d'après-midi avec les enfants.

– Je vais me laver, ai-je murmuré.

– C'est bien, a souri Hortense, les petits vont être contents.

Le 18 juillet, nous avons fêté les trois ans de Julian, qui ressemble tant à Mikel qu'il m'est douloureux de le regarder, surtout lorsqu'il sourit. Hortense, qui n'aime pas la plage, a loué une tente à rayures blanches et bleues où nous passons nos journées, les jours de beau temps.

Je m'étonne de l'alignement des tentes, plus nombreuses qu'autrefois.

– Ce sont les congés payés, m'explique Hortense, il y en a qui n'ont jamais vu la mer, alors pour eux, ici, c'est le paradis ; ce qui est certain, c'est que tu les reconnais de loin, les « Congés payés », avec leurs shorts et leurs bicyclettes. Les femmes en short, quand même... Adèle Lafitte a mis un pré à leur disposition à Acotz. Et tu sais ce qu'elle a fait ? Elle a ouvert une guinguette sur la plage, « Chez Adèle » ! Ah, je te jure, pour gagner six sous, elle est prête à tout, rit Hortense. Dans le pré maintenant, à la place de ses moutons, il y a dix tentes, des bicyclettes et trois voitures. Son frère Mattin, chaque soir, joue de l'accordéon et hop ! Comme elle dit elle-même, passez-moi la monnaie ! Elle a toujours été un peu vulgaire, Adèle. Déjà quand nous étions chez les religieuses, enfin... – elle devient pensive, Hortense – c'est elle qui m'a dévoilé qu'entre les hommes et les taureaux, il n'y a pas une grande différence – elle hésite –, ils vont tous au fond du trou.

Je ris.

– Et toi Maman, qu'est-ce que tu as répondu à Adèle ?

– Oh ! moi, je suis devenue toute rouge et je suis allée me confesser.

Nous revenons de la plage après le rituel passage à la roulotte blanche du glacier, posée comme une meringue sur la jetée. La glace à la vanille, entre les deux gaufres carrées, dure juste le temps de descendre la rue de la République. Les filetières, tout en ramendant, apostrophent ma mère.

– Hé, Hortense, tu es devenue trop riche pour passer sans nous dire bonjour ?

Ma mère s'arrête deux minutes pour répondre à leurs questions qui fusent entre leurs rires moqueurs.

– Et toi, ma jolie, qui te les a faits, ces beaux enfants? le Bon Dieu? me demande Marie Masaila avec un doux sourire.

– Le Bon Dieu? crie Kattin de sa fenêtre, sa poitrine comme un balcon posée sur le rebord, tu parles, le Bon Dieu! La queue rouge d'un bel Espagnol, oui.

Son rire gras emplit toute la rue.

Ma mère, avec un petit sourire confus, prend congé.

Nous passons le pont dans l'air frais, chargé d'embruns où réside toute mon enfance, et je retrouve dans le regard de Julian et de Manuela l'immensité des rêves qui m'avaient bercée, accrochée aux coques des bateaux.

Au repas du soir autour de la table, Hortense laisse échapper:

– Tu as bien meilleure mine, et je crois même que tu te remplumes un peu, n'est-ce pas Maman?

Honorine approuve:

– Elle se remplume, elle se remplume, et ce soir, comme toujours, elle finira en cachette la crème au citron, n'est-ce pas ma cocotte?

Je dis oui dans un sourire.

À la nuit tombée, lorsque nous jouons au rami sur la terrasse, je me régale de galettes dorées à point et craquantes sous la dent, ce qui fait dire à mon père:

– Si tu ne les aimes pas, on pourra te donner autre chose.

Par une matinée où le ciel blanc annonçait l'orage pour la fin de la journée, Xabier est apparu, accompagné de mon père, en haut de l'escalier qui contourne les ateliers, masqué à cet endroit par de magnifiques massifs d'hortensias.

J'ai couru vers eux, inquiète subitement.

– Du calme Lucia, c'est une bonne nouvelle, a tonitrué mon père, tandis que Xabier souriant m'a annoncé:

– Anastasio et Arantxa sont en vie. Ils sont arrivés à Nantes ce matin, très tôt, accompagnés d'Itziar, des grands-parents et de la mère d'Arantxa.

– Pourquoi seulement avec la mère d'Arantxa ? ai-je questionné, affolée.

– Dionisio est décédé durant les bombardements de Bilbao d'une crise cardiaque.

– Le pauvre, ai-je seulement trouvé à dire, me souvenant de ce vieux monsieur toujours bien mis, assis invariablement face à la mer et peu causant.

À Getxo déjà, il avait eu plusieurs alertes, c'est vrai, et Xabier m'a expliqué qu'il s'est effondré dans la voiture alors qu'ils s'enfuyaient vers Santander.

J'ai soupiré sans pouvoir rien exprimer, sous l'œil agacé de mon père qui m'invite à ne pas rester là debout sous le soleil comme une *gandoule*(4) et à conduire notre hôte vers la tonnelle.

– Donc, Anastasio m'a appelé ce matin vers six heures, poursuit Xabier alors que mon père lui sert un Martini.

– Avec ou sans glace? s'inquiète Hortense, accourue aux nouvelles.

– Avec, merci chère Madame.

Chère Madame s'assoit à mes côtés et lisse de sa main droite les plis de sa robe.

– Je vous disais qu'ils sont arrivés à Nantes très tôt ce matin, en provenance de Santander, sous escorte anglaise. De Nantes, ils partiront pour Paris demain, et dans trois jours ils embarqueront au Havre pour Caracas.

– Comment, pour Caracas ? Donc nous ne les reverrons pas ?

– Je ne pense pas, Lucia. Ils sont assez éprouvés. Fatigués. Ils n'ont pas assez de temps pour venir jusqu'à Bayonne.

– Mais nous ? Mais moi, je peux aller les voir !

– Tu n'y songes pas, Lucie, intervient ma mère, pas par cette chaleur, ce serait de la folie.

– Elle a raison, elle doit y aller ! En train, ce n'est pas sorcier d'aller jusqu'au Havre ! tranche mon père.

4- Grande idiote. Possible contraction de « grande andouille ».

Quatre jours de voyage en train, rien que pour le bonheur de les embrasser avant le grand départ.

J'ai voyagé seule avec les enfants, et jamais je ne le regretterai. De Paris au Havre, le train était une micheline poussive, qui prenait son temps entre les prairies d'herbes où paissaient d'énormes vaches aux poils lustrés tachetés de noir et blanc.

À l'arrivée en gare, mon cœur s'est mis à battre, et Julian, inquiet, m'a questionnée pour la dixième fois au moins.

– Et s'ils ne sont pas là, *Ama* ?

Ils étaient là, sur le quai. Je leur ai passé les enfants un par un.

– Les pauvres, a murmuré Arantxa, ils sont épuisés.

– À quelle heure êtes-vous partis ce matin ? a demandé Anastasio après m'avoir serrée si fort contre lui que mes épaules endolories m'ont arraché une grimace.

– À sept heures.

– Et il est onze heures trente. Vous avez mis seize heures pour venir jusqu'ici ? s'est étonné Anastasio dans un sourire de l'âme.

– Oui, ai-je acquiescé, mais je voulais vraiment vous revoir.

– Merci Lucia, merci. Nous sommes tous très touchés.

J'ai repris le train le lendemain soir, après qu'Anastasio eut fait promettre à Julian que nous irions les rejoindre à Caracas.

– Parce que tu sais Julian, à Caracas, nous aurons une très belle maison, toute blanche, avec un grand patio et des prairies avec des chevaux. Quand vous viendrez, vous verrez les chevaux, vous en aurez un chacun. Dès que nous arriverons à Caracas, je vous téléphonerai et vous me direz quels noms vous avez choisis pour les chevaux. N'est-ce pas ?

– Oui, ont promis les enfants, les yeux rivés sur leur grand-père, partagés entre le rêve et le chagrin.

Avant de refermer la portière du train et que le chef de gare siffle le départ, Anastasio m'a tendu un sac de voyage en cuir.

– Il y a deux grosses enveloppes pour Xabier dedans, le reste est pour vous et les enfants. Bon voyage et merci encore Lucia. Merci.

À Paris, grâce à un taxi véloce, nous avons pu attraper le train de nuit, et nous sommes arrivés à Bayonne alors qu'au Havre, Anastasio et Arantxa embarquaient pour une nouvelle vie, une autre vie.

Durant la nuit, j'ai ouvert le sac où j'ai découvert dans un album des photos de Mikel enfant, adolescent, et une surtout où tout de blanc vêtu, les cheveux collés par la sueur, une pelote de cuir dans la main, il sourit le bras levé ; à l'encre au-dessous de la photo, la belle écriture d'Anastasio a noté :

6 juin 1927. Mikel. Champion.

Et j'ai lu les deux lettres d'Arantxa.

Mes très chers petits-enfants,

Demain, nous allons partir pour le Venezuela, et c'est du bonheur plein mon cœur que je vais quitter l'Europe, car avant notre départ j'ai pu vous serrer dans mes bras. Vous êtes très beaux et vifs, comme l'était votre aita *quand il avait vos âges.*

Je suis très fière d'être votre amona.

Je mettrai toutes les photos que nous avons de vous dans toutes les pièces de notre nouvelle maison. Aux amis qui nous attendent à Caracas, je parlerai de Julian, de Manuela, de Flora, de vous, mes trois chers petits-enfants que j'aime et que j'emporte avec moi dans mon cœur.

Soyez très heureux, mes enfants. Nous vous téléphonerons souvent, et un jour, je suis sûre, vous viendrez tous à Caracas avec Aita *et* Ama.

Je vous embrasse de toute mon affection.

Votre amona.

Arantxa

Ma très chère Lucia,

Vous trouverez ci-joint la lettre que vous aviez laissée à Getxo et que je n'ai pas pu remettre à Mikel.

Vous le ferez vous, Lucia. Je crois qu'un jour il reviendra. Je prie chaque jour le ciel pour qu'il nous accorde ce bonheur.

Je n'ai pas voulu assombrir cette journée de bonheur que nous avons passée grâce à vous.

Je n'ai donc pas voulu vous informer de la mort de mon père, qui est décédé il y a quinze jours près de Laredo, alors que nous fuyions sous les bombardements et l'avancée des troupes franquistes. Il est mort sans avoir vu le pire. Cela me console de sa perte ; il repose en paix au petit cimetière de Colindres.

Je n'ai pas voulu non plus vous faire part de la mort de mon frère Miguel, alors qu'il officiait dans une tranchée près de Galdakao, fauché par des éclats d'obus. Il avait cinquante-huit ans. De Bernardo, nous savons – non ! nous supposons – qu'il a été arrêté avec d'autres aumôniers de l'armée. Il semblerait que les rebelles fusillent les prêtres basques tombés entre leurs mains.

La douleur et le chagrin que j'éprouve ne sont rien si je songe à toutes les mères qui cherchent encore le corps de leur enfant dans les décombres des quartiers bombardés de Bilbao. J'en ai aperçu une qui portait la dépouille de son petit enfant blanchi par la poussière. Je ne l'oublierai jamais.

Mon chagrin de mère, comparé à celui de cette pauvre jeune femme, est moindre, mais bien réel. Begoña n'a pas voulu nous suivre alors même qu'elle n'avait pas encore prononcé ses vœux. Elle a choisi de rester au couvent.

Lucia, je pense beaucoup à vous. J'aurais voulu avoir le temps de mieux vous connaître.

Je vous embrasse très affectueusement.

Arantxa

À la gare de Bayonne nous attendait Xabier.

J'étais épuisée, vacillante de fatigue, chassant devant mes yeux des nuées de papillons qui voletaient.

– C'est la fatigue, a souri Xabier qui m'a aidée à porter les enfants jusqu'à l'appartement.

Nous avons dormi une journée entière et la nuit qui a suivi. Par miracle, aucun des enfants n'a fait pipi au lit.

Xabier est revenu deux jours plus tard pour des documents à signer et des placements bancaires qu'il devait opérer en mon nom.

J'avais beaucoup de scrupules à signer et Xabier, devant la gêne qui m'envahissait et tenait suspendu au bout de mes doigts le stylo, réussissait à me convaincre.

– Anastasio a pu préserver la plus grande partie de sa fortune, il a su le faire à temps. Aujourd'hui, même s'il est spolié sur l'ensemble des chantiers navals, de sa propriété de Getxo et de ce qui a été sa vie, les Aciéries, il est loin d'être pauvre.

« Grâce à lui et à d'autres grandes fortunes, ce sont des milliers d'exilés que le Gouvernement Basque prend en charge.

« Le premier souci d'Anastasio aujourd'hui, ce sont les enfants de la guerre. Je suis chargé de trouver une vaste bâtisse pour en héberger une centaine avec des professeurs, des infirmières, un aumônier, des cuisinières, cent vingt-six personnes au total. Alors, Lucia, si vous ne voulez plus avoir de scrupules, aidez-moi dans mes recherches. Dans l'urgence de la situation, nous avons tous des devoirs.

Je ne disais rien. Je l'écoutais.

Il m'a parlé longuement des relations qu'il établissait – « mais je ne suis pas le seul ! » – avec des personnalités : le cardinal Verdier, Monseigneur Feltin, Monseigneur Clément Mathieu, l'évêque de Dax, qui parcourt à pas de géant le département des Landes pour y préparer l'accueil des réfugiés basques – « car, dit-il, je n'oublie pas que je suis basque et j'aime mon peuple d'origine : j'aime tous les Basques sans distinguer ceux de l'un ou de l'autre versant des Pyrénées. Et même, je vous dis que dans ce moment, mon cœur est plus près de ceux de l'autre côté parce qu'ils sont pris entre deux haines ».

– Il n'y a que des cardinaux et des évêques pour nous venir en aide, ai-je constaté, songeuse.

– Non ! Mais les amis que je viens de vous citer ne feront pas oublier que le clergé basque dans son ensemble appelle de tous ses vœux à la victoire de Franco. Allez donc les écouter dans leurs prêches certains dimanches, vous serez édifiée. Et ils sont basques ceux-là aussi ! Non Lucia, il n'y a pas que des évêques et des cardinaux pour nous soutenir, il y a Jacques Maritain, il est époustouflant, il transforme les friches des champs en jeunes moissons. Il y a bien sûr notre grand ami François Mauriac.

Je ne lui avoue pas que de mon côté, je moissonne toute son œuvre, qu'il ne me manque aucun titre ; que de Jacques Maritain, je viens d'acquérir *Humanisme intégral* et surtout *Saint Thomas, apôtre des temps modernes* – dont je n'ai lu qu'une page, la page onze.

– Il y a aussi la fédération de la Haute-Garonne de la Jeune République. Tenez ! Lisez, je garde toujours sur moi leur manifeste.

Nous ne pouvons pas nous taire !

L'Europe est donc entrée dans une folie coupable, dans le cercle infernal de la Haine jusqu'à la mort... Nous devons insister :

Il y a des hommes qui veulent l'horreur et qui la dirigent. Et quand nous élevons notre protestation, notre appel au Droit, à la Justice, à la Fraternité, il y a des hommes qui ricanent.

Xabier a suspendu ses paroles le temps que je lise, pour s'enflammer aussitôt :

– Ils ont écrit cela pour dénoncer l'horreur de l'acte perpétré à Gernika par les bombardiers de la légion Condor ; il y a ce journaliste extraordinaire, Pierre Dumas, l'adjoint au maire de Tarbes, il y a aussi le maire de Bayonne, Pierre Simonet. Nous ne sommes pas abandonnés de tous, Lucia, c'est à nous aussi de nous faire connaître. Chaque jour les réfugiés arrivent, ils ne sont pas bien accueillis par la population, il est vrai que dans son ensemble, la population basque de ce côté-ci est totalement acquise à la droite nationaliste française. N'oublions pas que le député Jean Ybarnegaray a obtenu 94 % des suffrages exprimés en Basse-Navarre, alors ne nous étonnons pas du très mauvais accueil réservé aux cinq cents enfants biscayens de la Citadelle à

Saint-Jean-Pied-de-Port. N'oublions pas Léon Bérard, le sénateur béarnais de l'Académie française, qui est à Burgos comme chez lui et traite des affaires étrangères avec son homologue Jordana comme si Franco avait déjà gagné la guerre.

– Est-ce que vous désirez boire quelque chose ? ai-je demandé timidement.

– Vous devez trouver que je parle beaucoup aujourd'hui, n'est-ce pas Lucia ?

– Non, au contraire. Mais j'ai une question à vous poser, est-ce que vous songez à partir vous-même pour Caracas ?

– Non ! N'ayez aucune crainte à ce sujet. Je ne partirai pas. Ma vie est ici à Bayonne, même si mon épouse parfois souffre d'être exilée loin de nos amis qui, eux, ont choisi le Mexique ou le Venezuela.

Son regard se porte vers la haute fenêtre en face de lui, et après un temps de silence, d'un geste de la main comme s'il voulait chasser un insecte, dans un sourire et en se levant :

– N'oubliez pas, Lucia, nous devons chercher une grande bâtisse et le 27 août à Ilbarritz, nous sommes invités à l'inauguration de La Roseraie.

Le ciel s'est assombri brutalement après son départ, sans que la moindre brise n'ait annoncé l'orage. La forte chaleur était pesante depuis dix jours, un volet a claqué sur l'avenue et un vent violent a soulevé les draps étendus sur la terrasse.

– C'est quoi, *Ama* ? s'est inquiétée Manuela.

– C'est l'orage. Je vais ramasser les draps. Restez sagement dans la chambre, j'arrive.

Le ciel noir s'est zébré d'un éclair blanc alors que la pluie crépitait sur les vitres et les toits.

Les draps raides et secs entre les bras, je me suis précipitée à l'intérieur, fermant toutes les portes à clé – pourquoi pas ? – et les volets.

Nous avons émigré au milieu du couloir, où les bougies allumées faisaient danser des ombres sur les murs et la bibliothèque. La foudre est tombée sur le paratonnerre du Château Vieux, si près que les vitres ont tremblé.

– J'ai peur, pleurait Manuela.

J'avais peur aussi, mais je chuchotais :

– Il ne faut pas avoir peur, c'est l'orage. Il vient de la mer, il ne sera pas long.

Une trombe d'eau s'est abattue sur la ville, et malgré elle, j'ai entendu tambouriner à la porte, que le grand vestibule séparait de nous de toute sa largeur, immense vestibule qui aurait pu accueillir au moins dix enfants.

– Ouvre, Lucia, c'est moi, c'est Joseba !

– C'est Joseba ! me suis-je exclamée dans un sourire aux enfants, c'est Joseba !

La porte palière ouverte, il a fondu sur moi, dans son uniforme sali, les joues bleuies par une barbe naissante, et sans ses lunettes.

Les enfants se tenaient debout contre le mur. Il s'est agenouillé devant eux.

– Ils ont grandi, a constaté Joseba les yeux plissés, sous ses cheveux hirsutes.

– Dites bonjour à Joseba, les enfants – alors que je soulevais Flora entre mes bras. C'est Flora, ai-je souri, elle, tu ne la connais pas.

Flora s'est mise à hurler.

– Je lui ai fait peur ?

– Oui, je crois. Il te faudrait un bon bain.

– Tu as raison, je ne suis pas présentable, je suis comme un épouvantail foudroyé.

– L'image est jolie et elle est vraie.

– Et Mikel ?

– Rien. Aucune nouvelle, je commence à désespérer sérieusement.

Il n'a pas répondu.

La foudre est tombée à nouveau, proche, alors que Joseba se défaisait de sa veste.

– D'où viens-tu ?

– De Santander. Nous avons sauté dans un bateau de pêche, et me voilà, sain et sauf alors que d'autres malchanceux se sont noyés… Bon… Ce ne sont pas des histoires à raconter aux enfants.

L'orage s'est éloigné. Joseba a pris un bain, « comme un marquis », a-t-il soupiré d'aise.

– Et tu comptes faire quoi, mon petit-cousin ?

– M'installer chez toi le temps qu'il faudra, si tu le veux bien. Mon père m'a foutu à la porte de ta maison, à Ciboure, il ne veut plus me voir, et tu sais pourquoi ?

– Oui, je sais. Ta mère et ta sœur sont en prison à Saturraran.

– Mais pire, parce que je suis un commissaire de guerre, condamné à mort, recherché, alors lui, le pauvre homme, m'accable de tous ses maux.

– Tu es commissaire de guerre, toi ? l'ai-je interrogé, le regard allumé d'une certaine fierté.

– Pour te plaire, oui !… a-t-il rétorqué en clignant un œil, mais trêve de plaisanterie ! Mes lunettes me manquent, elles ont coulé au large de Santander.

Le bonheur de le retrouver vivant m'a rendu l'espérance et l'attente de Mikel m'a rendue fébrile.

J'ai installé Joseba dans la chambre sur la terrasse, j'ai même trouvé des lunettes à la monture d'écaille, semblables à ses anciennes. J'ai avec Xabier, Gracieuse et Marcel déniché la bâtisse imposante au milieu de six hectares de bois et de prairies dont le jardin surplombait l'Adour, et quand j'ai signé l'acte d'achat, j'ai souligné, symbole dérisoire, le *a* de *Lucia*, pour l'associer au *A* d'*Anastasio*.

– Il n'est pas toujours bon d'être symboliste comme tu l'es, me met en garde Hortense. Il faudrait que tu sois un peu plus réaliste.

Peut-être, mais je n'en suis pas sûre. Le symbole est une valeur en soi, et si j'ai du mal à expliquer ce que je crois, j'accroche au symbole des fragments de vie, de paroles données, de promesses que je tiens, de ce qui me vient de mon enfance pour aller au bout de mon chemin sans éviter les ornières.

Le 23 août, l'armée basque a signé sa reddition aux Italiens à Santoña, car ceux-ci garantissaient la vie sauve aux combattants, selon la tractation signée avec le colonel Fagasi.

Joseba ne disait rien, il écoutait la radio, lisait les journaux, et si je posais une question, il haussait les épaules.

Le 24 août, Thérèse a mis au monde Mathilde, un gros bébé aux cheveux clairs.

Nous avons bu le champagne sous la tonnelle, que Paquito servait par rasades à l'ombre de la treille, lourde des grappes de raisin muscat dorées de soleil. Le père de Joseba buvait sans un mot et son regard glissait sur moi.

Honorine, dans son fauteuil de rotin, tricotait sans relâche, un petit bout de langue passé entre ses lèvres minces quand elle entamait les diminutions d'un chausson de coton perlé.

Manuela, qu'elle appelle « ma tourterelle », assise à ses pieds, l'observe, sa petite main posée sur le genou de son arrière-grand-mère.

Et je surprends entre elles le bonheur fugace, vite effacé, qui laisse des traces indélébiles dans les souvenirs de l'enfance.

Lorsque je rentre le soir avec mes enfants à Bayonne accompagnés par mon père, Joseba est sur la terrasse, et nous en profitons pour dîner ensemble. Mon père le questionne, lui demande son avis sur les événements, et glisse trois mots sur son père Ramon.

– Il n'est pas mauvais ton père, il est malheureux, essaie de le comprendre. Tu es jeune, Joseba, lui, il a sa vie derrière lui. Il ne t'en veut pas, dans le fond, il craint pour la vie de ta mère et de ta sœur. Et comme il n'a jamais su parler, il gueule.

Joseba se mord la lèvre, le regard absent.

– En tout cas, moi, ton oncle, je suis fier de toi, conclut mon père en se levant. Où sont les petits ? s'inquiète-t-il brusquement en me regardant.

– Mais ils dorment, Papa, ils t'ont dit bonsoir il y a plus d'une heure !

Alors, il s'en va dans la nuit après m'avoir avoué :

– C'est bien, ce que tu fais, Lucia. Il souffre, Joseba, c'est bien, ce que tu fais.

Je l'embrasse et comme il est ému, il murmure deux mots inintelligibles, avant de descendre l'escalier en courant comme un jeune homme.

Joseba n'a pas bougé, assis le regard levé vers le ciel.

– Bien, et si tu allais dormir au lieu de fumer, ou mieux, si tu m'aidais à lever le couvert et à faire la vaisselle ?

– Tu n'as pas changé toi, depuis Donosti, si je ne m'abuse !

Nous levons le couvert tandis que volettent trois chauves-souris entre les toits qui me font rentrer la nuque entre les épaules, ce qui fait rire Joseba.

– Lucia, se moque Joseba, je ne sais pas si ton zèbre est vivant, mais s'il l'est, quand il va te retrouver…

– Tais-toi ! Ne parle pas de Mikel, je n'en ai pas envie.

– Alors tu veux que je te parle des traîtres, de ceux qui nous ont plongés dans la défaite ?

– Si tu veux…

Nous nous installons dans les fauteuils rouges du salon, il soupire avant de commencer :

– Les anarchistes nous ont trahis – il se tait brutalement. Les anarchistes, ceux vers qui me portaient mes idéaux, ils ont dans la défense de Bilbao retiré deux de leurs bataillons, et là, nous avons été affaiblis. J'y étais, je sais de quoi je parle. Ils n'ont pas voulu se battre pour nous, avec nous. Mais le pire, c'est quand Navarro, le chef de la Marine, et Guerica Echevarria, le commandant de l'artillerie, plus d'autres hauts responsables militaires se sont enfuis. Pendant ce temps, nous, on se battait comme des lions, surtout lui, Pablo Beldarrain, le jeune commandant des milices qui s'est battu à Elgeta comme trente lions à lui tout seul.

Ce n'est donc pas Mikel, le lion d'Elgeta.

– Qu'est-ce que tu as? interroge Joseba qui tourne entre ses doigts une cigarette dont le tabac s'effrite sur le tapis.

– Rien, je t'écoute.

– Mais celui que j'étranglerai de mes propres mains, je te le promets, c'est le commandant Goicoechea, celui qui a permis aux franquistes de s'introduire dans la « ceinture d'acier » en leur indiquant la seule brèche fragile de nos défenses. Lui, je l'étranglerai.

Il fait le geste entre ses mains, la cigarette tombe sur le tapis.

– Et quand au matin du 19 juin nous avons reçu l'ordre du repli sur Santander, j'ai pensé avec d'autres combattants, contre l'avis de Leizaola, que les ennemis que nous avions fait prisonniers, nous devions tous les liquider au lieu de les rendre aux rebelles, comme nous avons dû le faire, tels des saints que nous sommes – il joint les mains, ferme les yeux. Nous nous sommes retirés comme des lâches derrière le port de Laredo, puis vers Santander, et comme des cons nous nous sommes battus à Santander, mieux qu'eux se sont battus pour nous à Bilbao... Alors j'ai arrêté de combattre.

Il mordille sa main.

– Je m'en veux. Je me déteste. J'aurais dû continuer à me battre jusqu'à crever.

Je me suis levée et j'ai pris sa tête contre mon ventre.

– Tu es trop bonne, Lucia, tu es trop bonne, sanglote-t-il.

Au matin du 27 août, les combattants basques embarqués sur les navires anglais et français ont été forcés de redescendre à terre sous les ordres des Italiens armés de mitrailleuses avant d'être remis aux Nationalistes.

– Je ne comprends rien. Ils n'étaient pas censés être sous la protection italienne ?

– Il n'y a rien à comprendre, Lucia, c'est une trahison, une de plus…

Il est midi.

Incarnacion franchit le seuil du vestibule, pimpante, dans une jolie robe jaune fleurie de boutons de rose mauves.

– Je n'ai pas envie d'y aller, allez-y sans moi, à La Roseraie.

– Ah ! non ! Il faut que tu viennes avec nous, Lucia. À La Roseraie, parmi tous les blessés il y en a bien un qui aura vu Mikel, insiste-t-elle, les lèvres peintes d'un beau rouge, parmi tous ces hommes, je suis sûre que tu en trouveras un qui aura vu Mikel.

– Oui ! Un aveugle, répond Joseba tandis que, surprise, elle porte un index à sa tempe en le regardant.

– Allez, viens Lucia, il y a trois cents hommes à Bidart.

– Allons-y, tranche Joseba, il fait beau, l'endroit est magnifique aux dires de Xabier, et si tu ne veux pas voir les éclopés, tu iras manger une glace avec les enfants à Biarritz.

– Je connais Ilbarritz, j'y allais avant la guerre avec ma mère, pour les concours d'élégance.

– Pardon, ma chère cousine, j'ai oublié votre folle passion pour la haute couture.

– Arrête, Joseba. Ne te moque pas de moi sur ce sujet !

La colère a noirci mon regard, je le sais.

– Pardonne-moi, s'excuse Joseba et prenant Flora dans ses bras, en route !

Nous prenons le tramway parmi des passagers endimanchés.

Des réfugiés pour la plupart, sous le regard réprobateur des quelques rares voyageurs qui réclament les places assises aux « Espagnols ».

– Des sans-gêne, qui plus est, se plaint une dame, la quarantaine débordant de son bustier, des auréoles de sueur sous les bras de sa chemisette de soie grège. Et ils ne sentent pas la rose, renchérit-elle, attendant l'approbation de ses voisins.

– Vous non plus, dis-je d'une voix forte en la toisant du regard.

Surprise, elle jette sur moi son gros regard mais je ne lui laisse pas le temps de me répondre, Joseba sourit et me glisse à l'oreille :

– Toi alors, tu peux assassiner d'un mot.

– Elle l'a bien cherché, non ?

À la douzième halte du tram, nous descendons à une croisée de chemins d'où s'échappe une route plate qui longe une colline où, tout au bout, se dresse une importante bâtisse telle un paquebot au milieu d'une rade émeraude – se plaisent à décrire tous ceux que nous rencontrons.

Nous apercevons Xabier et Maria-Belen qui nous font de grands signes de la main au milieu d'un groupe.

– Il y aura des journalistes, commente Incarnacion, qui se remet du rouge sur les lèvres et se mire dans un tout petit miroir qu'elle a sorti de son sac à main.

Et quels journalistes !

– Jon ! s'exclame Joseba en nous abandonnant, Putain de vie, Jon !

Ils tombent dans les bras l'un de l'autre, et l'accolade n'en finit pas, tandis que j'ai envie de rebrousser chemin entre les haies d'hortensias bleus.

– Lucia, appelle Joseba, Lucia, dépêche-toi. C'est Jon !

Au cas où je ne l'aurais pas reconnu, il fait un geste de la main dans la direction de Jon, arrêté en bordure du chemin, impeccablement élégant, beau à faire pâmer Incarnacion.

– Seigneur, quel homme, qu'il est beau !

– Bonjour Lucia, comment vas-tu ?

– Je vais bien, merci, lui ai-je répondu froidement.

– Bonjour Mademoiselle.

Incarnacion rougit tandis que Joseba s'étonne de ma froideur.

– Tu aurais pu quand même lui faire un sourire, ça ne t'aurait pas arraché un œil, marmonne-t-il entre ses dents.

– Bonjour les enfants, sourit Jon en se penchant pour les embrasser et serrer la main de Julian, comment va Julian Lizardi Olazaguirre ?

– Je vais bien, répond Julian tout sourire.

– Allons, venez tous, invite Xabier qui nous a rejoints et s'éloigne aussitôt accompagné de Jon, d'Incarnacion et de Julian.

– Bonté, Lucia, il n'a trahi personne, Jon. Il n'est pas responsable de l'absence de Mikel, insiste Joseba.

– De sa mort. Dis-le. De sa mort. Parce qu'il est mort, Mikel, et que toi, comme tous les faux-culs que vous êtes tous, vous voulez me faire croire le contraire alors que vous n'en savez rien et qu'au fond vous vous en foutez ! Julian, viens, on rentre à la maison !

– Lucia !

– Elle vous dit merde, Lucia !

Entre les haies d'hortensias, j'ai repris le chemin vers la route, suivie de Julian qui appelait en courant :

– *Ama… Ama…*

Je ne suis pas allée à Biarritz, j'ai repris le tram et j'ai attendu le soir comme une lionne en cage où sur la terrasse, seuls les enfants qui jouaient sagement me rendaient coupable de la punition que je leur avais infligée injustement.

Lorsque je les ai couchés, je les ai couverts de baisers pour me faire pardonner mon indignité de mère.

– Nous irons à La Roseraie demain avec Joseba, je vous le promets.

– Oui, *Ama*, a murmuré Julian alors que je m'éloignais pour lui cacher mes larmes.

Joseba m'a trouvée, lorsqu'il est rentré, accroupie contre la bibliothèque, la photo de la Bastide entre mes mains.

– Oh ! Lucia… Ne reste pas là, viens.

Il m'a aidée à me relever.

– C'est dommage que tu ne sois pas restée, chuchote-t-il. Elle avait raison, Incarnacion, ce matin, j'ai rencontré des combattants qui se sont battus aux côtés de Mikel…

– C'est vrai ?

– C'est vrai. Et devine qui se trouve à La Roseraie ?

– Pas Mikel, ai-je dit d'une voix enrouée, les yeux rougis d'avoir tant pleuré.

– Pas Mikel, mais Felix Egaña.

Je souris, heureuse malgré moi.

– Et il est comment Felix ?

– Il est mal, mais il va s'en sortir. Nous irons le voir demain si tu veux.

Nous sommes allés dès le lendemain à Ilbarritz, sans les enfants qu'une fois de plus, Gracieuse a amenés dans les jardins, sous les remparts.

Et je l'ai vu, Felix, dans son lit, la moitié de sa tête sous un gros bandage et sur le drap, un moignon de bras couvert de pansements.

Il m'a reconnue, sa main valide a accroché la mienne, il a souri, et dans l'odeur de l'éther et des chairs meurtries, je me suis penchée pour l'embrasser. Il avait des difficultés à prononcer les mots. Nous avons attendu qu'il se rendorme avant de le quitter et de rejoindre Iñaki Ayestaran.

– C'est Lucia, la femme de Mikel, a annoncé Joseba.

– Je vous attendais, merci d'être venue, a-t-il balbutié du fond de son lit, le torse bandé, une lueur folle au fond des yeux. Votre mari Mikel Lizardi était mon capitaine.

Il cherche au fond de lui :

– Nous étions à Atxondo ensemble, à Elorrio aussi. Après Durango je ne me souviens plus très bien, parce que nous devions nous replier et lui, il n'a pas voulu. C'était en juin, je crois…

– Et après ?

– Après je ne me souviens plus.

– Merci, ai-je murmuré en lui serrant le bout de bras qu'il a tendu vers moi et que je n'avais pas remarqué jusqu'alors. Rentrons, ai-je supplié.

– Tu ne veux pas voir les autres ? s'est étonné Joseba.

– Ils sont tous comme lui, les autres ?

– Pires, a-t-il soupiré.

– Pires ? Mais qu'est-ce que ça peut être, pires ? ai-je murmuré l'air catastrophé.

Nous avons senti poindre le fou rire au fond de nos yeux et nous sommes sortis à l'air libre presque en courant, le rire indécent nous secouant. Nous avons cherché à nous abriter du regard des infirmières que nous croisions mais à la vue d'un cul-de-jatte dans sa caisse en bois et qui roulait sur une allée, si jeune, un sourire béat illuminant son visage, nous avons éclaté en sanglots, entre rires et larmes.

– J'ai honte, ai-je dit en m'essuyant les yeux.

– Moi aussi, pleurait Joseba.

Nous sommes rentrés à Bayonne, honteux et confus, en évitant de nous regarder.

Ce jour-là, Franco se faisait remettre tous les combattants basques que rien n'avait protégés de sa vindicte, ni leur reddition aux Italiens, ni la remise de tous les prisonniers rebelles depuis le début des combats. Rien.

L'indifférence de la France déclenchait l'ire commune de Joseba et de mon père lorsqu'ils se retrouvaient à Ilbarritz ou autour de la table dans la cuisine, dont je laissais les portes fenêtres grandes ouvertes sur la terrasse, avant que la première chauve-souris décrive dans le jour déclinant son piqué de chasseur.

Les enfants écoutaient en silence, effrayés par la rudesse des mots qu'ils ne comprenaient pas, alors je laissais les deux hommes s'enflammer et je regagnais les chambres sans qu'ils s'en aperçoivent.

– Blum est un salaud. Il aurait dû livrer les armes promises aux Républicains. Qu'est-ce que c'est ce Front populaire de couilles molles qui laisse tomber le Frente Popular ? C'est quoi ce gouvernement, il est à gauche oui ou non, Blum ?

– À gauche ? riait amèrement Joseba. À gauche oui, mais une gauche rassie, lâche, pourrie. À la solde des banques américaines, ni plus ni moins. La non-intervention du gouvernement français dans le désastre de la guerre, si nous la perdons, tôt ou tard leur retombera au coin de la gueule.

– Si j'étais plus jeune, tonitruait mon père, je m'engagerais dans l'armée républicaine, malgré le foutoir.

Je n'osais pas lui rétorquer qu'il était encore jeune et que Michel Duprat avait quitté Bordeaux à quarante ans pour s'engager dans les Brigades internationales. Une carte postale de la place des Quinconces m'était parvenue, par des méandres secrets, postée à Bayonne à mon adresse, ce qui m'a laissée sans mot quand je l'ai reçue :

Chère Lucie,

Je ne sais pas si vous me remettez. Je pars ce jour rejoindre mes camarades de Madrid qui se battent. Si vous voyez Mikel Lizardi, transmettez-lui mes fidèles amitiés.

L'énigme m'a plongée dans un labyrinthe de supputations, jusqu'à me noyer dans une mer d'eaux boueuses dès que je commençais à m'endormir.

Jose Antonio Aguirre s'était replié sur Barcelone avec des membres de son gouvernement, et je rêvais de m'y rendre sur les traces de Mikel depuis qu'Anastasio de Caracas m'avait annoncé qu'il avait demandé personnellement à son grand ami Jose Antonio de lui faire connaître le sort des bataillons basques arrêtés à Santoña et celui des prisonniers dispersés dans toutes les prisons espagnoles, y compris celle de Utrera, près de Séville, où son bataillon avait quelque chance de se trouver. Selon des sources sûres.

– Il rêve, Anastasio. Tous les responsables politiques, tous les commandants, les commissaires politiques, les commissaires de guerre ont été fusillés. Si Mikel est vivant, il est à Barcelone, pas en prison.

– Raison de plus pour que j'y aille, à Barcelone.

– Jon est à Barcelone. Il y est pour les mêmes raisons qui te feraient y aller toi. Et lui, il a plus de chance que toi pour se rendre auprès du gouvernement. Alors, Lucia, vas-y si tu veux, prends le train, fais-toi plaisir, passe la frontière et fais attention ! Barcelone n'est pas une ville de villégiature. Comment vas-tu te retrouver entre les anarchistes, les miliciens, les communistes en déambulant sur les Ramblas telle une jeune première ? À Barcelone, on ne rit plus. Chaque quartier, chaque rue est aux mains de ceux que je viens de te citer.

– Bon, ça va ! Tu sais tout, toi ! Tu connais tout ! Tu me prends pour une naïve imbécile ?

– Je ne te prends pas pour une naïve imbécile, Lucia, surtout pas. Seulement pour une femme amoureuse qui chercherait son amant, avec cinquante tonnes de douleur dans un pays où la guerre fait rage.

Le téléphone a résonné dans le silence de l'appartement.

– Ah ! c'est vrai ? Tant mieux ! Oui, je suis heureuse, combien ? trois kilos quatre cents ! C'est beau ! Comment ? Pablo ? J'aime beaucoup, embrasse Élise pour moi, Maman. Je viendrai les voir demain.

J'ai raccroché l'écouteur.

– C'était ma mère. Élise a accouché d'un petit garçon, Pedro a tenu à l'appeler Pablo, comme Pablo Beldarrain, le jeune commandant des milices.

L'hiver est arrivé doucement, traîtreusement. Nous nous y sommes installés et nous passions nos journées à marcher dans la neige, jusque sous les remparts. Gracieuse nous accompagnait souvent, et je goûtais avec elle les petits plaisirs simples que fait naître la gourmandise.

– Savez-vous, Lucie, pourquoi je ne vous ai pas répondu lorsqu'une fois, vous vous êtes étonnée de ma sollicitude envers vous et vos enfants ? Vous vous êtes souvent méfiée et je trouvais normale votre méfiance. Le grand malheur de notre vie, à Marcel et à moi, c'est que nous n'avons pas pu avoir d'enfant. Aussi, quand je vous ai sentie si désemparée avec vos trois petits, je vous ai accueillie comme la fille que j'aurais pu avoir. Et lorsque Xabier, que je connais depuis de nombreuses années, vous a confiée à moi, j'ai ressenti un grand bonheur. Voulez-vous savoir comment Xabier est rentré dans notre vie ?

– Oui, si ce n'est pas indiscret.

– Autrefois, avec Marcel, lorsque nous avons pu acheter notre première voiture, nous sommes allés jusqu'à Vigo pour le plaisir de voyager et de découvrir, nous revenions par la Castille et nous sommes allés beaucoup plus loin, à Valence, à Séville, enfin bref, en Andalousie. Un jour, à Bilbao, nous sommes tombés en panne avec notre voiture. Un homme très élégant a arrêté la sienne devant la nôtre. C'était Xabier. Il nous a offert l'hospitalité dans sa très belle demeure de Bakio. Alors évidemment, nous avons créé des liens que l'on dit de courtoisie. Un jour, avec Maria-Belen et ses jeunes fils, il est venu nous rendre visite ici-même à Bayonne. Alors, en 1936, en d'autres circonstances, vous me comprenez, Lucie... Je n'ai pas hésité une seconde à être un peu celle qui se trouve au bord du chemin quand vous êtes en panne...

Elle sourit dans le vague.

– Voilà, vous savez tout. Je ne sais pas si c'est la neige, mais qu'est-ce que je suis bavarde !... Je parle, je parle mais je voulais vraiment vous dire tout cela.

Je la prends au creux de mes bras, et je l'embrasse sur le front pour ne pas voir ses yeux qui se voilent.

– Il neige vraiment, il ne faudrait pas attraper froid par les pieds. Surtout Flora qui gambade comme un petit faon.

Nous avons marché à petits pas pressés, des remparts jusqu'à la porte cochère où Gracieuse nous a quittés.

– Saluez votre cousin de ma part. Allez, bonsoir Lucie, bonsoir mes chéris, allez vite vous mettre au chaud.

Dès la porte palière ouverte sur le vestibule, la voix de Joseba m'est parvenue coupée par une autre que j'ai aussitôt reconnue. C'était celle de Jon. Ils se tenaient dans la cuisine, devant le feu qui flambait sec, face à face, assis dans mes deux confortables fauteuils recouverts de coton rouge où s'épanouissaient des bouquets de roses blanches.

– Bonsoir Jon, ai-je dit dans un demi-sourire.

Et alors qu'il se levait, je suis allée vers lui pour l'embrasser.

– Bonsoir Lucia. J'arrive de Barcelone à l'instant et je suis navré…

– Assieds-toi. Je vais déchausser les enfants. Il neige beaucoup et nous avons les pieds mouillés.

Je parlais si saccadé que j'ai pensé à une mitrailleuse fichée dans la neige et qui, tac tac tac…

De retour dans la cuisine et les enfants en pyjama, je lui ai proposé de rester dîner avec nous. Il faisait nuit noire. La neige sur la terrasse s'étalait comme un gros édredon blanc. Julian avait pris place auprès de Jon et levait ses yeux vers lui.

– La situation militaire est un peu confuse pour les combattants basques qui ont choisi de continuer à se battre. Ils sont pour la plupart de ceux qui ont pu arriver jusqu'en Catalogne, éparpillés sur plusieurs fronts. En Aragon notamment. Pour Mikel, je n'ai pas réussi à avoir d'informations précises, même auprès de notre gouvernement. Je suis allé de Barcelone à Sariñena, puis à Tortosa. Des Basques, oui, il y en a, mais où ? Demandez au capitaine Ramos ou au lieutenant Villanuena, ou peut-être au général Goriev, il est à Valence. Le Gouvernement Basque est mal informé, ou sciemment mal informé. Personne ne sait rien ou personne ne veut rien dire.

Il s'arrête.

– En Aragon, c'est l'offensive des pierres fendues par le gel en ce moment. J'espère que Mikel ne s'y trouve pas.

– Ça ne fait rien, Jon. Anastasio essaie d'en savoir plus de son côté par ses relations ; ils affirment tous la même chose, s'il est vivant, il se bat quelque part... Allez Julian, allez Manuela, dites bonsoir à Jon et à Joseba, il faut aller dormir. Demain matin, nous donnerons des miettes de pain aux oiseaux car il y en aura beaucoup sur la terrasse.

– Et Jon ? a demandé Julian avant de quitter la cuisine, il va dormir où, *Ama*, avec la neige ?

D'un geste de la main, j'ai fait celle qui n'en savait rien et j'ai répondu presque doucement :

– S'il veut, il peut dormir ici.

– Tu veux, Jon ? s'exclame Julian dans un sourire.

– Je ne sais pas encore.

– Moi, je veux que tu dormes ici parce qu'il neige...

– ... et qu'il y a des loups dehors très méchants qui mangent les enfants, a continué Joseba en écarquillant les yeux.

– Ils sont pas méchants les loups, hein *Ama* ?

– Non, ils ne sont pas méchants les loups.

Manuela s'était endormie dans mes bras et elle pesait de tout son poids, je me suis éloignée vers les chambres.

Dans la cuisine, le front posé contre le manteau de la cheminée, la tête prise entre ses mains, Jon regardait mourir le feu. Je me suis approchée de lui sans bruit et j'ai vu, alors qu'il tournait vers moi son visage, dans l'immensité de son regard bleu, toute la tristesse du monde.

– Reste dormir, Jon, si tu veux. Le lit est prêt, et Julian sera heureux demain quand il te verra.

– Et toi, Lucia, tu seras heureuse ?

– Oh ! moi... ai-je répondu les larmes aux yeux, alors que ses mains se tendaient vers moi et qu'il m'a attirée contre son épaule.

Je n'ai rien fait pour le repousser.

– Toi, Lucia, tu es la femme que j'aurais voulu avoir à moi.

J'ai relevé la tête, presque horrifiée, pour lui déclarer :

– Parce que tu en as pitié.

– Non, tu ne m'as jamais fait pitié, mais tu es à Mikel. Voilà mon drame.

– Jon…, ai-je murmuré, mes lèvres contre la laine de son tricot.

– Oh pardon, s'est excusé Joseba, qui revenait de la salle de bains et avait déjà passé son pyjama blanc bordé de grenat sous une grosse veste de laine couleur puce.

Le pyjama a fait rire Jon et j'en ai profité pour m'écarter.

– Ne ris pas toi, tu vas avoir le même dans cinq minutes si tu te décides à dormir ici, car mon adorable cousine collectionne les savons, les pyjamas blancs et les serviettes éponge.

– Pour les pyjamas, j'ai droit à une réponse. Gracieuse et moi en avons acheté des centaines à une usine de Tourcoing pour une commande de Xabier, et comme à l'arrivée ils nous ont semblé très doux et de belle facture, j'en ai acheté trente, au cas où. Chez les Filles de la Croix, j'ai fait broder une toute petite feuille de chêne sur la pochette de la veste. – J'ai souri. – Des petites feuilles de chêne de couleurs assorties au liseré grenat, rouge ou gris.

C'est ainsi que Jon a vécu avec nous une partie de l'hiver 1938, alors que les troupes franquistes gagnaient du terrain; Teruel tomba entre leurs mains le 18 février, plus exactement le 20 selon les journaux anglais que lisait Jon. Il nous a fait découvrir parmi ses lectures une poésie satirique contre le comité de non-intervention du communiste anglais Edgell Rickword, « À la femme d'un homme d'État de la non-intervention » :

Permettez-moi, Madame,
D'envahir, un court instant
La douce pénombre de votre boudoir
Invasion ? Le mot est un peu fort
Je ne suis qu'un simple volontaire
Ne criez ni ne faites d'esclandre
N'appelez pas James, pour qu'il intervienne

Les jours passent ainsi. Chaque soir, une fois les enfants endormis, nous échangeons des propos sur le temps qu'il fait, sur Felix qui va vraiment mieux, sur Incarnacion que nous trouvons souvent à ses côtés et qui embellit de jour en jour, sur les enfants du château au-dessus de l'Adour auxquels je consacre une petite journée par semaine et avec lesquels Julian et Manuela ont lié des amitiés enfantines, sur ce peintre de génie à l'œil noir qui a peint un tableau bizarre baptisé *Guernica* et que Jon a rencontré à Paris après l'Exposition universelle, sur l'adorable Marcel avec lequel nous buvons des vins, les yeux religieusement fermés pour humer les nectars qui s'en échappent, sur la guerre, mais jamais sur Mikel.

Jon, un soir, en se frappant le front de sa main, s'est exclamé :

– Oh ! Lucia, j'avais oublié de te dire qu'un jour, à la gare de Bordeaux, j'ai rencontré Michel Duprat, un ami de Mikel qui partait pour Madrid rejoindre la Brigade du six février – l'énigme de la carte postale qui m'avait intriguée pendant de longs mois venait de trouver enfin sa solution. Michel Duprat avait déjà écrit la carte postale mais n'avait pas d'adresse. C'est fou ! Il m'a reconnu sur le quai alors que je l'avais très peu fréquenté à Bordeaux ! Je lui ai donné ton adresse et lui, après l'avoir écrite, m'a confié la carte pour que je la poste.

Je m'étonne.

– Et tu l'as postée à Bayonne ? Pourquoi ne me l'as-tu pas donnée toi-même ?

– Je crois que je n'avais pas le temps de venir jusqu'ici ce jour-là.

L'aile d'un ange passe dans son regard.

À Noël, j'ai rejoint ma famille emmitouflée dans la veste de vison d'Arantxa malgré le temps doux qui régnait depuis quelques jours.

– Tiens, la reine d'Angleterre ! s'est esclaffée Honorine en me voyant.

Et avant de partir pour la messe de minuit :

– Tu ne vas pas y aller ainsi ? s'est enquise Hortense.

– Et pourquoi pas ?

– Un vison, ce n'est pas de notre monde.

C'était vrai, le vison n'était pas de notre monde, mais le renard, oui !

J'ai refusé de mettre celui qu'Hortense me tendait.

– Quelle tête de mule tu fais, s'est-elle énervée, c'est Noël tout de même, nous n'allons pas nous disputer ce soir où la paix descend sur le monde.

Elle oubliait facilement la guerre de l'autre côté de la frontière, et je lui en ai voulu.

Précédées à l'habitude par le groupe des hommes, mon père en tête, Thérèse, Honorine, Hortense et moi, nos mantilles fixées sur nos cheveux par une épingle à cheveux, les suivions de loin tandis que carillonnaient les cloches et que sous la lumière des lampadaires à l'approche de l'église, les renards luisaient sous la bruine autour des cous de Thérèse et d'Hortense. Après la messe de l'Aube, où je suis restée agenouillée sur mes rotules douloureuses, le visage entre mes mains jointes, Hortense a profité que nous soyons seules pour me faire part de son total désaveu sur ma vie dissolue.

– Je ne comprends pas comment tu peux vivre ainsi avec deux hommes au su et au vu de tout le monde.

– Mais Maman, Joseba est mon cousin, tu le connais.

– Il n'en est pas moins homme.

Mon étonnement a fouaillé ma fatigue ; je l'ai regardée alors qu'elle tenait sa tête baissée sous la mantille noire que la bruine ramollissait sur ses cheveux. J'ai détaché ma main de sous son bras.

– Tsst ! tsst ! Ma petite fille, Joseba, passons, c'est ton cousin, bon, mais Jon, quand même ? Jon ! C'est malsain, tu ne peux pas le nier !

– Jon ? Mais il ne fait que passer, et Julian lui est très attaché.

– Et toi ?... Non, ne t'offusque pas. Et toi ? Je t'ai posé une question, réponds !

– Je te réponds : tu me connais mal.

– Allons, Lucie, je te connais mieux que tu ne crois, un si beau garçon dans tes murs, je doute fort qu'il ne te fasse aucun effet. Ses parents habitent Bidart, son père est médecin à La Roseraie, pourquoi ne dort-il pas chez lui quand il est de passage ici ?

– Parce que la maison de Bidart est toute petite, qu'ils n'ont que deux chambres, et que son frère Iñaki et sa belle-sœur Miren, avec leur toute petite fille Izaskun…

– Je sais tout cela, coupe Hortense. Je suis fort bien renseignée, il n'empêche qu'un peu de décence dans ton cas ne te ferait pas de mal. Pense à tes enfants. Imagine que leur père arrive un soir…

– S'il te plaît Maman, s'il te plaît, ai-je supplié avant de m'échapper en courant sous la bruine.

La trêve était rompue. Hortense s'affairait dans la cuisine lorsque je suis rentrée. Honorine disposait des bols sur la table de la salle à manger, et l'œil inquiet sur mes cheveux mouillés :

– Qu'est-ce qu'il y a ma cocotte ?

– Rien. Je suis fatiguée.

Elle ne m'a pas crue, surtout lorsque je suis partie le lendemain, le teint terreux, les cheveux ramassés sous un foulard, la tête enfoncée dans le col relevé de mon beau manteau, la veste de vison posée sur mes épaules comme une houppelande.

– Qu'est-ce qu'il se passe ? a-t-elle demandé en m'embrassant.

– Je te le dirai.

– Ce n'est pas Mikel au moins ?

J'ai fait non de la tête alors que mon père impatient clamait dehors au bas de l'escalier :

– Mais qu'est-ce que tu fais, Lucie, bonté ?

– Elle prend souche ! a répondu Honorine en me poussant dehors, ton père, parfois, lui aussi, je te jure…

– Toi, a ri Joseba en lançant un doigt vers moi, tu as une indigestion de *bisua* et de *turrón*.

– Non, mon cher Monsieur, je n'ai pas d'indigestion, je n'ai même pas à te faire cadeau du baiser de paix de ton père ; j'ai passé deux jours sous le courroux de ma mère à cause de vous deux, Jon et toi.

J'exagérais à peine, même si j'aime exagérer. Dans l'exagération, le chagrin paraît plus léger.

Il a ri, Joseba, il ne pensait plus à son père ni à la prison de Saturraran. Il est parti avec les enfants dans leur chambre parce que Manuela voulait absolument construire le petit chalet en bois qu'elle avait reçu à Noël.

Julian s'est inquiété de l'absence de Jon.

– Il est parti à Paris ce matin, Jon, il revient dans quatre jours, a répondu Joseba pendant que je glissais sous sa housse de toile le beau vison qui n'est pas de mon monde.

– Ah, j'oubliais, Caracas a appelé – Caracas désignait pour nous tous Anastasio, Arantxa, Itziar, les absents si lointains, comme on disait Burgos pour Franco et Valence pour les Républicains –, tout va bien là-bas. Mikel n'est pas à Utreta, a confirmé Jose Antonio Aguirre. Anastasio rappellera ce soir, Gracieuse est passée, elle aimerait organiser un repas pour le dernier jour de l'année.

– Chez elle ?

– Non ! ici, à cause des enfants, si cela ne te dérange pas.

– Pour fêter quoi ? ai-je demandé, l'air subitement mauvais.

– Pour le plaisir d'être ensemble.

– Entre vous alors ? Et sans moi.

Joseba s'est relevé, a saisi mes poignets :

– Arrête, Lucia, arrête de te faire du mal.

J'ai rangé les fouets de ma flagellation sur un tapis d'orties séchées sous mon lit, et avec Gracieuse nous avons dressé la table dans la cuisine, entre les va-et-vient de Marcel qui transportait les ustensiles de cuisine, les bouteilles de vin, des plats en cuivre d'où s'échappaient des fumets savoureux.

– Un véritable festin, a-t-il ri, pour reprendre aussitôt le refrain de « Il pleut sur la route » de Tino Rossi que le poste de radio diffusait.

– Fais moins de bruit, a supplié Gracieuse.

– Les petits sont ravis, ai-je répliqué dans un sourire, et c'était vrai.

Joseba fumait à la porte-fenêtre, et après avoir jeté son mégot dans la cheminée, il faisait danser Manuela.

Jon, Felix et Incarnacion sont arrivés à huit heures sonnantes.

– Tout le monde est là ! s'est exclamée Gracieuse en les voyant entrer, et tout aussitôt :

– Oh, pardon Lucie, je n'ai pas voulu…

Elle a pris ma main :

– Pardon, ma petite fille.

Felix s'est approché :

– Je pense à lui, Lucia, beaucoup. Je me permets de t'embrasser le premier pour te remercier de nous réunir sous ton toit.

– *Ama*, a pleurniché Manuela en secouant ma jupe longue, *Ama*, Julian ne veut pas que je m'asseye à côté de Jon.

L'impromptu m'a sauvée de l'émotion et j'ai annoncé d'un air faussement enjoué :

– À table !

Elle avait fière allure, la table, recouverte d'une nappe blanche sur laquelle Gracieuse avait posé deux candélabres aux pampres argentés qu'éclairaient des bougies rouges.

Marcel, assis à mes côtés, maître de cérémonie, nous a servi un Château d'Yquem 1921.

– Goûtez-moi ce vin mes enfants, c'est un grand !

D'une mine gourmande, il a fait claquer sa langue.

– Dommage que Xabier ne soit pas parmi nous ce soir, a-t-il regretté.

Gracieuse s'est raclé la gorge et penchée vers Flora, assise sur sa chaise haute entre elle et moi :

– Dis-lui, Flora, à ce grand dadais de nous amener la langouste Cardinal[5], a-t-elle dit en détachant les syllabes.

– Nal nal ! a répété Flora.

Et le rire a jailli de nos gorges, à son grand étonnement.

La langouste Cardinal a été suivie d'une poularde à la Reine[6] et d'une croustade de cailles à la Courchamp[7]. Avant le dessert, Felix a confié dans un grand sourire :

– Vous voyez, Gracieuse, vous voyez, Marcel, j'ai perdu l'œil droit et le bras gauche, mais je le répète, c'est une sacrée chance, c'est beaucoup mieux que d'avoir perdu l'œil gauche et le bras droit.

Nous avons ri, émus, et l'avons applaudi sous le regard amoureux d'Incarnacion, sa main douce posée sur l'épaule de Felix.

Marcel, pour terminer le repas, a posé au centre de la table un Singapour[8].

Je suis allée coucher les enfants qui gardaient les yeux écarquillés pour lutter contre le sommeil, Flora endormie depuis une bonne heure au creux de mes bras.

– Je me lève, a décidé Incarnacion, je vais avec toi.

Dans la chambre des enfants aux rideaux fleuris tirés sur les portes-fenêtres, elle m'a confié son secret.

– Felix et moi allons nous marier au printemps.

Je l'ai serrée dans mes bras, l'ombre d'Isabel entre elle et moi.

– Je suis très heureuse, a dit Incarnacion, et ce soir, je crois que j'ai un peu trop bu et un peu trop mangé.

5- Salpicon de langouste, champignons et truffes avec sauce homard et sauce Cardinal (béchamel additionnée de fumet de poisson et d'essence de truffe).

6- Poularde pochée au fond blanc de volaille, nappée de sauce suprême et servie accompagnée de bouchées à la reine et de truffes cuites au vin de Madère.

7- Cailles farcies à la volaille et à la truffe et accompagnées d'une croustade frite garnie de quenelles de gibier, de rognons de coq, de truffes et de champignons.

8- Génoise garnie de crème et de morceaux d'ananas, décorée de tranches d'ananas, de cerises confites et d'amandes effilées.

– Moi aussi, j'ai un peu trop bu. Viens, ils dorment les petits, je vais tirer la porte.

Marcel, debout, le torse bombé, de sa voix de ténor a entonné la « Romance de maître Pathelin » et il m'a attirée contre lui.

À minuit, Joseba a levé son verre vide :

– À Mikel !

Dans le silence retrouvé de ma chambre, beaucoup plus tard, j'ai sorti le carnet rouge du tiroir de la belle table qui me servait de bureau.

1er janvier 1938 – Mikel, j'espère que cette nuit, tu n'es pas sur les hauts plateaux aragonais où il se dit qu'il gèle à pierre fendre. Où que tu sois, mon amour, je suis auprès de toi avec la belle couverture de la rue de Candale. Je réchauffe tes poings glacés et douloureux de ma bouche ouverte comme une fleur de grenadier. De l'autre côté du couloir les enfants dorment. Ils ont tous les trois tes yeux clairs, comme la mer certains jours à Donosti. Je t'aime.

Mon père est apparu le lendemain, accompagné d'Hortense.

– Bonne année à vous tous, a-t-il déclaré en esquissant un geste de la main vers moi et Joseba.

– Où sont les enfants ? m'interroge Hortense après avoir déposé deux baisers sur ma joue.

– Ils jouent dans leur chambre avec Jon.

– Ah ! a fait Hortense en serrant ses lèvres, redressée dans la seconde comme une statue antique.

– Ah, Jon Azpiazu est ici ? s'est étonné mon père, le journaliste ?

– Comme si tu ne le savais pas, a sifflé Hortense entre ses lèvres serrées.

Il a fait celui qui n'avait rien entendu et s'est éloigné.

Du fond du couloir, sa voix bourrue m'est parvenue.

– Enchanté de faire votre connaissance, Monsieur Azpiazu, mes petits-enfants vous laissent le temps d'écrire, j'espère ? Je profite de cette occasion pour vous inviter à venir chez moi, à Ciboure, j'ai archivé depuis 1936 tous les articles de presse. J'ai une très grande admiration pour Monsieur Pierre Dumas.

Dans le retranchement de la porte, je ne voyais pas Jon.

– Ah, vous le connaissez ? très bien ? Hortense… Hortense…

– Oui ! s'agace Hortense qui n'a pas bougé d'un pouce du vaste vestibule où Joseba se tient auprès d'elle.

– Vraiment ? questionne mon père qui se rengorge, ce serait avec un très grand plaisir.

– *Amatxi* ! crient les enfants du fond du couloir en s'élançant vers elle, *Amatxi* !

Flora est tombée, bousculée par son frère et sa sœur, elle pleure.

– Ce n'est rien, ma petite fleur, chuchoté-je en la prenant dans mes bras tandis que j'invite mon père et Jon à venir au salon.

Hortense consent à s'asseoir sur un fauteuil après avoir serré la main de Jon.

– Vous prendrez bien quelque chose à boire ? interroge mon père, déférent, assis face à Jon, et penché vers lui, puis vers moi :

– Il n'y a rien à boire dans cette maison ?

À l'intendance, Lucie, à l'intendance ! Les hommes conversent.

– Je m'interdis de lire la *Gazette* et *Le courrier de Bayonne* et surtout la *Presse du Sud Ouest*, qui débordent de haine envers nous tous et encensent Franco. J'ai suspendu au-dessus de mon bureau, dans un cadre, l'éditorial de *Sud Ouest* après le bombardement de Gernika, intitulé *Le Crime* : *Guernica n'existe plus : les barbares fascistes, dans leur haine envers tout ce qui est grand, tout ce qui est noble, tout ce qui est sublime, ont détruit sauvagement Guernica, sanctuaire de la tradition basque et de sa renaissance.* Je connais cet éditorial sur le bout des ongles, avoue mon père humblement.

Jon l'observe et l'écoute, charmé, car il est charmant, mon père, quand il laisse parler son cœur. Il mériterait à lui tout seul une page de journal. Lui qui garde sa main ouverte qu'il ne referme jamais. Il a recueilli au premier jour de la guerre un exilé mourant, un éclat d'obus enfoncé dans l'orbite, qu'il a transporté sur son dos sur le chemin des crêtes. À cet homme solitaire qui ne se souvient de rien et qui a perdu tous ses papiers, il a offert son hospitalité : une grande pièce confortable qu'il a aménagée dans un ancien garage. Et surtout, il lui a offert un petit bateau à moteur.

– C'est bizarre, s'interroge souvent mon père, il devait être pêcheur autrefois, il n'y a que la mer qui le calme.

Et quand cet homme qu'il appelle affectueusement Tape-à-l'œil lui ramène un seau de chipirons[9], il lui met la main sur l'épaule :

– Viens dîner avec nous.

Et l'autre, avec son œil bandé de cuir noir, n'ose jamais passer le seuil de la maison où il est invité.

– Il est comme ça, Papa, dit Élise, il est abrupt, il est grosse gueule, mais un chien ne dormirait pas dans la rue avec lui.

Il est là, mon père, heureux comme un enfant, sous le regard de Jon qui lui promet de lui faire rencontrer Pierre Dumas.

– Merci Jon. Tu es un chic type, vraiment, tu me fais plaisir.

Jon par-ci. Jon par-là. Jon qu'il reçoit à Ciboure avec Pierre Dumas. Pour un repas entre hommes.

J'imagine sans peine l'œil d'Hortense sur Jon quand elle les sert.

L'année 1938, ce fut le beau mois de mai où Incarnacion et Felix se sont mariés à l'église de Bidart. Un jour où les divinités du ciel ont orchestré la cérémonie.

Elle resplendissait, Incarnacion, dans sa robe beige.

Une robe que j'avais dessinée comme si elle avait été pour moi et que deux petites mains du boulevard Thiers qui travaillaient pour Balenciaga avaient mis en forme.

9- Petits calamars incontournables dans la cuisine basque.

Xabier l'a accompagnée jusqu'au pied de l'autel où Felix l'attendait, tandis que des galeries, les voix des mutilés de La Roseraie se sont élevées, vibrantes et fortes.

Flora avec Julian et Manuela marchaient devant la mariée et aux premières notes du chant, en levant la tête vers les galeries, ils ont trébuché tous les trois sur les pétales de rose qui jonchaient l'allée.

Dans le cortège, Joseba a pris ma main sous son bras et a soufflé à mon oreille avant d'entrer à l'église :

– Sois forte, Lucia, ne pleure pas, tu vas me faire honte.

Je n'ai pas pleuré, même si j'ai croisé les regards de Gracieuse et d'Hortense emplis de larmes.

Ce fut un beau mariage, où Jon est arrivé à la fin de la cérémonie, si élégant dans son costume gris que Felix, pour rire, a demandé à Incarnacion sur le parvis de l'église :

– Tu ne regrettes rien au moins ?

Elle a haussé les épaules, et avec son rire superbe, elle a embrassé l'homme de sa vie, comme elle appelle Felix.

Xabier avait organisé les choses en grand. Nous avons eu à descendre la côte qui mène de l'église au magnifique restaurant dont la terrasse tournée vers la Rhune nous a accueillis pour un apéritif.

À table, à la fin du repas, quand les étoiles se sont mises à clignoter dans le ciel pur, les accordéonistes sur la terrasse ont joué un tango. Felix et Incarnacion l'ont dansé alors que nous reprenions tous en chœur : « Jose Miguel, Miguel Jose ».

– Venez Lucia, je vous invite.

C'était Marcel. Et puis ce furent Joseba, Xabier, mon père qui danse si malhabilement, Julian – « allez, viens *Ama* » –, mais à aucun moment Jon ne s'est approché de moi, ni moi de lui. Il dansait, Jon, je suivais sa chemise blanche qui glissait entre les couples, Gracieuse était aux anges entre ses bras, et Hortense aussi qui, entre deux pas de paso doble, m'a adressé un petit signe de la main, tout sourire.

Savait-elle au moins qu'elle se laissait aller entre les bras de la tentation ?

Incarnacion, tout émue quand tard dans la soirée, elle nous a quittés au bras de Felix, n'arrêtait pas de nous embrasser et de nous remercier. Ils partaient pour Paris. « Pâriss », comme répétait Felix, juste le temps de voir la tour Eiffel et le Sacré-Cœur.

Il n'y avait que moi pour rappeler à tous l'avancée des franquistes sur le front de l'Aragon et du Levant, dans ma petite robe en soie rouge serrée à la taille par une ceinture de soie noire tressée. Moi qui, de mon regard de veuve, faisais payer à chacun un tango de trop, un paso doble trop gai, une coupe de champagne levée trop haut, un tchin-tchin qui déraille, moi qu'Hortense a embrassée à la fin.

– Bonne nuit Lucie, tu as été très bien.

Et très sage, trop sage peut-être sous le regard de Jon qui m'enveloppait et qui, la main sur mon épaule, m'avait demandé :

– Tu veux bien Lucia, le dernier tango avec moi ?

J'avais secoué la tête :

– Non ! Jon, non !

Il avait souri :

– Tant pis !

Oui, tant pis ! Les enfants dormaient. Marcel et Gracieuse m'ont raccompagnée.

C'est mieux ainsi, ai-je pensé sagement, si sagement que j'ai enfoui ma tête sous l'oreiller pour pleurer.

L'été est passé, entre Hortense, la plage, Gracieuse, Joseba, les appels de Caracas, les nouvelles du front de plus en plus mauvaises, les piles de journaux, les absences de Jon ; un été où les martinets frôlaient de leurs ailes, au coucher du soleil, les rambardes des balcons sous un azur si pur que mes vingt-cinq ans pesaient lourd sur mon dos, et même si je rencontrais dans les rues le regard avide de Monsieur François sur ma gorge et certainement sur ma croupe, dès que je lui avais tourné le dos, j'éprouvais à l'égard de mon corps l'indifférence de mon désespoir. Il n'y avait pas que Monsieur François pour me regarder, c'était vrai, mais je ne voulais voir que ces regards-là, pitoyables.

En septembre, Xabier a réservé à la cathédrale de Bayonne deux rangées de chaises pour que nous écoutions le groupe Eresoinka (*le Grand Chœur Basque et l'Académie Chorégraphique d'Euzkadi dans leur spectacle d'art basque*, annonçaient les affiches).

Après leur succès – foudroyant, se réjouissait Xabier – à travers l'Europe, de Paris à Rotterdam, de Bruxelles à Londres, ils étaient à Bayonne chez eux, et nous avons attendu presque une heure avant de pouvoir nous asseoir.

– Ils vont chanter à guichet fermé, s'est enorgueilli mon père en prenant place derrière moi, entre Jon et Joseba.

Aux premières notes de l'« *Agur Jaunak* », la nef s'est levée, et moi j'ai fondu en larmes. D'ailleurs, durant tout le spectacle, j'ai pleuré en essayant de n'émettre aucun bruit en me mouchant. Hortense me tenait la main comme si j'avais été gravement malade. Au dernier rappel, je me suis éclipsée, mon nez fin, gros et rouge comme un lumignon sous mes yeux de grenouille.

C'est Gracieuse qui m'a rattrapée dans la rue et a passé son bras sous le mien. Elle aussi avait pleuré, et même si nous avions rendez-vous dans son restaurant avec Gabriel de Olaizola, Jesús Luisa Esnaola et les chanteurs pour une réception en leur honneur, j'ai préféré regagner mon quatrième étage où m'attendaient Élise avec Pablo à cheval sur le gros ventre pointé de sa mère.

– *Ama*, pourquoi tu pleures ? a demandé Manuela sous l'œil inquiet de Julian.

– C'était très beau ; ils ont tellement bien chanté que j'ai pleuré.

Je suis allée passer mon visage sous l'eau fraîche de mon lavabo pour effacer les traces de mon chagrin.

– Je ne ressemble à rien, ai-je marmonné en me regardant dans la glace sous le regard de mes enfants.

– Je dirais plutôt que tu ressembles à un cocker, a ri Élise, vraiment, à un petit cocker abandonné.

Elle a ébouriffé mes cheveux, a déposé un baiser sur ma tempe.

– Ah non Lucie ! Ne recommence pas ! Ils t'attendent là-bas, et moi, je me régale, tu ne vas pas raccourcir mon plaisir. Échappe-toi. Il fait beau et tu es très belle, mon petit cocker !

Elle a ouvert la porte sur le palier.

– Allez, dépêche-toi.

J'ai descendu l'escalier en laissant glisser ma main sur la rampe froide de fer forgé, et je l'ai vu monter vers moi dans sa belle chemise bleue, d'un pas rapide.

– Lucia, a chuchoté Jon, j'étais inquiet.

Je me suis retrouvée dans ses bras, ses lèvres sur ma bouche, ses mains agrippées autour de mes reins.

Nos regards se sont rencontrés, et j'ai fermé le mien sous le désir que j'ai lu dans le sien.

– Je ne peux pas… Je ne dois pas.

– Je sais. C'est de ma faute, s'est excusé Jon en me libérant de l'emprise de ses mains.

Nous avons descendu l'escalier pour nous retrouver dehors dans le jour déclinant.

– Je vais devoir vous quitter, a soupiré Jon, je ne peux plus rester à tes côtés Lucia, je peux devenir fou.

J'ai hoché la tête.

– Et tu vas aller où ?

– N'importe, pourvu que tu n'y sois pas. Nous ne pouvons pas jouer éternellement avec le feu. Je passerai voir les enfants, et petit à petit Julian se détachera de moi.

Julian se détachera de Jon comme il s'est détaché en apparence d'Anastasio, comme il devra avec Manuela se détacher de Joseba, comme les écorces des platanes se détachent du tronc à la fin de l'été, emportées par le vent du sud.

Parce que ce que je redoutais depuis toujours, Joseba, assis confortablement dans le fauteuil les jambes allongées devant un feu de sarments de vigne, me l'a asséné comme le tranchoir du boucher qui fend en deux le fragile agneau.

– Je vais partir bientôt pour le Venezuela.

– Qu'est-ce que tu vas y faire ?

– Vivre. Travailler. Oublier.

– Tu plaisantes, on n'oublie jamais rien.

– Si, Lucia, on finit par tout oublier, même les hurlements des camarades qui crèvent alors que tu t'échappes.

Il a levé la main en écartant les doigts.

– On oublie tout, Lucia. Tout ! Tu te rappelles Petra à Donosti ? J'ai vécu six mois avec elle sans que personne ne le sache. J'étais fou d'elle, j'ai cru crever quand elle m'a quitté, et j'ai survécu. Toi aussi tu survivras à tout. Parce que tu es forte, Lucia, plus forte que tu ne crois. Je t'aime beaucoup, tu le sais. J'aime aussi les petits. À Caracas, vous me manquerez, mais je ne peux pas rester ici à vivre les doigts de pied en éventail.

Le 13 décembre, je l'ai accompagné à la gare de Bayonne pour qu'il prenne le train pour Paris et ensuite un autre pour Le Havre.

– N'oublie pas ce que je t'ai dit, Lucia, vous me manquerez tous, et elle aussi... Tu sais de qui je parle.

Blottie contre son épaule, j'ai fait oui de la tête. Il parlait d'Euzkadi.

Sur le quai de la gare, il y avait foule, il n'y avait pas que lui qui partait avec Incarnacion et Felix, il y en avait d'autres qui arrachaient leurs pieds aux racines ancestrales.

Incarnacion me tenait par la taille.

– Tu viendras un jour, toi aussi, là-bas avec Mikel.

– Tais-toi... Monte vite, le train va partir.

– Bon Lucia, adieu ma belle, a murmuré Joseba, les verres de ses lunettes embués. Ne pleure pas, tu me l'as promis, et puis écoute, nous t'avons préparé une surprise.

Sur le quai, alors qu'ils grimpaient tous dans les wagons, d'un groupe d'hommes qui venait de La Roseraie, les premières notes de « Santa Lucia » ont éclaté sous la verrière de la gare.

– … Adieu Lucia, a crié Joseba le poing levé, courage !

Incarnacion et Felix, penchés à la fenêtre de leur compartiment, ont tendu leurs poings.

– … Adio Lucia…

Il n'y a eu que des poings levés sur les dernières notes de « Santa Lucia ».

Alors que je repliais mon bras, j'ai aperçu, courant sur le quai de l'autre côté des rails, mon père et Ramon.

– Il en a mis du temps avant de se décider, cet abruti, a vociféré mon père essoufflé en me prenant le bras. Il y a longtemps qu'ils sont partis ?

– À peine trois minutes.

– Ah ! quelle connerie, a soufflé mon père alors que Ramon s'éloignait, les mains enfoncées dans son pardessus gris, le béret rabattu sur son front.

Et la vie a repris son cours calmement, et ce n'était pas simple d'expliquer aux enfants le nouveau silence qui nous enveloppait.

Xabier me confiait pour un jour ou deux des réfugiés, des adolescents ou des personnes âgées que j'avais hâte de voir repartir. Jon passait pour le grand bonheur de Julian, de Manuela et de Flora.

Du front les nouvelles arrivaient sinistres. Les lignes républicaines reculaient de jour en jour.

La bataille de l'Èbre fut un désastre. Il ne restait plus rien de l'armée qui fuyait sous les bombes et la peur des représailles nationalistes.

J'ai ouvert mon petit carnet rouge :

11 janvier 1938 – Le sang rougit l'eau des rizières de l'Èbre, et une jeune folle erre sur les coteaux, dans le vent qui souffle des plateaux, elle erre de tombe en tombe pour retrouver son camarade. « Il n'y a plus personne », rit une vieille édentée sur le pas de la porte de sa maison en ruine, « tout le monde est mort », chantonne la vieille dans le vent… Je n'attends plus rien. Je n'entends plus rien. Un jour peut-être, je pourrai regarder vers le sud, vers Getxo sans sentir mon estomac se nouer.

Le 18 février, Léon Bérard retournait à Burgos, mais cette fois-ci en qualité de représentant officiel du gouvernement Daladier et porteur d'un mandat l'habilitant à négocier un accord des rapports normaux entre la France et l'Espagne et régler les difficultés entre les deux pays.

À la Chambre des députés, à Paris, un débat orageux occupa toute la semaine : Daladier et Bonnet disaient qu'il était trop tard pour essayer de sauver l'Espagne, alors que Blum et l'Union de la Gauche, communistes compris, affirmaient que tout n'était pas perdu.

– Il a belle gueule, Blum, de critiquer Daladier, il oublie qu'il y est pour beaucoup dans la non-intervention, ce grand monsieur ! hurle mon père à qui veut bien l'entendre.

Le 25 février 1939 étaient signés à Burgos les accords Bérard-Jordana.

La Chambre des députés reconnaissait les franquistes par 323 voix contre 261. Le conseil des ministres du 27 février ratifiait ces accords et décidait la reconnaissance *de jure* du général Franco ; ce même jour la Grande-Bretagne fit de même.

Les accords Bérard-Jordana comprenaient deux parties essentielles : dans une déclaration de caractère économique, « le gouvernement français s'engageait à employer tous les moyens en son pouvoir pour assurer à la nation espagnole le retour de tous ses avoirs : or, armes et matériel de guerre, bétail, flotte marchande et de pêche, œuvres d'art, véhicules de toute sorte, bijoux et pierres précieuses ».

Merci Seigneur, ai-je pensé, *pour une fois, d'avoir su garder ma nationalité fran*çaise, j'ai pu mettre ainsi à l'abri la fortune d'Anastasio. C'était un pied de nez de mon destin à la trahison.

Le 2 mars 1939, Philippe Pétain était nommé ambassadeur à Burgos : il lui fallait veiller à l'application des clauses des accords Bérard-Jordana.

La neige et la pluie se succédaient, à l'image de l'exode massif qui se bousculait au col du Perthus, à la frontière catalane. Xabier se désespérait, il avait loué des camions qu'il avait envoyés à Perpignan et qui étaient revenus vides. « Ordre du Gouvernement ! »

Le poète Antonio Machado, trop fatigué, est mort à Collioure d'une crise d'asthme, m'a annoncé, par téléphone de Caracas, Joseba.

Vivre, la vie continue
Les morts meurent et les ombres passent
Celui qui part endure, celui qui a vécu vit encore
Sonnez, enclumes ! Cloches, taisez-vous !

– Tu te souviens, Lucia ? demande Joseba après avoir récité le poème.

– Oui, je me souviens.

Je mens. Je ne me souviens de rien.

Même Xabier qui, fidèlement, me tient informée de la situation n'attise que mon refus de reconnaître la réalité.

Jon, par téléphone du Boulou où il loge dans un hôtel, me commente le triste exode, la *Retirada*, comme l'appellent les experts ou les pas experts – je m'en moque. Un sinistre troupeau de bêtes, de plusieurs milliers de têtes, encerclé de barbelés, gardé par les troupes sénégalaises et malgaches, sans pitié.

Xabier a réussi enfin à faire parvenir au Boulou deux camions de vivres et de vêtements – il est heureux –, il y a là-bas des Français sincères, m'affirme-t-il, des laïcs, des socialistes, des syndicalistes qui organisent un soutien efficace aux internés des camps.

Jon court d'un camp à l'autre sous le vent glacé, l'encre de son stylo gelée au bout de la plume.

– Je ne l'ai pas encore trouvé, Lucia, mais je ne désespère pas.

– Avoue qu'au fond, tu préférerais qu'il soit mort ! Ça t'arrangerait.

Il m'a raccroché au nez.

Le 31 mars, la nouvelle est tombée, tragique : la guerre est finie.

Franco a gagné.

J'ai accroché à mon poignet un ruban de soie noire.

Avril traîne les derniers frimas de l'hiver. Le feu flambe dans la cheminée tous les jours. Les gros édredons d'hiver conservent encore au creux des lits la chaleur de nos corps dans l'air froid des petits matins.

Et c'est un matin d'avril qu'apparaît mon père, essoufflé d'avoir grimpé l'escalier sans prendre l'ascenseur.

– Il est vivant, Lucie ! Il est vivant. Tiens, lis ! Il est vivant.

Sa main tremble pour me tendre une enveloppe froissée, beige où à la mine de crayon, je lis une adresse : *Monsieur Jose Manuel Arizmendi. Ateliers mécaniques. Ciboure. Basses-Pyrénées.*

À l'intérieur de l'enveloppe, deux feuilles quadrillées, pliées chacune en deux.

Je lis *Lucia* sur l'une et sur l'autre, *Monsieur Arizmendi.*

– Un mois, elle a mis un mois pour arriver. Un mois ! s'exclame mon père qui part à la recherche des enfants.

– Ne leur dis rien s'il te plaît.

Argelès, le 13 mars

Lucia, je ne sais pas où tu peux te trouver avec les enfants. J'ai écrit à tout hasard à ton père. Je me trouve au camp d'Argelès. Le vent est glacé. Nous n'avons rien pour nous abriter. Je ne pense qu'à te retrouver. Je t'embrasse de tout mon amour. Mikel.

P.-S. – Les autorités du camp nous font savoir que nous allons être transférés vers un autre camp. Gurs ?

– Alors ? interroge mon père, ému et qui se défend de l'être.

– Il est à Argelès, et il ajoute qu'ils vont être transférés dans un autre camp. À Gurs.

– À Gurs ? Donne-moi une carte, vite ! Si c'est là où je crois que se trouve cette commune, nous y allons de suite.

La carte déployée, il exulte, mon père.

– C'est là Lucie, regarde ! C'est juste à côté de la Soule. Appelle Gracieuse pour qu'elle vienne garder les enfants.

– Il est midi, elle ne pourra peut-être pas. Mais je l'appelle quand même… Gracieuse, je viens de recevoir des nouvelles de Mikel. Il est au camp de Gurs. J'ai besoin de vous, parce que mon père voudrait y aller tout de suite.

Elle rit, Gracieuse, elle s'exclame :

– J'arrive ! Le temps de me faire remplacer au service, ou alors je vous envoie Jeannotte.

– Ne perds pas ton temps, Lucie, s'énerve mon père tandis que je raccroche.

Je vais retrouver les enfants dans leur chambre qui jouent sagement, trop sagement, l'oreille aux aguets, devinant un événement nouveau.

Je m'agenouille. Je les attire tous les trois contre moi et je leur apprends dans un chuchotement :

– *Aita* est vivant, il est dans un camp dans le Béarn, juste à côté d'ici.

Les regards étonnés des enfants suivis de leur silence m'intriguent et m'intimident.

– *Aita* est vivant, il va revenir. Cela vous fait plaisir ?

– Oui. Oui.

Ils continuent de jouer.

Je me glisse dans la salle de bains puis dans ma chambre, mettre un cardigan de laine prune sur mon chemisier de crêpe blanc et m'emmitoufler dans mon beau manteau que Mikel reconnaîtra.

Dans le corridor, mon père s'impatiente :

– Elle est passée par Valparaiso, la… la femme qui…, tandis que Jeannotte, les bras alourdis par un gros panier, franchit le seuil du vestibule.

– Je vous confie mes enfants, Jeannotte, peut-être que vous aviez du travail…

– N'ayez crainte, dit-elle dans un sourire, si je suis là c'est que j'ai pu venir, et pour les enfants, j'en ai quatre moi-même, alors, vous voyez…

La porte palière refermée, nous dévalons l'escalier, plus rapides que des furets après leur proie.

La petite Citroën a déjà démarré quand je me hisse dedans.

Je viens te chercher mon amour. Tu vis. Je revis.

Mon père est heureux. Il abolit les obstacles et les tournants dangereux de la route humide. Il conduit comme un Jean-sans-peur, je m'accroche à la portière des deux mains et freine des deux pieds sur des freins imaginaires.

Je n'ose lui dire que j'ai peur.

Il neige en montagne. Le vent glacé s'engouffre sous la carrosserie. Nous avalons les kilomètres, j'engloutis les panneaux de signalisation, les poteaux télégraphiques, l'herbe des bas-côtés, les clôtures des champs. J'avale tout avec un appétit féroce. Le vent est glacé mais il a un parfum d'aubépine, de bouse de vache, de feuilles humides, de four de boulanger avec les odeurs de pain chaud qui s'enroulent autour des toits, de chocolaterie dont les effluves nous suivent depuis Bayonne dans un flot de rubans marron qui volent dans les airs.

Je souris béatement au clocher de Sauveterre-de-Béarn : je lui envoie un petit baiser du bout des doigts. Je commence à avoir le cœur qui galope à Mauléon-Licharre. À L'Hôpital-Saint-Blaise, mes mains deviennent poings serrés, et une larme coule sur ma joue pour se nicher au creux de mes seins.

Mon père pose sa grande main sur mon genou :

– Ça va aller, Lucia. Nous sommes bientôt arrivés.

Gurs – l'immensité –, le camp est fermé.

– Les visites n'ont lieu que de deux heures à quatre heures, et de plus, vous n'avez pas le droit de vous garer à l'entrée du camp. Circulez ! invite le troufion, peu amène, sous son casque.

– C'est ce qu'on va voir, minus ! répond mon père, va d'abord me chercher le responsable du camp, et après j'irai me garer où tu m'as indiqué de le faire.

Au loin, derrière la double rangée des barbelés, des hommes vont et viennent sur l'allée centrale.

Je sors de la voiture et devant la porte grillagée de fils de fer barbelés, mes mains en porte-voix, face aux hommes dans le lointain, je hurle : « Mikel Lizardi Olazaguirre ! ». Plusieurs fois de suite, jusqu'à extinction de ma voix et l'arrivée des gardes mobiles musclés qui me jettent sur le capot de la voiture.

– Ne touchez pas à ma fille, bande d'abrutis ! hurle à son tour mon père.

Une bousculade s'ensuit – une mêlée plutôt – d'où sort mon père hirsute, l'imperméable déchiré.

Le directeur du camp, ou ce que l'on croit être un directeur, sort sur le seuil de sa petite maison.

– Monsieur le directeur, apostrophe mon père, le mari de ma fille se trouve ici. Il s'appelle Mikel Lizardi de Olazaguirre.

L'instant est suspendu aux lèvres du fonctionnaire. Les gardes mobiles nous maintiennent autour de la voiture.

– Je suis désolé Madame, les visites sont terminées et elles ne sont accordées qu'après une demande d'autorisation.

– Et qu'est-ce que vous attendez pour la lui donner, la demande d'autorisation ?

– Monsieur, je ne fais qu'appliquer la loi.

– Votre loi, mettez-vous-la où je pense !

Il n'y a plus dans le lointain sur l'allée centrale que quelques petits groupes d'hommes qui regagnent les baraquements, alors que l'air fraîchit.

– Madame, s'il vous plaît – et ce disant, le directeur me tend un feuillet par-dessus le haut grillage.

Je lis : *Par arrêté préfectoral du 6 avril 1939, les visites sont accordées sous certaines conditions à un proche parent de l'interné et ne sont permises qu'après avoir reçu une autorisation préalable de 10 h 30 à midi et de 14 h à 16 h.*

– Merci Monsieur, attendez s'il vous plaît – je lui tends le livret de famille, ma carte d'identité – et si je le pouvais, le chapelet de nacre blanche de ma première communion, béni à Lourdes.

– Non Madame, c'est inutile. Faites-moi parvenir la demande d'autorisation. J'aviserai.

– Il avisera quoi, ce guignol ? demande mon père.

– Monsieur, s'offusque un gradé, un mot de plus et je vous arrête.

Nous remontons dans la voiture. Je remplis la demande d'autorisation sur le sac posé sur mes genoux tandis que les gardes mobiles tournent autour du véhicule.

– Fumiers, va ! Bande de fumiers !

– Attends, Papa. Ne dis rien. Je vais déposer la demande d'autorisation dans la boîte aux lettres, là. Tu la vois ?

Il acquiesce du menton.

– Je sors, Messieurs, c'est juste pour poster la demande d'autorisation.

Chassés-croisés des regards vers le gradé.

– C'est bon. Allez-y.

L'attente des jours qui ont suivi a été la plus longue de ces trois années de guerre.

Mon père s'est rendu à Gurs pour déposer des colis.

De gros colis : des canifs, des ouvre-boîtes, des peignes, des savons, des tubes de dentifrice, et je rajoutai deux chemises emballées à la hâte à Donosti, une écharpe, des chaussettes et des gants de laine. Énormes colis, alourdis de sachets de café, de sucre, de sel, de plaques de chocolat, de figues séchées.

Je lui écrivais tous les jours, mais est-ce qu'un nom suffit sur une enveloppe où l'on ne sait qu'écrire *Camp de Gurs: Mikel Lizardi Olazaguirre*?

Les pensées les plus folles tourbillonnaient dans ma tête, absurdes, inquiétantes, entêtantes.

Il suffisait que quelqu'un prononce le mot *dent* pour que je l'imagine édenté, œil pour qu'il soit borgne, *oreille* pour qu'il ne lui en reste plus qu'une, recroquevillée comme un limaçon dont on vient de toucher les cornes, *cheveu* pour que je l'imagine chauve. Et s'il n'était plus le Mikel d'antan mais seulement un combattant vieilli, aigri, les épaules voûtées, le regard éteint, tourné vers sa défaite? Et si cet homme, je n'avais plus envie de le prendre dans mes bras?

L'autorisation m'a été délivrée au bout du dixième jour.

Nous sommes partis pour Gurs à l'aube. J'étais élégante, un peu trop peut-être pour aller dans un camp. Mon tailleur gris perle au revers de velours prune, mes boucles d'oreilles en or véritable percées de deux minuscules rubis, et surtout, mes escarpins grenat à petits talons pointus n'ont pas attiré les commentaires de mon père mais seulement son œil critique.

Les escarpins, même s'il faisait très beau, n'étaient peut-être pas ce que j'avais de mieux sur moi ce jour-là pour plaire à Mikel. Je marchais le long de la route boueuse qui mène aux barbelés du camp, mes mollets éclaboussés de terre mouillée qui s'accrochait à mes bas.

– Je vais t'accompagner jusqu'à l'entrée du camp, Lucia. Je reviendrai te chercher ici même, propose gentiment mon père.

Il y avait foule à l'entrée du camp et lorsque les portes se sont ouvertes à dix heures, nous avons suivi l'allée qui mène au parloir comme un troupeau de moutons, sous l'œil des gardiens qui tenaient droits comme un i leurs mousquetons, et avant le parloir une voix a crié:

– Autorisations s'il vous plaît, par ici! par ici!

Et notre troupeau de bêtes soumises s'est agglutiné autour d'une guérite comme un seul homme, où il a fallu laisser nos papiers et nos autorisations.

Il faut crier le nom de l'interné devant la guérite et je ne sais pourquoi, j'ai tendu ma main pour récupérer mes papiers.

– Vous attendez quoi ? a questionné le gradé.

– Rien, ai-je répondu étonnée, un air de brebis affligée dans mon regard.

– Dépêchons ! Dépêchons !

Ah ! maudits escarpins, je n'arrive pas à être dans le peloton de tête tandis que la porte s'ouvre sur le parloir et que jaillit un brouhaha de voix du groupe qui s'y est engouffré comme des rats dans un entonnoir et m'entraîne avec eux, poussée par ceux de derrière.

Chacun veut être le premier contre la rambarde qui nous sépare des internés et chacun joue des coudes et moi de mes talons. Chacun pour soi. Pas de pitié dans cette cohue. Pas de politesse. Pour être contre la rambarde, il faut biaiser. N'importe comment. Tout en cherchant des yeux le sien.

Mikel est là. À l'opposé de la rambarde, à l'autre bout. Je croise son regard. Il sourit et ses lèvres prononcent des mots que je n'entends pas.

Ma main se tend vers lui :

– Mikel ! Mikel !

Je crie dans le brouhaha.

Sa belle bouche se contracte.

– Pardon, dis-je en allant vers lui. Pardon, laissez-moi passer, pardon, excusez-moi, laissez-moi passer. Laissez-moi passer.

Nos mains se sont agrippées.

Et j'ai fermé les yeux tandis qu'il posait ses lèvres sur mes doigts.

Malgré la rambarde, il m'a soulevée contre lui, m'a blottie contre son torse, sa main dans mes cheveux.

Ô Mikel.

– C'est fini, Lucia, murmure-t-il, je suis là. C'est fini.

Je relève mon visage vers le sien, mes lèvres heurtent son menton avant de trouver les siennes.

J'ai glissé mes mains sur sa nuque, sous le col de sa chemise blanche.

– Comment vont les enfants ?

– Ils vont bien. – Je souris. – Et le bébé, c'est une fille, je l'ai appelée Flora.

Ses yeux clairs se voilent.

– Et mes parents ?

– Ils sont vivants. Ils vivent à Caracas.

Il caresse ma joue.

– Et toi Lucia, comment vas-tu ?

– Je vais bien. Tu es là, alors je vais bien.

Agrippée à lui, je n'ai pas vu les deux heures passer.

– Visites terminées ! a crié un uniforme, dépêchons ! Dépêchons ! M'sieurs-dames !

Je lui ai rendu visite au camp jusqu'aux premiers jours de mai. Il n'a jamais voulu que j'amène avec moi les enfants.

– Ce n'est pas un endroit pour eux, il a raison, confirmait mon père.

Dans ce tohu-bohu des visites de deux heures, j'avais fini par perdre ma voix car je ne réussissais pas toujours à être contre la rambarde. Je dormais avec un foulard de soie autour du cou et je suçais des bonbons au miel pour adoucir ma voix éraillée.

Le 10 mai, Telesforo de Monzón, le jeune ministre de l'Intérieur, m'a informée de la sortie imminente de Mikel.

– Nous faisons sortir en priorité les militaires condamnés à mort, nous a informés le Ministre alors que nous arrivions à Gurs.

Pour une fois, j'ai pensé que c'était une sacrée chance d'être condamné à mort.

Mon père était de mon avis, lui qui, pendant toute la traversée jusqu'à Gurs, avait trouvé la campagne superbe ce matin-là, fleurie d'iris jaunes au milieu des champs et de primevères épanouies sur les bas-côtés.

– C'est beau le printemps, n'arrêtait-il pas de s'exclamer, regarde-moi ces arbres en fleur, ce ciel pur, ah ! que c'est beau le printemps !

C'est beau le printemps, surtout quand la barrière d'un camp encerclé de barbelés s'ouvre sur ceux qui sortent.

Il est onze heures trente.

Mikel a posé son sac à terre et je me suis précipitée dans ses bras, si fort que j'ai cru un instant que nous allions basculer dans le fossé.

– Lucia, a murmuré sa voix douce et tendre alors que mes bras étaient des tenailles et ma bouche dans son cou, une sangsue.

Nous sommes restés longtemps debout, accrochés l'un à l'autre, et si un jour j'ai prié, ce doit être ce jour-là, pour remercier Notre-Dame de Guadalupe, là-bas, si loin sur son promontoire, au-dessus de la mer à Getxo.

– Viens Lucia, a chuchoté Mikel en m'entourant de son bras.

Et j'ai aperçu mon père qui regardait ailleurs, à l'opposé du camp.

– J'avais oublié mon père, ai-je murmuré.

Nous sommes allés vers lui.

– Bonjour Mikel, a dit mon père les larmes aux yeux en lui serrant la main entre ses deux mains tendues, je suis heureux, vraiment heureux.

Nous avons pris le chemin du retour avec deux autres militaires que Telesforo de Monzón avait confiés à mon père pour les amener à Saint-Jean-de-Luz.

À Bayonne, la porte cochère refermée, nos bouches avides se sont enfin trouvées, l'éternité de l'instant.

– Lucia, comme je t'aime…

J'ai souri, malgré les larmes, et j'ai dit :

– Viens, les enfants t'attendent.

De l'ascenseur à la porte palière il y a eu le Nervión à traverser, et aussi l'Urumea.

J'ai ouvert la porte, et du fond du couloir j'ai vu venir vers nous Julian, Manuela et Flora.

– Venez, mes enfants, a murmuré Mikel en se mettant à genoux, les bras tendus.

– Viens Julian, c'est *Aita*, ai-je dit dans un sourire.

Il s'est approché comme un petit animal, vite dépassé par ses sœurs.

– Mes enfants, a soufflé Mikel en les prenant contre lui la tête baissée tandis que sur la pointe des pieds, un doigt sur la bouche, glissait Gracieuse sur le plancher, jusqu'à la porte palière qu'elle a refermée doucement. Vous me reconnaissez ? a demandé presque timidement Mikel, en relevant son visage.

– Pourquoi tu pleures ? a demandé Manuela.

– Parce que je suis heureux de vous retrouver, a répondu Mikel en l'embrassant. Et toi, Julian, tu me reconnais ?

– Non ! a répondu Julian le regard buté.

Je me suis agenouillée à mon tour :

– Tu ne reconnais pas *Aita*, Julian ?

– Moi oui ! je le reconnais ! a claironné Manuela.

– Moi aussi je le reconnais, a balbutié d'une toute petite voix Flora en passant sa menotte sur le front de son père.

– Toi, tu peux pas. Tu l'as jamais connu, a tranché Julian les lèvres pincées.

– Julian, je ne t'en veux pas de ne pas me reconnaître, tu as le droit de ne pas me reconnaître. C'est vrai que cela fait très longtemps que tu ne m'as pas vu, mon petit homme.

Julian a eu un tout petit sourire alors que Mikel se relevait.

– Bon, il faudrait quand même que nous montrions à *Aita* où nous vivons, vous ne croyez pas ?

Et mes lèvres sur la tempe de Mikel, j'ai murmuré :

– Ne t'inquiète pas.

– C'est superbe, s'extasiait Mikel en découvrant chaque pièce. C'est immense.

– Et tu n'as pas vu le plus beau, viens voir.

Et je l'ai entraîné vers la terrasse.

– *Aita*, a confié Julian, il y a même des citrons qui poussent là-bas.

J'ai lâché la main de Mikel et je les ai laissés tous les quatre sur la terrasse, éperdue de bonheur. C'est la voix de Mikel qui m'a rejointe :

– Dis-moi, Lucia…

– Je suis là.

– Je voudrais enlever mon uniforme et me laver.

Deuxième partie

Voilà comment commence la vie.

Des petits pas qui courent dans le couloir, un homme qui se déshabille derrière une porte, des enfants joyeux qui demandent :

– Il est où *Aita* ?

– Il se lave.

– On veut le voir.

– Non, après.

Et le téléphone qui sonne :

– C'est Xabier, Lucia, je ne veux pas vous déranger, je voulais juste m'assurer qu'il est bien là.

– Il est là.

– C'est tout ce que je voulais savoir. Bonne soirée. À bientôt.

Et moi, avec ma voix du bonheur retrouvé, je demande :

– Qu'est-ce que tu veux manger ce soir, mon chéri ?

Il rit.

– Tu ne m'as jamais appelé mon chéri, mais bon, j'aime assez. Ce que je veux manger ce soir ? – sa bouche contre mon oreille : Toi, bien sûr.

– Arrête !

– Qu'est-ce qu'il dit *Aita* ? rient les enfants.

– Il dit qu'il veut manger une tête de cochon.

Il est simple, le bonheur, il est fou, il court le long des murs, il étincelle sur les fenêtres, il embellit le soir qui tombe.

À neuf heures, alors que la nuit assombrit les angles des murs, le téléphone nous a fait sursauter. C'est Caracas.

– Mikel, c'est ton père, ai-je confié, les larmes traîtresses inondant mes joues.

– *Aita*, a dit la voix de Mikel, oui, je suis heureux... Et vous, comment allez-vous ?... Oui, bien sûr, je vais lui parler... Oui *Ama*, je vais très bien... Et vous ?... Itziar... Moi aussi, j'ai un immense plaisir à t'entendre... Bien sûr... Je les ai trouvés changés... Ils me ressemblent ? Oui, c'est vrai, ils me ressemblent... À Lucia aussi...

Nous viendrons… Oui!… Dans les mois qui viennent… Je vous embrasse tous… Oui… Moi aussi…

Il fixe le mur au-dessus de l'appareil, il ne bouge plus, je vais à lui, je passe mes bras autour de ses hanches, j'embrasse son dos.

Il pleure.

– Ah! bonté, dit-il en reniflant.

Le téléphone résonne à nouveau:

– Décidément, dis-je en décrochant.

C'est toujours Caracas.

– Lucia, passe-moi le camarade Mikel, dix minutes, pas plus, ordonne la voix de Joseba, car je ne suis pas seul, le camarade Felix m'accompagne, et nous n'avons pas encore fait fortune. Toi, je t'embrasse.

Je passe le combiné à Mikel.

– Une éternité? Tu exagères…, répond Mikel. À ce point?… Je pense… Oui, tu peux me faire confiance, je vais me rattraper.

Il rit.

Je m'éloigne doucement.

Dans le silence de la nuit qui nous enveloppe, ma voix chuchote tandis que les enfants s'endorment:

– Je ne ferme jamais la porte chaque soir, je laisse toujours la lampe allumée dans le couloir.

Je m'approche à pas de loup de Mikel, assis sur le bord du lit.

Il tend ses bras vers moi.

– Viens, Lucia, tu m'as tant manqué.

Je caresse sa joue.

– Il ne faut pas qu'ils nous entendent, les enfants, murmuré-je, émue, tandis qu'il déboutonne ma robe.

Il ouvre le lit où je m'allonge, et nos corps se retrouvent intensément.

– L'odeur de ta peau, je ne l'ai pas oubliée.

– Je n'ai rien oublié non plus, je me souviens du petit grain de beauté que tu as juste là, sous le sein.

– Et ta bouche, Mikel, ta bouche…

Je m'y engloutis sous son regard pâle, son timon fiché en moi. Nous ne bougeons plus, l'un dans l'autre emboîtés.

Une nuit entière pour que sa bouche retrouve le chemin de ma nuque à mes reins. Une nuit entière pour que ma main épouse ses courbes, suive le contour de sa belle bouche et se perde dans sa chevelure noire.

– Tu vois, nos anges gardiens nous ont protégés, j'ai eu si peur parfois.

Il est penché au-dessus de moi.

– Moi aussi, j'ai cru souvent que je t'avais perdue pour toujours.

Je me blottie contre lui de tous mes pores, mon doigt caresse sa bouche, mes lèvres entrouvertes sur son épaule.

J'ai mille questions en moi que je tais, et une seule que je murmure :

– Comment as-tu rejoint les lignes républicaines ?

– C'est une longue aventure et beaucoup de chance.

– Tu me raconteras ?

– Bien sûr, je n'ai rien à te cacher.

Il m'attire sur lui.

– Rien à te cacher, et tout à t'offrir.

Je me perds en lui, jusqu'à l'aube. Rien ne pouvait nous atteindre, ni la guerre, ni la mort.

Nous étions invincibles dans le bonheur.

Les mois qui ont suivi son retour avaient les mêmes couleurs que l'été à la Bastide.

Le rire perlé des enfants nous accompagnait sur tous les chemins que nous avons empruntés, et j'ai su très vite, au mois de juin qui dorait nos peaux, que j'étais enceinte.

Au fond, la guerre a eu du bon, elle a mis un frein à ta production animale, ma tendre et chère cousine, m'a écrit Joseba sur une carte postale où courait une poule blanche entourée de ses poussins.

Au retour d'Ilbarritz où Mikel se rendait souvent :

– J'ai rencontré le père de Jon, m'a-t-il annoncé, il va arriver demain de Paris et nous sommes invités à dîner demain soir chez ses parents.

Il est arrivé très vite, le *demain soir*.

Xabier nous avait prêté sa voiture.

Devant une petite maison blanche au jardin enclos de murs, Jon nous attendait.

– Salut camarade, s'est exclamé Mikel dans une franche accolade.

– Salut, a répondu Jon, j'étais à deux doigts de commander pour toi une gerbe mortuaire si tu nous avais fait encore attendre.

Ils rient tous les deux tandis que Jon me perce de son regard bleu.

– Jon, a demandé Julian, Jon, c'est ici ta maison ?

– Oui, et non, mon cher Monsieur. C'est la maison de mes parents.

– Entrez, entrez, ne restez pas dehors. Entrez tous, c'est un grand bonheur de vous accueillir, invite la mère de Jon, allant de l'un à l'autre, embrassant les enfants. Les enfants vont dîner à part, nous serons plus tranquilles, a-t-elle ajouté. Tenez, Lucia, asseyez-vous là, entre Mikel et Jon.

Dès le début du repas, Jon et Mikel se sont mis à discuter, et pour ce faire, tendaient leurs têtes en avant jusqu'à encadrer mon visage que je tenais penché vers l'assiette, ou ils se reculaient sur leurs chaises pour poursuivre leurs propos dans mon dos.

– Je vais changer de place, ai-je conclu, vous serez mieux sans moi, entre vous deux.

J'ai souvent malgré moi ce genre de phrases qui, dès que je les prononce, me brûlent la langue et qui tombent toujours à propos comme un fluide révélateur de ce qui n'est pas apparent.

Je me suis assise à l'autre bout de la table tandis que :

– Non, affirmait Mikel, après Bilbao nous n'avons pas tous voulu nous replier sur Santander, nous avons décidé de rejoindre les lignes républicaines par nos propres moyens. Nous étions persuadés qu'une contre-offensive était encore possible pour sauver Euzkadi.

– Et comment êtes-vous arrivés à traverser les lignes franquistes ? interroge le père de Jon.

– Difficilement. Nous marchions surtout la nuit en suivant parfois les voies ferrées et en évitant les villes et les villages. Chacun des groupes avait un itinéraire différent. Le point de ralliement était Huesca. Certains, hélas, sont tombés entre les mains des franquistes.

– C'est à peine croyable ! répète le père de Jon en hochant la tête, ses longs doigts lissant les poils de sa barbiche.

– Combien de temps pour ce périple incroyable ? a demandé Jon.

– Un mois et demi.

Je m'ennuyais ferme. Non que Mikel change ses propos face à ceux qui l'écoutent. Il ne varie jamais. Il trace la même ligne. Bilbao. Huesca. Urbel del Castillo. Une vieille Castillane qui les héberge. Un camion qui franchit un col alors qu'ils sont cachés sous des pommes de terre. Une ferme abandonnée où pourrissent des cadavres.

J'observe dans la petite maison blanche une grande et forte femme qui va d'une table à l'autre, surveille les enfants d'un œil, et de l'autre, attentive, se tient prête à amener le plat d'anchois, ou le pain, ou une autre bouteille de vin.

Je n'ai pu m'empêcher de demander à Miren qui elle était et où elle vivait.

– C'est Josefa, notre bonne.

Les habitudes ne se perdent pas dans un certain monde. Les murs peuvent s'écrouler, mais restent debout les anciens privilèges.

Miren poursuit :

– Nous avons dû aménager le garage, il le fallait bien : il y a ainsi une chambre pour les enfants qui communique avec la nôtre… Mais venez, Lucia, je vais vous montrer.

Elle entrouvre la porte de la petite chambre de Josefa où un grand lit emplit l'espace, un paravent cache le coin toilette. Sur une table de nuit, il y a un cadre doré où je devine une photo.

– Ce sont ses fils, déclare Miren qui surprend mon regard.

Elle chuchote en refermant la porte :

– Les franquistes les ont précipités tous les trois vivants du haut d'une falaise à Urbasa : El Balcón de Pilatos. Elle a quitté son village d'Altsasua sans rien emporter que la photo de ses fils et sa douleur. Elle est arrivée par la montagne jusqu'aux Aldudes, on ne sait pas trop comment.

Je me tais. Je n'ai pas envie d'en savoir plus.

– Mon père l'a rencontrée par hasard, un matin à l'entrée de La Roseraie. Elle cherchait son mari disparu, conclut d'un air désolé Miren.

Rien ne peut venir assombrir mon bonheur de vivre.

Je m'éloigne de ce qui sent le malheur, et quand Mikel, au soir du 27 août, m'annonce la mort d'Iñaki Ayestaran, je prends sa main pour la poser sur mon ventre.

– Si c'est un garçon, demande Mikel tristement, nous l'appellerons Iñaki ?

– Non ! Si c'est un garçon, il s'appellera Anastasio.

– Et si c'est une fille ?

– Anastasia.

Il est parti seul le lendemain à l'enterrement d'Iñaki Ayestaran ; il en est revenu bouleversé.

– Il n'avait que vingt-deux ans, dit-il l'air sombre.

Je hausse les épaules, tout occupée à aménager la nouvelle chambre de Julian.

– Viens m'aider, Mikel, à fixer la mappemonde au-dessus du lit.

Et une fois la mappemonde fixée au mur, je plante de minuscules drapeaux basques sur Bayonne et Caracas.

– Julian, regarde, nous habitons ici et là-bas, il y a *Aitita*, *Amona*, Itziar, Joseba, Felix, Incarnacion. Tu imagines ?

Mikel a quitté la chambre depuis un bon moment, il s'est réfugié sur la terrasse où il fait semblant de lire *Euzko Deya*.

– Qu'est-ce qu'il y a, Lucia, pour que tu sois devenue si dure, si froide au malheur des autres ?

– Rien.

– Iñaki Ayestaran était tout ce qu'un très jeune combattant avait de meilleur : l'abnégation, et un optimisme à toute épreuve.

– Peut-être.

– Non ! pas peut-être. Sa mort me touche profondément et toi, tu restes insensible à mon chagrin. Tu me parles de la couleur des rideaux de la chambre de Julian alors que cet après-midi, j'ai vu pleurer de vieux combattants devant la jeunesse fauchée d'Iñaki.

Il sort du lit en rejetant les draps sur moi.

– Remets ton slip, les enfants pourraient se réveiller.

J'éteins la lumière. La nuit est étoilée, il est peut-être là-haut, Iñaki, et tout doucement je lui fais un petit signe.

Plusieurs jours après, j'ai découvert un cahier dissimulé derrière la pile des draps ; j'ai attendu le milieu de la nuit pour le lire, toute honte bue.

Lucia s'est érigé des défenses infranchissables, mieux qu'un vieux militaire chevronné, pour se protéger du malheur. Elle ne vit que pour le bonheur de l'instant, habitée par une soif que je ne peux pas étancher. Face au danger, elle se dresse comme une lionne pour le repousser de ses griffes, et cacher au plus profond d'elle ce qu'elle a de plus précieux : nos enfants.

La guerre qui se prépare en Europe, elle l'oublie – ou elle fait semblant – en marchant pieds nus dans les allées sablonneuses entre les pins, où nous aimons marcher et où son rire éclate souvent comme un astre. Quand sa bouche glisse sur mon corps et que son regard brûlant cherche mes yeux, je l'aime encore plus mais je songe aux larmes qu'un jour, à nouveau, elle versera, car la guerre qui vient n'épargnera personne.

Je pense souvent à la neige, au col de Costabona, alors que nous fuyions devant l'avancée de nos ennemis haïs, et haïssables. Je repense chaque jour depuis que je suis rentré à tous les civils qui nous suivaient dans notre fuite. À ces vieux qui marchaient dans la neige dans de vieilles sandales de cuir serré sur leurs chevilles nues par des lacets de cordelettes noires.

Il y avait une pauvre vieille qui ne pouvait plus avancer sous la bourrasque de neige, alors nous l'avons portée à dos d'homme, à tour de rôle ; sa pauvre bouche édentée claquait à mes oreilles comme des castagnettes. Sa fille nous suppliait : « Ne l'abandonnez pas. Je n'ai plus qu'elle, je n'ai plus que ma mère. » Malgré le vent glacé, nous sentions dans notre dos l'odeur des fumées des derniers villages abandonnés que les habitants avant de fuir avaient brûlés. La pauvre vieille, à l'aube, a rendu l'âme sur l'épaule d'Alfonso. Nous l'avons couchée dans la neige, la bouche et les yeux grands ouverts, que sous le vent glacé nous n'avons pu refermer. Sa fille hurlait, et Alfonso l'a arrachée à la dépouille de sa mère, avec une violence inouïe chez un homme si affable et si calme. Il l'a obligée à continuer le chemin.

Le jour se levait à peine quand nous avons enjambé les corps de deux petits enfants collés l'un à l'autre par le givre. À côté d'eux, il y avait leur jeune mère, qui s'était défaite de son manteau pour les recouvrir avant de se coucher sur eux, ses lèvres allant de l'un à l'autre. Elle a dû mourir alors que nous entamions la descente vers la France.

Beaucoup de civils serraient dans leur main une poignée de terre, et les gardes mobiles qui nous ont accueillis, en riant, les ont obligés à ouvrir les mains et à disperser sur les fossés alentour la terre qu'ils avaient ramassée dans leurs villages avant de partir.

C'était ignoble, indigne d'un pays qui s'enorgueillit d'avoir inscrit sur les façades de ses monuments publics : Liberté, égalité, fraternité.

Quand mon tour est arrivé, un gradé a arraché mes galons de commandant avec un si grand mépris que je lui ai craché à la face. J'ai été roué de coups, mais après ce que je venais de vivre et de voir, je n'avais pas mal. Nos armes nous ont été arrachées et jetées en vrac dans des camions bâchés.

Puis on nous a parqués comme du bétail dans des camps où il n'y avait rien, ni eau, ni ravitaillement. Il y a eu des morts dès les premiers jours. Pour survivre, je pensais à Lucia et au bébé que je ne connaissais pas. Une nuit où ma faiblesse était intense, j'ai entendu le rire de Julian, et au-dessus de moi, j'ai vu les yeux immenses de Manuela.

Mes poings saignaient depuis plusieurs jours. À côté de moi, dans le même trou que nous avions creusé dans le sable pour nous protéger, Alfonso est mort d'une dysenterie. Nous l'avons recouvert avec le sable du trou où il était mort. Et sur le sable, nous avons planté une petite croix de bois que le vent – la tramontane ? – a arrachée et a emportée au loin.

Je n'ai jamais raconté ce cauchemar à Lucia. Je ne veux pas ternir son bonheur. Je pense à l'enfant que nous avons conçu. À la vie qui palpite dans le ventre de ma femme.

J'attendrai que l'enfant naisse pour que nous allions voir mes parents à Caracas, et Joseba et Felix, dont l'absence me ronge.

Lucia est forte, même si parfois elle apparaît fragile. Depuis que je suis rentré, c'est sur ses lèvres surtout que je bois à la source de la vie.

J'ai refermé le cahier, je l'ai remis à sa place derrière la pile des draps et je suis allée me glisser dans le lit contre le corps endormi de Mikel. Malgré le réveil qui marquait cinq heures, je l'ai réveillé.

– Pardon, Mikel, pardon.

Je sanglotais.

– Je te demande pardon pour Iñaki Ayestaran.

Il s'est assis dans le lit, adossé aux oreillers.

– Qu'est-ce qu'il se passe, Lucia ? Quelle heure est-il ?

– Il est cinq heures. Je te demande pardon pour tous les chagrins que je n'ai pas su ou pas voulu partager avec toi. Je te demande pardon pour Iñaki, surtout pour Iñaki.

Ses lèvres tremblaient.

– Ne pleure pas, Lucia. Ne dis rien. Essayons de dormir, a supplié sa voix tendre tandis que de ses bras il me berçait.

Le vendredi 1er septembre, à six heures du matin, les troupes allemandes violent la frontière polonaise en quatre endroits.

C'est le début de la guerre, une nouvelle guerre. Le samedi 2 septembre, la mobilisation générale est déclarée.

Des affiches couvrent les murs de la ville.

– Est-ce que ton frère peut être appelé? m'a demandé Mikel d'une voix sourde.

– Je pense que oui. Je crois qu'il a fait son service militaire dans la Marine.

– Tu crois? s'étonne Mikel.

– Je n'étais pas là quand il l'a fait. J'étais à Donosti avec toi.

Nous écoutons le poste de radio allumé dans le salon, Mikel me tient les mains, les enfants jouent sur le tapis devant la porte-fenêtre grande ouverte sur l'avenue inondée de soleil.

Nous écoutons le président Daladier qui, d'une voix exaltée, clame:

« Retrouvons l'esprit des héros de notre histoire. La France se dresse pour son indépendance! Messieurs, c'est la France qui commande! »

Je fais la moue.

– Contre la légion Condor, qu'est-ce qu'ils vont pouvoir faire, les Français? Ils ont la ligne Maginot comme nous nous avions *el cinturón del Hierro*, sourit Mikel.

Le 4 septembre, Jose Antonio Aguirre écrit à Ernest Pezet, vice-président de la commission des Affaires étrangères à l'Assemblée nationale.

Cher député et ami,

[...] représentant un peuple lui-même épris de liberté, je suis en mesure de vous offrir la collaboration entière des Basques d'Euzkadi, qui le 7 octobre 1936 m'ont élu comme président à Gernika, la ville sainte dont les ruines sont le témoignage de la barbarie teutonne. Les Basques ne manqueront jamais de faire leur devoir au service de la liberté et de la dignité humaine, symbolisée aujourd'hui par la République française.

Nous sommes donc en complète solidarité avec l'admirable peuple français qui, obéissant à l'appel de l'honneur, s'apprête à faire tous les sacrifices nécessaires pour chasser définitivement le cauchemar d'une tyrannie qui serait la destruction de tous les efforts de l'humanité pour l'élévation de son niveau moral.

[...] Veuillez agréer, cher député...

Xabier approuve le Président tandis que ma moue s'agrandit et que je reste dubitative devant une lettre si bien tournée.

Pour le compte d'un mécène dont il ne dévoile le nom qu'à Mikel, Xabier achète des ambulances qu'il met à la disposition, avec La Roseraie et tout le personnel de l'hôpital, au service de la Défense nationale française.

Mikel se tient sur ses gardes, il n'a pas encore digéré la politique de non-intervention de la France.

Et moi, je tremble.

Je ressors du tiroir à souvenirs, que je tiens fermé à clé, mon carnet rouge.

Je le sortirai souvent.

Le 10 septembre 1939, j'écris à l'encre rouge du sang versé par les nôtres. J'empêcherai Mikel de se mettre à la disposition de la Défense nationale, même si Jose Antonio Aguirre lui-même le supplie de le faire. Je ne pourrai plus passer une nuit sans lui, ni un matin où j'aime le retrouver dans les savoureux parfums de café et de pain grillé.

Je me moque bien d'être égoïste. Le devoir sacré de Mikel aujourd'hui, envers et contre tout, est de rester avec moi et les enfants.

Mon frère n'a pas encore été appelé sous les drapeaux.

Il paraît que la guerre ne durera pas.

Tant mieux si elle est courte comme un pet de souris (est-ce que les souris pètent ?). C'est la seule grave question que je veux me poser aujourd'hui.

Nous sommes allés à Ciboure, dans la toute nouvelle voiture que Mikel venait de s'offrir et dont il me vantait les avantages évidents : une Renault avec deux portières avant et une large banquette arrière pour plus de sécurité pour les enfants, une voiture confortable et élégante, de couleur gris perle et aux sièges de cuir d'un rouge sombre.

Je n'étais pas convaincue, je la trouvais très m'as-tu-vu, j'aurais préféré un tableau d'Aurelio Arteta ; je le lui ai dit.

– Il vit à Biarritz, Aurelio Arteta, nous irons le voir et je t'offrirai le tableau. Avoue, Lucia, je n'ai tout de même pas acheté une Delahaye grand sport !

Il a pris ma bouche. Autour de nous les enfants n'avaient qu'une hâte : s'installer dans la voiture, et pendant tout le voyage Mikel a chantonné, une main sur mon genou.

– Très belle voiture ! s'est exclamé mon père lorsque nous nous sommes arrêtés dans la cour des Ateliers.

Hortense est apparue en haut des escaliers.

– Il me semblait bien que c'était vous ! s'est-elle écriée, joyeuse.

Elle tourne autour de la voiture.

– Elle est vraiment très chic cette voiture.

– Oui, elle est assortie à mon vison, c'est pourquoi je n'ai pas voulu que nous nous arrêtions dans la rue.

– Oh ! a répondu Hortense en riant, tu as la rancune tenace.

Le vent est au sud, il plie les massifs d'hortensias, entrechoque les branches des arbres et assombrit d'un bleu gris ma montagne préférée dont les contours par-dessus les toits se découpent sur un ciel blanc.

– Nous aurons la pluie dès demain, annonce Honorine, ma jambe est mon meilleur baromètre.

– Restez au moins deux jours, supplie mon père qui aime à rassembler autour de lui son petit monde.

– Sept petits-enfants déjà, que la vie passe vite, mon dieu..., soupire Hortense. Enfin, sept... bientôt huit.

Son regard se porte sur moi. Élise rougit, je l'interroge du regard, elle acquiesce de la tête.

Je souris. Le bonheur est là, palpable. Je serre sous la table la main de Mikel.

– La frontière est fermée pendant la durée des hostilités. Il nous sera difficile d'avoir des nouvelles du Sud.

Ramon se tait, à son habitude. Joseba lui a écrit de Caracas, et la lettre que je lui ai remise, il la garde sur lui dans son portefeuille. Les enfants s'égayent sur la pelouse dans le vent tiède suivis de nous tous, Honorine me prend le bras de sa main déformée par les rhumatismes.

– Qu'il est beau, ton Mikel. Moi aussi, si j'en avais eu un comme lui, je l'aurais suivi jusqu'au bout du monde. Et toi, ma cocotte, tu n'as jamais été aussi belle que ce soir.

Mon frère a été appelé trois jours après et dans son uniforme de fusilier marin, avant qu'il ne monte dans le train, j'ai eu le sinistre pressentiment que je ne le reverrais pas de sitôt malgré les rires d'un groupe de jeunes appelés qui chantaient.

À Noël, par la Croix-Rouge, Thérèse a su qu'il était à Toulon, sur le *Maillé-Brézé*.

12 février 1940 – Anastasia est née cette nuit à quatre heures, et malgré les injonctions d'Ernestine S., la jeune et énergique sage-femme, d'interdire la chambre à Mikel, il est resté à mes côtés, mes mains accrochées à son bras. Hortense était là, telle une matrone (je ne sais si c'est le mot exact) en son gynécée, entre layettes et berceau impeccablement blanc, enrubanné au dernier moment d'un nœud de soie rose.

La drôle de guerre se prolonge.

Nous n'arrivons plus à joindre Caracas. Et le courrier n'arrive ni ne part plus pour l'étranger.

Jon a affirmé à Mikel qu'il pourra avertir Anastasio et Arantxa. Comment ? Secret défense. Il a offert un superbe bouquet de narcisses à la petite Anastasia, laquelle avec un prénom pareil ne pourra pas être n'importe qui, *a-t-il écrit au dos d'une carte blanche, où un cœur en relief bombe (petitement) l'enveloppe.* Pensées affectueuses à la jeune et jolie maman *(il ne manque pas d'air !).*

Je me laisse aller à la volupté. Mikel ne lâche Anastasia que pour venir dormir le long de mon corps délivré (c'est ainsi qu'il faut le penser, même si j'aurais voulu garder en moi quelques jours de plus ma petite fille). Je suis une femme et une mère bienheureuse et comblée. Même Hitler ne me fait pas peur aujourd'hui. Mais demain ?

28 avril 1940 – Le Maillé-Brézé *a coulé au large de Scapa Flow, en Écosse, pendant la bataille de l'eau lourde, sur la Route du fer. Le fer ne nous porte pas chance. Je pense à mon frère. J'ai acheté une carte de l'Écosse où je scrute à la loupe ce noyau d'îles aux côtes tourmentées. Je prie le Dieu de mon enfance, et j'ai honte chaque nuit quand je m'engloutis sous le corps de Mikel dans le plaisir et que mes gémissements étouffés ne sont pas ceux de la douleur.*

8 mai 1940 – Fête de Jeanne d'Arc (?). Messe pour les trois rescapés du Maillé-Brézé, *en l'église Saint-Jean-Baptiste. Nous sommes tous sur notre trente et un. Hortense a ressorti son joli chapeau bleu à voilette. Thérèse a une robe vert pomme à gros boutons blancs. Je pleure quand je vois mon frère remonter l'allée centrale dans les souffles grandioses de l'orgue.*

« Il a fière allure, notre fusilier marin », me chuchote Hortense avant d'ouvrir son livre de messe.

Il repart ce soir, Juanito. Il a eu peut-être le temps de déposer sa graine. À la grâce de Dieu...

Le 10 mai 1940, l'armée allemande envahit la Belgique et les Pays-Bas. Jose Antonio Aguirre a quitté Paris pour des motifs familiaux et se trouve en mauvaise posture à La Panne en Belgique.

– Quel nom bizarre pour un refuge, ai-je commenté à Mikel.

Il hausse les épaules, inquiet, le nez plongé dans *Paris Soir* où Jean Ybarnegaray, ministre d'État, accorde une interview à un certain Gaston Benac.

« Des mesures seront prises – nous dit Monsieur le ministre Jean Ybarnegaray – pour mettre les séparatistes espagnols établis chez nous dans l'impossibilité de s'agiter, de s'organiser, de nuire à leur pays. Il est probable que les séparatistes basques et catalans fixés dans les départements frontières du Sud seront acheminés vers des camps de concentration. Trop de liens communs nous unissent à la grande Espagne pour que nous ne considérions pas comme un devoir de la comprendre, de l'aider pour établir ainsi au-dessus des Pyrénées la si belle et traditionnelle communauté latine. »

Le temps est superbe.

Depuis le 18 mai, la police française a arrêté plus de six cents réfugiés basques et les a internés au camp de concentration de Gurs.

Xabier nous rassure chaque jour où, pour une raison ou pour une autre, il passe et quelquefois reste dîner.

– Nous sommes le 25 mai, dit-il, je ne pense pas qu'il y aura d'autres arrestations, les dernières ont eu lieu à Tarbes et à Oloron.

Il est midi quand il nous quitte ; l'heure tranquille où les policiers déjeunent. Ils ne viendront pas encore aujourd'hui. Toutes les arrestations ont eu lieu au matin.

Un coup long et strident de la sonnette d'entrée résonne jusqu'à la terrasse.

– Je vais voir, annonce Mikel.

– *Ama, Ama,* s'affole Manuela qui a suivi son père, c'est la police !

Trois policiers dans le vestibule entourent Mikel.

– Veuillez nous suivre, Monsieur, vous êtes en état d'arrestation.

Je ne dis rien, je ne crie pas. Je les ai attendus depuis les toutes premières arrestations. Je savais qu'ils finiraient par arriver.

– Ne t'inquiète pas Lucia, sourit Mikel alors qu'il descend l'escalier sous escorte policière.

Je reste accrochée à la rambarde jusqu'à ce qu'il disparaisse de ma vue, happé par le hall de l'immeuble.

La sonnerie du téléphone retentit.

– Lucia ! crie mon père, tu m'entends ? Tu es sourde ou quoi ? Ils viennent d'arrêter Ramon et Pedro. Là ! Il y a à peine dix minutes. À l'atelier. Tu m'entends ? Tu ne dis rien ?

– Ils viennent d'arrêter Mikel.

– Quoi ? Qu'est-ce que tu dis ?

– Ils viennent d'arrêter Mikel.

– Merde. Merde. Merde. Ne bouge pas, Lucie, j'arrive !

Il arrive blême, mon père, dans son bleu de travail.

– Une chose, Lucie, il faut que tu caches la voiture. Elle est à son nom ?

– Non ! elle est à mon nom.

– Ça ne fait rien. Ils peuvent la saisir. Ils ont un garage, les Lasserre ?

– Oui.

– Appelle-les.

Il est comme un général établissant un plan de campagne.

Le soir venu, il m'installe dans son quartier général, où Hortense et Honorine assurent à leur habitude l'intendance.

Ce même jour, les dirigeants du Parti Nationaliste décident d'être internés à Gurs. Xabier est de ceux-là.

– Chapeau bas, Messieurs…, s'incline mon père lorsque nous apprenons la nouvelle. Et bravo et merci, Monsieur d'Ybarnegaray, ricane-t-il.

– Arrête, demande Hortense qui nous désigne du menton, Élise et moi.

– Arrête quoi ?

– Arrête de parler.

– C'est la meilleure, celle-là, « arrête de parler » ! Et qu'est-ce que je devrais faire ?…

– Rien, dit Élise, ils sont les plus forts. Ils font ce qu'ils veulent.

Elle a raison Élise, ils font ce qu'ils veulent.

– Ah ! mes pauvres filles, soupire Honorine, qui nous oblige à boire une tisane de camomille tandis qu'au-dessus de nos têtes, nous entendons les pas de mon père qui vont et viennent dans le couloir.

– Il n'a pas tort, José, confie Honorine en se tournant vers ma mère. Ibarnegaray est une vraie pourriture, tu le sais, toi, Hortense, qu'il est pourri jusqu'aux os.

– Oh ! s'il te plaît Maman, les petites sont fatiguées – elle dit « les petites » comme autrefois et ces mots venus de l'enfance m'apaisent. Et puis, à quoi bon remuer le passé.

– Nous ne sommes pas fatiguées, répond Élise, une main caressant son ventre arrondi.

– Je suis née à Ascarat, votre mère aussi, ne l'oubliez pas. Je le connais bien, Jean Ybarnegaray. Il s'est toujours tout permis là-bas et jamais personne ne s'est rebiffé contre lui, par peur. Avec ses chasses à courre, il dévastait toutes les moissons de ses métayers. Ils triment dur, les paysans et lui, il s'en moquait. Même quand ils avaient tout perdu, quand ils avaient perdu toutes leurs récoltes à cause de lui, ils devaient le payer en nature.

Elle opine de la tête.

– C'est comme la pauvre petite Cécile, tu te souviens, Hortense, de Cécile, qui est partie se placer à Paris. Elle s'était promise à Piarres Laxague. Il n'est plus là pour en parler, Piarres. Il est mort à Ypres en 1917. Alors… Ybarnegaray… Je n'en raconte pas plus.

Les tisanes à la camomille sont froides. Hortense remet la bouilloire sur la cuisinière.

Honorine hoche la tête.

La pendule au-dessus du buffet de la cuisine marque onze heures.

– Il est bien tard…, soupire Hortense, et ce pauvre Ramon qui est parti en bras de chemise…

– Je te raccompagne, Élise, tu ne vas pas pouvoir ramener toute seule tes deux petits, ils dorment comme des marmottes.

Nous chuchotons dans la nuit, un enfant endormi chacune sur l'épaule.

– J'ai peur, gémit Élise.

– Moi aussi j'ai peur, j'ai peur qu'ils les remettent à Franco.

Hortense a repris son service à la Croix-Rouge. Elle part chaque matin soigner ces malheureux qui ne cessent d'arriver, faméliques, sales, perdus, au dispensaire devant lequel ils dorment à même le sol pavé de la petite place du Collège.

Chacun son tour, pensé-je dans mon for intérieur chaque fois que j'en vois sur les routes que nous empruntons, mon père et moi, quand nous retournons au camp de Gurs ce 16 juin.

Triplement cadenassé, le camp de Gurs. Interdit aux visiteurs.

– Sauf aux envoyés de Franco, s'indigne mon père.

– Ils ne feraient pas cela quand même !

– Va savoir. La trahison n'a pas de limites.

Nous revenons de Gurs par de toutes petites routes où nous croisons des échappés du nouvel exode. En panne de voiture et qui nous font signe de nous arrêter.

Il freine, Jose-Manuel, la main ouverte sur le malheur d'autrui.

– Où sommes-nous, Monsieur? demande le conducteur, les mains noires de cambouis.

– À une dizaine de kilomètres d'Hasparren.

– Y a-t-il un garage pas trop loin d'ici?

– Vous n'avez aucun garage, mais si vous voulez, je peux vous conduire jusqu'à Hasparren. Vous pourrez toujours revenir chercher votre voiture.

– Oh! merci Monsieur! s'exclame l'homme en sueur. Micheline, viens! Monsieur se propose de nous conduire jusqu'à la ville.

Nous nous entassons dans la camionnette avec Micheline, André, les beaux-parents, les deux boutonneux et fatigués adolescents, et Georgette, la petite dernière, toute rousse, sur les genoux de Micheline.

L'odeur forte des corps en sueur me donne la nausée.

– Merci Monsieur, merci cher Monsieur, heureusement qu'il y a encore des Français qui savent tendre la main.

– Je ne suis pas français, Monsieur, je suis basque.

André n'en revient pas.

Nous les déposons devant le garage à l'entrée de la ville.

– Merci encore, cher Monsieur.

– De rien, et bonne chance!

Il démarre sur les chapeaux de roues, *cher Monsieur*:

– Pauvres gens, tu ne peux pas dire le contraire, Lucie, ils sont à plaindre.

– Je ne sais pas, dis-je d'une voix froide, peut-être qu'ils n'auraient jamais donné un verre d'eau à une pauvre réfugiée espagnole.

Il ne répond pas.

Une averse inattendue, un rideau d'eau infranchissable s'abat sur la route. Nous roulons au pas, presque à l'aveuglette.

– Il faisait trop chaud, le vent a tourné à l'ouest.

Nous arrivons sous la pluie dans la cour entre les ateliers où mon père gare la camionnette à l'abri d'un appentis.

Nous découvrons Honorine assise sur une chaise devant l'entrée de la maison d'Élise, abritée par un parapluie, tel un chien de garde prêt à gronder si quelqu'un s'approche trop près du seuil. Les voix des enfants nous parviennent de la maison de Juanito, couvertes par celle de Thérèse :

– Non, on ne saute pas sur les lits ! Non, on ne tire pas la queue du chat. On lui fait ami-ami.

– Qu'est-ce qui se passe ? demande d'une voix bourrue mon père dont le menton se met à trembler.

– Ton neuvième petit-enfant vient de naître. C'est un garçon, un petit Iñaki de trois kilos huit cents.

Honorine sourit.

– Tout s'est très bien passé.

Et son regard levé vers moi :

– Ta coquine d'Anastasia dort dans son berceau, dans mon dos, derrière la porte. Tu avais bien fait de laisser les trois biberons avec ton lait…

Honorine est intarissable, mon père s'est éloigné pour rejoindre les enfants.

L'air fraîchit et nous oblige à ressortir nos petites laines.

Dès le lendemain, à midi trente, la voix chevrotante d'un vieil homme déclare que cette nuit, il a demandé la paix.

Nous sommes réunis en silence autour du poste de radio dans le salon.

– Vous êtes sûrs que c'est une voix d'homme ? ai-je interrogé. On dirait une vieille femme.

– C'est le maréchal Pétain.

Hortense se signe, « Merci Mon Dieu » articulent ses lèvres silencieusement.

Mon père, de colère, éteint le poste que rallume aussitôt Hortense.

Nous déjeunons en silence après les enfants et sans Honorine qui reste au chevet d'Élise.

Le silence est pesant, et c'est Thérèse qui l'allège :

– Vous savez ce qui est arrivé à mon père hier soir ? demande-t-elle.

– Non ! mais on va le savoir, répond mon père.

– Hier soir, alors qu'il venait de fermer le magasin et s'apprêtait à regagner notre appartement, il a découvert un homme caché sous l'escalier, en uniforme bleu-gris et aux parements rouges, je crois, apeuré, fatigué...

Elle parle bien, Thérèse, elle prononce bien les mots, avec un accent qui se voudrait être de la ville. Elle est fille unique, elle a fait ses classes chez les religieuses, et elle glisse plus facilement du basque au français que du français au basque – « Ce sont des péronnelles comme elles qui perdront la langue », affirme mon père en arrondissant ses lèvres pour l'imiter. « Elle est gentille, Thérèse, la défend Hortense, elle est intelligente, elle est cultivée, elle lit tout et si ça t'ennuie qu'elle parle ici en français, j'espère que tu ne vas pas le lui reprocher. » « Bien sûr que non, ma chère Hortense », promet mon père les lèvres toujours arrondies. « Que tu es bête », rit Hortense.

Alors qu'elle parle, je suis ses lèvres, c'est vrai qu'elle les arrondit, et qu'elle prend l'accent pointu des Luziennes qui sont dans le commerce.

– ... si fatigué qu'il s'endormait debout. Mon père lui a demandé qui il était : « Armée polonaise. Armée polonaise », a-t-il répondu. Il est vrai que ce matin, à Saint-Jean, je n'ai vu que des soldats polonais autour des halles.

– Oui, confirme mon père, il faut les avoir vus dormir sous la pluie, ces pauvres bougres, pour saluer le merveilleux accueil de la population luzienne à ceux qui se sont battus les premiers contre les nazis. Il y en a franchement que rien ne peut empêcher de caguer.

– Ne sois pas vulgaire, l'interrompt Hortense. Continuez, Thérèse.

– Donc mon père l'a fait entrer, mes parents l'ont invité à souper. Il a pu se laver dans la salle de bains, se raser et il a dormi dans mon ancienne et grande chambre. Ce matin, dès six heures, la police luzienne a ordonné à mon père d'ouvrir la porte. Les policiers étaient en rage : « Papiers ! Papiers ! Papiers ! » Il leur a tendu très poliment ses papiers, et vous n'allez pas le croire, les policiers se sont mis au garde-à-vous devant lui ! Qui était-il ? On ne le saura jamais. En partant, pour remercier mes parents, il leur a laissé ceci.

Elle sort de son sac à main un petit éléphant en ivoire et nous le montre :

– Mais qui savait qu'il était cette nuit chez nous, le Polonais, pour prévenir la police ?

– Oh, ma pauvre Thérèse, la délation, c'est ce que certains ont de mieux à faire tant ils s'ennuient dans leur mesquine vie, conclut Hortense.

Il a plu toute la nuit, une pluie froide. L'armée polonaise a embarqué à l'aube sur des navires en rade. Hortense est partie pour le dispensaire enveloppée dans sa cape bleu marine. Ce matin, elle a soigné les plaies variqueuses et purulentes d'une femme âgée : elle n'a rien pu avaler au repas de midi.

Deux heures après, l'horizon s'éclaircit sur la mer ; avec Thérèse, nous décidons d'une longue promenade pour grimper par les ruelles pavées jusqu'à la tour de Bordagain. Le soleil perce enfin les nuages, et de ce sommet de colline nous apercevons au large sur la mer des navires, des torpilleurs, la cheminée d'un sous-marin – ou ce que nous croyons être la cheminée d'un sous-marin –, et les enfants s'excitent à dénombrer dans le lointain qui des requins, qui des baleines, qui des sous-marins, qui le petit moteur de Tape-à-l'œil.

Nous redescendons vers la maison, retenant les landaus tant les ruelles sont pentues et glissantes. Le soir, une voix inconnue et forte, donc jeune, parle à la radio de Londres :

« [...] Moi, général de Gaulle, actuellement à Londres, j'invite les officiers et les soldats français qui se trouvent en territoire britannique ou qui viendraient à s'y trouver, avec leurs armes ou sans leurs armes, j'invite les ingénieurs et les ouvriers spécialistes des industries d'armement qui se trouvent en territoire britannique ou qui viendraient à s'y trouver à se mettre en rapport avec moi.

Quoi qu'il arrive, la flamme de la résistance française ne doit pas s'éteindre et ne s'éteindra pas.

Demain, comme aujourd'hui, je parlerai à la radio de Londres. »

– Le message est clair, conclut mon père. Chacun dès à présent va choisir son camp. Pour moi, c'est déjà fait.

– Tu parles facilement ! Moi je pense à Juanito, à mon petit Jean, qu'est-ce qu'il va devenir dans les jours qui viennent ?

Thérèse opine du chef.

– Je vais me coucher, annonce-t-elle, et en passant je vais aller embrasser Élise.

– Dites-lui que j'arrive, cette nuit c'est mon tour de garde, poursuit Hortense dans un sourire.

Dès que Thérèse referme la porte, avant que ne l'ouvre Honorine :

– Pense aux autres avant de parler, tu ne l'as pas regardée une seule fois, Thérèse, toute pâle et si triste.

– Bon ! bon ! ça va ! Je vais me coucher !

– Dors bien, Jose.

Le 22 juin à Rethondes, l'armistice est signé entre Hitler, le général Keitel et les parlementaires français.

Nous lisons les journaux, affamés comme des bêtes rognant un os. Nous savons peu de chose, c'est la débâcle.

Les réfugiés de Belgique, du Nord, de Paris, du dessus de la Loire supplient pour avoir un abri, un verre d'eau, un bout de pain, et pauvre idiote, sainte Luce, au sein de la pénombre, j'aide parfois Hortense dans ses bonnes œuvres.

La détresse humaine déchire ma carapace d'égoïste, mais pas suffisamment pour courir comme Hortense après le boulanger, pour avoir trois pains à partager, ou le curé, pour trouver un abri pour une nuit, « seulement pour une nuit, mon Père ! ».

– Mais tout est complet. Je ne peux pas les faire dormir à la cure, où je n'ai que trois chambres.

– À la chapelle du Tiers-Ordre alors ?

– Pas dans une chapelle, Madame Arizmendi, pas dans une chapelle.

Elle s'épuise, Hortense, elle tangue un peu sur les talons quand elle revient en fin d'après-midi.

– C'est la Saint-Jean, soupire-t-elle au bord des larmes, cette année nous n'aurons pas les feux.

Il n'y aura pas de feux, sous les yeux levés et admiratifs des enfants lorsque dans la fumée tourbillonnent et s'échappent vers le ciel les petites feuilles enflammées. De ce 24 juin 1940, j'ai conservé trois belles photos où sur le banc, sous la tonnelle, mon père a voulu nous rassembler, comme s'il devinait l'avenir.

Les fenêtres sont grandes ouvertes sur la rue où nous secouons les chiffons à poussière du ménage matinal.

Honorine revient de chez le boulanger où elle est allée faire cuire un gros gâteau à la crème. Essoufflée, les deux mains accrochées au dos d'un fauteuil :

– Pedro et Ramon sont là, claironne-t-elle, ils arrivent ! Va chercher Élise, Lucie, va vite !

Le temps que j'arrive dans la cour, je les vois tous les deux, brunis par le soleil et si heureux d'être là que Ramon tend ses bras vers moi pour la première fois et claque sur mes joues deux baisers sonores.

– Et Mikel ?

– Il s'est arrêté à Bayonne.

Je serre les poings de bonheur, je m'élance vers la maison, je suis une libellule, je téléphone toutes antennes dehors chez Gracieuse.

– Il est ici ! s'exclame Gracieuse, il vient d'arriver.

– Lucia, dit-il, je prends la voiture et j'arrive.

Je sors dans le jardin pour crier mon bonheur :

– *Aita* arrive ! Il vient nous chercher.

Il est là, mon bel amour, en bras de chemise, et je ne pense à rien d'autre qu'à me blottir entre ses bras. J'en oublie le monde, Thérèse, les nuits où je pleurais, la peur qui tordait mes entrailles quand je l'imaginais livré à Franco.

Nuit folle de juin où sous les étoiles, nous nous sommes aimés sur la terrasse. Heure bénie du petit matin où nous avons assisté au réveil des enfants.

– Je vais chercher des croissants et le pain, me murmure Mikel.

– Non, je vais y aller, j'ai trop peur qu'ils t'arrêtent.

Nous nous embrassons.

Je reviens très vite, il n'y a plus de pain ni de croissants. C'est la pénurie, les réfugiés sont partout et même quelques fuyards en uniformes tout crottés.

Mais il y a toujours un miracle les jours de bonheur, et le miracle c'est Gracieuse, entre un bouquet de roses épanouies et un panier d'où sortent une miche de pain, des croissants et des brioches.

– Vous m'avez manqué, avoue-t-elle, mais je ne voudrais pas vous déranger.

– Me déranger ? Vous ?

Je souris et je l'embrasse.

– Les enfants m'ont manqué, mais il ne faudra pas croire Marcel quand il vous dira qu'il a dû m'acheter une douzaine de mouchoirs.

Nous sommes sur la terrasse, à l'abri, le citronnier est en fleur et embaume l'air. Anastasia, dans les bras de son père, sourit aux anges.

Le tocsin sonne.

C'est la fin de la guerre.

Je trace un trait rouge sur mon cahier où rien n'est écrit à la date du 25 juin.

Le général Lafont lance un appel solennel, placardé sur tous les édifices de la ville :

Ayez le sentiment de votre dignité. N'assistez pas en curieux au défilé des troupes étrangères sur votre sol. Abstenez-vous de manifestations. Soyez correct. Fermez vos fenêtres. La France est en deuil.

Le jeudi 27 juin, le premier side-car allemand remonte l'avenue.

Je ferme les volets.

Le silence enrobe ce jour de feu.

– Tiens, Lucia, m'invite à lire Mikel le lendemain en me tendant le *Diario Vasco* : *Bayonne, Biarritz, St-Jean-de-Luz et Hendaye ont été occupées par une colonne allemande d'environ 4 000 hommes, partis d'Angoulême à cinq heures du matin. Il s'agissait d'une colonne motorisée précédée de motocyclettes, composée de voitures et de camions chargés de troupes auxquels étaient attelés des canons antichars comme unique armement lourd [...]. Tous les soldats sont parfaitement équipés, rasés de près, vêtus d'uniformes gris [...]. Les mairies avaient fait afficher la déclaration du général Lafont [...]. Ces ordres n'ont pas été suivis ; peu après l'arrivée des forces allemandes à St-Jean-de-Luz, la population est descendue dans la rue, a entouré les soldats et quelques minutes plus tard, tous conversaient amicalement. Aucune attitude hostile n'a été à déplorer ; les Allemands sont restés en formation sur le quai, se contentant de prendre des photos et de converser aimablement avec des Luziens.*

J'ai honte, si c'est vrai.

Je ne téléphone pas à Hortense. La crainte d'être écoutée, sans doute, m'empêche d'entendre sa voix.

Je ne veux même pas sortir dans la rue, et je me demande comment Xabier peut arpenter les rues comme si de rien n'était ; comment Jon s'attable chez Gracieuse, où les officiers de la Wehrmacht réservent déjà leurs tables, et comment surtout, autour du kiosque à musique, s'agglutine, sur les chaises en fonte, le public venu applaudir ces musiciens en uniforme, qui jouent divinement bien – susurre l'occupante du deuxième étage, professeur de musique, à l'occupante du troisième étage, épouse d'un avocat ybarnegariste.

– Le drapeau à croix gammée flotte sur La Roseraie, dit Xabier d'un ton lugubre, si j'étais vous, je ne resterais pas ici. Je passerais en zone libre.

– Et vous ?

– Non, moi Lucia, j'ai une très bonne couverture. Je ne risque pas grand-chose à rester. Mikel, lui, est condamné à mort, ne l'oubliez pas, il peut être arrêté d'un jour à l'autre. Des listes circulent. Une fois qu'elles seront entre les mains de la Gestapo, il sera trop tard.

C'est comme cela que commence une autre vie, un autre ailleurs.

– Lucia, il le faut. Je passerai la ligne demain matin. Toi tu la passeras à Orthez, avec Marcel. Je vous attendrai à Beuste chaque jour jusqu'à dix-huit heures. Si tu as un problème quelconque, essaie de joindre Jon. Il arrivera toujours à me trouver. Surtout n'amène pas d'objets de valeur, confie-les à tes parents. Une fois que vous serez arrivés à Beuste, je ramènerai Marcel à Sault-de-Navailles, il passera la ligne à pied, Gracieuse l'attendra de l'autre côté – une évidence ! une mise en scène parfaite. Surtout pas de signes extérieurs de richesse, tu m'as compris – exit le vison. Fais faire un certificat médical pour les enfants : ils ont besoin d'un changement d'air. Tu comprends, Lucia ? – *Je ne suis pas buse, je n'ai pas besoin qu'il me fasse un dessin, nous filons en zone libre et là il faudra parer au plus pressé, le logement.* – Pas plus de trois jours Lucia, le temps de dire adieu à tes parents, à Gracieuse et à Marcel.

Et avant de partir au petit jour, après un dernier baiser :

– Tiens, Lucia, c'est mon cadeau. J'aurais voulu te l'offrir autrement. Tu le regarderas dès que je serai parti.

C'était un tableau d'Aurelio Arteta, un grand tableau d'une jeune femme assise à sa fenêtre, regardant de profil la mer dans le lointain. Un jeune garçon à ses côtés pose sa main sur son épaule, sur ses genoux deux petites filles sont blotties contre elle. Une, sous ses cheveux bouclés, suce son pouce. On devine chez la femme un ventre arrondi. Trois boutons de sa robe blanche et fleurie s'ouvrent sur des seins alourdis.

Quel fou, ai-je songé, béante sur le vide de son absence.

« Tout ira bien », avait affirmé Mikel.

Tout va bien en effet.

Le maire de Bayonne veut me voir absolument. Il insiste. C'est très important.

Je suis allée au rendez-vous, sereine, je n'avais rien à me reprocher.

Il était gêné, Monsieur le maire :

– Les Allemands se sont emparés de La Roseraie. De tous les biens des nationalistes basques et du siège de votre parti, avenue Marceau, à Paris. Tous les biens sont sous séquestre. Mais là n'est pas mon propos, en ce qui vous concerne. Je viens de recevoir une ordonnance du 28 juin, d'hier donc, qui vous demande de quitter la maison Etxegorri, au-dessus de l'Adour, et ce avant ce soir, avant qu'il ne soit procédé à une expulsion.

– Mais Monsieur le maire, cette maison est à moi, je ne suis pas affiliée au Parti Nationaliste Basque, je suis française – pour une fois je le clame, même si mon cœur se recroqueville de honte –, je ne peux pas être dépossédée de mes biens, c'est totalement illégal !

Il affiche une moue dubitative. N'ose pas commenter l'illégalité du procédé.

– Je vais vous accompagner à la Kommandantur, mais avant, munissez-vous de vos titres de propriété.

Les titres de propriété dans mon sac, je marche d'un pas martial vers la rue Thiers, le maire à mes côtés.

– Faites attention à ce que vous allez dire.

– J'ai l'intention de défendre l'intérêt des enfants qui vivent à Etxegorri.

– Je ne sais pas si cela vous sera possible.

– Nous le verrons bien, ai-je répliqué, superbement hautaine – cela m'arrive parfois.

Les drapeaux à croix gammées en tentures dans le bureau du *Herr Kommandant*, le grand portrait d'Adolph Hitler au-dessus de la cheminée glacent mes sens. Tous. Et m'ôtent la parole. L'arrogance de mon regard s'est éteinte dès que j'ai foulé le tapis. Je ne me tasse pas dans le fauteuil pour autant, où il m'invite à m'asseoir, le *Herr Kommandant*.

– Je vous écoute, Madame, déclare-t-il en croisant ses mains devant lui.

– Voici, Monsieur…

– *Herr Kommandant*, corrige-t-il.

– … *Herr Kommandant*, excusez-moi. Voici mes titres de propriété de la demeure Etxegorri où vivent plus d'une centaine d'enfants depuis le 2 août 1937.

– C'est votre problème. Ce soir à dix-huit heures, nous prendrons possession des lieux.

– Mais les enfants ? Comment dois-je faire pour les enfants ?

– C'est votre problème, répète-t-il.

Il a une légère ressemblance avec le général Mola. Je n'insiste pas. Je me lève, imitée aussitôt par Monsieur le maire.

– Dix-huit heures, ne l'oubliez pas.

– Au revoir Monsieur… pardon, *Herr Kommandant*…

Rue Thiers, pour ne pas m'effondrer, et malgré la chaleur, je décide de me rendre en toute hâte à l'Évêché, il me faut des renforts.

Xabier doit rester en retrait.

J'appelle Monseigneur Mathieu, et si je m'écoutais, j'appellerais bien François Mauriac et Pierre Dumas, mais le temps m'est compté. Il est onze heures. Il y a la queue devant les boulangeries. Je songe à Mikel qui m'attend à Beuste sous le soleil accablant. Je me rends au Château avec Marcel. Ils sont déjà au courant. Les Allemands visitent les lieux.

Il y a une montagne de baluchons, de caisses, d'oreillers, de couvertures sur le perron. Le maire arrive avec des camions.

– Fous laisser ici le mobilier !

Tant mieux !

Ils contrôlent pièce après pièce.

Seize heures, Monseigneur Mathieu est là avec un autobus. Merveille des merveilles, je l'embrasserais de joie, mais je me contente de lui baiser l'anneau.

– Nous allons évacuer les enfants en premier lieu vers les écoles Saint-François-Xavier et Sainte-Marie de la Visitation.

À dix-huit heures trente, il ne reste plus que moi, Marcel et Monseigneur Mathieu. *Herr Kommandant* me prie de lui remettre les clés de l'imposante maison aux volets rouges où ne résonnent plus les rires d'enfant entre les arbres au-dessus de l'Adour.

– Et maintenant ?

– Maintenant, répond Monseigneur Mathieu, il serait bon d'évacuer les enfants en zone libre.

Nous convenons que puisque je me rends moi-même en zone libre, je me charge de trouver une bâtisse au-delà de Sauveterre-de-Béarn.

– Et pour l'argent ?

– Dieu y pourvoira, sourit Monseigneur Mathieu.

Je ne souscris aucun crédit à Dieu malgré Ses multiples succursales à travers le monde. Je préfère Xabier.

– Ne vous inquiétez pas Lucia, j'ai fait transférer des fonds importants à Pau, à la Banque Pyrénéenne-Cazaux et Cie. Mikel est au courant.

Merci de me tenir au courant, ne puis-je m'empêcher de penser.

Xabier me devine.

– Ne croyez pas que j'émets des doutes...

– Je ne crois rien.

Mon avenir est une carte routière déployée sur mes genoux, tandis que conduit Marcel.

– Chantons, Lucie, chantons... et il entonne « *Uso xuria errazu*[10] ».

Il a une voix splendide, et sous le soleil, je pense à Hortense : « Je viendrai te voir », m'a-t-elle promis.

La ligne de démarcation n'est pas loin, elle est même si près que je vois la barrière rouge et blanche en travers de la route qui ne se lève pas. Marcel ouvre le coffre, parle aux douaniers, ouvre les valises, attend debout contre la portière qu'un policier parti avec nos papiers revienne.

– Vous allez à Lourdes ?

– Non, pas à Lourdes, aux Eaux-Bonnes, le petit a de l'asthme.

Le policier revient, tend nos papiers à Marcel.

La barrière s'ouvre.

Ma vue est floue et mon dos, moite d'une sueur froide.

À Beuste, Mikel est attablé à une petite table, devant une épicerie-buvette, à l'ombre d'un platane. Son œil est un œil d'oiseau de proie, il nous guette et s'étonne de nous voir arriver du nord alors que nous devions arriver par le sud.

– Tactique militaire, clame Marcel avec son bon sourire, mais ce n'est pas tout, j'ai juste le temps de m'humecter les lèvres qu'il faut que nous nous hâtions pour que j'arrive à Sault-de-Navailles à l'heure. Gracieuse n'aime pas attendre.

10- « Palombe blanche, dis-moi ».

Et Marcel a traversé la ligne de démarcation dans l'autre sens.

Merci, brave Gascon, murmure mon cœur.

Mikel nous conduit à l'hôtel du Gave à Navarrenx où nous nous installons sur la terrasse ombragée mais qui surplombe les eaux limpides d'un petit aplomb qui me semble être un abîme, comme il me semble apercevoir dans le lointain très proche les premiers baraquements du camp de Gurs.

Mikel n'est pas inquiet: il a loué deux chambres mansardées, avec les toilettes au premier étage et une salle d'eau commune au second.

Les enfants sont heureux.

Et tu ne vas pas gâcher leur bonheur pour des peccadilles en comptant les marches qui te séparent des toilettes: il y en a trente et une.

Nous dînons le soir sur la terrasse, Jules, le patron, nous régale d'un saumon pêché directement depuis le pont juste en face, et Aimée, son épouse, répète pour la dixième fois:

– Oh! quelle chance d'avoir des petites filles, moi je n'ai eu que des garçons! Et de la chance, vous en avez car en cette période-ci, l'hôtel est complet chaque année. Cette année, malheureusement, certains de nos fidèles clients n'ont pas pu venir.

Aimée s'extasie encore sur les enfants, « les miens sont grands, ils vivent à Pau ».

La nuit venue, le gave proche coule dans le silence. Mikel parcourt mon corps de ses lèvres fraîches.

Pour la mission qui m'a été confiée, j'ai un plan de bataille que je développe, mieux que le général de Gaulle. Je pars en campagne auprès de tous les prêtres de la région, je me recommande de Monseigneur Mathieu, mais après un mois de vaines recherches auprès des vieilles soutanes lustrées par les années et pas seulement par les années, c'est Aimée qui découvre, entre Castethon et Castetner, une comtesse, Henriette de Lassalle, forte et grande femme, qui veut bien nous louer son château.

– La toiture est impeccable mais le château est glacial l'hiver. Si des vaillants fatigués se donnent la peine de rentrer le bois pour l'hiver, alors, mes enfants, peut-être qu'il tiédira si toutes les cheminées ronflent tandis que la bise souffle dans les auvents.

Elle a le verbe haut et coloré, la comtesse, sans âge, ni jeune ni vieille, à l'allure énergique.

– Et pour les enfants ? Aucun problème. Je n'en ai pas eu. La Belle Faucheuse m'a enlevé mon Octave bien-aimé en 18. Depuis, je vis seule à l'entrée de la propriété.

L'affaire est conclue, et je dois repasser la ligne de démarcation à Sault-de-Navailles où elle est moins surveillée.

Monseigneur Mathieu organise le passage en zone libre pour les enfants et le personnel. J'ai peur mais je ne le montre pas. Lorsque les autocars apparaissent sur la route après Loubieng, je joins mes mains serrées au-dessus de la tête, comme un boxeur après une victoire. L'aumônier, le père Jesús Maria Goitia, congratule Mikel, la Comtesse salue le personnel d'un mot de bienvenue pour chacun et les invite à prendre possession des lieux. Général destitué et oublié, je regarde dans le lointain la cime des Pyrénées.

C'est Aimée encore qui nous aidera à trouver, au nord-est de Navarrenx – moins je suis proche du camp de Gurs, mieux mes bronches oxygènent mes poumons –, au hameau de Veillesalle, une maison sur un coteau dominant la rivière Laá.

Une petite maison charmante, au toit de tuiles plates et rouges, aux volets gris.

Une maison adorable mais avec les toilettes au fin fond du jardin, derrière le potager. La resserre est agréable et propre, sans une toile d'araignée ; elle est pourvue d'une douche et de toilettes fleurant bon l'encaustique et le grésyl.

Les toilettes sont joliment installées dans le renfoncement d'un mur, tel un coffre de bois massif, où repose sur son dessus et en son milieu un couvercle de bois que l'on retire par un bouchon sculpté d'un écureuil.

– Je me suis beaucoup amusé à construire ce petit cabinet d'aisance. Je suis ébéniste, du moins je l'étais, dit le propriétaire Albert Bordes.

– Nous sommes preneurs, décide Mikel, alors qu'entre les dents je grince :

– Mais tu es fou, il n'y a pas de toilettes dans la maison.

Il ne se démonte pas pour autant.

C'est ainsi que nous sommes venus vivre à Veillesalle, un hameau d'une vingtaine d'âmes.

Le châtaignier et le noyer dans le jardin prolongeaient leurs ombres du matin jusqu'au soir sur l'unique et haute fenêtre du salon ; une tristesse infinie assombrissait mon cœur à la fin du jour, et le désert de Veillesalle n'a jamais été aussi lugubre qu'en cette fin de septembre 1940.

Julian allait devoir se frotter aux bancs de la Communale. Il avait six ans. Elle était au bout de la rue, la Communale, je la voyais de derrière les trois fenêtres de la cuisine et de la grande salle, juste à deux secondes à vol d'oiseau.

– Ne sois pas triste, Lucia, me suppliait Mikel, nous sommes ensemble.

– Comment allons-nous faire cet hiver, sous la neige, pour aller aux toilettes ? Tu te vois, toi, de nuit comme de jour, traverser le jardin pour aller faire ta crotte là-bas dans le froid glacial ?

Il a ri. *Oh ! son rire et ses yeux quand il rit.*

– Non, Lucia, ne me dis pas que c'est pour cela que tu tires une tête de six pieds de long depuis que nous sommes arrivés ici !

– Un peu, oui. La cuvette pour se laver c'est bien maintenant ; c'est drôle, c'est inhabituel, mais cet hiver, je me vois mal à demi-nue, un gant éponge à la main.

Il riait tant que je me suis écriée :

– Arrête ! Oui, je pense à tout, oui, parfois je suis rabat-joie, oui, j'ai peur de ce que je ne connais pas, alors ce n'est pas la peine de rire autant, pense à cet hiver quand tu iras vider chaque jour le seau hygiénique où nous aurons fait nos besoins !

Il m'a prise dans ses bras, m'a fait tournoyer dans les airs.

– Ô ma grande folle, si une salle de bains doit te rendre le sourire, je cours chercher le plombier dès demain.

Le plombier est arrivé de Navarrenx deux jours après ; le propriétaire avait donné son accord de principe mais, affirmait Aimée, « un écrit est plus sûr ».

Nous sommes allés à Pau, que je ne connaissais pas. Albert Bordes nous a courtoisement reçus, a signé l'accord pour les travaux : « Je serais vraiment un véritable idiot si je ne vous accordais pas cette autorisation. Tout le bénéfice est pour moi. »

Nous sommes revenus de Pau chargés des achats un peu fous que nous avions faits pour « la maison », comme je commençais à l'appeler.

Julian n'a pas lâché le cartable de cuir que nous lui avions fait choisir et où il s'est empressé de glisser le plumier, les deux cahiers, le porte-plume, les plumes Sergent-Major, la gomme.

J'avais de mon côté dévalisé la boutique de l'encadreur de la toute petite place du Château de tous les cadres où j'allais glisser des photos de tous ceux que j'aimais : d'Hortense à Joseba, d'Anastasio à Marcel, de mon père à Gracieuse, Honorine, Arantxa, il y avait tout un groupe pour nous tenir chaud le long des murs.

Les premiers jours d'octobre, les murs de la maison ont résonné de coups de marteau, du grincement de la scie sur les tuyaux de cuivre, du rabot sur les planches épaisses en bois de noyer, dans l'odeur forte du ciment frais.

Mikel a accompagné courageusement Julian à la Communale. Du pas de la porte, je l'ai vu s'éloigner la main dans la main de son père. Les grosses gouttes de mes larmes tombaient dans la tasse de thé que je tenais à la main.

Manuela boudait, elle voulait suivre son frère et s'accrochait à ma jupe.

– Je veux aller à l'école, *Ama*, je veux y aller ! pleurait-elle en trépignant.

– Arrête ! Va jouer avec Flora.

– Qu'est-ce qu'il se passe ? a demandé Mikel en revenant et en découvrant Manuela en sanglots contre le tronc du noyer.

– Elle voulait vous suivre.

– Mais tu as pleuré, toi ?

– Mais non !

Premier jour d'école, il est midi moins deux, je cours dans la rue, il est derrière le portail, Julian, et il se jette dans mes bras quand j'ouvre la porte de sa prison.

– Oh la fille ! ricane un petit costaud, le cheveu dru planté bas sur le front.

– Répète ce que tu viens de dire, pour voir ! lui lancé-je, le regard noir comme des escarbilles.

Il s'éloigne sa gamelle à la main, le fond de sa culotte rapiécé.

– C'est un grand, murmure Julian. Il s'appelle Martial.

La cruauté du monde de l'enfance est indicible. J'ai haï l'école et les religieuses depuis le jour où j'avais fait pipi sur moi et où pour me punir de la tache qui s'agrandissait sous mon pupitre, sœur Angèle de la Purification m'a collée contre le mur du préau, la culotte baissée sur mes chaussures, les pans de mon tablier retroussés jusque sous mes épaules où elle avait accroché une pancarte : *J'ai fait pipi sur moi.* Ah ! les ricanements des grandes qui sifflaient entre leurs dents « Oh ! la pisseuse ! ».

Je me suis vengée bien des années plus tard : j'ai accroché à toutes les chaînes des chasses d'eau des toilettes au fond de la cour des écriteaux où je m'étais appliquée à écrire : *Sœur Angèle de la Putréfaction.* Elles ont cherché longtemps, les religieuses, elles nous ont punies collectivement quatre dimanches de suite. Je n'ai jamais oublié. Mon esprit rebelle est né de la culotte mouillée sur mes chaussures. J'avais sept ans.

– Et toi mon petit loup, raconte-nous, comment c'était ce matin ?

– C'était bien. Le maître m'a dit que je lisais bien, alors je lui ai répondu que c'est toi, *Ama*, qui m'as appris.

La purée a du mal à passer, il hésite, Julian, il déglutit avec peine.

– Qu'est-ce qu'il a dit le maître? demande Mikel, sa main posée sur le petit bras de Julian.

– J'ai répondu c'est *Ama* qui m'a appris. Alors il a tapé avec sa règle sur son bureau et il a crié: « Ici on dit Maman! »

Son chagrin éclate.

– J'irai le voir, le maître.

– *Nous* irons le voir, corrige Mikel.

– Et je vais lui dire qu'ici, on dit *Ama*!

Vincent Dupuy, jeune maître compétent aux mains fines et blanches, nous a reçus dans le minuscule bureau-salon où il vivait de sa maigre pitance; nous nous sommes heurtés à l'esprit laïc à l'état pur.

J'ai été virulente, beaucoup plus que Mikel.

– Notre langue, la première entre toutes, est la langue basque, c'est dans cette langue que je suis née, et c'est avec elle que je mourrai. Il en est de même pour nos enfants. Si le fait que pour me désigner, mon fils dise *Ama* au lieu de dire Maman met ainsi en péril les fondements de l'école laïque, eh bien c'est qu'elle est déjà gravement en péril.

– Ici, Madame, entre ces murs, c'est la France qui commande, c'est le français qui prime sur toutes les langues et les patois. Mon rôle est de conduire tous les enfants vers le savoir, le premier pas vers la liberté.

Mikel en convient. Le savoir et la liberté. Vaste sujet qui animera nos soirées futures autour de la cheminée. Vincent Dupuy est devenu notre ami par les idées politiques que nous partagions, et nous l'avons aidé à passer au-dessus de la primauté de la langue française.

Il était béarnais, Vincent, et antifasciste. Nous écoutions Radio Londres ensemble, et souvent je croisais son regard quand nous parlions avec les enfants, Mikel et moi. Je traduisais quelquefois.

Il était fiancé, Vincent, et le dimanche il pédalait jusqu'à Arzacq pour retrouver Clémence. Il venait tout juste d'être démobilisé après les accords de Montoire entre Hitler et Pétain. Juste à temps pour assurer la rentrée scolaire.

C'est bizarre comme se créent des liens forts dans une vie au hasard des rencontres.

La maison faisait peau neuve, Monsieur Albert Bordes venait de Pau à bicyclette suivre le chantier. Il était ravi et porté sur la bouteille. Lorsqu'il enfourchait sa Rossinante, comme il appelait sa monture à deux roues, ce n'étaient pas les virages de la route qui le faisaient zigzaguer. Un soir où il a basculé dans l'ornière d'un fossé, Mikel l'a ramené jusqu'à son appartement.

– Je crois qu'il est Croix-de-Feu, cet homme, je ne vais rien te répéter de toutes les confessions qu'il m'a faites sur Vichy, les juifs, la pègre rouge.

Un frisson a parcouru mon échine de bas en haut.

– Et pour la bicyclette ?

– Il a demandé de la confier au chauffeur de l'autocar.

Octobre se poudrait de l'or des arbres flamboyants, nous ramassions les châtaignes et les noix. Dans ma hâte à vivre, j'accordais moins d'importance à la guerre, Veillesalle était préservée. Il n'y avait pas de téléphone, pas de boulanger, l'autocar passait deux fois par semaine, et le facteur venait jusqu'au hameau pour payer les mandats aux veuves de guerre une fois par mois.

Manuel, l'ouvrier plombier, chantait, parlait peu sauf pour me demander s'il devait placer le lavabo devant la fenêtre ou entre la porte et le mur des toilettes.

Souvent, Mikel le raccompagnait un bout de chemin sur l'épais tapis de feuilles mortes qui recouvrait la route jusqu'à la faire disparaître. Je les voyais s'éloigner jusqu'aux hêtres, avant la courbe, où Manuel enfourchait sa bicyclette après avoir calé sur son dos la lourde sacoche de cuir vieilli avant de descendre jusqu'à Navarrenx.

– Ce serait bien, Lucia, de lui éviter ce long trajet, nous pourrions le loger ici le temps qu'il finisse les travaux. Il y a de la place, il suffirait de très peu de chose pour qu'il ait une chambre au grenier.

– Tu as raison, ai-je répondu, et les jours raccourcissent, seulement il y a Monsieur Bordes, je ne lui fais pas confiance.

– Il passe l'hiver à Saint-Raphaël, Monsieur Bordes, de novembre à avril, tu n'as pas à t'inquiéter.

Manuel s'est installé dans le grenier et partageait notre vie qui n'était plus tout à fait la même. Je ne m'asseyais plus sur les genoux de Mikel, je ne lui volais plus de baisers, il ne dégrafait plus mon corsage lorsqu'il me surprenait à tourner la cuillère en bois dans le chaudron où je cuisais les confitures de mûres.

– Le président de la Catalogne, Lluís Companys, a été remis par la police française à la Gestapo.

– Quelle horreur ! ai-je crié, mais il vivait en zone libre, non ?

– La police de Vichy s'est fait un plaisir de faire ce cadeau au Généralissime, mais ce n'est pas le seul. Julián Zugazagoitia, le ministre de l'Intérieur, lui a été aussi offert. Ils ont été exécutés.

– Ce sont les premiers d'une longue liste, a poursuivi Manuel, certains affirment que Cruz Salido et Juan Piero ont eux aussi été livrés et exécutés.

La peur courait jusque dans les rues de Veillesalle.

– Il n'y a rien à craindre ici, me rassurait Vincent, nous sommes à l'abri.

L'hiver est arrivé si vite que la neige recouvrait déjà les coteaux d'une épaisseur immaculée, où les pattes des renards s'enfonçaient jusque sous leur poitrail.

29 décembre 1940 – Que me manquent les absents de ce terrible Noël où nous n'avons plus aucune nouvelle !

Les cartes interzones ne sont qu'un pis-aller dans le creux de l'absence.

Avec la neige qui ne cesse de tomber, sont venus vivre à la maison Diego Garraza, Joakin Lizarraga et Angel Irungaray, tous rescapés du camp de Gurs ; en deux jours le grenier est devenu un dortoir, et la belle salle où flambe heure après heure le feu qui rougeoie les murs, un lieu de débats politiques. Manuel assure haut la main son rôle de cuisinier, et moi, je me réfugie loin du vacarme, dans la cuisine où je dîne avec les enfants sur la très jolie table ronde en bois de merisier. La cheminée ici est moins haute, plus large et je peux m'asseoir dessous. Le bout de mes pantoufles est déjà brûlé par les braises. Mikel devine mon désarroi, et lorsqu'il me retrouve, recroquevillée dans le lit, les pieds glacés malgré les chaussettes de laine, il m'attire contre lui.

« Cela ne durera pas, Lucia, me rassure-t-il, les vivres dans la resserre nous permettent de tenir un siège. Nous ne sommes pas à plaindre », répète Mikel en glissant ses mains sous ma chemise de nuit, il y a pire.

Il a raison : depuis trois jours, dans une maison sur la place vit une famille juive.

Je pense à Arturo et à Clara Katz.

La neige a fondu, les cours d'eaux gonflés charrient les pierres du lit de la rivière dans un grondement sourd que la nuit porte jusqu'au sommet du coteau.

Les hommes quittent la maison pour quelques jours, et je retrouve Mikel qui m'apprend à conduire la voiture sur les petites routes qui descendent et grimpent ; je roule lentement, si lentement que Mikel dit dans un rire :

– Va les chercher les moutons, Lucia, pour qu'ils traversent avant que tu ne les écrases.

– Elle conduit bien, *Ama*, s'extasient les enfants tandis que Mikel ébouriffe mes cheveux.

Le permis de conduire, je l'ai obtenu à Pau, au mois d'avril. Ma carte fraîchement tamponnée à la sous-préfecture, j'ai traversé le pays jusqu'à Veillesalle, sans caler une seule fois.

J'ai rangé la voiture dans une remise que nous prête Rose Sallefranque contre espèces sonnantes et trébuchantes.

– Tô, une femme qui conduit, j'aurai tout vu dans la vie.

Elle est vieille, Rose, petite, les jambes en cerceaux, comme si elle avait fait de l'équitation depuis son enfance. Son œil furète partout, mais elle n'est pas méchante. Elle s'ennuie et dès les beaux jours, elle rend visite aux voisins.

– Tô, je m'arrête pour une petite causette. Comment ça va aujourd'hui ?… Si vous voulez voir pousser vos tomates cet été, il va falloir que vous vous baissiez un peu sur la terre pour la retourner… Fais risette à la vieille Rose, allez, force-toi un peu, paresseuse !

Anastasia sourit, et sur ses deux jambes arquées, elle s'éloigne, Rose.

Par un matin brumeux d'avril, Jon est descendu de l'autocar emmitouflé dans sa canadienne, un béret enfoncé sur ses cheveux fous ; c'est à sa longue silhouette hésitante sur la place que je l'ai reconnu.

– Je crois que Jon est là, ai-je annoncé à Mikel qui chargeait la cuisinière d'un seau de charbon.

– Jon ?

La longue silhouette a emprunté la rue rectiligne qui mène de la place à la maison.

– Bonté, Lucia, mais c'est lui !

Mikel a ouvert la porte sur l'air encore glacé de ce printemps tardif.

– La porte !

Jon était chargé d'une lourde enveloppe qu'il m'a remise, riche de toutes les lettres que je me suis aussitôt dépêchée de lire dans la chambre.

… Je fais une grave crise d'urticaire au vert-de-gris, pon! pon! pon! pon! Nous irons chanter « Nabucco » sur les coteaux, le printemps venu. Marcel… Ma petite fille, vous me manquez

beaucoup. Le mari de Jeannotte a été arrêté par la police française le 20 août, avec d'autres communistes. Jeannotte est venue vivre à l'hôtel avec sa mère et ses quatre petits… Ma Lucie, que ton absence m'est lourde à vivre. Je me rends compte combien sous tes airs farouches, tu es si semblable encore à la petite chipie que tu as toujours été. Mes petits-enfants me manquent cruellement. Ton père me promet que nous viendrons te voir au printemps… Promis, Lucie, nous viendrons. J'ai hâte de revoir les petits, ton père qui t'aime… Ma cocotte, je viendrai aussi s'il y a une place dans l'auto. Je tricote pour les enfants, j'ai réussi trois jolis cardigans rouges pour les aînés et une veste à capuche rose avec un feston au crochet. Tendresses à vous tous… Ma grande, te savoir si près et ne pas rire avec toi. Souviens-toi, Lucie, des gouttes de citron dans l'œil pour avoir le regard plus vif et plus intelligent… Les enfants se portent à merveille et moi aussi. Je n'ai pas de nouvelles de Juanito. Je mets des cierges à saint Antoine de Padoue pour le retrouver… Je ne rêve que d'une chose, être tous rassemblés un jour prochain. Nos aînés ont rejoint Londres. Xabier et moi allons bien… Lucia, je t'envoie le dessin que j'ai fait pour ton anniversaire. Pablo qui t'aime. Et j'en ai fait un autre aussi pour Julian…

P.-S. – Pablo a recopié ce que sa tendre maman lui a dicté sans aucune faute. Il n'est pas encore le petit génie qu'il sera un jour.

Jon a passé cinq jours, le temps que j'écrive, que Julian, Manuela et Flora dessinent, le temps que j'empaquette deux bocaux de foie gras, le temps que nous allions courir les bois avec les enfants, le temps surtout de partir je ne sais où avec Mikel et Vincent et d'en revenir avec des mines de conspirateurs, le temps de me dire : « La comtesse Henriette de Lasalle t'apprécie beaucoup », et je lui ai répondu : « Vous avez raison, c'est une femme exceptionnelle. »

Il a souri, de ce sourire qui assombrit son regard et fait se retourner sur lui les femmes qu'il croise : « Adieu Lucia. Prends soin de toi. »

Nous l'avons accompagné jusqu'à l'autocar, le ciel bleu rendait la neige plus blanche, plus étincelante sur les cimes des Pyrénées qui nous semblaient toutes proches.

Le printemps a éclaté brutalement jusqu'au creux des coteaux, tapissant les sous-bois de bouquets de primevères et de violettes.

– Ta mère voulait voir la Vierge de Lourdes, alors nous voilà, a claironné mon père en ouvrant la portière de la camionnette d'où Honorine avait du mal à s'extraire.

– Vous alliez à Lourdes ?

– Mais non ! Nous n'allions pas à Lourdes, grande sotte, nous venions vous voir.

Deux jours : un flot de paroles, de rires, de cris d'enfants que mon père s'amuse à poursuivre sur les sentes, deux jours à se griser d'être ensemble.

– Élise viendra, m'assure Hortense, vers la mi-juillet, le changement d'air fera du bien aux petits.

– D'ici là, continuez à vous porter bien, me chuchote Honorine qui, après m'avoir embrassée, doit se plier en deux pour atteindre la banquette arrière de la camionnette.

– Je transmettrai ton courrier aux Lasserre, compte sur moi ! dit mon père de sa voix bourrue.

– Un dernier baiser à *Amatxi*, les enfants, demande ma mère, la tête penchée au-dessus de la portière.

– Allez, l'heure tourne…

Il klaxonne, mon père, jusqu'aux deux hêtres avant la courbe.

– Ils sont déjà partis, soupire tristement Manuela.

– Mais ils reviendront, affirmé-je en aspirant un bol d'air.

– Quand ils vont revenir, *Ama* ?

– Bientôt.

Mikel sillonne le pays, et rentre fort tard. Ce soir, il est plus de minuit lorsque je l'entends à pas de loup traverser la salle.

– Où étais-tu ? questionné-je d'une voix abrupte.

Il essaie de m'attirer contre lui.

– Ah ! non. Tu vas. Tu viens. Je ne sais jamais où.

– Je ne peux pas te le dire.

Au creux du lit, je mets mes mains et mes genoux en rempart.

– Lucia, arrête. La guerre n'est pas finie. J'étais à Toulouse, j'avais un rendez-vous avec des responsables politiques.

Je me suis assise dans le lit.

– Je m'en doutais un peu, mon commandant.

– Viens Lucia, viens contre moi, ne fais pas ta tête de mule, viens !

– Non !

Un non qui se heurte au plafond et va se glisser jusqu'au dortoir, où ne dorment ce soir que Manuel, Angel et Diego.

– Lucia, insiste Mikel qui englobe de sa main mon sein.

– Non !

Albert Bordes, revenu de Saint-Raphaël – « où les Italiens se comportent en parfaits grands hommes mais où les juifs pullulent comme des rats » – est arrivé ce jeudi sans crier gare, sous son feutre vert-de-gris.

– Oh ! Monsieur Bordes, me suis-je exclamée, quelle surprise !

– Je passais juste vous dire bonjour.

– Vous avez quand même le temps de prendre un petit pastis ?

– Ah ça, je ne le refuse pas. Votre mari est absent ?

– Oui, il est allé jusqu'à Navarrenx. Pour être franche, il a enfin répondu à l'invitation de Monsieur Jules Lacaze pour aller pêcher le saumon.

– J'ai cru pourtant l'avoir croisé avec l'instituteur en montant jusqu'ici.

– Vous faites erreur, il est descendu à Navarrenx, ai-je rétorqué dans un sourire, un autre pastis ?

– Volontiers.

– Julian, mon chéri, veux-tu aller chercher une bouteille de pastis dans la resserre ?

– Je sais pas ce que c'est, répond Julian, qui joue dehors sous la fenêtre de la cuisine, devant le potager.

– Ah ! ces enfants, ai-je soupiré en me levant du fauteuil en osier… Excusez-moi deux minutes, je reviens.

Je m'agenouille près de Julian qui joue avec des billes.

– Julian, s'il te plaît, écoute-moi bien, tu vas aller chez Vincent et tu vas dire à *Aita* que Monsieur Bordes est ici et qu'il ne vienne pas à la maison avec Manuel, Diego et Angel. Tu as compris ? Répète !

– Qu'il ne vienne pas à la maison avec Diego, Angel et Manuel, parce que Monsieur Bordes est ici.

Je l'embrasse sur le front.

– Va vite mon chéri.

Je reviens tout sourire :

– Je suis désolée, je n'ai plus de pastis.

Il tique, Monsieur Bordes, en plissant le nez.

– Vous voulez peut-être voir la salle de bains ?

– Oui, avec plaisir. – Beau travail, déclare-t-il, belle qualité.

Anastasia monte les gammes dans son lit à barreaux, où elle se réveille de sa sieste.

– Je vais chercher ma fille, dis-je.

Albert Bordes me suit jusque dans la chambre, son œil traîne sur les photos accrochées au-dessus de la commode massive.

– Ah, vous avez descendu la commode ?

– Oui, je la trouve très belle.

– C'est mon arrière-grand-père qui l'avait faite. Très belle facture. Vous l'avez mise en valeur.

Son haleine chargée souffle des relents aigres.

– Je vais vous accompagner avec les enfants jusqu'à la Croix, c'est une très jolie promenade que nous aimons faire.

– C'est gentil, mais j'ai encore cinq minutes.

Nous sortons sur la route, où Flora nous suit sur son tricycle et Manuela s'arrête toutes les trois minutes pour caresser deux chats vagabonds.

– Il y a paraît-il de nouveaux venus au village ? m'interroge-t-il.

– Oui, une famille ardennaise. Je crois qu'ils n'ont pas pu regagner leur maison, il me semble qu'elle a été bombardée.

– Ah ! des Ardennais, interroge-t-il, l'œil vague jaune et strié de rouge. J'ai cru comprendre…

Le chemin jusqu'à la Croix n'en finit pas de s'étendre.

– Êtes-vous sûre que ce sont des Ardennais ?

– Sûre, sûre, je ne sais pas, mais ils sont blonds comme les blés.

La croix en pierre, où avec le temps les lettres latines se sont effacées, se dessine sur le buisson d'églantines.

– *Ama*, je veux rentrer à la maison, geint Flora.

– Je suis désolée, je vais devoir faire demi-tour, Monsieur Bordes, les petites sont fatiguées.

– Bien, bien, grommelle Monsieur Bordes avant d'empoigner le guidon de sa bicyclette, les mains tremblantes, et de se hisser sur la selle. Méfiez-vous de l'instituteur, c'est un rouge, me souffle-t-il de son haleine chargée.

– Lui ? un rouge ? Vous vous trompez, Monsieur Bordes, il ne voit que par le Maréchal.

– Ah…, s'étonne-t-il avant de donner le premier coup de pédale.

J'attends longtemps au croisement, jusqu'à le voir passer sur le pont qui enjambe le Laá et se perdre dans les bois vers Lagor.

Je reviens au village, pressée par l'angoisse, je traverse la cour de la Communale où Julian, assis entre les racines du marronnier, m'attend. J'entre sans frapper. Je raconte.

– J'ai peur, Mikel, j'ai peur pour toi mais j'ai peur aussi pour vous, Vincent. J'ai peur pour la famille Baer. Il est dangereux Monsieur Bordes, il boit, il parle. Il est Croix-de-Feu, j'ai vu l'insigne à son veston.

– Nous le savons, confirme Mikel.

– Nous devons partir d'ici au plus tôt.

– Non. Partir, ce serait lui donner raison, mais par contre, Lucia, il faut avertir les Baer.

Les orages du mois de mai ont été violents entre Mikel et moi. Sous les combles campait la troupe qui s'égayait dans les bois le matin et regagnait son quartier général le soir venu.

Les visites de Monsieur Bordes hantaient mes nuits et me tenaient aux aguets, telle une fouine ; je l'attendais chaque jour. Je le guettais et dès qu'il arrivait, il me trouvait au jardin les jours de beau temps, la bouteille de pastis dressée sur la table bancale.

– Vous m'attendiez ?

– Je vous ai vu arriver, répondais-je calmement.

Je voulais le tuer à petit feu.

Je lui servais un pastis, puis un autre, puis un autre encore et parfois un quatrième et un cinquième.

– Un petit dernier pour la route ?

– Volontiers, répondait Albert Bordes.

Il portait le petit dernier difficilement jusqu'à ses lèvres tremblantes.

Je le raccompagnais jusqu'à la Croix.

Il avait du mal à pédaler, mais il arrivait toujours à franchir le pont, après la descente, sans plonger dans la rivière.

– Arrête, Lucia, tu vas finir par le tuer.

– Et alors ?

Le soir venu, quand la troupe retrouvait son casernement, je dînais à la cuisine avec les enfants.

Diego fumait du tabac russe, il empestait l'air.

J'ouvrais la porte qui donnait sur la grande salle et je demandais d'une voix forte :

– Si tu pouvais ne pas fumer, Diego, ce serait bien.

– Je suis communiste, camarade, je partage tout !

Tous riaient sauf Mikel.

Le maquis est né ainsi.

Un petit peu dans la maison sur le coteau, et beaucoup dans les forêts autour de Mauléon.

L'été est là qui brûle les coteaux. Le silence n'est traversé que par le chant des grillons et le grincement des roues des charrettes qui reviennent lourdes du foin séché.

Pour échapper aux hommes de l'ombre qui ont envahi mon domaine, je me rends souvent chez Rose Sallefranque qui habite la dernière bâtisse à l'entrée du hameau. Une grande maison grise où les volets délavés pendent sur leurs gonds rouillés.

Elle a un four à pain, Rose, le meilleur du hameau ; elle m'envoie acheter la farine au moulin de Léon Larre à Vieillenave. Chaque semaine je pétris cinq miches, quatre pour nous, une pour elle. Rose prépare des pâtissons nappés de confiture. Elle s'amuse à effrayer les enfants qu'elle poursuit de son torchon : « Allez zou ! Polissons ! Le premier que j'attrape, je le cuis ! »

L'été passe ainsi entre le jardin où je m'échine à sulfater les plants de tomates, de piments, le raisin de la treille et les pains gros comme des roues de brouette que je ramène encore tièdes à la maison.

– Je te croquerai, me chuchote Mikel quand il me voit revenir – rarement – dans ma petite robe de toile bleu pastel, dorée par le soleil comme la croûte du pain, les bras poudrés de farine, Anastasia, couronnée de lierres et de marguerites, qui trottine accrochée à l'ourlet de ma jupe.

– Tiens, le facteur, s'étonne Rose le visage collé à la vitre de la cuisine, c'est rare quand il monte jusqu'ici… Il va chez vous ! Moi, ça fait des lustres que je ne reçois plus rien.

– Je reviens, Rose, je vais voir.

La lettre est à mon nom, elle vient de Pau. C'est un pli du notaire d'Albert Bordes. Il me fixe un rendez-vous pour le lendemain.

La brume épaisse de ce dernier jour d'été m'oblige à rouler au pas jusqu'à Pau, où d'ailleurs j'arrive, malgré la ouate, à retrouver sans avoir à chercher le cabinet de Maître Laborde.

– Bonjour chère Madame. J'ai une bien triste nouvelle à vous annoncer. Monsieur Bordes a eu une commotion cérébrale avant-hier, même s'il survit, il restera paralysé. Je voulais, à toutes fins utiles, vous informer que désormais, je suis habilité à percevoir les loyers de ses propriétés.

Je signe les nouvelles traites, je verse une larme sur ce pauvre Monsieur Bordes, et je sors du cabinet notarial, heureuse et soulagée. Je m'engouffre « À la Fileuse » où j'achète une belle robe de chambre en laine des Pyrénées couleur parme pour Rose avec des chaussons assortis. Le coffre de la voiture est rempli de paquets lorsque je reprends la route vers Veillesalle.

Je chante « *Aqueras montanhas* » que Rose m'a apprise. J'ai hâte d'annoncer la bonne nouvelle : Albert Bordes est quasiment mort.

Rose sort de derrière la porte de la cuisine dès que j'ai rabattu les lourds pans de bois de la remise.

– Alors ?

– Monsieur Bordes a eu un accident…

– … de bouteilles ?

– Oh, Rose !

– Vous n'allez pas pleurer un ivrogne à la langue bien pendue, non ?

– Il n'est pas mort, Rose, il est paralysé.

– Grand bien lui fasse !

Je sors mes cadeaux.

– C'est gentil, s'émeut-elle, c'est trop beau pour moi.

– Je me sauve, Rose, je reviendrai demain.

Les hommes sont attablés autour de la table, Diego, affalé sur le divan devant la bibliothèque, lit. Mikel n'est pas encore revenu de la promenade avec les enfants.

– Une mauvaise nouvelle ? demande Diego.

– Non ! non !

C'est à Mikel et à lui seulement, dès qu'il a franchi la porte et que je pousse dans la chambre, que je dis dans un rire :

– Devine ? Albert Bordes a eu une attaque cérébrale, il est à moitié mourant.

Avec l'automne, Julian et Manuela ont pris le chemin de la Communale ; Flora s'ennuie, alors j'invente des histoires captivantes avec les doigts maquillés de mes mains. Je crée des personnages. Le monde imaginaire est le meilleur des remèdes quand l'âme se recroqueville comme un oiseau meurtri.

– Tu es merveilleuse, Lucia, dit Mikel qui parfois vient nous rejoindre dans la chambre des enfants.

– Et vous, vilain Monsieur, abandonneriez-vous ces pauvres petits enfants dans le désert, où souffle le vent de sable qui brûle les yeux ? Répondez, vilain Monsieur !

Il sourit, Mikel, mais il ne répond pas.

Il neige dru sur le coteau depuis trois jours ; les ombres noires et faméliques des arbres tendent leurs bras tortueux vers un ciel gris plombé.

– Nous aurons de nouveaux venus ce soir, m'annonce Mikel.

– Dix hommes, c'est déjà beaucoup. Ne compte pas sur moi pour assurer comme tu dis « l'intendance », moi, je n'ai jamais eu de bonne et je ne compte pas en devenir une, même pour la bonne cause.

Il m'entoure de ses bras et glisse sur ma joue sa longue mèche noire.

– Il n'en est pas question. Jusqu'à présent, chacun assume sa tâche.

– Sauf que dans la salle de bains où il était convenu que personne n'irait, il y en a qui utilisent les toilettes.

– Je rappellerai dès ce soir le règlement, sourit Mikel en déposant un léger baiser sur ma bouche.

J'endors Anastasia au creux de mes bras, qui pèse lourd mais ne s'endort que contre mon sein, bercée par les chants que je lui fredonne, depuis que nous vivons ici.

Deux nouvelles voix me parviennent. Une ne me semble pas inconnue.

– *Ama*, je n'arrive pas à dormir.

– Dors, Julian, tu as école demain, il est tard.

J'attends dans l'obscurité avant de déposer Anastasia dans son berceau, et je m'assure que Julian a fini par s'endormir avant de me glisser dans la salle.

Les deux hommes me tournent le dos, mais je jurerais que les deux silhouettes ne me sont pas inconnues.

C'est Juan et c'est Pablo.

Il se lève, Pablo, il me serre dans ses bras.

– Ça alors, Lucia, ça alors…

– Si nous gagnons je reviendrai vous voir. C'est ce que tu avais promis, Pablo, avant de partir.

– Nous n'avons pas encore perdu la guerre, sourit-il.

Juan – l'homme qui ne parlait pas – se tient debout, il me serre la main. Un léger sourire fait trembler ses lèvres.

– Ça va, Juan ? votre mère ? votre sœur ?

– Elles vont bien. Elles vivent à Tarbes, elles ont trouvé du travail dans une blanchisserie.

Je l'embrasse, émue.

Personne ne parle.

– Est-ce que vous avez des nouvelles d'Emilia et d'Emeterio ?

– Non, répond Pablo. Aucune.

Noël a déclenché la guerre entre Diego et moi. Une guerre ouverte sans préambule.

– Pas de crèche dans cette salle, a clamé Diego alors que, agenouillée au pied du buffet entre le panier où la mousse verte déborde et le petit carton d'où nous sortons un par un les personnages, je m'apprête à dresser la crèche sous l'étoile dorée que j'ai déjà suspendue au plafond.

Je me relève d'un bond, les enfants sursautent.

– Et pourquoi donc, pas de crèche ?

– Parce que, camarade, tes bondieuseries me donnent la nausée.

– Et ton sectarisme à toi m'étouffe ! Va rejoindre Staline, camarade !

– Arrête, Lucia, intervient Mikel.

– Quoi, arrête ? Je suis chez moi, ici je fais ce que je veux !

– Bravo ! applaudit Diego. Une vraie petite fasciste n'aurait pas dit mieux.

– Ta gueule !

J'ai détaché l'étoile et sans un mot de plus, nous avons, avec les enfants, monté la crèche sur la longue table poussée contre le mur, entre les deux grandes fenêtres de la chambre.

Nous avons éteint les lumières et allumé toutes les bougies.

– C'est beau, s'extasie Flora, émerveillée.

J'ai refusé durant deux jours de m'adresser aux combattants de l'ombre. J'ai dressé dans la cuisine, le soir de Noël, une jolie table pour moi et les enfants, recouverte d'une nappe blanche brodée, sous l'étoile dorée suspendue à la poutre.

– Si tu veux dîner avec nous, Mikel, le repas est prêt, ai-je annoncé en passant la tête par l'entrebâillement de la porte.

– Tu exagères, Lucia, a dit Mikel en s'asseyant. Ce n'est déjà pas facile de vivre en communauté, alors si en plus…

– … C'est Noël, n'en dis pas plus.

Je suis allée à la messe de minuit avec Rose. Pauvre et triste messe de minuit où le prêtre en chaire nous invitait à prier pour le Maréchal, le père de la France, et pour toutes les brebis égarées sur les mauvais chemins, afin qu'elles retrouvent le chemin qui mène à la maison du Père.

Amen !

Autour de la table, un monceau de pelures de châtaignes se dressait comme un pic pyrénéen.

– Bon Noël à tous ! me suis-je exclamée en secouant mes cheveux mouillés sur le pas de la porte.

– À vous aussi, Lucia, ont répondu des voix.

– Viens boire un verre, Lucia, il est fameux ce Buzet, m'a invitée Mikel, grand ordonnateur de paix.

– Le soir de Noël, chez moi, on ne buvait pas de vin, ni chez toi d'ailleurs, à Getxo. Un chocolat chaud avec des petits pains, oui, après la messe de minuit. Mais jamais de vin. Désolée, mon chéri – *mon chéri* bien appuyé, pour que le Buzet fasse des bulles dans son gosier.

J'ai refermé la porte de la grande salle et je suis allée chanter « *Atzar gaiten*(11) » au pied du châtaignier.

Il neigeait.

6 avril 1942 – Je n'ai pas écrit depuis très longtemps. Cette maison où ma place de femme est réduite à sa portion congrue, je me hâte chaque jour de la fuir.

Je m'évade sur les routes jusqu'au Château. Henriette de Lassalle, installée dans son grenier, peint de grandes fresques et me parle de sa passion pour Gustave Caillebotte et Pierre Bonnard. Après l'avoir quittée, je vais discuter avec le père Jesús Maria Goitia dans une allée du parc, souvent la même. Son côté jésuite m'agace.

Ce jour, je suis allée jusqu'à Navarrenx. Aimée, au bord des larmes, m'a informée des arrivées massives au camp de Gurs de familles juives. Un garde, paraît-il, a réussi à sortir deux petites filles qui sont cachées, m'a-t-elle confié, on ne sait où à présent. J'hésite à la croire parce que je devine la cachette au fond de ses yeux.

Anastasia a déjà huit dents.

Le temps passe.

Un soir où la grêle crépitait sur les tuiles du toit de la grande salle, la voix de Diego ronfle comme un soufflet de forge.

– … On ne peut pas s'entendre parce que vous, les Basques, vous êtes le peuple élu, le peuple chrétien, noble, sans tache, sans sang, que les hommes d'Église protègent entre les plis de leurs chastes chasubles. Et nous, les autres, le troupeau maudit, les Aragonais, les Andalous, les Castillans, les Catalans, nous avons droit à l'abattoir, sans qu'un Mauriac – il prononce Maouriaque – ne s'insurge comme il l'a fait pour vous. Parce qu'il ne faut pas oublier que vous vous êtes rendus à Santoña.

11- « Réveillons-nous ».

– Faux ! hurle Mikel. Nous étions acculés, nous n'avions pas d'autre choix que la reddition, mais le combat, nous l'avons continué. J'étais à Picosa, toi tu n'y étais pas.

– Non je n'y étais pas, j'étais à Madrid.

Il y a un silence, où ne s'entendent que les pieds des chaises qui grincent sur les pierres.

– Nos pires ennemis sont la rancune et la méfiance que nous avons les uns envers les autres. La République a été assassinée par ceux des nôtres qui nous ont montés les uns contre les autres, oui, je le répète, les uns contre les autres. Si nous avions vaincu dans les Asturies en 1934, l'acier de Bilbao ne serait pas entre les mains de l'ennemi aujourd'hui. C'est en 1934 qu'il fallait faire front commun, qu'il fallait renverser la droite au pouvoir.

C'est la voix de Pablo.

– La lutte que nous menons ne s'est pas arrêtée à Barcelone en 1939. Elle continue, à nous de savoir avec qui et comment, poursuit Mikel, la voix calmée. Nous devons rejoindre les forces communistes qui se battent dans les maquis, nous n'avons pas d'autre choix.

– Alors ? Qu'est-ce qu'on attend ici pour rejoindre les guérilleros de l'UNE ? demande Diego.

– Des armes, répond Mikel.

La nuit est venue. Au-dessus, dans le grenier, les craquements ont laissé la place au silence.

Mikel, que je devinais penché sur eux, a traversé la chambre des enfants. Il s'est glissé sous les draps.

– Lucia, il le faut. Je n'allais pas rester à l'abri jusqu'à la fin de l'orage. Ce n'est pas possible, ce n'est plus possible. Pour faire une armée, il faut un encadrement militaire. Le jour où nous abattrons Franco et où nous irons manger du mérou sur le port à Donosti, alors là, oui, tu auras en face de toi un homme heureux.

J'ai fermé les paupières, je n'ai rien répondu.

Il m'a dépouillée de ma chemise de nuit et il a pris mon corps comme on prend une forteresse en état de siège qui ne se rend pas.

Il est parti deux jours après tous les autres. Je l'ai accompagné jusqu'à Mauléon.

– J'essaierai de venir vous voir, Lucia, tu vas…

J'ai mis ma main sur sa bouche.

– Ne dis rien, parce que ce n'est pas vrai… Allez, mon commandant, vos hommes vous attendent !

Il a secoué la tête.

– Adieu *Aita*, a pleuré Julian accroché à sa main, la tête penchée au-dessus de la portière de la voiture.

– À bientôt, a répondu Mikel.

Dans la maison vide venait dîner parfois Vincent, porteur de petits billets.

Lucia, je t'aime. Réponds-moi, je t'en supplie. Donne-moi des nouvelles des enfants.

Mes réponses étaient courtes : *Les enfants vont bien. Ils t'embrassent.*

Lucia, si je peux me libérer trois jours, je viendrai vous voir vers le 20 juillet.

À la gare d'Orthez, le 13 juillet, m'attendaient Élise et ses enfants. Dans la cohue, après avoir passé tous les contrôles, nous nous sommes retrouvées dans les bras l'une de l'autre, sous une pluie d'orage qui tombait dru comme de la limaille.

Nous avons fait de ces six jours un voyage merveilleux, et j'ai voulu qu'elle connaisse ma nouvelle vie, jusqu'au plus petit caillou des gaves. Dans la maison fleurie des beaux bouquets de fleurs des champs, nous laissons les portes ouvertes tard dans la nuit jusqu'au moment où, épuisés par les jeux, les enfants tombent de sommeil, et où Rose nous quitte.

– Bonsoir mes jolies, *adichatz*[12].

Le 20 juillet, tôt le matin, je me suis préparée à recevoir l'hommage de mon roi. Et chaque minute à ma montre trottait plus vite qu'Anastasia sur la pelouse.

Au dîner, nous avons invité Rose, et la vaisselle rangée, j'ai attendu la nuit assise sur le pas de la porte avec Élise.

– Il ne viendra pas.

– Tu n'en sais rien. Il n'a peut-être pas pu.

Nous avons regagné nos chambres alors que minuit sonnait au vieux clocher de la pauvre église.

C'est demain la pleine lune, ai-je pensé tristement, ma tête enfouie dans « son » oreiller dont je n'avais pas changé la taie depuis son départ.

Le lendemain, après la sieste durant laquelle nous nous étions étendues sur une couverture à l'ombre du noyer, alors que les guêpes bourdonnaient sur le roncier gorgé de mûres noires, nous avons passé l'après-midi à courir après l'ombre et la fraîcheur.

La pétarade d'une moto au bas de la côte nous a surprises.

C'est lui, ai-je pensé, le cœur subitement serré, et je suis allée me planter telle une vigie au milieu du chemin.

La moto est apparue au sommet de la côte pour venir s'arrêter au plus près devant le jardin.

C'était Jon.

Et Julian lui a sauté au cou.

– J'ai une lettre de Mikel pour toi, m'a confié Jon en me tendant une enveloppe marron.

Ma Lucia si aimée,

Je ne pourrai pas venir comme prévu, je suis obligé de me rendre en H. V., pour un parachutage d'armes. J'ai pu acheter un camion avec l'argent que tu m'as fait remettre ; ce qui, au vu de la situation, est un

12- « Au revoir » en occitan.

bien considérable. Je me dois à mes hommes courageux... jeunes... enthousiastes (je ne lis plus, je m'en moque)... *une armée forte... Maquis... Actes de sabotages efficaces... Toulouse... gagnerons la guerre... ma Lucia, nous irons un jour sur le port de Donosti, plus vite que nous le croyons... Mille baisers aux petits. J'embrasse ta bouche comme je t'aime. Mikel.*

P.-S. – Surtout, brûle la lettre.

J'en ai fait des confettis avant de la brûler, la lettre. Un petit tas de confettis, et juste une seule allumette pour la réduire en cendres.

– Ça ne va pas, ma grande? s'est inquiétée Élise.

– Bof! j'ai soupiré, avant de m'enfermer dans les toilettes pour pleurer.

– Viens dîner, Lucie, tout est prêt!

Jon était à table avec une tête de condamné à mort, malgré Élise et les enfants qui riaient. Une églantine sur chaque assiette, posée par Manuela et Elena, les serviettes enroulées autour des verres, l'eau fraîche dans la carafe et un bourre-chrétien à la croûte dorée au centre de la table m'ont arraché un douloureux sourire.

– Je ne savais pas quel vin tu voulais, alors Julian a choisi celui-ci dans la resserre.

– Il a du goût, Julian. Ouvre la bouteille, Jon, si tu veux bien.

Et sitôt le bouchon posé sur la table:

– Tu repars quand? ai-je demandé.

– Demain matin, a répondu Jon.

Le repas terminé, nous sommes allés jusqu'à la place. Sous les deux platanes, devant l'église, trois vieillards prenaient le frais, et par la seule ruelle étroite nous avons marché jusqu'à la grande maison de Rose, qui regardait mourir le jour assise sur une chaise basse devant la porte.

– Bonsoir, petits polissons. C'est gentil de venir souhaiter la bonne nuit à la vieille Rose.

La lune ronde au-dessus des toits éclairait les coteaux d'une lumière laiteuse.

– Il fait bon ce soir, a dit Rose.

Oui, il fait bon ce soir. C'est une nuit à marcher dans les herbes folles, le long des chemins, dans les parfums puissants de la terre en travail, de la menthe et du thym sauvage.

Il est une heure. Rien ne bouge, à part la lune.

Je marche jusqu'au bord du coteau qui plonge dans la vallée ; je m'assieds sur la terre, mes genoux remontés sous le menton.

L'herbe frémit. Une bogue de châtaigne roule jusqu'à ma jupe.

Une ombre couvre la mienne.

– Assieds-toi, puisque tu es là, ai-je murmuré sans me retourner.

– Tu m'en veux Lucia ?

– Non. Je ne t'en veux pas. J'en veux à la vie, j'en veux à la guerre. Mais à toi, je ne t'en veux pas.

Je tourne la tête vers lui, je le regarde, la lune joue avec les boucles de ses cheveux et éclaire son regard bleu d'un reflet sombre.

Il caresse ma joue, et je pose ma main sur la sienne.

Parce que c'est la guerre sans doute, nous nous sommes couchés dans l'herbe, sa bouche vagabonde court sur mon visage qu'il tient entre ses deux mains.

Il s'est redressé pour enlever sa chemise et déboutonner ma robe.

Parce que c'est la guerre, sous la lune, nos corps ont trouvé l'accord parfait.

Mes mains douces ont parcouru son corps jusqu'au creux de ses reins, à faire frémir sa peau. Il prononce :

– Lucia…

Et je cloue sa bouche de mes lèvres. Je me perds dans son regard qu'il garde ouvert.

Il est violent, Jon, dans l'amour, et j'ai aimé cette violence qui plie mon corps avant de le laisser glisser sous lui, jusqu'à reprendre mes lèvres sous sa bouche redevenue douce.

À l'aube, à l'heure où les coqs se répondent d'une ferme à l'autre, nous nous sommes rhabillés ; j'ai regagné la maison endormie, ma main au creux de la sienne.

Le 31 août, j'ai fermé pour toujours les volets de la petite maison sur le coteau.

J'ai laissé une lettre à Vincent pour Mikel dans la boîte aux lettres de l'école.

J'ai offert à Rose le bel édredon fleuri, une photo des enfants dans son cadre de bois et le poste de radio.

– C'est trop, protestait Rose, c'est trop ; ô mes polissons, qu'est-ce qu'elle va devenir sans vous, la vieille Rose ?

Je ne me suis pas attardée ; j'ai regardé Rose dans le rétroviseur de la voiture, plantée au milieu du chemin et agitant un grand mouchoir à carreaux bleus du bout de ses vieux doigts déformés.

Les enfants agenouillés sur la banquette arrière balançaient leurs mains.

– Adieu Rose, adieu, disaient-ils.

J'ai pleuré jusqu'à la ligne de démarcation que j'ai passée à Sault-de-Navailles.

– Papiers, papiers, Madame !

À travers mes larmes, j'ai tendu mes papiers.

– Ouvrir le coffre, Madame, ouvrir le coffre. C'est quoi ceci Madame ?

– Des conserves pour manger. Manger.

Je joins les doigts et je fais signe, « miam ! miam ! », manger.

– Non, marché noir. Confisqué !

Prends tout, tête de lard, prends les pâtissons de Rose, les confitures de mûres, les confits de poule et les foies gras, le bouquet d'églantines séchées et les herbes folles que j'ai cueillies sur le coteau, sous la lune avec Jon. Prends mes souvenirs.

Bayonne m'est apparue une ville tranquille, si ce n'est les panneaux indicateurs et les drapeaux à croix gammée sur tous les édifices publics, jusqu'à la flamme qui flotte au vent, au bout de sa hampe, au sommet de la tour du Château Vieux.

Je me gare face à l'hôtel Lasserre où sur le large trottoir, il y a toujours les mêmes tables en fonte, les mêmes fauteuils en rotin, mais beaucoup trop d'uniformes attablés sous les parasols.

– Oh diantre! s'exclame Marcel, regarde qui nous arrive!

Gracieuse, élégante dans son tailleur de soie sauvage vert tilleul, jaillit du fauteuil du salon.

– Oh Lucie, Lucie, s'émeut-elle en me serrant contre elle, comme je suis heureuse… et égoïste.

Marcel tourne autour des enfants:

– Qu'est-ce qu'ils ont grandi, les enfants… Même notre petite Anastasia marche maintenant… Vous allez dîner avec nous?

J'hésite, je n'ai pas trop envie pour ce premier soir de me frotter aux uniformes allemands, et puis je veux surtout retrouver mes murs, mon lit.

Gracieuse comprend, elle qui m'accompagne.

– C'est difficile, n'est-ce pas, cette nouvelle déchirure.

J'acquiesce à travers mes larmes, et elle ne sait pas tout, Gracieuse, de ce qui me déchire.

L'appartement résonne vide comme la coque d'un navire.

Je suis épuisée de chagrin. Je m'endors sur le divan du salon, après avoir téléphoné à mes parents.

Ce sont les voix affolées des enfants qui me tirent du mauvais sommeil où je suis plongée. Le soleil est déjà haut. Je garde les volets fermés et je n'ouvre que les portes-fenêtres sur la terrasse. Je n'ai aucun bonheur à être là; je regrette déjà mon coteau, ma maison, le silence et la liberté que j'éprouvais là-bas.

22 septembre 1942 – Je suis enceinte de deux mois, de l'enfant de Jon. Je suis allée voir Paul à l'hôpital. Je n'ai que cette issue et pas une autre.

« Je ne veux rien savoir, s'est énervé Paul. Tu as un gros fibrome. Tu viens demain matin à jeun. Ma femme m'assistera. Pas un mot à quiconque, tu sais ce que je risque. »

Ô mon tout petit du clair de lune, que j'aime déjà et que je vois courir sur le coteau là-bas, sous tes boucles folles, ne m'en veux pas. Il me reste une nuit pour te garder au creux de moi.

15 octobre – Chaque matin, je conduis sur le chemin de l'école Julian, Manuela et Flora. Et chaque matin, je croise les soldats allemands.

Je suis très fatiguée. Hortense s'inquiète : « Tu ne manges pas assez. Tu te fais trop de soucis. Viens te reposer à la maison. »

Je n'ai aucune nouvelle de Mikel. Peut-être n'a-t-il pas reçu ma lettre.

En fouillant derrière les draps, j'ai retrouvé son cahier, il n'a noté que la liste des morts de son bataillon et celle de Michel Duprat à Madrid. Pas une ligne de plus.

Les juifs bayonnais doivent coudre une étoile jaune sur leurs vêtements, sinon ils risquent de se faire interner. Je suis atterrée.

J'ai appelé Victoire à Bordeaux :

« Ô ma chérie, quel plaisir ai-je à t'entendre. Et les petits, comment vont-ils ? Et toi-même, ta santé ?

– Victoire, peux-tu me rendre un service ? Peux-tu aller rue de Candale pour t'assurer si Arturo et Clara Katz sont chez eux avec leurs enfants ?

– Mais qui sont ces gens, Lucie ? Je ne les connais pas. »

Elle a raccroché.

Mes parents insistent pour que j'aille vivre avec eux. Je refuse. Je souffre comme une louve dans sa tanière, et je lèche mes plaies, dans la solitude monastique de ce beau navire sous le ciel où j'ai été si heureuse.

11 novembre 1942 – Les Allemands ont envahi la zone libre. S'étale sous mes yeux une gigantesque fourmilière où une multitude noire court aux abris qui s'effondrent sur elle.

Mon père m'a ordonné de venir me réfugier à la maison. Je tiens bon. Les enfants vont à la Communale, à deux rues d'ici, et sont très attachés à leur maître et à leur maîtresse. Telle est ma réponse.

Il fait froid. J'ai bu un verre de Pomerol (Château La Conseillante, 1934). Triste à mourir, après l'avoir bu seule, assise dans le fauteuil, près de la cheminée, où se consume une bûche de chêne (1889?).

Le soleil brille petitement, les enfants s'égayent à la sortie de l'école comme des moineaux. La rue est triste. Les commerçants font grise mine. Personne n'interpelle personne – à part la police – d'un trottoir à l'autre, pour parler de la pluie et du beau temps.

Un couple de juifs a remonté la rue Thiers avec leurs trois enfants encadrés de soldats.

– Pourquoi ils ont arrêté le monsieur et la dame? a demandé Flora alors qu'ils passaient à notre hauteur.

Je lui ai écrasé le pied:

– Tais-toi!

La porte cochère de l'immeuble s'est ouverte sur un rire de femme, Mademoiselle Lavignes a jailli de l'ombre, suivie de son chevalier servant: un officier de la Wehrmacht.

Les notes du piano s'élèvent jusqu'à notre quatrième étage depuis que nous sommes rentrés.

– Elle n'est plus la même, commente le concierge, que j'ai surpris en grande conversation avec Fleur d'Aubépine, comme l'appelle Gracieuse – une pétainiste grand teint, rose de la pointe de ses cheveux jusqu'à ses mules qu'elle fait claquer allègrement dans son appartement.

Nous nous saluons peu, pour ainsi dire pas.

Elle appelle mes enfants « les petits Espagnols du quatrième ».

L'heure du couvre-feu ne va pas tarder à sonner. L'immeuble est subitement calme. Les enfants dorment déjà sous leurs gros édredons que j'ai ressortis. Un poing martèle ma porte discrètement.

– Qui est-ce ? demandé-je doucement.

– C'est Jon.

J'ouvre que déjà, ses deux mains entourent mon visage et ses lèvres se posent sur les miennes.

– Je suis heureux, lâche-t-il.

– Les enfants dorment, parle doucement.

Il m'entoure de son bras jusqu'à la cuisine.

– Tu n'as pas faim, Jon ?

– Non ! Je viens de dîner avec Xabier et Maria-Belen. Je voulais te voir. Te voir même cinq petites minutes.

Je m'assieds dans le fauteuil, et il s'agenouille pour ne pas quitter mes mains.

– Je te trouve un peu pâle, Lucia. Ça ne va pas ?

– Si, ça va. Je vais bien.

– Je pars demain pour Londres. Je ne pense pas revenir avant que les ordres me soient donnés là-bas. De Londres, je vais sans doute aller à New York voir le président Aguirre, et si je peux, je pousserai jusqu'à Caracas. Alors, Lucia, si tu veux leur écrire à tous, profites-en.

– Et toi ?

– Je vais dormir, je suis crevé.

– Viens, le lit est fait, tu n'as plus qu'à t'y coucher, mais avant…

Il sourit.

– Je sais : le pyjama blanc et la brosse à dents.

Je me suis installée à mon bureau, emmitouflée de châles et avec aux pieds trois bonnes paires de chaussettes de laine.

Jon s'est approché de moi, a posé ses mains sur mes épaules et un baiser sur ma nuque.

J'ai écrit une bonne partie de la nuit, quatorze feuillets à Joseba, dix à Anastasio, Arantxa et Itziar, quatre à Felix et Incarnacion.

Il était cinq heures lorsque mes derniers baisers se sont posés sur les feuilles qui allaient traverser l'Atlantique.

À pas de louve, je suis allée me glisser jusque dans la chambre de Jon. Il dormait à plat ventre en travers du lit, les bras écartés, remontés sous l'oreiller. Je me suis assise à ses côtés, je me suis glissée contre lui, il s'est écarté à peine, et je me suis réchauffée à la chaleur de son corps, ma main sous ses boucles.

Le réveil a sonné à six heures trente. Il s'est retourné, a ouvert brutalement les yeux :

– Lucia, mais qu'est-ce que tu fais là ?

– Je te regardais dormir.

– Tu aurais dû me réveiller. Je dois partir maintenant. J'ai rendez-vous à huit heures chez les Lasserre où un négociant en vins doit m'amener à mon rendez-vous.

Il pose sa main chaude sur ma joue.

– Je t'aime, Lucia. Je t'ai toujours aimée. À Bordeaux, Mikel m'a doublé, et encore aujourd'hui ça m'épate.

Il m'a embrassée, avant de se préparer à partir. Il a bu son café en me tenant la main. Il a passé sa canadienne, a ouvert la porte. Je l'ai rattrapé avant qu'il ne descende l'escalier.

– Jon, je voulais te dire... J'attendais un bébé de toi... Je ne pouvais pas...

Il entoure mon visage de ses mains.

– C'était quoi ? un garçon ?

– C'était trop petit pour le savoir.

Il ferme les yeux. Nos lèvres se trouvent pour un baiser violent au goût de sang.

– J'oubliais, Lucia – il me pousse à l'intérieur du vestibule, il me tient toujours dans ses bras –, quand j'arriverai à Londres, je ferai passer un message ; comme cela, tu sauras que je suis bien arrivé.

J'approuve d'un signe de tête, mon visage enfoui contre la fourrure de sa canadienne.

– Le message sera le suivant : « Les herbes folles scintillent sous le clair de lune. » Tu te souviendras ?

– Oui, je me souviendrai.

Il garde ma main dans la sienne jusqu'à ce qu'il soit obligé de la lâcher.

J'écoute la radio de Londres chaque jour. Les quatre notes sont suivies de messages divers qui sont destinés à quelqu'un qui comme moi tend l'oreille, les mains jointes sur les lèvres.

Les quatre notes.

« Les herbes folles scintillent sous le clair de lune. »

Nous sommes le 30 novembre. Jon est à Londres. Je pense à toutes les Londoniennes qui se retourneront sur lui.

Les sabotages se succèdent. Des avis à la population sont placardés sur les murs et les troncs d'arbre :

AVIS

Malgré plusieurs avertissements, le calme a de nouveau été troublé sur certains points des zones occupées. Des attentats ont été perpétrés contre des soldats allemands par des terroristes communistes à la solde de l'Angleterre.

Conformément à ce qui a été annoncé à maintes reprises, les mesures les plus sévères ont été prises pour répondre à chaque attentat. J'ai, en conséquence, fait fusiller quatre-vingt-treize terroristes qui ont été convaincus d'avoir commis des actes de terrorisme ou d'en avoir été complices.

J'invite la population française, dans son propre intérêt, à aider par une extrême vigilance à la découverte des machinations terroristes, faute de quoi je serai obligé de prendre des mesures dont toute la population aura à souffrir.

Der Hoehere S.S. und Polizeifuhrer im Bereich des Militaerbefehishaber in Frankreich.

Jeannotte sait que son mari a été déporté en Allemagne.

Moi je ne sais rien.

J'ai lu dans un vieux numéro de *L'Illustration* : *Les grands couturiers de Paris présentent leur collection : Quelle grâce, quel charme ! Quelle élégance ! Quelle séduction ! C'est que la Parisienne est demeurée la Parisienne* (ou la Pharisienne ?).

Balenciaga présente une robe du soir choucrouteuse à souhait, à mon humble avis, et Noël m'a ramenée pour deux nuits au sein de la famille.

Avant-hier, nous avons appris que Ramonita et Maria-Lurdes ont été libérées de la prison de Saturraran, elles sont venues jusqu'à Fontarrabie dans la famille de mon père.

Ramon, qui travaille avec lui maintenant depuis le départ de Juanito, n'a de cesse de se rendre jusqu'à la frontière dans l'espoir de les apercevoir.

– Accompagne-le, Lucia, cela lui fera plaisir, m'invite – m'ordonne – mon père.

Le pont International infranchissable s'étire sur la Bidassoa, un long espace vide au-dessus de l'eau avec à chaque bout des chevaux de frise.

– Elles sont là-bas ! s'écrie Ramon, je suis sûr. Ce sont elles.

Il pleut. Il essuie ses lunettes.

– Ce sont elles, répète-t-il.

J'agite le parapluie pour ces deux femmes qui dans le lointain agitent le leur.

– Tu vois, ce sont elles.

– Monsieur le douanier, s'il vous plaît, pouvez-vous donner ce sac aux deux dames là-bas, qui sont sous le parapluie noir ?

Il ouvre le sac, deux douaniers fouillent dedans :

– Juste deux vestes de laine et deux pots de marmelade, c'est tout, sourit Hortense.

– C'est bon, dit le douanier qui traverse le pont, le donne aux gardes civils, qui le fouillent à leur tour avant de le remettre aux deux femmes sous le parapluie noir.

Ramon serre ses mains, et un tic nerveux fait remonter la commissure de ses lèvres sur sa joue gauche.

Les deux femmes dans le lointain lèvent leur parapluie avant de s'éloigner.

– Pourvu, prie Hortense, que ce soient elles, et qu'elles aient l'idée de défaire les anses du sac.

Elles en ont eu l'idée.

Le dimanche qui a suivi, nous sommes revenus au pont : elles étaient derrière les barbelés, elles ont fait passer leur sac de toile blanche où il y avait trois savons et une plaque de chocolat, et nous leur avons envoyé le nôtre, avec des mouchoirs de fil et un flacon de Tisane des Chartreux de Durbon.

De retour dans la cuisine, Hortense a défait les anses : il y avait deux lettres. Une pour Ramon, une pour mon père.

Merci Jose pour les nouvelles qui nous sont parvenues. Je remercie le ciel de savoir Joseba vivant. Pendant ces six ans, chaque jour à la prison nous avons prié pour lui. Prends bien soin de Ramon, nous, nous allons bien. Baisers à vous tous. Ta sœur qui t'aime.

Mon père a replié le maigre feuillet.

Ramon attendait chaque dimanche et Hortense s'appliquait à bien recoudre les anses à la machine, après y avoir glissé les messages.

Les longs jours du mois de janvier s'écoulent tristement.

Un matin, ma surprise est immense quand je découvre Clémence, la jeune épousée de Vincent, qui accueille les petites élèves sur le pas de la porte de la classe de Mademoiselle Germaine Mazon. Avec un instinct animal, je ne montre rien de mon étonnement quand Flora et Manuela me quittent pour rejoindre leurs camarades.

Je la connais peu, Clémence, elle n'est venue qu'une fois à Veillesalle. Nous avions dîné ensemble. Pourvu que Manuela et Flora ne la reconnaissent pas.

La directrice informe les parents que Madame Clémence Dupuy assurera le remplacement de Mademoiselle Germaine Mazon le temps de son indisponibilité.

L'avis est placardé sous la voûte de l'entrée, sur le panneau à côté de la porte du secrétariat.

– Indisponibilité ? s'étonne une jeune mère.

– Elle a été arrêtée. Elle est à la Maison Blanche à Biarritz, répond une autre jeune femme.

À la sortie des classes, un rayon de soleil enfin éclaire la cour de récréation.

Clémence s'avance vers moi.

– Bonjour Madame, vous êtes bien la maman de Manuela et Flora ? m'interroge-t-elle en me serrant la main. Je suis leur nouvelle institutrice.

– Enchantée, Madame.

– Je voulais vous dire, Madame, Manuela a une récitation à apprendre pour demain, à la page quatorze : « Jocelyn et le loup ».

Elle sourit et caresse la tête de Manuela. Ma hâte à revenir sous mon toit est freinée par les enfants qui font d'un rien un château, mais que je ne bouscule pas parce que j'ai été moi aussi une petite fille, le nez en l'air, la tête dans les nuages.

La cuisine est à peine tiède, et je mets sur moi trois pelures et un gros pull d'homme en laine noire, immense, dans lequel je flotte mais qui me tient chaud jusqu'aux genoux.

– Manuela, donne-moi ton livre de récitation, je veux lire la poésie avant que tu ne l'apprennes.

Page quatorze, il y a une lettre.

Elle joue bien la comédie, Clémence.

Le 25 décembre 1942

Lucia, mon bel amour. Je suis à peine rassuré de te savoir à Bayonne, si loin de moi parfois, et si proche quelquefois. Je ne peux t'écrire que ce que tu veux entendre, alors je n'écrirai pas que tu me manques, que les enfants me manquent, que ton absence me déchire. Que souvent le désir de toi me tenaille si fort qu'il m'arrive de vouloir franchir les frontières de la clandestinité pour arriver jusqu'à toi. Mais je ne peux et ne veux faire courir de risques à personne. Je suis allé un jour à Veillesalle, et j'ai revu Rose. Mais je n'ai pas revu qu'elle. Je n'ai vu que toi sur le chemin et je n'ai entendu que ta voix et le rire de nos enfants.

Ne crois pas, Lucia, que je te fais souffrir volontairement et que je n'éprouve jamais ni de regrets, ni surtout de chagrin.

La guerre est impitoyable, elle prend nos meilleures années mais elle ne durera pas. L'année 1943 est prometteuse de victoires. Ne perds pas espoir Lucia, le jour où je te retrouverai, ce sera pour ne plus te quitter.

Mille baisers aux enfants. Dis-leur que je les aime et que je pense à eux chaque jour.

Je t'embrasse follement partout. Mikel.

P.-S. – Les courriers que tu voudras me faire parvenir, donne-les à Clémence Dupuy.

Le 31 janvier 1943

Mikel, à quoi bon les mots quand les mains étreignent le vide ? À Gurs, souviens-toi, lorsque nous nous sommes retrouvés, tu m'as dit : « C'est fini, Lucia, je suis là, c'est fini. »

Rien n'est fini. Tout recommence. Tu n'es pas là.

Je peux à longueur de journée essayer de comprendre les raisons de tes choix. Elles sont celles d'un combattant avant d'être celles d'un amant et d'un père. J'aime en toi le combattant, c'est vrai, l'homme qui n'abdique pas, l'homme des « belles idées », celles qui seront toujours les miennes malgré tout. Mais c'est l'homme de tous les jours qui me manque cruellement.

Les enfants grandissent. Ils sont superbes, courageux, adorables, jamais malades. Nous parlons de toi, et de toi chaque jour. Tu sais très bien ce qu'ils me demandent. Ils savent que tu te bats pour Euzkadi, pour notre Pays, pour notre peuple. C'est ce que je leur dis, car je ne renierai jamais l'idéal que nous portons, malgré les larmes qu'il me coûte.

Bonjour aux camarades.

Et à toi… à toi, un baiser salé sur ta belle bouche. Lucia.

La lettre a rejoint « Jocelyn et le loup » page quatorze.

Xabier me rendait visite comme autrefois, le plus souvent accompagné de Maria-Belen, que l'inquiétude plus que les restrictions alimentaires amaigrissait.

Elle tremblait pour Juan-Anton, son dernier fils, lycéen à Saint-Louis de Gonzague.

– J'ai peur des contrôles dans la rue.

– Il n'a que seize ans, répondait Xabier, impassible, il ne risque rien.

– Ce n'est pas vrai, Xabier, ce n'est pas vrai. Ils ont arrêté deux lycéens en décembre, dans la rue, et tu le sais.

J'avais pitié d'elle, de ce regard qu'elle me lançait parfois comme un appel au secours.

Xabier ne parlait que du 3e Bataillon de Fusiliers Marins où étaient intégrés des combattants basques depuis le 11 septembre 1941, et de l'article 10 qui stipule :

Dans les sections composées de volontaires parlant euzkera, *les commandements pourront être donnés en cette langue.*

Mais l'accord du 17 mai 1941, comme le règlement du 3e Bataillon de Fusiliers Marins du 11 septembre 1941, se heurte à l'opposition du gouvernement britannique. La dissolution du 3e Bataillon de Fusiliers Marins a été décidée par décret du Comité national français du 23 mai 1942. Le général de Gaulle a déclaré ceci : « J'ai dû décider la dissolution de cette unité contre ma volonté. Des motifs d'ordre diplomatique l'ont exigé. Je ne suis pas dans mon pays. Si nous avions été en France, je ne l'aurais jamais décrétée. »

Je m'embrouille un peu, pour ne pas dire beaucoup, au sein de la diatribe de Xabier. Il pense que Churchill cherche à ménager l'Espagne franquiste ; mais il reste confiant, Xabier, il croit en notre force, comme Samson en ses cheveux.

Comment pouvait-il savoir tout cela ? Je n'ai pas pu m'empêcher de le lui demander.

– Nos services secrets sont les meilleurs réseaux pour notre information et le meilleur service rendu par notre Parti aux Alliés. Cela dit, Lucia, n'allez pas le crier sur les toits.

Maria-Belen soupire. Elle entend rire les enfants, sourit alors et laisse échapper :

– Quand les enfants sont petits, ils font encore partie de nous. C'est le meilleur temps de la vie d'une mère.

Xabier lève son regard vers le tableau d'Aurelio Arteta.

– Il est mort à Mexico, Aurelio. Cela va faire bientôt trois ans.

Je sursaute, je ne le savais pas.

– En 1940 ? Mais alors, le tableau… ?

– Juste à temps, avant qu'il ne parte.

Il me trouble, Xabier, il pose sur mon chemin des bouts d'énigme que j'essaie de résoudre la nuit venue quand je ne dors pas.

Il a fait une allusion à Jon, « l'un de nos meilleurs agents ».

Fidèle aux préceptes d'Honorine – « moins on en sait, mieux on se porte » –, j'avale l'information que je mettrais plus d'une semaine à digérer.

– Évidemment, ma chère Lucia, je ne le dis qu'à vous.

Évidemment.

J'avais déjà Clémence en boîte à lettres, maintenant j'ai Jon en agent secret. Et Mikel, lui, il fait quoi au juste, tandis que la Gestapo arrête, torture, déporte ?

Chaque fois que je vais à Ciboure, Hortense me rappelle d'un air désolé l'arrestation le 15 janvier, à la ferme de Bidegainberri à Urrugne, de Frantxa Ussandissaga et des aviateurs anglais et américains qu'elle cachait.

– Tu la connais, Lucie. C'est cette jeune veuve à qui j'achetais au marché les légumes et les fromages frais de vache.

J'ai fait non de la tête.

Je ne circule plus en voiture, que mon père a cachée loin des yeux de la convoitise de « certains », prêts à tout, mais faute aussi – soyons honnêtes – de carburant.

Je prends désormais l'autocar ; mes papiers sont en règle, mes enfants sont espagnols, sauf Anastasia.

Une fois, nous avons été contrôlés par des soldats à la descente de l'autocar à notre arrivée à Bayonne. En retrait, contre une traction avant, se tenait un homme bizarre avec un chapeau. L'autre, aussi bizarre, était au volant.

– Cholie petite fille ! a dit le soldat en caressant la tête d'Anastasia, le sourire remontant ses joues rebondies jusque sous ses yeux de gentiane.

Nous avons regagné l'appartement du pas allègre de ceux qui ont échappé au pire.

J'ai croisé Mademoiselle Irène Lavignes accompagnée de son officier. Son parfum *Nuit de Chine* nous suit jusqu'au quatrième où je m'engouffre avec les enfants, où je verrouille la porte d'entrée, et par une habitude qui devient une manie, je guette de derrière les volets du salon la rue, jusqu'au moment où nous passons à table.

« Jocelyn et le loup » n'a pas amené de nouvelle lettre. Je relis l'ancienne que j'ai glissée sous une lame de parquet, sous le tapis de mon bureau.

Le 27 avril 43

Je me demande pourquoi j'écris. Je suis aussi hermétique que le mur de l'Atlantique. Il m'arrive même de penser que j'ai rêvé tout ce qui a été ma vie jusqu'à aujourd'hui.

Jean Ybarnegaray, ministre de la Jeunesse et de la Famille, se prépare à fêter l'événement majeur de ce mois de mai, avec tout le gouvernement de Vichy au grand complet : la fête des mères. Des mamans dignes et courageuses, de bonnes Françaises que le vieux P.P. à la voix chevrotante s'apprête à honorer. Pour effacer toutes les autres mères auxquelles ce même gouvernement arrache les enfants qui ont sur le cœur une étoile.

Quand le soir, après le dîner, je me love sur le divan bas du salon et que j'entoure de mes bras mes quatre petites têtes brunes, je songe à toutes ces mères déchirées.

Il est près de dix heures du soir, l'heure du couvre-feu, un chat joue sur la terrasse, un chaton perdu que Manuela a trouvé dans la rue. Un chaton noir, à l'œil droit auréolé de blanc. Dans la cuisine s'épanouit un bouquet de lilas qui embaume le corridor jusqu'aux chambres.

Un coup bref de la sonnette vient troubler le silence de la nuit.

– Qui est-ce ? interrogé-je d'une voix inaudible.

J'ai trop peur de la réponse.

– C'est Vincent. Ouvrez vite s'il vous plaît.

Je déverrouille les quatre serrures.

– Vite, souffle Vincent, Diego est blessé.

Diego s'affale dans le fauteuil que je lui avance.

La porte verrouillée, je murmure :

– Il ne faut pas que les enfants vous voient.

Il est pâle, Diego, il souffre ; l'urgence me fait ouvrir la porte du cagibi après celle de la buanderie. L'endroit secret de la maison où il n'y a rien d'autre qu'un vieux divan, un bac en fonte surmonté d'un robinet, des étagères où j'ai rangé les valises, les vieilleries que j'ai trouvées en arrivant et un vieux fauteuil lourd et laid en velours cramoisi. Une petite pièce éclairée par une petite fenêtre ouverte hiver comme été sur la terrasse.

– Allonge-toi Diego, essaie d'enlever ta chemise.

Il fallait que ce soit lui, le stalinien de Veillesalle, qui transporte avec lui l'odeur de la mort et de la pourriture.

– Non, j'ai trop mal.

– Alors je vais te l'enlever moi.

Je chuchote. Personne ne doit savoir. La petite fenêtre toujours ouverte, je la ferme.

Je la calfeutre d'un oreiller. Je fais signe à Vincent de m'aider.

Il est lourd, Diego, la chemise est collée à la plaie.

– Je reviens, chuchoté-je.

Je marche pieds nus sur le parquet. Les enfants dorment. Une cuvette en émail, la bouteille d'eau de Javel, un broc d'eau, des serviettes éponge, un tube de cachets d'aspirine, c'est tout ce que j'ai entre mes mains pour soigner, et rien d'autre.

– Tiens, Vincent, pose cette serviette mouillée sur la plaie.

Il est brûlant de fièvre, Diego. Je lui bassine les tempes avec un gant éponge.

Je le déchausse. Dommage que la fenêtre soit calfeutrée et la porte fermée.

Il tremble.

– Vincent, tourne-le, mets-le sur le ventre, il faut absolument désinfecter la plaie après avoir réussi à lui enlever la chemise.

– J'ai froid, murmure Diego.

– Décolle la chemise, Vincent, tout doucement.

Il hésite, l'instituteur.

– Je ne sais pas si je vais pouvoir le faire.

Je ne sais pas non plus.

– Pousse-toi, dis-je, je vais le faire puisque tu n'en es pas capable.

Je décolle le tissu déchiré que la balle a brûlé, je sais que je dois aller vite, je tire un peu, encore un peu et brusquement, sans réfléchir, je tire d'un coup.

Diégo gémit, il étouffe un cri les dents serrées.

La plaie… Le plancher bouge… Vincent se trouble… L'odeur m'agresse… Le pus s'écoule d'une bouillie de chair noircie sous l'omoplate.

– L'eau de Javel, Vincent ! Verses-en quelques gouttes dans la bassine, ajoute l'eau, fais vite, passe-moi la serviette, dépêche-toi !

Il tangue, Vincent, la bassine verse à droite puis à gauche tandis que je lave la plaie à l'eau, très courageusement.

Il n'y a que les débuts qui sont difficiles, le reste devient presque un jeu… Enfin, un jeu…

J'accomplis ma mission.

Je panse Diego avec un drap déchiré, je le recouvre de deux couvertures tellement il tremble.

– Merci, bredouille-t-il.

Sur la pointe des pieds, nous gagnons la cuisine où Vincent va dîner.

Il dîne avec un appétit féroce pour un homme aux mains si fines et diaphanes.

– Vincent, demandé-je après lui avoir installé un lit d'appoint dans le fauteuil cramoisi, je voudrais que tu m'expliques maintenant comment vous êtes parvenus jusqu'ici.

– Il y a eu la veille un accrochage violent avec le maquis où Diego a été blessé. Il a une balle fichée sous l'omoplate. Ce matin, à l'aube, Rose est venue nous avertir : « Partez vite, a-t-elle dit, les Allemands arrivent. Ils viennent pour vous. » Nous nous sommes échappés à travers les bois et la lande jusqu'à Salies-de-Béarn où un gars à nous nous a conduits jusqu'ici.

– Jusqu'ici ?

– Je n'ai pas réfléchi, j'avais l'intention de rejoindre Clémence mais j'ai pensé de suite que la souricière allait vite se refermer sur moi et sur Diego si je m'étais rendu chez elle.

– Et tu es venu jusqu'ici ? Chez moi ? Et mon adresse, comment l'avais-tu ?

– Mikel me l'avait donnée.

Je secoue la tête.

– Je te trouve un peu inconscient, Vincent, pour un instituteur. Allez, essaie de dormir. Mais surtout, surtout, aucun bruit, pas un mot.

J'ai veillé Diego que l'aspirine ne soulage pas ; tandis que Vincent somnole dans le hideux fauteuil de velours.

– Bois, Diego, bois, c'est de la tisane.

Il cligne des yeux, qu'il a petits et noirs sous des sourcils broussailleux.

– J'ai mal, gémit-il, j'ai mal.

Le matin arrive, un matin comme les autres sauf pour moi, où je sais que derrière la porte du cagibi il y a deux hommes qui me mettent en danger.

Après avoir conduit les enfants à la Communale, je remonte l'avenue jusqu'à l'hôpital dont je franchis le seuil jusqu'au pavillon du docteur Paul Hourcade.

– Il n'est pas là, m'annonce l'infirmière, il opère ce matin.

– Je vais l'attendre.

– Comme vous voudrez, vous risquez de l'attendre longtemps.

J'attends. Je joue avec Anastasia.

– Tiens…, s'étonne Paul en me voyant.

Je ne le laisse pas finir :

– Il faut que tu m'aides, Paul.

Je m'accroche à son bras, geste irraisonné qui ne me ressemble pas.

– Entre, lance-t-il d'un air agacé.

– Je peux parler sans risque ici ?

Il s'étonne.

– Tu veux dire quoi au juste, Lucie ? Est-ce que tu peux me parler sans risque ?

– Non ! je m'explique mal, est-ce que personne n'est derrière la porte qui pourrait nous entendre ?

Il ne répond pas.

– J'ai un maquisard blessé chez moi. Il a une balle sous l'omoplate, une plaie purulente, je n'ai que toi à qui je peux faire confiance.

– Tu m'embêtes, Lucie, vraiment tu m'embêtes, tu as le chic vraiment pour te mettre dans de sacrés pétrins. Si ton maquisard est recherché, ne compte pas sur moi, je ne prendrai aucun risque.

– Lui, il n'est pas recherché. L'autre, il va l'être.

– Comment ça, l'autre ? Il y en a deux alors ?

– Oui, ils sont deux. Mais qu'est-ce que tu aurais fait, toi, à ma place, Paul ? Tu les aurais remis à la police allemande ?

Il a un geste agacé de la main :

– Pas de cinéma avec moi, Lucie.

– Bon, j'ai compris. Je vais m'adresser ailleurs.

Je me lève, je soulève Anastasia entre les bras, je m'approche de la porte.

– Je viendrai à midi, dit Paul d'un air las. À deux heures, j'ai mes consultations.

À midi, les enfants déjeunent sur la terrasse. Je surveille la petite fenêtre derrière laquelle Paul opère, je vais jusqu'à la porte d'entrée où j'écoute les bruits de l'immeuble, j'épie de derrière les volets clos l'avenue et de la terrasse, le moindre vasistas ouvert.

– Lucie, appelle Paul, j'ai fini. Tu passeras à l'hôpital cet après-midi pour prendre les sachets de médicaments que tu lui donneras pendant cinq jours. Ensuite mets-les à la porte. Pense à toi, pense à tes enfants.

Cinq jours incroyablement longs. Cinq jours. Deux vies. Une avec les enfants. Une avec Vincent et Diego que j'enferme dans le cagibi quand les enfants sont là. Cinq jours où chaque bruit me fait sursauter, chaque visage inconnu dans la rue me fait transpirer.

Vincent est recherché.

La police française est venue arrêter Clémence. Elle est à la Maison Blanche à Biarritz. L'étau se resserre.

À qui demander des faux papiers pour Vincent ?

À Xabier ?

À Xabier. C'est la bonne porte. Deux jours pour les faux papiers. Vincent avait sur lui deux photos d'identité. Une chance !

– C'est parfait, a dit Xabier, je vous les amènerai dès qu'ils seront prêts.

Où trouver la filière qui va conduire Vincent de l'autre côté de la frontière ?

À Ciboure ?

– Lucie, tu es totalement inconsciente ! Totalement. Une vraie gamine. Dans quel merdier t'es-tu fourrée ? Tu ne les vois pas, tous ces gens qui se font arrêter en ce moment ?

Si, justement, je ne vois qu'eux.

– Bon, écoute-moi, Lucie. Jeannot Laffitte, le mareyeur, livre tous les matins du poisson à la Citadelle. Avec un peu de chance, ton Vincent s'en tirera sans trop de mal, si Jeannot accepte.

– Lucie, m'a priée Vincent avant de partir, si vous voyez Clémence, dites-lui seulement ceci : quand j'arriverai à Londres, je passerai un message. Le message sera le suivant : « La clémence des cieux est avec nous. » Vous n'oublierez pas ?

J'ai failli répondre : « Non, j'ai l'habitude. »

Je n'ai rien dit. Pas même que Clémence était à la Maison Blanche ; il fallait qu'il parte tranquille, Vincent.

Avec beaucoup de chance, Jeannot Laffitte l'a fait monter dans son camion à sept heures du matin devant les vespasiennes des halles. C'était convenu ainsi.

– Qu'il mette ce bleu sur lui, qu'il n'oublie pas le béret. Tu m'écoutes, Lucie ? Qu'il ait l'air d'un pêcheur, c'est tout ce qu'on lui demande, rien d'autre. Après, dès qu'il arrivera à Ciboure, je m'en occuperai.

Restait Diego qui, lui, voulait rejoindre le maquis absolument. Il n'était pas recherché. Son épaule ne le faisait plus souffrir.

Le cagibi était une prison dorée, je lui portais ses repas sur un plateau avec les journaux. Il utilisait la salle de bains quand les enfants étaient à l'école et Anastasia à la sieste. Il aurait pu rester ainsi des mois, le stalinien, mais il fallait que je m'en débarrasse.

– Vous avez l'air soucieuse, Lucie, ces derniers temps. Avez-vous un problème ? me demande Gracieuse.

Je n'ose répondre. Il est si près d'elle, le problème, sous ses gros sourcils broussailleux, lui que je punis en ne lui accordant jamais le plaisir de fumer. Il est juste là, le problème, derrière Hortense qui se prélasse au soleil dans le fauteuil en osier. Près de la petite fenêtre où s'étire Pitzi, le chat espiègle, que Manuela couve comme un bébé.

– Oui, j'ai un problème, Gracieuse… Mais je ne sais pas si je dois vous le dire…

– Dites-le-moi, n'hésitez pas.

– J'ai un homme caché ici, dans le cagibi. Les enfants ne sont pas au courant. Cela fait huit jours maintenant que je le cache. Mais je n'ai pas trouvé de solution pour qu'il parte. Je ne voudrais pas qu'il se fasse arrêter dans la rue.

– Il veut passer la frontière ?

– Non, non. Il veut rejoindre son maquis.

Elle fait de gros yeux étonnés, Gracieuse :

– Il est où son maquis ?

– Entre Salies et Sauveterre, au juste je ne sais pas trop.

– Lucie, c'est un problème, c'est vrai, de circuler sans risque sur les routes de nos jours, on n'est jamais tranquille, sauf quand on fait partie de ces très rares gens qui peuvent circuler tous les jours sans encombre. Et là, de Bayonne à Salies, ce ne doit pas être bien difficile de trouver par exemple un négociant en vins qui livre les bons restaurants qu'affectionnent les officiers allemands.

Le poisson pour Vincent, le vin pour Diego, j'en sourirais presque.

– Lucie, vous auriez dû m'en parler avant au lieu de vous ronger les sangs, toute seule dans votre coin.

Il est parti, Diego.

– Merci camarade, m'a-t-il dit, au jour de la victoire j'aurai une pensée pour toi.

– Moi aussi. Bonne chance, Diego.

– Allez Lucia, sans rancune et merci encore, camarade.

J'ai beaucoup mieux dormi la nuit venue, après avoir fait disparaître toutes les traces de vie laissées par mes deux clandestins. J'ai rouvert la petite fenêtre sur la terrasse. La nuit de mai embaumait, et avant de regagner mon lit, je suis restée un long moment à observer les étoiles dans le ciel.

Clémence n'a toujours pas été libérée.

À l'école communale, les langues se délient :

– C'est honteux que les enfants n'aient pas d'institutrice !

Clémence ou une autre importe peu. Il faut une institutrice jusqu'au 14 juillet. La honte venait de l'absence de l'institutrice mais pas de celle de Clémence à la Maison Blanche depuis presque trois semaines.

Un groupe de femmes est allé voir la directrice.

– Ce n'est pas de mon ressort, leur a-t-elle répondu, adressez vos doléances à la police.

Elles ont dévalé la rue, les protestataires. Elles étaient cinq, déterminées.

– Madame Dupuy ou Madame Mazon, on s'en moque un peu, ce qu'il nous faut c'est une institutrice ! s'est écriée presque en riant la plus petite des jeunes femmes.

Le lundi, Clémence, affaiblie, était sur le pas de la porte de sa classe. Je me suis retenue de la serrer dans mes bras ; nous devions contrôler le moindre geste, le moindre faux pas.

J'ai attendu la fin des classes, ce même jour, pour tenter de l'approcher, avant que j'aperçoive face à l'entrée de l'école, après l'ombre de la voûte, sous le soleil, un homme adossé au mur d'en face qui essayait d'allumer une cigarette à l'abri de ses mains. De retour à l'appartement, j'ai appelé Manuela :

– Le livre de poésie, tu l'as bien dans ton cartable ?

– Oui *Ama*, demain je dois réciter « La petite Berthe ».

– Quelle page ?

– Je sais pas la page.

Clémence, Vincent est parti pour Londres. Écoutez chaque jour R L. Dès qu'il arrivera, le message sera le suivant : « La clémence des cieux est avec nous. » Bon courage. Je vous embrasse très fort.

J'ai glissé le mot à la page vingt-deux.

Le lendemain, agenouillée devant Manuela, je l'ai prise au poignet :

– Écoute-moi bien Manuela, dès que tu seras dans ta classe, tu donneras ton livre de poésie à Madame Dupuy.

– Mais je peux pas, j'ai pas le droit.

– Tu vas faire ce que je te dis, Manuela, sinon Pitzi, je le donne, tu m'entends ? Tu fais ce que je te dis. Tu rentres en classe et tu donnes ton livre de poésie à Madame Dupuy.

– Oui, *Ama*.

– Promets-le-moi en me regardant dans les yeux.

– Je te le promets.

Avant qu'elle ne traverse la cour de récréation, je l'ai embrassée.

L'homme d'hier était encore là aujourd'hui. Comme il sera là certainement demain.

Au retour de la classe, à midi :

– Tu as fait ce que je t'ai demandé, Manuela ?

– Oui, *Ama*. Madame Dupuy, elle m'a dit de te remercier.

– Chut ! C'est un secret entre toi et moi. Tu ne dis rien ni à Julian ni à Flora.

– À Flora, j'ai déjà dit.

Je secoue la tête mais je ne peux pas lui en vouloir.

– Bon, mais tu ne le dis à personne d'autre, promis ?

– Juré.

Je l'ai embrassée dans ses boucles avant qu'elle ne s'échappe sur la terrasse pour retrouver son petit chat.

Nous avons dîné d'un plat de riz aux piments doux avec des morceaux de jambon poêlés. Un régal par ces temps difficiles où il n'y avait presque plus rien à manger.

Je colle l'oreille au poste de radio chaque soir ; je pense à Clémence.

Aucun message ce soir.

L'attente est longue, les jours passent.

Quatre notes.

« La clémence des cieux est avec nous. »

Merci mon Dieu, Vincent est à Londres. Oui, merci. Vraiment merci. J'ai envie de danser. Depuis le 8 mai, Tunis, Bizerte, toute l'Afrique du Nord est libérée.

Nous sommes le 29.

Demain matin, dans les yeux de Clémence je lirai le bonheur. De loin, je lui ferai un petit signe de la main.

Il fait doux ce soir.

Le téléphone sonne.

– Lucia, quand même, gronde mon père, tu pourrais venir à la maison, on ne te voit plus. Ta mère s'inquiète. Elle vient de me dire : « Mais qu'est-ce qu'elle fait, où est-elle ? » « Au ciel, lui réponds-je, il est plus clément. » Allez Lucia, sur ce, dors bien et à bientôt.

Quel gamin, mon père, il n'a pu résister à me faire comprendre qu'il savait pour Vincent.

L'été s'annonce brûlant.

Les draps blancs tendus de part en part sur la terrasse atténuent à peine la brûlure du soleil.

– Il commence bien tôt cette année, s'est étonné Gracieuse en suivant le vol des martinets et des hirondelles haut dans le ciel, où l'on ne devine pas la traîne d'un léger nuage. Je plains les paysans, continue-t-elle. Autrefois, quand mon père rentrait des champs, exténué, nous nous précipitions, ma mère et mes sœurs, pour lui donner une bouteille d'eau fraîche coupée de vin. J'entends encore le glouglou dans son gosier alors qu'il essuyait d'un geste rageur la sueur sur son front. La ferme, à la mort de mes parents, ma sœur l'a reprise et je suis allée me placer à la ville, comme on dit, ici à Bayonne. Marcel rentrait de la guerre, il était cuisinier, nous nous sommes plu, et nous avons décidé d'ouvrir un petit restaurant. Nous avons eu beaucoup de chance. De bouche en bouche, notre réputation est née. C'est un peu normal quand on a un restaurant, me direz-vous. – Elle sourit. Elle prend ma main. – Lucie, ma petite fille, il ne faut craindre ni les orages ni les hivers glacés. Il ne faut jamais désespérer. Les Alliés ont débarqué en Sicile ; les Allemands continuent de reculer sur le front russe ; ils finiront par reculer sur d'autres fronts.

– Lesquels ? demandé-je. Ce ne sont pas deux trains qui déraillent et une usine d'armes qui saute qui les feront reculer.

– Pourquoi pas, s'il y a plusieurs grains de sable dans cette énorme machine bien huilée…

– Vous rêvez, Gracieuse. Ils sont partout. Ils n'ont jamais été aussi féroces.

– Parce qu'ils sont en train de perdre.

– En train de perdre ? Ce n'est pas ce que raconte Radio Paris.

– Si vous écoutez Radio Paris, Lucie, c'est que vous n'êtes pas bien du tout, vous n'avez aucune nouvelle de Mikel, n'est-ce pas ?

– Aucune.

– Bien, à partir de ce soir vous allez venir dîner avec nous, je ne vous laisserai pas vous enfoncer dans le désespoir.

Nous dînons maintenant dans la cour où Gracieuse cultive des rosiers, superbes et magnifiques, des bouquets odorants de pois de senteur qui remontent le long d'une palissade en bois, et où Marcel, heureux d'être entouré des enfants, nous régale chaque soir.

– Assez de charançons dans les lentilles !

« Assez de charançons dans les lentilles ! » est devenu une chanson que Julian, dressé sur ses jambes fines, entonne dès que Marcel, frappant la mesure, dit :

– Une, deux, trois : Assez de…

Les salles du restaurant regorgent d'uniformes, Gracieuse murmure :

– À force, on finit par ne plus les voir.

Ce soir-là, dans la salle qui ouvre sur la cour, des officiers de la Kriesgmarine fêtent l'anniversaire d'un des leurs. Ce soir-là aussi,

Xabier, Mara-Belen, Juan-Anton dînent avec nous. L'officier, il s'appelle Hans, nous offre une bouteille de champagne qu'il verse dans les coupes que Gracieuse a amenées précipitamment, avec toute l'élégance dont elle est capable.

– Souriez, Lucia, m'a soufflé Xabier, ne prenez pas cet air lugubre.

L'officier a voulu trinquer avec moi, j'ai levé mon verre.

– *Danke schön*, a-t-il souri avant de s'éloigner.

Comme l'heure du couvre-feu approchait, je suis partie presque en courant, une chape de honte comme des griffes d'acier sur mes épaules nues.

10 octobre – Je suis à Ciboure. Je n'ai avoué à personne mon geste. Trinquer avec un officier de la Kriegsmarine, aussi beau qu'il soit, est-ce que jamais je me le pardonnerai ? J'ai des maux d'estomac que le bicarbonate de sodium ne soulage pas. Ce soir, j'ai pris un cachet Andralh, qu'Honorine m'a fait avaler avec un grand verre d'eau et de l'anis Marie-Brizard.

« Tiens, Lucie, lis », s'est brutalement énervé mon père, en me mettant sous les yeux La Petite Gironde *d'aujourd'hui :* Cent soixante personnes auraient été fusillées à Fresnes, et cinquante à La Santé. Toutes condamnées pour actes de terrorisme et de sabotage envers l'ennemi.

« Lis, Hortense, lis !

– Non, a refusé Hortense, aigrie, je pense à Juanito. »

Chaque jour, elle ne se prive pas de me dire : « Tu pourrais être un peu plus attentive à Thérèse. Il n'y a pas que toi qui souffres. Tu n'es pas seule au monde. »

J'ai hâte de repartir.

Je pense à la vieille Rose dans la grande bâtisse sur le coteau.

Il neige sur Bayonne depuis deux jours. Je suis allée entendre Mademoiselle Irène Lavignes à la cathédrale, qui a régalé son auditoire d'un « Minuit chrétien » superbe.

Certains paroissiens se sont levés dès les premières notes et sont sortis par la porte du fond qui a claqué et résonné sous la voûte.

Nous étions, Gracieuse et moi, enveloppées dans nos fourrures.

– Bonsoir Madame Lasserre, joyeux Noël.

– Bonsoir Madame Lasserre, joyeux Noël.

– Bonne année Madame Lasserre.

Le Bayonne de la collaboration salue Madame Lasserre.

– Bonsoir chère Madame.

Elle tend sa main. L'homme courtois incline légèrement la tête.

– Bonne année à vous aussi, Monsieur le commissaire.

Nous rentrons à petits pas serrés, le verglas rend notre retour périlleux.

– Qu'il fait froid, allez donc vite vous réchauffer. Dites à Françoise de ne pas se presser, qu'elle n'aille pas se casser une jambe.

Je grimpe quatre à quatre les escaliers pour me réchauffer.

– Les enfants dorment, Madame. J'ai rajouté une bûche dans la cheminée.

– Merci Françoise, chuchoté-je, mais ne partez pas comme ça, vous oubliez votre enveloppe.

Elle hésite, Françoise, elle ne sait pas ce qu'elle doit faire. Elle est si jeune et si vieille à la fois, la fille aînée de Jeannotte.

Elle va sur ses quinze ans, comme dit sa mère avec un doux sourire.

– Attention au verglas. Il n'est que neuf heures, vous avez le temps avant le couvre-feu.

Il fait si froid que la buée sort de la bouche de Françoise quand je referme la porte palière.

Les sabotages succèdent aux sabotages, les ponts sautent dans les Landes et chez nous. Des armes et des explosifs sont dérobés dans les dépôts. Il ne se passe pas un jour sans une nouvelle arrestation.

Je pense à Françoise, je l'espère au creux de son lit.

Un claquement sec a retenti, trouant le silence de la nuit. Des bruits de pas. Une course. Des ordres: « *Halt! Halt!* » Une détonation. Puis une autre.

La porte de l'immeuble s'ouvre à grand fracas. Mademoiselle Irène Lavignes, qui doit rentrer du concert, hurle. Elle appelle au secours.

Des bruits sourds dans le hall. Une voix d'homme.

Je tremble, accroupie contre la porte palière.

Le silence à nouveau.

Au matin, le concierge lave à grande eau le hall et le trottoir.

– Je vous assure, dit-il, si je l'avais laissé entrer, il m'aurait peut-être tué. Ah! il était salement blessé, mais voilà, je l'ai jeté dehors, la police allemande s'est chargée de lui.

– Oh! s'exclame Marie-Aubépine rose de satisfaction, vous avez bien fait, Monsieur Fernand, j'aurais fait comme vous.

– J'ai eu si peur quand il m'a poussée alors que je tournais la clé dans la serrure... Ô mon dieu, quelle peur, se lamente Mademoiselle Lavignes, les deux mains sur son cœur.

– D'après vous, Monsieur Fernand, c'était qui cet homme?

– D'après moi, un Espagnol.

L'épouse du magistrat me toise.

– Excusez-moi, j'aimerais passer, lui dis-je. Attention aux flaques d'eau, les enfants!

Un Espagnol?

Il faisait si beau pourtant ce matin-là quand Françoise, décoiffée, les yeux bouffis de sommeil, a sonné à ma porte.

– C'est Grand-mère qui m'envoie. Ils ont arrêté Maman, Monsieur Marcel et Madame Gracieuse.

– Qu'est-ce que tu dis?

Elle tremble.

– La police allemande les a arrêtés. Ils ont arrêté aussi un homme.

– Quel homme ?

– Je ne sais pas. Il était chez Monsieur et Madame. Ils ont arrêté Pierrot aussi, le cuisinier.

– Viens t'asseoir, Françoise, ne reste pas debout. Viens boire un verre d'eau.

Je lui tends le verre, je tremble de tous mes membres.

– Ils les ont arrêtés quand ?

– Là, maintenant… Enfin maintenant, ce matin.

Les enfants se réveillent, je tourne en rond. Mon corps est lesté de plomb.

– Qu'est-ce qu'il faut faire ? demande Françoise.

– Je n'en sais rien. Ils ont dit où ils les ont amenés ?

– Non, ils criaient, je ne comprenais rien.

Xabier est accouru vers dix heures.

– Vous savez ? demande-t-il.

– Oui, je sais, Françoise est ici.

– C'est une catastrophe ! Ils ont arrêté Paul Hourcade et sa femme, deux agents à nous, Joseba Zubialde et Juan Goitia.

– Qu'est-ce que nous pouvons faire ?

– Rien.

Voilà comment le printemps bascule, par un matin de beau temps où les glycines fleurissent les murs.

Jeannotte et Anne, l'épouse de Paul, ont été transférées à la Maison Blanche à Biarritz. Gracieuse, Marcel, René-Martin, Pierrot Macarie, Paul, Joseba Zubialde, Juan Goitia à Bordeaux, au fort du Hâ.

Mon père est apparu en fin d'après-midi, bouleversé.

– Ils ont arrêté à Ciboure Gaston Arretche. Il faut que tu viennes à la maison, Lucie.

– Surtout pas, intervient Xabier, surtout pas. Personne ne bouge. La vie continue comme avant.

Comme avant ?

Avant la catastrophe ?

Par égoïsme, par peur, je demande à Françoise de passer la nuit avec moi.

Je m'installe dans le printemps, hors de ma vie.

Je marche parce que je dois marcher, je me lave parce que je dois me laver.

Le 27 avril, toutes les sirènes mugissent. L'aviation alliée a bombardé Biarritz et des navires anglais ont tiré des torpilles sur Saint-Jean-de-Luz.

Au Port Vieux à Biarritz, il y a 109 morts et des dizaines de blessés victimes d'un raid terroriste anglo-américain, titre *La Gazette de Biarritz.*

Mon père est apparu dans son bleu de travail :

– Je viens te chercher, Lucie, je ne te laisserai pas avec les enfants courir le risque d'un autre raid.

– J'aurai le temps de descendre à la cave dès l'appel des sirènes.

– Tu dis ça mais tu n'en sais rien.

Je ne suis sûre de rien. Il a raison, mais je refuse de le suivre.

30 avril – Le monde s'est écroulé. Je ne peux pas penser à Gracieuse sans me mordre le poignet. La voix de Marcel emplit le silence de ces journées où je n'ai rien d'autre à faire qu'à attendre. Il paraît que les Anglo-saxons s'apprêtent à débarquer. Où ? Il paraît aussi qu'ils commencent à bombarder les banlieues de Paris. Je parcours les journaux. J'écoute la radio.

J'ai reçu un tout petit mot de Mikel, que Xabier m'a apporté hier : Lucia, mon aimée. Ne perds pas courage. Embrasse les petits. Je t'aime.

Ne me demandez rien, m'a dit Xabier, je ne sais rien.

18 mai 1944 – Jeannotte et Anne ont été libérées. Xabier est passé pour m'apprendre la bonne nouvelle. Quand j'ai revu Jeannotte, je n'ai pas su quoi lui dire, alors bêtement je suis allée lui acheter un cadeau et une heure après, je suis allée le lui offrir à l'hôtel où je n'étais jamais retournée depuis l'arrestation. Elle a souri, Jeannotte, quand elle a ouvert le cadeau : « À qui voulez-vous que je plaise ? » J'ai eu le sentiment de mon inutilité. La jolie boîte de poudre Malaceïne « Plus jeune encore avec Malaceïne. Les meilleurs juges sont certainement les yeux des hommes », avec sa houppe rose en poils de soie, entre les mains de Jeannotte m'a paru déplacée. Elle gardait sur son visage la trace des coups reçus.

« Je ne sais pas pourquoi ils m'ont relâchée ; sans doute parce que depuis le début, je leur ai dit que je ne savais rien. Et c'est vrai que je ne savais rien. »

Les Alliés ont débarqué !

Où ?

En Normandie.

Est-ce qu'elle le sait, Gracieuse, que les Alliés ont débarqué ?

Les bombardements des Alliés ont détruit la ville de Saint-Lô.

Il n'y a plus rien que des ruines fumantes.

Il y a des enfants carbonisés sous les ruines.

La nuit est lourde des cadavres qui dorment sous les gravats. Petits corps d'enfants qui n'ont pas vu la mort arriver.

Où est-elle, Gracieuse, alors que les Alliés avancent mètre par mètre dans une Normandie dévastée ?

– Plus vite les Alliés gagnent du terrain, plus vite nous les aurons parmi nous, Marcel, Gracieuse et les autres, m'assure Xabier.

Je deviens folle. J'en suis sûre. Je n'ai jamais autant prié. Chaque jour, je dépose un cierge au pied de la Vierge des Sept Douleurs.

Vierge Marie, toi en qui je mets ce qui me reste d'espérance, je te supplie, à genoux, d'épargner Gracieuse, Marcel, Paul, Pierrot...

Je reste agenouillée sur les dalles froides de la cathédrale, et c'est la petite main d'Anastasia qui me sort dehors dans le soleil.

L'hôtel Lasserre est fermé.

Xabier a ouvert sa grande maison des Arènes à Jeannotte et à sa famille, tandis que moi, je ne fais rien que prier et trier les charançons dans les lentilles et les haricots.

Il pleut.

Les Allemands procèdent à de nouvelles arrestations. Ils ont fusillé trois francs-tireurs dans les bois de Maignon.

La confusion est totale.

Il n'y a plus rien d'autre que les informations qui rythment le temps. Et l'attente, jour après jour, insoutenable, de ce que l'on espère sans trop savoir ce que l'on espère.

Les Allemands ont arrêté encore d'autres personnes à Bayonne.

Il ne pleut plus depuis six jours.

– Ils sont partis ! crie quelqu'un dans la rue. Ils sont partis !

– Les Allemands sont partis, ils se sont enfuis ! crie une autre voix.

Je regarde du balcon sur l'avenue de petits groupes qui sautent de joie et des drapeaux français suspendus à quelques rares fenêtres.

Il y a un coup de feu tiré d'un balcon et un homme agite un brassard.

Le téléphone sonne.

– Ils sont partis, pleure Hortense, ils sont partis. Je t'embrasse, Lucie.

Le carillon de la porte suit de près la sonnerie du téléphone.

– Ils sont partis, me confirme Xabier, nous devons aller au plus tôt à Etxegorri. N'oubliez pas le double des clés.

Il a raison, j'avais même oublié jusqu'à l'existence du Château.

Il a réussi à se procurer trois litres d'essence au marché noir.

La maison au bout de l'allée de platanes est restée grande ouverte ; sur le chemin en montant, nous avons trouvé des objets disparates, des petits riens d'une fuite.

– Les fermiers sont déjà là, constate Xabier en ouvrant la portière.

Marie Larretche sort précipitamment sur le perron.

– Ô Seigneur, quelle peur ! J'ai cru qu'ils revenaient.

Nous inspectons les lieux abandonnés dans la précipitation, les enfants courent d'une pièce à l'autre.

– Ils ont commencé à partir dès hier soir, explique Marie, ils ont même amené un veau que Jean a tué pour eux hier matin. Quelle misère ! Ils n'ont rien laissé pour le ventre, même les mottes de beurre ont disparu.

Le désordre des pièces, les lits ouverts, les tiroirs renversés, les papiers (rares) qui jonchent le sol et que Xabier ramasse m'accablent d'une fatigue subite.

– Regarde, *Ama*, ce que j'ai trouvé.

– Arrête, Julian, pose ce casque tout de suite !

Nous convenons avec Xabier de fermer la maison et de revenir dans quelques jours.

– Attendez, appelle Marie, ne partez pas sans rien.

Dans un cageot qu'elle pose sur mes genoux, il y a des œufs, un morceau de jambon, des saucisses, trois boudins fraîchement sortis de leur graisse, des cerises…

– Vous inspectez ? demande Xabier avec un sourire tandis que je farfouille dans le cageot.

Il me dépose devant le trottoir de l'immeuble où de petits groupes armés avec des brassards flambant neufs commencent à circuler.

– Je ne prends pas le cageot, dis-je, je préfère.

Je vais m'enfermer dans mon quatrième. Le bourdon de la cathédrale sonne les douze coups de midi. De nouveaux drapeaux bleu, blanc, rouge apparaissent aux fenêtres, alors que les drapeaux nazis arrachés sont amenés au milieu de la chaussée où ils commencent à brûler sous les ovations.

J'écoute la radio quand de l'avenue monte un cri sauvage, un cri de femme, que je vois tirée par quatre hommes armés en bras de chemise.

– Julian, mon chéri, tu as dix ans, je te confie tes sœurs. Ne laisse entrer personne. Personne. Je reviens. Je vais jusqu'à la mairie.

Il y a foule à la mairie où le drapeau tricolore pend le long de sa hampe au-dessus du balcon.

La « Marseillaise » sort de toutes les gorges qui se sont tues pendant ces années d'occupation.

Un remous se forme vers le quai sur l'Adour. La foule vocifère. Il y a une femme nue jusqu'à la ceinture que poussent devant eux des hommes armés avec sur les bras des brassards où je lis : *FFI.* Des femmes rient, d'autres crient « À poil ! » ou « À mort ! ».

Je suis la foule. Je suis une parmi les autres.

Monsieur François, aidé d'un autre petit commerçant de la rue d'Espagne, traîne une femme jeune au ventre arrondi sous une robe bleue fleurie de minuscules feuilles blanches.

L'œil enregistre tout dans les pires moments.

Il sourit de toutes ses dents de cheval, Monsieur François ; il arbore le brassard *FFI.*

« À poil ! » Il assied la jeune femme sur une chaise. « À poil ! » Il lui arrache la robe, dégrafe le soutien-gorge, laisse apparaître les seins qu'un homme vient tordre sous les applaudissements du public aux lèvres blanchies par la haine.

Il ne me voit pas, Monsieur François, il ne voit personne. Il bande. Il se fait justicier, il venge sa petite vie de refoulé sur ce qu'il n'a jamais eu entre les mains : un beau corps de femme aimée.

Elle est là d'ailleurs, l'épouse, Voix de Crécelle. Elle crie. Elle rit. Un viril et imposant courageux jette au visage de la jeune femme un verre ébréché qui lui ouvre la pommette.

« À mort ! »

J'en ai assez vu, assez entendu ; je remonte l'avenue. Un homme sur le trottoir est traîné par les pieds ; son visage ensanglanté, tuméfié, cogne les pierres. Une traînée de sang macule les dalles grises.

Je me hâte de retrouver les enfants. Je n'aurais jamais dû les laisser seuls. Un attroupement devant la porte cochère accélère mon pas.

Le concierge parle avec des hommes en armes.

– Pardon, dis-je.

– Qui c'est celle-là ?

– C'est l'Espagnole du quatrième. Son mari est dans le maquis, ce sont des amis des Lasserre.

Il s'écarte pour me laisser passer, le concierge, les autres aussi d'ailleurs, tandis que me parviennent des bruits divers, et juste la dernière phrase du concierge :

– Ah ! eux non, ils ont quitté l'immeuble il y a cinq jours je crois bien.

Les bruits viennent de l'appartement de Mademoiselle Lavignes :

– Elle est où la pute ? Hein ? Elle est où ? crie un tout jeune résistant qui donne des coups sur la porte avec la crosse de son fusil.

Elle est recroquevillée devant ma porte d'entrée, Mademoiselle Lavignes ; elle serre contre ses genoux un sac à main en peau de crocodile. Elle tremble. Elle a dans son regard toute la terreur d'une bête traquée.

– Entrez, ordonné-je, ne restez pas là.

Elle a du mal à se relever tandis que j'ouvre la porte.

– Vite, mettez-vous là, je ne veux pas que mes enfants vous voient.

Je les appelle :

– Je suis là, je n'ai pas été trop longue ?

– *Amatxi* a téléphoné, elle a dit que tu la rappelles, explique Manuela.

– Qu'est-ce que vous faisiez ?

– On jouait à attrape-nigaud et Anastasia est tombée.

Mademoiselle Lavignes installée dans le cagibi, les enfants pataugent dans le bain. J'appelle Hortense :

– C'est l'horreur, me glisse Hortense, je suis allée jusqu'à la place Louis-XIV, je ne te dis pas ce que j'ai vu : ils tondaient des femmes, j'en connaissais deux, les filles d'***, celles qui n'avaient jamais d'œufs ni de beurre pour nous mais seulement pour les

Allemands. Mais quand même ! Quand même ! – Elle n'arrête pas, Hortense. – Ton père a voulu casser la figure à Pierre L***, un poltron, tu le connais, oui… Celui qui avait dénoncé des réfugiés… Lui, tu sais ce qu'il avait au bras ? Un brassard *FFI.* Ton père le lui a arraché ; mais mieux, sais-tu ce que Monseigneur Bellevue a fait ? Il a fait croire que les Allemands étaient à Acotz et qu'ils revenaient. Je te jure Lucie, en un quart d'heure, tous les FFI ont arraché leur brassard et ils les ont jetés dans les bouches d'égout avec leur arme. En un quart d'heure les rues se sont vidées. Tu imagines ? Tu sais comment il les appelle, ton père ? *Les résistants du dernier quart d'heure.* Le meilleur de l'histoire, ton père a pris Pierre L*** au collet, il l'a agenouillé devant la bouche d'égout : « Allez Pierre, reprends ton arme, ils sont à Acotz les Allemands, va te battre ! » Et toi, Lucie ?

– L'horreur. Je te raconterai. Les enfants sont dans leur bain, je vais te quitter, Maman.

– Je t'embrasse, Lucie.

Nous avons dîné dans le soleil couchant d'une salade de tomates et de piments (que je cultive sur la terrasse : des plants offerts par Marcel), d'une bouillie blanche saupoudrée de cannelle et d'une demi-plaque de chocolat.

À onze heures, je suis allée voir Mademoiselle Lavignes qui n'avait pas bougé de place.

– Voilà les draps, vous pourrez dormir ici. Profitez, pour aller vous laver, que mes enfants dorment. Je vous laisse le plateau du dîner ici. Si vous avez besoin de quelque chose, je suis dans le salon.

Elle est discrète comme une petite souris, Mademoiselle Lavignes. Elle frappe doucement à la porte du salon.

– Je voulais vous dire…, commence-t-elle.

– Ce n'est pas la peine, vous attendrez ici que les esprits se calment.

– J'ai peur, gémit-elle – elle éclate en sanglots –, je l'aimais, vous comprenez.

– Je comprends. Allez vite vous coucher. Prenez ce livre, *La femme pauvre* de Léon Bloy, il n'est pas si mal, il vous changera peut-être les idées.

– Merci, murmure-t-elle en se mouchant.

Il est deux heures. Je ne dors pas encore. Je pense à Monsieur François, ce hideux pervers justicier.

Un poing martèle fortement la porte. Je me glisse dans le couloir puis dans le vestibule.

– Qui est-ce ?

– C'est moi. C'est Mikel.

Je déverrouille la porte.

– C'est toi ! m'exclamé-je alors qu'il pose contre le mur ce que je crois être une mitraillette.

Il me serre contre lui, si fort que je ne peux plus bouger et que je sens dans mon cou la fraîcheur de ses lèvres.

Un instant d'éternité.

Le monde s'ouvre à nouveau sur le bleu du ciel.

– Les enfants ? demande-t-il.

– Ils dorment.

Il les embrasse dans leur sommeil, il caresse leurs cheveux.

– Ils ont changé, murmure-t-il, puis alors qu'il me reprend contre lui : Tu ne dormais pas, Lucia ?

– Je ne pouvais pas.

– J'ai su pour Gracieuse, Marcel et Paul.

– Tu as faim ?

– Non. Je n'ai pas faim mais je suis sale.

Quand il s'est glissé dans le lit, j'étais nue, je l'attendais.

– Tu ne m'en veux plus ? a-t-il demandé, ses yeux clairs au-dessus de moi.

J'ai pris sa belle bouche sans répondre, et j'ai passé mes jambes autour de ses reins.

Nous n'avons pas dormi.

La guerre n'était pas finie ; il repartait dans quelques heures à la caserne Bernadotte à Pau, rejoindre le tout nouveau Bataillon Basque sous les ordres du commandant Kepa Ordoki.

Je ne lui ai fait aucun reproche.

– Je vous confie *Ama*, a-t-il dit dans un sourire aux enfants.

6 octobre 1944 – Paris a été libérée. Le premier char qui est entré dans la ville porte le nom de Gernika. Tout un symbole. Mikel s'est fait remettre à l'ordre par son commandant K. Ordoki, car il a fait le mur comme un adolescent pour passer une nuit auprès de moi et un matin auprès des enfants.

L'arrière-saison est douce et chaude. Le vent du sud souffle depuis quatre jours. Le concierge me salue avec déférence depuis qu'il a aperçu Mikel, sanglé de cuir, un vrai militaire malgré l'uniforme disparate.

Ce matin il m'a ouvert la porte cochère.

– Avez-vous des nouvelles de Mademoiselle Lavignes ? lui demandé-je.

– Non, je ne sais rien. Il l'a peut-être amenée avec lui, allez savoir ! – Il sourit et hoche la tête : Allez savoir ! répète-t-il.

– Je suis passée devant son appartement, la porte est grande ouverte, ce n'est pas à vous d'empêcher n'importe qui d'y pénétrer ?

Il me regarde, le concierge, il ne sait quoi me répondre. Il est comme tous les lâches, il change dès que le vent tourne.

– Ils ont même brisé le piano, les courageux de la dernière minute, chuchoté-je.

– J'ai tenté de les en empêcher.

– Vous ? Vous n'avez rien tenté du tout. Vous avez même fait pire. Vous avez livré le résistant qui s'est caché ici le lendemain de Noël, vous l'avez livré à la police allemande.

Il rougit, pâlit, mordille sa fine moustache grisonnante.

– Refermez au moins la porte avant que votre femme ne vide l'appartement de ce qui reste.

Je sors, j'ai l'âme allégée. Gracieuse m'aimerait combative.

Il n'y avait rien à acheter, j'ai échangé deux savons dans l'arrière-boutique de l'épicerie contre un quart de beurre, un kilo de pommes de terre et deux œufs.

Je suis sortie par la ruelle et de retour dans l'immeuble, en grimpant l'escalier de pierre, je découvre Monsieur Fernand accroupi, clouant des planches sur le battant de la porte défoncée sous le regard de Marie-Aubépine, le courage fait femme, qui dit très fort dès qu'elle m'aperçoit :

– Le Maréchal n'est pas encore mort !

Il est à Sigmaringen, où les Allemands l'ont transféré avec des membres de son gouvernement.

Monsieur Fernand sifflote avant d'annoncer :

– J'en ai encore pour trois minutes.

– Vous fermerez la porte à clé, j'espère.

– Bien sûr Madame. Ma femme est à l'intérieur, elle fait un peu de ménage.

– C'est bien, n'oubliez pas de fermer les volets.

– Pour qui elle se prend celle-là, siffle Marie-Aubépine, sa bouche rose fermée comme un cul de poule, ce n'est pas une Espagnole qui va faire la loi dans l'immeuble, non mais !

Je souris en grimpant l'escalier. Ah ! qu'elle rirait, Gracieuse, si elle était là !

Où est-elle à cette heure ?

Mademoiselle Lavignes dépérit, elle passe ses journées à pleurer.

La nuit venue, je l'accompagne dans son appartement pour qu'elle prenne ses affaires et remplisse ses valises.

Peureusement, nous descendons l'escalier à la lueur de deux bougies. La clé, qu'elle avait gardée dans son sac, glisse dans la serrure, et elle ouvre la porte sur un capharnaüm. Des craquements nous font sursauter.

– Ce sont les souris, bredouille-t-elle, j'ai peur des souris.

Elle découvre le piano défoncé à coup de crosse. Nous devons agir vite, Marie-Aubépine habite au-dessous, sous le parquet qui grince.

Irène Lavignes bourre deux valises et ouvre un grand sac de toile.

– Dans la cuisine, dans le placard, il y a du foie gras, des conserves, du riz, enfin, beaucoup d'aliments et même du champagne. Prenez tout.

Je n'ai pas peur des souris, je grimpe sur une chaise devant le placard resté ouvert et vide.

– Il est vide, lui soufflé-je.

– En haut du placard, enlevez la dernière étagère, la planche du fond va basculer, prenez tout ce que vous trouverez.

C'est vrai. C'est Byzance, il y a même un lingot d'or, un coffret en nacre. La bougie va s'éteindre. Je passe ma main à l'aveuglette. La cache est vide.

– Je voudrais emporter la pendulette même si elle est cassée : c'est lui qui me l'avait offerte.

Nous regagnons mon abri et le cagibi où sous l'ampoule électrique, Irène Lavignes inspecte son magot.

– Prenez toutes les conserves, propose-t-elle, et aussi ceci, je ne les ai jamais portées.

Dans un emballage de papier de soie, une longue chemise de nuit en satin gris incrustée de dentelle blanche et une petite veste de laine mousseuse, toute blanche, bordée de satin avec une rangée de petits boutons de perle reposent dans un carton d'une grande maison de couture.

D'avoir retrouvé ses trésors, la langue d'Irène Lavignes se délie.

– C'est un cadeau de lui, m'avoue-t-elle dans un soupir en glissant à son doigt un anneau serti de diamants.

– Je ne veux rien savoir, dis-je, il faudra aussi songer à partir.

– Et s'ils m'arrêtent ?

– C'est le risque à courir, mais ils ne promènent plus les femmes nues et tondues dans les rues.

– Il faudra bien de toutes les manières que je paie un jour, soupire-t-elle, fataliste.

Elle a regagné son appartement quatre jours après avec ses valises, ses trésors. Je l'ai aidée à redescendre mais j'ai refusé qu'elle m'embrasse quand elle a refermé sa porte.

Trois jours après, la police est venue l'arrêter. Destination : le camp de Gurs.

À Noël, le commandant Ordoki a accordé une permission exceptionnelle de deux jours à ses combattants.

Un commandant exceptionnel, un spécialiste du sabotage arrêté, torturé, évadé trois fois.

Mikel ne cache pas son admiration.

– Oh ! la crèche ! sourit Mikel en la découvrant sur le pétrin entre la porte-fenêtre et la fenêtre de la cuisine. C'est Diego qui serait ravi !

Il neige depuis deux jours.

J'ai fermé les rideaux, bourré la cuisinière de charbon que j'ai acheté au marché noir, allumé des bougies partout, et dans la cheminée crépite un feu où s'embrasent les derniers sarments de vigne de Marcel sous deux énormes bûches de chêne.

– Il fait bon, dit Mikel qui a passé une tenue civile et fait des allers-retours entre la chambre des enfants et la cuisine.

Nous dînons tous les six autour de la belle table recouverte d'une nappe rouge, avec en son centre un bouquet de houx rond comme les miches de pain de Veillesalle.

Le dîner est fameux grâce à la générosité d'Irène Lavignes qui paie dans la neige de Gurs son amour pour Hermann.

Nous passons la veillée de Noël autour de la cheminée, moi assise sur le bras du fauteuil où siège Mikel, avec à ses genoux les enfants. Un tableau qu'Aurelio Arteta aurait pu peindre.

Au pied de la crèche, le lendemain matin, dans chaque chaussure, il y a une orange, une bourse de papier de soie où j'ai déposé des carrés de chocolat et un dessin de moi pour chacun des enfants : l'école de Viellesalle pour Julian, où je l'ai dessiné jouant aux billes avec Martial.

– Oh, Martial ! a ri Julian.

– Oh, Pitzi ! a renchéri Manuela en découvrant le museau du chat sur son épaule.

– *Ama*, le tricycle de Veillesalle ! s'est amusée Flora, comment tu as fait pour qu'il roule ?

Anastasia boudait devant son portrait couronné de fleurs, le pouce dans sa bouche.

Le téléphone a sonné.

– Profite de ton bonheur, Lucie, bon Noël à vous tous, embrasse les enfants de notre part.

Xabier n'a fait qu'une courte apparition pour déposer une enveloppe à remettre au commandant Ordoki.

– Avec l'UNE, c'est terminé ?

– Oui. Ils n'ont pas voulu se rendre à l'évidence. Ils ont tenté à deux reprises, à travers la Navarre et l'Aragon, un soulèvement contre les autorités franquistes ; ils ont réussi à atteindre Pampelune. Mais au bout de quelques jours, ils ont repassé la frontière. Diego ne veut rien savoir. Il est fou de rage pour ses combattants épuisés qui ont été arrêtés et internés au camp de Gurs. Même si sur un plan purement tactique, je désapprouve Diego, je suis révolté de savoir internés tous les maquisards espagnols comme des malpropres, des indigents, dans un camp que je connais bien, où aujourd'hui sont internés des collaborateurs. Diego a été s'expliquer avec les militaires FFI. Il y a plus d'un millier de républicains espagnols au camp de Gurs aujourd'hui. C'est inadmissible ! Sur ce point, je suis d'accord avec Diego et d'accord avec Pablo.

– C'est scandaleux, souffle Xabier.

– Mais alors, à quoi bon, Mikel, continuer à vous battre pour ceux-là mêmes qui enferment les premiers combattants des maquis ?

Il se mord les lèvres, tapote ma main que je garde posée sur son genou malgré la présence de Xabier.

– Il serait heureux de t'entendre, Diego. Il refuse de continuer à se battre. Pablo n'a pas encore donné sa décision.

Il poursuit, plus pour Xabier que pour moi, la naïve au grand cœur, comme il m'appelle.

– Notre politique est la suivante. Nous devons vaincre les Allemands et libérer toutes les poches encore occupées par eux avant de pouvoir, avec le concours des Alliés, renverser la dictature franquiste.

En janvier 1945, le Bataillon Basque est au camp d'Ausone, au Bouscat.

J'ai reçu une lettre de Mikel. Une petite lettre sur une demi-feuille arrachée à un cahier.

Ma Lucia,

Jamais je n'aurais cru être éperdu d'amour. Je le suis. J'ai ta photo dans le portefeuille et je t'embrasse chaque soir avant de m'endormir. Ne riez pas Madame, ma cuirasse de combattant est craquelée par votre faute. Il neige au Bouscat comme il neige sur Bayonne. Le moral d'acier du Bataillon est la meilleure arme pour lutter contre l'ennemi. Embrasse mille fois les enfants. Dis-leur que je les aime et que j'ai hâte de les retrouver. Toi, je te couvre de baisers du haut de ton joli front jusqu'à la pointe de tes orteils. Ton Mikel.

Il est fou, ai-je pensé.

La neige obstruait les portes-fenêtres de la cuisine et de ma chambre. Des nuées d'oiseaux venaient picorer les charançons et les lentilles que nous leur lancions depuis la fenêtre. Le citronnier emmitouflé sous deux couvertures serrées par un fin cordage était devenu un énorme bonhomme de neige. Nous l'avons coiffé d'une boîte à chaussures et un tuteur des tomates a servi de pipe. Pour les yeux, Julian a peint deux bouchons de liège en noir, et un autre en rouge pour le nez.

Aucune automobile ne circulait. Les enfants s'amusaient à skier sur l'avenue jusqu'à ce que Flora reçoive une boule de neige bien tassée sur son beau nez.

Le 11 janvier, à la nuit tombée, une explosion sourde nous a fait sursauter. La sirène de la caserne des pompiers a retenti quand un grand fracas assourdissant s'est fait entendre.

La porte cochère s'ouvre sur l'avenue, un carré de lumière éclaire la neige. C'est Monsieur Fernand qui se tient sur le seuil et apostrophe les rares passants qui se hâtent.

Je descends jusqu'à la loge des concierges qui ne me refusent rien.

– Ce sont les halles, la toiture en fer s'est écroulée sous le poids de la neige et les grandes vitrines du magasin Conchon Quinette (qu'encore maintenant, j'ai du mal à bien prononcer depuis qu'Élise et moi disions à Hortense, en toute bonne foi : « Chouette ! aujourd'hui nous allons au Cochon qui tète ! ») ont explosé. Il n'y a aucun blessé, c'est vraiment une chance.

Le lendemain, la presse fait ses choux gras de l'accident. Les titres s'étalent à la une des journaux : *La neige aurait pu tuer !*

La neige de Bayonne renvoie à la page deux des quotidiens la neige des Ardennes, où les Allemands refluent après avoir tenté en vain une ultime contre-offensive.

Xabier passe et revient. Il est de ces fidèles qui avant de rentrer chez eux, font un détour obligé par la petite chapelle sur leur chemin de pénitent.

– Écoutez demain matin la radio, voici la fréquence – il me tend une feuille d'agenda périmé –, Jesús Maria de Leizaola, le vice-président du gouvernement, va parler depuis Paris.

Je cherche les ondes ce 29 janvier, et j'entends :

« Euzkadi, la première agressée, doit être présente dans la dernière bataille, dans la victoire définitive sur l'anti-démocratie européenne... Jeunesse basque, pour Euzkadi, engagez-vous dans les rangs de l'Unité Militaire Basque qui s'est constituée pour lutter contre l'Allemagne. »

Le téléphone retentit comme un appel au secours. C'est Élise :

– Pedro s'en va. Il rejoint le Bataillon. Qu'est-ce que tu en penses, toi, Lucia ?

– Il y a longtemps que je ne pense plus.

– Tu n'as pas peur, Lucia ?

– Il y a longtemps que je n'ai plus peur.

– Arrête, ma grande, tu devrais venir à la maison, à deux on pourrait se tenir chaud.

– Et soutenir Thérèse qui dépérit.

Le Bataillon Basque Gernika, sous les ordres du commandant Kepa Ordoki, a été intégré au RMME commandé par le chef de bataillon, le Polonais Jan Chodzko, intégré lui-même à la Brigade Carnot commandée par le colonel Jean de Milleret (Carnot dans la Résistance).

Toutes ces informations, je les tiens de Xabier.

Xabier traduit le RMME par le Régiment Mixte Marocain et Étranger, pour ceux et celles (comme moi) qui n'auraient pas compris.

Le 16 avril, avant d'attaquer, le commandant Kepa Ordoki s'est adressé ainsi à ses hommes :

« L'heure est arrivée de combattre ; de vaincre l'ennemi ; de faire savoir au peuple de France que les Basques savent lutter et mourir pour la Liberté. Vous, les vétérans, amenez les jeunes jusqu'à la victoire. Vengez les morts d'Euzkadi. Ce sont les mêmes Allemands qui causèrent la mort à Durango et à Gernika ; n'oubliez pas que la France sera fière de votre exemple. *Gora Euzkadi askatuta !* »

Le commandant Ordoki a donné l'ordre à ses *gudari* d'attaquer; derrière l'*ikurriña*, en criant « *Gora Euzkadi!* » et en chantant « *Eusko gudariak gera* », les hommes se sont élancés contre l'ennemi comme un seul homme.

– Vous êtes bien informé, Xabier, nous sommes le 18 et vous savez presque minute par minute le déroulement des opérations.

– Nous avons sur place nos radios! se fâche-t-il.

– Pardon, excusez-moi.

Trois jours après, Xabier apparaît rayonnant:

– Les combats de la pointe de Grave se sont terminés hier à vingt heures trente. Les pertes totales de la Brigade Carnot sont de quatre cents morts ou disparus et de mille blessés. Rassurez-vous Lucia, ni mon fils, ni Mikel, ni Pedro ne sont au nombre des disparus et des blessés… Des morts non plus, évidemment.

Le 22 avril, le général de Gaulle atterrit sur l'aérodrome de Grayan.

Il passe les troupes en revue et procède à des remises de décoration.

S'arrêtant devant le drapeau basque, il le salue longuement et déclare à Kepa Ordoki:

– Commandant, la France n'oubliera jamais les efforts et les sacrifices accomplis par les Basques pour la libération de notre sol.

Le drapeau basque reçoit la croix de guerre; c'est le souhait de tous les officiers du Bataillon Gernika qui n'aspirent à aucune récompense personnelle.

Le 23 avril, Mikel, que j'entends mal, m'annonce à son tour la victoire:

– Le 26 avril, nous défilerons à Bordeaux, huit ans jour pour jour après le bombardement de Gernika, est-ce que tu peux venir avec les enfants jusqu'à Bordeaux? Pour moi ce serait plus qu'un honneur, ce serait le bonheur.

– Je vais essayer mais je ne te promets rien.

L'essence rationnée, les trains qui circulent mal m'empêchent d'aller à Bordeaux, et je lis dans le journal *Le Républicain du Sud-Ouest*, en gros titre :

Bordeaux accueille les vaillants libérateurs de la pointe de Grave.

*La population n'a pas ménagé ses ovations lors du défilé triomphal de la Brigade Carnot dans les rues de Bordeaux. Les troupes ont défilé derrière leurs drapeaux déployés et l'on a pu remarquer l'*ikurriña *à la tête du Bataillon Basque Gernika. Une foule considérable venue de tous les coins du département a chaleureusement acclamé les troupes.*

Le 1er mai, c'est au tour de Jose Antonio Aguirre, arrivé à Paris le 19 avril 1945 en provenance de New York, de se rendre au campement de Macau, où les combattants saisis d'une grande émotion acclament leur président.

– Ça a été pour nous tous un moment inoubliable. Le commandant Chodzko a embrassé sa croix de guerre et l'a remise au président Jose Antonio en lui disant : « Quand nous irons libérer votre pays, vous me la rendrez sous l'arbre de Gernika. » Lucia, nous serons demain à Bayonne, nous défilerons avec le Bataillon.

– Je le sais, j'ai lu *Sud Ouest*.

– Je suis obligé de te quitter, je ne suis pas le seul à vouloir la ligne…

Dans l'édition du 3 mai 1945, j'avais lu :

Modestes autant que braves !

Sachez, vous qui nous lisez, accueillir les volontaires basques en guerre depuis neuf ans contre le même ennemi de la France avec la chaleur et l'estime que mérite leur courage ainsi que l'amitié qu'ils nous ont sans cesse témoignée.

Nous sommes sur le pont Mayou avant l'arrivée du Bataillon, Xabier, Maria-Belen, mes parents, Honorine, Élise et ses enfants, Thérèse et les siens, Jeannotte, ses enfants, sa mère et moi avec les petits. À nous tous, nous occupons le trottoir sur toute sa longueur et sa largeur.

Je me suis habillée en femme du héros : j'ai une superbe robe bleu de Chine en soie, toute de biais avec un très joli décolleté et des broderies de velours noir sur les épaulettes – de vrais galons de commandant (je les ai mérités).

– Les voilà ! annonce mon père, les voilà !

Nous les voyons arriver dans le lointain avec en tête le commandant Ordoki devant notre drapeau.

L'ovation sort de nos gorges avec nos larmes. Ils défilent devant nous, les *gudari*, fiers sous leurs casques, l'arme à l'épaule.

J'aperçois Mikel tandis que Flora crie :

– *Aita* ! C'est *Aita* !

Un doigt sur la bouche, mon père se retourne vers elle, les larmes au bord des yeux : « Chut ! »

Je vois Pablo et Juan et aussi le tout jeune combattant Juan Anton.

Ils défilent jusqu'à la mairie sous les applaudissements. Je pense aux absents. Ils sont nombreux, à eux seuls ils formeraient un petit bataillon.

– Des héros, s'enorgueillit mon père, pas des FFI de la dernière minute, ceux-là !

Le Bataillon est au garde-à-vous devant le balcon de la mairie, la main au képi ou au casque pour une vibrante « Marseillaise » et un « *Eusko gudariak gera* » repris en chœur par nous tous.

Les militaires rompent les rangs et une foule s'agglutine autour d'eux, les entoure, les congratule.

Je monte sur mes ergots, mon œil de poule aux aguets. Le casque de Mikel luit sous le soleil. Il est à demi penché vers une jeune femme tendue vers lui, tout sourire.

La jalousie m'enlace comme un python royal, la gorge en feu, je réponds à Élise :

– Non, je ne le vois pas (alors que je ne vois que lui).

Je fends la foule à mon tour, je pousse Anastasia devant moi, les grands me suivent.

Je m'approche du couple, un poignard entre mes dents.

– Oh ! Lucia, sourit Mikel en m'enlaçant, je te présente Maryse Castillon, notre boîte à lettres.

Elle a les yeux bleu pâle comme sa robe et un foulard rouge torsadé dans sa coiffure montée comme un saint-honoré soufflé par un coup de vent force huit.

– Enchantée, dit-elle, je suis très heureuse de vous saluer.

Pas moi !

Elle a deux poils qui dépassent de sa narine droite et les lobes des oreilles plissés par les suspensions qu'elle y a accrochées : des sauteuses en verroterie bleue.

– Je vais saluer les autres combattants, susurre-t-elle tout sourire en caressant les cheveux de Manuela.

– Qui est-ce ?

– Une formidable et courageuse femme. Elle a réussi à faire le relais entre les différents maquis sans jamais se faire prendre pendant toutes ces années.

– Une héroïne. Un héros. Merveilleux. Pardon d'avoir interrompu la scène émouvante de vos retrouvailles.

– Tu arrêtes, Lucia, c'est indigne de toi.

Pablo m'enlace.

– Qu'est-ce que j'avais dit, Lucia ?

Je souris et je récite, mes yeux dans les siens :

– Si nous gagnons, je reviendrai vous voir.

Le 8 mai 1945, toutes les cloches carillonnent. C'est la victoire. Laquelle ? Franco règne par la terreur sur la Péninsule.

Le maréchal Pétain s'est rendu à la justice française (pauvre vieux tremblotant de tous ses membres, que de Gaulle attend dans l'ombre pour lui régler ses comptes). Jean Ybarnegaray et Léon Bérard remontent chaque matin devant leur glace leur nœud papillon avant d'aller humer l'air de la rue.

Les républicains espagnols sont toujours internés au camp de Gurs.

Mon frère est je ne sais où sur cette terre.

Xabier a reçu un mot sibyllin de Jon :

Ne vous inquiétez pas. Je vais tenter une intrusion sur les terres du camarade Staline. Pour retrouver les petites Zarategi Margarita et Aurelia. J'ai donné ma parole.

– Il est donc en URSS, dis-je.

– Il est fou, ne peut s'empêcher de gronder Xabier, nos agents de liaison ne nous ont jamais été aussi précieux, et lui il file en URSS. Parole donnée ou pas, c'est absurde et dangereux.

Mikel se tait. Depuis ma rencontre avec Maryse Castillon, jour où je lui ai gâché son retour triomphal, nous nous boudons.

Jeannotte a rouvert l'hôtel et le restaurant Lasserre après s'être rendue aux arguments de Xabier.

– Le jour où ils reviendront, vous verrez comme ils seront heureux !

Jean et Marie Larretche approvisionnent le restaurant, et Jeannotte, timidement, a ressorti les menus dans l'attente des clients.

15 mai 1945 – Quelle victoire, vraiment ? Jeannotte a appris hier par deux gendarmes la mort de son mari le 27 juillet 1944 au camp de Mauthausen, en Autriche. Elle a refusé le plus petit hommage religieux : « Il était communiste, a-t-elle dit en maîtrisant son chagrin. Il aura tenu quatre ans. » C'est tout ce qu'elle a ajouté. Pas un mot de plus. Le Bataillon Basque est au repos. Les Alliés ne se pressent pas pour renverser Franco.

Alors, quelle victoire ?

Ce matin à Bayonne, les camarades de Louis ont organisé une petite cérémonie publique devant le monument aux morts, où Françoise dépose une gerbe pour son père alors qu'un clairon joue la « Sonnerie aux morts ».

– Chère Jeanne, chers enfants, votre père, ce héros mort dans un camp de la barbarie nazie, est tombé comme tant d'autres de nos camarades. Camarades, n'oublions jamais les premiers d'entre nous qui, parce qu'ils étaient communistes, ont payé un lourd tribut à la patrie. À toi, Jeanne, femme de courage et d'abnégation, nous t'offrons, au nom de tous les camarades du Parti, l'insigne que Louis aimait à porter au revers de son veston.

Je pleure.

Jeanne, fière et droite, accroche l'insigne au veston de son fils :

– Pour qu'il continue le combat de son père, dit-elle.

Elle est applaudie, et « Le Chant des partisans » s'élève fort, bouleversant. Des passants s'arrêtent un court instant, puis repartent.

Le 7 juin 1945, le Bataillon Gernika retourne à Bordeaux, où il sera employé à l'aménagement d'un champ de tir et à l'entretien d'un terrain militaire servant d'entraînement.

Mikel n'est pas enthousiaste lorsqu'il part rejoindre son nouveau campement. Je ne dis rien quand il nous quitte, même si durant la nuit, suspendue à ses lèvres, je lui ai demandé, moqueuse :

– Et pour le courrier, je m'adresse à Maryse Castillon ?

– Oh ! Lucia, tu es vraiment pénible. Laisse Maryse Castillon là où elle est.

Il a mordu mon épaule, et je me suis livrée pieds et poings liés au combat qui m'a laissée exténuée le matin venu.

Avec des bons d'essence, j'ai pu en juillet conduire la voiture qui n'avait pas pris une ride.

À Navarrenx, Aimée jouait sur la terrasse de l'hôtel avec deux petites filles aux cheveux bouclés ; elle ne nous a pas entendus arriver, son rire clair couvrait le roulement des eaux du gave.

Les petites filles – les petites juives ravies au camp de Gurs *mais dont Aimée ignorait la cachette* – ont levé leur tête au crissement du gravier sous nos pas.

– Maminou, il y a une dame.

– Oh, ça alors, quelle surprise ! Jules, viens voir qui est là !

Myriam et Simone, juchées sur les genoux d'Aimée, nous ont regardés, inquiètes.

– Oui, ma pauvre, chaque fois qu'un étranger passe la porte, elles sont comme ça. Elles ont dû tellement avoir peur, ces minounettes.

Elle les embrasse.

Elle raconte ses propres peurs, celles de Jules dès que la zone libre a été envahie, son voyage jusqu'à Brignoles, puis son arrivée à Pomples où des amis avaient un petit mas où on s'est tous entassés. Oh! peuchère!

– Ne vous inquiétez pas, rit Jules, elle l'a appris là-bas.

– Nos trois fils étaient au STO, deux sur le Mur de l'Atlantique, un dans une usine d'armement en Allemagne, oh! peuchère, quelle vie! Maintenant on attend que les parents des petites reviennent. Pour l'instant, c'est que du bonheur, pour Jules et moi et pour les petites aussi.

Elle essuie une larme. Si je ne connaissais pas l'histoire, je prendrais Aimée pour leur mère.

– Les petites vous ressemblent, soufflé-je avant de partir.

– Tout le monde me le dit…

Je roule jusqu'au château: il est vide. Les enfants ont regagné à Bayonne la grande maison au-dessus de l'Adour où entre les arbres, ils marchent par petits groupes. Ils ont grandi. Ils attendent.

Henriette de Lasalle peint, au centre de trois pins parasols, des pins parasols façon Cézanne, sa nouvelle passion qu'elle veut me faire partager autour d'une tasse de thé, après avoir distribué des biscuits moisis sortis d'une boîte en fer et que les enfants, Julian surtout, recrachent sur les massifs de cannas qui s'élèvent au centre de la pelouse.

J'ai peu de temps, je voudrais aller jusqu'à Veillesalle voir Rose. Je laisse Henriette avec Paul Cézanne et me dépêche de grimper (en voiture) jusqu'au sommet du coteau.

Veillesalle n'a guère changé. L'école est fermée: ce sont les vacances. Rose est assise sur la chaise basse devant la porte de la cuisine. Elle regarde l'horizon.

– Ô mes petits polissons, dit-elle en nous découvrant, comme je suis heureuse de vous retrouver.

Elle s'aide d'une canne pour marcher. Nous sommes allés jusqu'à la maison, toute close de ses volets gris. Le potager exposait ses tuteurs sur une terre nue et noire. Je savais où trouver la clé, mais je n'ai rien ouvert ; dans la remise, Flora a déniché son tricycle, nous sommes allés jusqu'au bout du coteau et nos pas faisaient crisser l'herbe sèche. Nous avons regardé dans le lointain les cimes enneigées des Pyrénées, en silence, dans la magie des lieux. Je me suis défendue de penser à Jon, et je ne pensais qu'à lui.

L'après-midi s'achevait.

– Revenez vite, petits polissons !

– Nous reviendrons, Rose, c'est promis !

Mais tout est promesses de vent. Elle attendrait, Rose, c'était la seule vérité. Elle tendrait l'oreille au moindre bruit. Elle dirait : « C'est peut-être eux. » Un rayon de joie la traverserait pour vite s'éteindre quand elle comprendrait que ce bruit au bas du coteau, ce n'était rien d'autre que le nouveau tracteur du fermier. Et puis rien. Je le savais en l'embrassant, je le savais. Je voyais ses pauvres yeux voilés qui attendraient notre retour derrière la vitre grasse de la cuisine de la grande bâtisse. Et je suis partie : « À bientôt, Rose ! »

Françoise, assise sur la dernière marche du grand escalier, nous attendait.

– Madame, Pierrot est revenu ce matin et Monsieur Marcel aussi.

– Et Gracieuse ?

– Non, pas elle, Monsieur Marcel et Pierrot.

J'ai dévalé l'escalier, les enfants à ma suite, Anastasia dans les bras de Julian, pour arriver chez les Lasserre. Marcel se tenait assis dans le fauteuil de cuir de l'entrée, si maigre et si vieilli qu'il ressemblait au maréchal Pétain.

– Ô Lucie, a-t-il murmuré.

Il a eu un pauvre sourire, a levé la main vers les enfants.

– Nous arrivons tout juste de Buchenwald. Pierrot va mieux vous raconter que moi. Vous allez rester à dîner, Lucie ?

– Non Marcel, non, vous êtes fatigué, demain, je vous le promets.

La nuit nous a enveloppés avant que Jeannotte n'allume l'électricité et lui apporte un bouillon de poule dans lequel elle avait fouetté un jaune d'œuf.

Ce n'était plus Marcel, ce vieil homme affaissé dans le fauteuil que les enfants entouraient, les miens et ceux de Jeannotte.

Il n'avait pas la force de parler, ou il ne voulait pas parler.

L'horreur des camps, nous la découvrions dans les journaux, mais je l'ai vue surtout dans les regards de Marcel, de Pierrot et de Paul Hourcade, qui n'en parlaient pas.

Chaque jour, je croisais Paul chez Marcel. J'ai surpris parfois une bribe de phrase :

« René Martin n'a pas parlé sous la torture, il était déjà mort à notre arrivée au camp. »

Un enclos de murs les séparait de nous, où nous n'avions pas notre place.

Il n'y avait que les enfants pour franchir l'épaisseur des murs où Marcel était enfermé.

Il jouait aux échecs avec Julian et esquissait un sourire quand dans un éclat de rire, Julian disait :

– Tu vois, Marcel, tu as encore perdu !

Mon frère a été démobilisé le 30 août à Toulon.

Hortense a voulu un grand repas de famille qu'elle a dû repousser au mois d'octobre.

Les deux cent trente membres du Bataillon Basque ont été démobilisés le 30 septembre 1945.

Franco pouvait dormir sur ses deux oreilles, personne ne viendrait l'arracher à son lit.

Mikel est arrivé de Bordeaux un matin doré de septembre.

J'ai compris à sa grimace, quand il a franchi le seuil de la porte, qu'il valait mieux ne pas parler du futur.

Le repas dominical nous a rassemblés autour d'une immense table. Il a fallu pousser les fauteuils et les meubles pour pouvoir la monter. Thérèse s'était chargée de la réception, comme elle disait.

– Raconte, Juanito, raconte ! Même si j'écrivais un roman avec ce qu'il a vécu, personne ne le croirait, insistait Thérèse, volubile comme un oiseau des îles, tout en amenant les nouveaux plats.

Dix fois, elle a raconté l'épopée de mon frère : le *Maillé-Brézé* coulé au large de l'Écosse où son pauvre copain Alain, soufflé par la déflagration de la bombe, la peau détachée du visage et du dos, est mort dans ses bras, en lui chuchotant : « Promets-moi, Juan, quand tu reviendras au pays, promets-moi, va voir ma femme, dis-lui que je l'aimais », le rapatriement sur Toulon puis l'embarquement sur le contre-torpilleur, le *Var*, pour accompagner l'or de la Banque de France jusqu'à la Martinique, et d'où Juanito a voulu s'évader pour rejoindre les Forces Françaises Libres du général de Gaulle, où il a été pris, condamné à mort par les officiers de Vichy (Thérèse répète deux fois « ceux de Vichy »), la cellule à ciel ouvert, les bananes vertes (à entendre Thérèse, la cellule se trouvait sous un bananier), le peloton d'exécution prêt pour la sentence juste au moment où les Alliés délivrent la Martinique ; ensuite, embarquement sur le *Jules Verne* jusqu'à Alger, et de là, le débarquement en Sicile en août 1944, puis Naples, puis le débarquement en Provence. Puis l'ordre de réembarquement pour Sétif… et là, « raconte-toi, Juanito… ».

– Arrête, Thérèse, demande Juanito les yeux tristes, le 8 mai 1945, c'est vrai, j'étais à Sétif, on nous a fait tirer sur des enfants, des femmes, des vieillards, je n'ai pas envie de raconter.

– Ô mon Juanito, ne pense pas au pire, tu es vivant, c'est le principal.

Elle met sa main sur l'épaule de mon frère en le regardant amoureusement.

– Vivant oui, mais à quel prix !

Mon père se taisait, Hortense glissait : « Tout passe, Juanito, tout passe. Avec le temps, tu finiras par oublier. »

En aparté, Honorine inquiète me confiait : « J'ai bien peur qu'il ne s'en remette jamais, ton frère. »

Après le repas, alors que nous rentrions avec Mikel et les enfants :

– Lucia, et si nous partions vivre à l'étranger, à Caracas ?

– À Caracas ?

– Oui ! s'écriaient les enfants, à Caracas ! à Caracas !

Je les aurais giflés.

– Et pourquoi pas à Veillesalle ?

– Oui, pourquoi pas à Veillesalle ? Tu as raison, Lucia. Le sujet est clos.

De Caracas, le courrier commençait à nous parvenir. Des lettres de 1940. De 1942. Des lettres du passé.

Les lignes téléphoniques étaient souvent en dérangement, ou dès qu'elles étaient rétablies, on entendait une voix que j'imaginais dans les profondeurs de l'Atlantique prononcer : « La ligne va être coupée », couverte aussitôt par une voix américaine, un charabia de mots, d'où émergeait parfois : « Vous m'entendez ? Moi, je vous entends très mal. » C'était Anastasio.

Gracieuse est arrivée à Bayonne un jour de novembre lumineux et tiède. Nous étions tous sur le quai de la gare, impatients, avec des bouquets de fleurs et des sourires.

– J'ai mis le costume qu'elle préfère, avec la cravate qu'elle aime. Elle va être heureuse, souriait Marcel, un œillet blanc à sa boutonnière.

Le train s'est arrêté. Nous avons cherché longtemps l'élégante Gracieuse, avant d'apercevoir un oiseau de femme entre deux infirmières de la Croix-Rouge.

Nos sourires se sont figés.

Elle n'avançait pas, Gracieuse, elle était portée, et Marcel s'est précipité vers elle, pathétique.

– Bien, a dit Paul, je ne crois pas qu'elle soit en état de faire un pas de plus.

– Oh, pleurait Jeannotte, oh, Madame, pauvre Madame.

J'ai saisi la main de Mikel.

– Va, Lucia. Va l'accueillir. Vas-y, fais-lui plaisir.

Elle m'a souri, Gracieuse, dès qu'elle m'a aperçue.

– Ô Lucie... Comme c'est gentil, a-t-elle balbutié d'une voix grave, enrouée.

J'ai embrassé le pauvre petit visage ridé comme une vieille pomme.

Paul s'est chargé d'elle comme d'une enfant. Elle est restée deux jours dans sa chambre, à boire de l'eau et à se forcer à avaler de la mie de pain trempée dans du lait; jusqu'à ce que d'une façon énergique, parce qu'elle ne voulait pas quitter son lit, Paul la conduise à l'hôpital.

J'y allais chaque jour, je gardais sa main dans la mienne. Je ne faisais rien d'autre que de rester là, auprès d'elle.

Elle sourit parfois, d'un sourire fragile, où j'essaie de retrouver celui d'autrefois.

Un matin où je me savais seule avec elle pour plus d'une bonne heure, je l'ai déshabillée comme si elle était devenue mon enfant. C'était entre elle et moi une histoire de femmes, une histoire d'entrailles.

Elle s'est laissé faire, Gracieuse.

– Je ne vous fais pas mal?

– Non, non Lucie, ça va.

J'ai passé sur son corps fragile, fripé, où les seins n'étaient plus que deux petits sacs de peau flasque, la très belle chemise de nuit de satin gris et la si jolie veste de laine mousseuse, pour cacher ses bras décharnés et surtout celui où la peau était noircie par des chiffres.

– Ce n'est pas tout, ai-je murmuré en lui passant autour du cou son collier de perles grises.

– Oh! mais que vous voilà belle aujourd'hui! a dit l'infirmière en entrant pour la piqûre.

Marcel est arrivé à sa suite.

– Comment me trouves-tu, mon *Gascoún*?

– Belle, très belle.

Elle a souri:

– Mais j'ai les lèvres sèches.

– Qu'à cela ne tienne, répond l'infirmière, je vais aller vous chercher un tube de beurre de cacao.

– Lucie, a appelé Paul, viens, j'ai deux mots à te dire... Elle ne passera pas la nuit, Gracieuse, alors si tu veux lui dire au revoir, fais-le maintenant. Marcel a envie d'être seul avec elle.

– Et Jeannotte?

– Elle arrive, a répondu Paul en m'embrassant sur le front. Sois forte, Lucie, il faut qu'elle parte sereine.

– Viens, ma petite Lucie, viens, ne reste pas à la porte, j'ai quelque chose à te dire. Approche-toi. Merci pour ce que tu as fait tout à l'heure, tu m'as rendu un peu de mon apparence de femme... Je sais que je dois partir... Entre, Jeannotte, entre... Approche, toi aussi... serrez bien fort ma main.

Marcel, de l'autre côté du lit, assis sur une chaise, tenait sa tête posée sur la main de Gracieuse.

– La mort est douce à ceux qui ont beaucoup reçu. Je ne sais pas si c'est parce qu'ils ont beaucoup donné, mais moi, j'ai beaucoup reçu de vous. Merci à toi Lucie, merci à toi Jeannotte, merci à vos enfants. Je pars calme et heureuse. Ne pleure pas mon *Gascoún*, je ne te quitte pas. Je reste avec toi.

J'ai embrassé sa main et son front.

– Adieu, Lucie.

Je ne l'ai pas quittée des yeux tant que je n'ai pas franchi la porte.

C'est après, dans le couloir, que j'ai laissé éclater mon chagrin.

– Elle est trop faible, son cœur ne peut pas tenir, a murmuré Paul, son bras passé autour de mes épaules.

Jeannotte est sortie à son tour, si défaite que Paul l'a assise dans un fauteuil.

Le couloir était silencieux, éclairé d'une grande fenêtre.

La voix de Marcel nous est parvenue étouffée, il chantait.

« *Se canti, jo que canti, canti pas per jo*
Canti per ma mia, qui ei auprès de jo[13]. »

Nous avons écouté la voix sourde.

« *Qui ei auprès de jo.* »

Le silence du grand couloir à nouveau. L'attente derrière la fenêtre, le regard qui suit les feuilles rousses qui s'envolent, les rouges-gorges qui piquent un grain par-ci par-là et font la chasse aux moineaux.

La porte s'est ouverte doucement sur Marcel.

– Elle vient de partir à l'instant, a-t-il dit avant de s'effondrer au creux de nos bras, à Jeannotte et à moi. Qu'est-ce que je vais devenir sans elle ?

Bayonne, en grand deuil, a enterré Gracieuse Lasserre trois jours après. La cathédrale était noire de monde, et noire tout simplement. Sur son cercueil, entouré de drapeaux français et du drapeau basque tenu par Xabier, reposait sur un oreiller de velours rouge la médaille de la Résistance. Moi, je n'ai vu que Marcel et en sortant sur le parvis, Diego qui a salué le cercueil de son poing tendu.

15 décembre – Gracieuse est partie pour un ailleurs qu'on ne connaît pas. Je lui parle tous les jours en regardant le ciel, comme si elle se tenait là-haut, assise sur un nuage. Nous dînons chaque soir avec Marcel. Et puis un jour, nous dînerons avec Marcel un soir par semaine, puis un soir par mois...

13- « Quand je chante, je ne chante pas pour moi
Je chante pour ma mie, qui est auprès de moi. »

Mikel découvre ce qui a été ma vie pendant son absence. Il est tendre et doux. Il m'a proposé d'acheter la maison de Veillesalle.

Pourquoi pas?

Joseba Zubialde est rentré du camp de Dachau, où Juan Goitia est mort sous les coups d'un kapo.

Mademoiselle Irène Lavignes est revenue de Gurs. Elle se fait grise comme les murs. Elle ne donne plus de cours de piano. Elle ne donne plus de cours de chant. Elle ne chante plus. Elle vend des chapeaux chez un chapelier de la rue de la Monnaie. Elle ne sort que couverte d'un couvre-chef.

À part ça, la vie continue.

16 janvier 1946 – Mikel m'a offert la clé de la maison de Veillesalle pour mon anniversaire. J'ai trente-trois ans, un âge que je n'aurais jamais cru pouvoir atteindre tellement il me semblait vieux quand j'avais dix ans. Je ne sais pas si la maison de Veillesalle est une si belle idée, même si Mikel y a retrouvé là-bas Vincent et Clémence et leur toute petite fille qu'ils ont tout simplement appelée Rose, Vincent sait ce qu'il lui doit, même si la famille Baer a fait souche dans le hameau, même si les parfums du raisiné de Rose embaument déjà l'air du coteau. Je ne sais si je saurais me défaire, comme d'une vieille peau, des bonheurs enfuis.

28 août 1946 – Nous avons passé l'été à Veillesalle où Marcel nous a rejoints à la fin du mois de juillet. Nous dînons presque tous les soirs dehors, sauf quand les violents orages poussés par les vents des Pyrénées éclatent sur le coteau. Rose se tient à table comme une reine. Elle porte depuis que nous sommes ici des robes noires de satin avec des collerettes de dentelle. Ce soir, elle s'était parée d'un collier d'argent finement ciselé. Étrange Rose, qui nous dit : « Il ne faut jamais désespérer, il y a des fins de vie qui sont plus belles que les débuts. » À la fin du repas, elle chante en béarnais. Je ne regrette pas le cadeau de Mikel.

L'été a laissé place à l'automne. Julian est entré en classe de cinquième et Manuela en classe de sixième. La rentrée scolaire sent l'encre, le papier neuf, les figues et les allées de fin gravier entre les tombes.

Marcel se rend tous les jours au cimetière.

Je l'y accompagne souvent, il se tient à mon bras. Nous parlons d'*elle*. Anastasia dépose sur la tombe des petits cailloux blancs avec lesquels elle essaie de dessiner un cœur. Marcel sourit et Anastasia entre nous deux, nous redescendons vers Bayonne. Rien n'est plus douloureux dans la mort que de ne plus entendre la voix. Je m'efforce de l'entendre encore, et c'est surtout ce qui me manque le plus de Gracieuse : sa voix.

Mikel s'est envolé pour Caracas, sans nous.

– Je reviendrai vite, a-t-il assuré, et nous y partirons ensemble cet été.

J'ai compris que le désir de revoir les siens était plus fort, et quand je l'ai quitté sur le quai de la gare, je n'ai pas pleuré. Je lui ai dit :

– Profite.

C'est tout. Pas un mot de plus, même si Julian s'est senti trahi par son père.

Diego passait la plupart de son temps au restaurant Lasserre.

Jeannotte avait créé un restaurant populaire qui ne désemplissait pas.

Marcel approuvait.

Et moi, j'y allais chercher Gracieuse.

Je n'ai jamais été aussi seule que cet hiver 1947 à courir après les ombres, à entendre la voix de Mikel : « Je rentre dans huit jours, Lucia », puis… « Je reste encore un peu. Tu ne m'en veux pas au moins ? »

– Je ne t'en veux pas.

Un Noël sans lui ou avec lui m'importait peu. Seuls les enfants étaient tristes. Ce soir, nous avons dîné chez les Lasserre, autour de Marcel, avec Diego et Pablo.

– Que veux-tu prendre, Lucia ?

– Un gin-fizz !

– Joyeux Noël à vous tous !

– Tchin-tchin !

– Un autre gin-fizz ?

Le téléphone a sonné.

– C'est Caracas, a annoncé Marcel.

Les enfants se sont précipités sur l'appareil.

– Joyeux Noël, *Aita* ! Joyeux Noël ! Toi aussi ! Nous aussi !

Mon tour est venu, et j'ai coupé la communication : *Joyeux Noël*, ai-je pensé.

Ce soir-là, j'ai dormi à l'hôtel Lasserre.

Je ne savais pas où aller, et surtout qui j'étais.

Un entrepôt flambant neuf le long du quai de Lesseps sur l'Adour porte une inscription qui se lit de loin : ÉTABLISSEMENTS LIZARDI-OLAZAGUIRRE. IMPORT-EXPORT.

– Mon père a raison Lucia, l'Europe manque de tout, de denrées alimentaires, de coton, de pétrole. Nous allons importer du riz, du sucre, du café, du cacao, de la farine de maïs…

Et pourquoi pas des petits Noirs, il en reste en Amérique latine, ainsi que de l'or et des diamants !

Il s'enthousiasme, Mikel, il emploie sept personnes dont Diego et Pablo et une secrétaire qui n'est pas Maryse Castillon mais Tomasa Jauregui Izaguirre, quadrilingue, venue tout droit de Londres, qui n'a que vingt-six ans, de très beaux cheveux bouclés dorés et surtout, surtout, des seins comme des obus pointés sous son chemisier blanc.

– Et en retour de toutes ces denrées, tu renvoies quoi sur le cargo de votre société ?

– Des moteurs rachetés aux Alliés.

Il est fier, Mikel Lizardi Olazaguirre. Il a bien fait de partir pour Caracas ; il en est revenu avec un titre mieux que celui de commandant : directeur général.

Il sillonne la France, il m'appelle de Strasbourg, de Dunkerque, de Caen, de Royan, de Bordeaux.

Et dans l'effervescence de ce qu'il a créé de toutes pièces, il me voudrait féconde.

Il n'a jamais été aussi beau, aussi actif, aussi tendre.

– Lucia, dis-moi ce qui te ferait plaisir.

Les larmes aux yeux, j'ai répondu :

– Revoir la Bastide et la rue de Candale.

Le printemps est magnifique où que l'on soit.

Il est splendide à la Bastide, dans cet immense quartier d'usines où nous portent nos pas.

L'appartement de Mikel est occupé par une famille. Les enfants jouent sur le trottoir. Nous passons. Nous buvons un café pour lui, un thé pour moi au Café du Port où le patron aviné ne nous reconnaît pas. Rue de Candale, l'entrepôt d'Arturo Katz est vide.

– Pardon Madame, excusez-moi, ici en 1933 habitaient Monsieur Arturo Katz et sa famille.

– Oui, ma belle, qu'est-ce que tu veux savoir ?

– Que sont-ils devenus ?

– Envolés en fumée, voilà ce qu'ils sont devenus, les Katz ! Pfuit ! Envolés !

Elle reprend sa cigarette, les coudes appuyés à la rambarde de la fenêtre. Elle ne sourit pas.

– Qu'est-ce que tu leur veux, aux Katz ?

– Rien. C'étaient des amis.

– Viens Lucia, viens. Ne restons pas là. Allons jusqu'à l'école des Beaux-arts.

– Non, ce n'est pas la peine.

Il m'a embrassée au milieu de la rue, dans le soleil, mais son baiser n'avait plus le goût du baiser d'autrefois.

À la fin de l'été, le dimanche 7 septembre, le général de Gaulle est arrivé à Bayonne. Une foule agglutinée sur les trottoirs, sur les balcons, agrippée aux lampadaires l'attend – *Le Courrier* annonce le chiffre de plus de soixante mille personnes –, les drapeaux bleu, blanc, rouge pavoisent l'avenue, et moi, j'ai passé la nuit à peindre sur un drap à la peinture rouge : *Mon général, n'oubliez pas la parole donnée aux combattants basques.*

J'ai accroché le drap aux deux balcons, je suis descendue sur l'avenue pour vérifier si on le voyait : on ne voyait que lui parmi les drapeaux français. J'ai remonté quatre à quatre les escaliers.

Il y a foule chez nous aussi, Xabier, Maria-Belen, leurs enfants, Diego, Pablo, Pierrot, Marcel, Jeannotte, les enfants, chacun voulait le voir. De la place de la mairie jusqu'à la cathédrale, il est obligé de passer sous nos balcons. J'ai fermé les volets sur le drap accroché et les portes-fenêtres à clé.

– Venez Lucia, venez le voir, il arrive !

– Je n'en ai pas envie.

– Il arrive ! s'écrie Jeannotte, il arrive !

Tout le monde se bouscule au balcon des deux chambres.

Deux coups stridents à la porte d'entrée.

– Police, ouvrez !

Un silence s'abat sur l'appartement.

– Police, ouvrez !

Je fais signe que non à Mikel. Je n'ouvrirai pas.

Les clameurs montent de l'avenue.

– Vive de Gaulle ! Vive de Gaulle !

Des cris. Des applaudissements. La porte explose. Six agents de ville s'engouffrent dans le salon, ouvrent les portes-fenêtres, les volets, se jettent sur le drap suspendu tellement bien accroché par du fil de fer que le général de Gaulle a le temps d'arriver au Château Vieux avant de commencer à gravir la rue en pente vers la cathédrale.

D'autres policiers en civil envahissent l'appartement, nous ordonnent de les suivre jusqu'au commissariat. Les enfants pleurent. Marcel s'offusque.

– Oh ! Monsieur Lasserre, nous ne vous avions pas reconnu.

– Qu'est-ce qu'on fait ? interroge un agent de ville.

– Embarquons les propriétaires, répond un policier.

– C'est moi la propriétaire, dis-je, je vous suis.

Il n'a pas su de quoi m'inculper, le subdivisionnaire du commissariat. Il avait été un résistant de la première heure.

Deux heures après j'étais dans la rue. Mikel m'attendait sur le trottoir en face avec Marcel et Xabier.

– Bravo Lucie, s'est réjoui Marcel, Gracieuse aurait été fière de vous.

Troisième partie

Les années d'après-guerre, je ne les ai pas aimées. Elles ont eu pour nous le goût amer de la trahison.

Nous avions perdu l'espérance.

Trop de morts et d'absents aimés jalonnaient mon chemin et souvent, pour un événement ou une nouvelle apprise, je pensais : *Tiens, je vais appeler Gracieuse.*

Mais elle ne répondrait plus jamais, Gracieuse.

J'aurais tant voulu lui dire qu'un petit Mikel était né là-bas, à Caracas, le 3 novembre 1950.

Itziar, dans une lettre enflammée, nous décrivait sa joie de jeune mère : *À trente-neuf ans, enfin ! je connais ce bonheur insensé de serrer contre moi la chair de ma chair. J'ai désespéré souvent, mais mon fils fait de moi la plus heureuse des mères sur cette terre (pardonne-moi Lucia, je sais que tu ne vas pas être de mon avis, telle que je te connais). Chaque enfant est unique comme chaque mère est unique, mais moi je suis unique parmi toutes les mères.* Aita *et* Ama *sont fous de Mikel, et je ne dis rien du bonheur d'Emilio qui me suit comme son ombre dès que je m'éloigne, Mikel au creux de mes bras.*

Les vies nouvelles émergeaient pourtant, mais ces années me semblaient aussi artificielles que le formica qui envahissait les nouvelles cuisines (sauf la mienne) et auquel Thérèse et Élise s'étaient abandonnées.

J'avais voulu et pu accompagner mon père à Donosti avec Julian et Manuela.

L'appartement de ma tante Ramonita était sinistre comme une sacristie d'église, et après avoir sonné sous le Sacré-Cœur qui ornait la porte d'entrée, je n'ai vu sur les murs que des tableaux de saints, et dans le salon, sous une grande palme séchée et blanchie, l'image de la vierge de Guadalupe dans son cadre doré.

– *Ene!* avait dit Ramonita en embrassant son frère, tu es toujours aussi jeune, Jose.

– Tu parles castillan, toi, maintenant ? s'est étonné mon père.

– Entre, Jose, entre, entrez les enfants, entrez vite. Ne restez pas là.

Et un doigt pointé tour à tour sur la cage d'escalier, vers le bas puis vers le haut, elle a eu une grimace de quelqu'un déchiré par le doute.

La peur régnait dans ses yeux et dans ceux de Ramon et de Lurdes.

Nous avons dû parler bas, même en castillan.

Elle avait changé, Ramonita, elle s'est emparée des lettres de Joseba que nous lui avions amenées et que j'ai sorties de mon corsage; elle les a lues, les a portées à ses lèvres puis les a données à lire à Ramon et à Lurdes qui, selon, riaient ou essuyaient une larme. Très vite après avoir déposé un dernier baiser sur les lettres, elle les a brûlées dans le poêle. Elle garde une photo de Joseba, la cache dans un cadre, derrière une image de sainte Thérèse d'Avila.

Elle dépose la sainte sur la commode et elle dit presque dans un souffle:

– C'est tout ce qu'ils tolèrent. Si tu savais, Jose, ce qu'ils nous font payer. Même la messe est en castillan. Tout le monde se méfie de tout le monde. J'ai tout déchiré, tout brûlé.

Lurdes se tait, fidèle jusque dans son regard à son jeune amour, mort dans les terribles combats de Lemona et dont le corps repose dans une fosse commune.

– Quelque part, par là-bas, répond-elle à mon père qui l'interroge.

Avant de partir, la mère et la fille nous confient les lettres pour Joseba que je cache sur moi.

Ramonita refuse l'argent que mon père vient de glisser à sa sœur discrètement.

– Non Jose, non! Ce n'est pas de cela que nous manquons.

J'ai voulu revoir mon ancien quartier. De l'immeuble où étaient nés Julian et Manuela il ne restait rien, même pas la ruelle. Un poussif immeuble vaguement baroque élargissait sa façade ventrue sur un mince trottoir de marbre noir, et autour de la porte cochère s'alignaient des plaques de cuivre. Aucune ne portait le nom d'Emilio Ruiz.

– Rentrons, a décidé mon père d'une voix forte, en français.

La langue de la non-intervention et de la trahison.

– Donosti a changé ? m'a demandé Mikel dès mon retour.

– Oui, et beaucoup plus que je ne le croyais. Il n'y a plus rien dans notre rue ; tout est neuf, mais je ne regrette pas d'y être allée. J'ai vu les différents visages du franquisme. C'est pire que tu crois, Mikel.

Il m'a attirée contre lui.

– Nous les vaincrons.

– Tu es optimiste.

Le 30 juin 1951, la France expulsa le gouvernement d'Euzkadi en exil de son siège, 11 avenue Marceau à Paris, pour que l'ambassade franquiste puisse prendre possession des lieux, y apposer sa plaque sur la porte et hisser son drapeau sur le balcon principal.

Jose Antonio Aguirre éleva une protestation d'une grande dignité contre l'expulsion par la force :

« Monsieur l'huissier,

Permettez-moi de faire une déclaration en qualité de président du Gouvernement Basque en exil et comme occupant de facto d'une partie de l'immeuble que la Ligue des Amis des Basques m'a concédée.

Nous sortons de cet édifice expulsés par la force publique en exécution d'une sentence qui qualifie de "voleur" le Gouvernement Basque, sentence obtenue pendant l'occupation allemande sous la protection de l'ennemi.

Je proteste contre cette violence et je déclare que notre honneur, notre bonne conduite et notre tradition méritaient un autre traitement. Notre cause a été unie à la vôtre, notre sang a été versé avec le vôtre dans la lutte contre l'ennemi commun, et maintenant nous sommes expulsés de cette maison pour la remettre aux mains de ceux qui, durant toute la guerre, furent alliés de nos adversaires de l'Axe.

Je proteste au nom du peuple à qui cette décision causera la plus profonde douleur ressentie en exil, surtout parce qu'elle est prise par des amis avec lesquels nous avons partagé douleurs et sacrifices communs pour la cause de la Liberté et de la Démocratie, cause à laquelle nous restons fidèlement attachés. »

La tristesse est immense après l'expulsion.

Xabier s'insurge. Mikel, les traits tirés, ne dit rien. Il n'y a qu'au fond de ses yeux que je lis la désillusion.

François Mauriac, Pierre Dumas, d'autres encore élevèrent leur voix contre l'iniquité de l'expulsion.

Des voix, seulement des voix contre la force des lois. Mais quelles lois ?

Le nouveau siège de la délégation basque est inauguré un an plus tard, le 26 juin 1952, 50 rue Singer.

Nous avons pris le train, entraînant Marcel, et comme des enfants tristes et heureux à la fois, nous nous sommes rendus à Paris.

C'était tout un symbole de se grouper devant le numéro 50, de s'y faire prendre en photo, de regarder l'objectif comme un point fixe, un point à atteindre.

– Monte, Lucia, m'a invitée Mikel, quelqu'un nous attend.

C'était Joseba.

L'émotion m'a figée sur place, et lui comme moi, nous avons hésité avant de nous précipiter dans les bras l'un de l'autre.

Treize ans que ni les lettres ni les appels téléphoniques n'avaient adoucis.

Il avait à peine changé, il avait les mêmes lunettes et quelques fils d'argent sur les tempes, mais c'était lui. J'ai su combien il m'avait manqué quand lors du dîner, je riais comme jamais aux histoires de sa vie à Caracas, et quand il imaginait Jon devenu l'amant préféré de Dolores Ibarruri à Moscou, quand du passé, il faisait étinceler une poignée d'étoiles. Il parlait à Marcel de Gracieuse, elle vivait sous ses mots, elle était là, entre lui et Marcel.

– Ma belle Lucia, tu m'as toujours manqué, et j'aimerais tant que tu connaisses enfin Marixa et notre petit Ander.

– Je te promets, un jour je viendrai à Caracas.

– Fais vite, la vie passe.

7 novembre 1952 – Je crois bien – je n'en suis pas encore sûre – être enceinte. Je n'ai encore rien dit à Mikel, le directeur général a peu de temps entre ses réunions – celles des établissements L.O. et les autres, toutes les autres où s'élaborent les stratégies pour renverser le franquisme, depuis l'intérieur même de la Péninsule.

Tomasa Jauregui Izaguirre a épousé le fils aîné de Xabier. Maria-Belen a beaucoup pleuré pendant la cérémonie, moi, j'étais captivée par l'opulente poitrine de la jeune mariée, magnifiée par le boléro de dentelle qui remontait les seins jusqu'au crucifix en or qui s'y trouvait coincé.

« À trente ans, moi aussi j'avais des seins sublimes mais tu n'étais pas là », ai-je soufflé à Mikel pendant la messe.

Veillesalle dort sous son manteau de grésil après l'orage et les rafales de vent violent. Une branche de noyer s'est brisée.

Nous avons attendu la fin de l'orage pour passer à table.

– Nous dînerons aux chandelles, ai-je déclaré.

– Ce vent, quand même, ne cesse de répéter Mikel.

Nous avons attendu le dessert pour aborder le sujet sensible.

– Bien, a annoncé Mikel, *Ama* et moi, nous avons quelque chose à vous dire.

– Vous allez vous marier ? a demandé Anastasia, mutine.

– Non, non, c'est autre chose.

– Vous allez avoir un petit frère ou une petite sœur, ai-je avoué, rougissante.

– Quoi ?! a clamé Flora, à votre âge ?

Nous étions face à nos juges.

– Attends, *Ama*, j'ai dix-huit ans, tu me vois annoncer à mes amis que bientôt je vais avoir un petit frère ?

– Très bien, a répliqué Mikel, nous pensions que cela vous ferait plaisir, mais nous constatons, votre mère et moi, que cela n'est pas le cas.

– *Aita*, ne te fâche pas, mais Julian a raison. Moi aussi je vais avoir du mal à annoncer la bonne nouvelle à mes amis.

Je me taisais. Je n'avais pas vu le temps passer.

– Ce n'est pas que vous êtes vieux, mais c'est bizarre...

– Moi je trouve très bien, a affirmé Anastasia.

Puis elle a éclaté en sanglots.

– Je ne pleure pas pour ça, je pleure parce que Rose est morte.

Mikel a pris sa main sur la table.

– Le bébé va naître en août, au beau milieu de l'été, voilà, j'espère que vous n'en aurez pas honte.

– N'exagère pas, *Ama* !

1er août 1953 – Il est là, tout brun, au creux de mes bras, ce petit dernier que les aînés ont accueilli avec beaucoup d'émotion. Nous l'avons appelé Xabi.

Anastasio et Arantxa arrivent dimanche. J'ai honte de n'être jamais allée à Caracas. La peur de mourir en plein vol sans doute. Quinze ans que les grands-parents du bout du monde n'auront pas vu leurs petits-enfants.

– Ils sont dans l'ascenseur, annonce, fébrile, Julian.

Nous descendons les marches jusqu'au troisième où Mikel tient la porte ouverte de l'ascenseur sur Arantxa.

– *Ene!* s'exclame Arantxa en nous découvrant, *ene!* Mes enfants !

Élégante, raffinée, elle est semblable à la femme de Getxo malgré ses cheveux blancs. Elle fait le tour de nous tous, elle sourit de ce sourire tremblé de toutes ses larmes retenues. Derrière elle, Anastasio apparaît, grand, les cheveux blancs lui aussi, plaqués en arrière, les yeux gris.

Toutes les années perdues sont celles que l'absence a dévorées.

Nous sommes là autour d'eux, ne sachant que faire.

Mikel invite ses parents à visiter l'appartement, cérémonieusement, tandis que je dispose sur la terrasse à l'ombre d'une toile ocre tendue d'un toit à l'autre les petits fours, le thé, le café, les jus de fruits.

Les enfants ont suivi leurs grands-parents. Xabi dort dans son berceau sous lequel somnole Pitzi, gros matou et bienheureux d'être gros.

– C'est superbe, Lucia. Nous aimons beaucoup cet appartement, dommage que depuis cette belle terrasse vous ne voyiez pas la mer.

C'est Anastasio.

Il s'assoit dans le fauteuil de rotin, et alors qu'il porte à ses lèvres un verre d'eau, je nous revois là-bas à Donosti, et l'espace d'une seconde flotte le visage de Jose Mari Larrañaga.

Arantxa – sans ma permission – berce Xabi au creux de ses bras.

– Les enfants ressemblent à Mikel, dit-elle, c'est extraordinaire, tout comme notre petit Mikel à Caracas ressemble à son oncle.

– Ô *Amona*, nous ressemblons aussi à *Ama* !

– Oui bien sûr, *mi cariño*, mais votre mère n'a pas le regard clair.

Et ainsi de suite jusqu'au dernier petit four.

Anastasio établit le programme du mois à venir.

– Nous dormirons chez Xabier. Nous nous rendrons à Ciboure rencontrer vos parents, que nous inviterons à dîner dans le meilleur restaurant – veuillez noter, Lucia, pour la réservation. Nous irons visiter Etxegorri, qu'il faudra transformer tôt ou tard en centre de colonies de vacances. Je verrai ceci avec Xabier. Nous irons à Bidart fleurir les tombes des *gudari*. Nous irons bien sûr à Saint-Jean-de-Luz rendre visite à notre ami Telesforo de Monzon que nous inviterons à dîner – notez, Lucia. Nous souhaiterions acquérir une concession perpétuelle au cimetière de Saint-Jean-de-Luz pour y faire transporter le cercueil de mon beau-père depuis Colindres – vous vous en chargerez, Lucia, vous êtes la seule à pouvoir passer la frontière –, en ce sens, j'approuve le fait que vous n'ayez jamais consacré votre union –, et de Caracas, nous transférerons la dépouille de ma belle-mère. Mes parents, puis nous-mêmes un jour serons réunis dans la mort en terre d'Euzkadi. Nous aimerions aussi acheter une villa face à la mer. Xabier, par courrier, nous en a présenté plusieurs. J'en ai retenu une, nous irons la voir après-demain. Mais avant, Mikel, je souhaiterais visiter les entrepôts. Julian, viens avec nous.

À vos ordres mon général, ai-je pensé.

Arantxa m'a entretenue pendant tout ce temps des morts de la famille :

– Mon frère a été fusillé à Villareal ou à côté, nous n'en savons pas plus. Mon beau-père et ma belle-mère voudraient mourir ici plutôt qu'à Caracas. Je ne sais pas si cela leur sera possible. Ma belle-mère est très diminuée.

Elle me parle du projet fou, insensé, dangereux d'Emilio et d'Itziar, qui souhaitent reprendre le cabinet médical à Orio. Une pure folie.

– C'est un sujet que nous abordons une fois par semaine. Emilio tient bon, son père se fait vieux, il ne trouve pas de remplaçant. Emilio n'a pas peur de retourner à Orio ; il a terminé ses études de médecin à Paris après avoir accompli son service militaire national à Madrid en 1933. Mais Itziar, elle ? La sœur de Mikel ? Aucune crainte à avoir, dit-il, ils sont mariés. Des Lizardi d'Orio à Bilbao, il y en a des centaines. Les franquistes ne passent pas leur temps à éplucher chaque nom. Itziar Etxebarria Lizardi à Orio, qui pourra la rechercher? Orio est une tombe. Ils sont tous nationalistes à 98 %; les 2 % restants sont les gardes civils, les seuls franquistes, nous affirme Emilio. Anastasio est fou de rage.

Elle sort d'un grand sac en toile blanche et aux parements de cuir fauve deux albums de photos. On y voit Emilio, large d'épaules, le cheveu crépu noir sur un front large prolongé par un nez – un grand nez – surmonté d'une paire de lunettes. Mikel, le petit Mikel de Caracas, ressemble à ses cousins et Itziar sourit sur presque chaque photo.

Le programme d'Anastasio a été suivi à la lettre, et la très belle villa néo-basque des années trente achetée dans la foulée. À Bordagain, face à la mer et au fort de Socoa, avec une vue sur le Jaizkibel, Larrun et las Peñas de Haya. Superbe et magnifique. Blanche et bleue. Trois garages, huit chambres. Une salle de réception ouverte par des arcades vitrées sur trois côtés. Des carrelages mauresques dans les salles de bains. Une conciergerie. Une folie.

– Voilà, annonce Anastasio, cette maison ne restera pas vide toute l'année et habitée uniquement deux mois, lorsque nous y séjournerons. Alors, Lucia, aussi têtue que vous soyez, vous allez venir y habiter avec Mikel et les enfants. Nous y viendrons à Noël et deux mois durant l'été.

Le lieu est magnifique mais mon cœur est à Bayonne, tout près de Gracieuse et de Marcel.

– De plus, ajoute Anastasio avant de nous quitter, il va de soi que vous y aménagerez dès que vous le désirez, évidemment.

Heureusement, mon général. Peut-être même que je n'y aménagerai jamais.

– Allo Lucia? C'est toi?

– Oui c'est moi, qui est-ce?

– Tu ne me reconnais pas? C'est Jon.

Je n'ai plus de voix.

– Écoute-moi Lucia, je n'ai pas d'argent. Rappelle-moi de suite à ce numéro : 001 24 47 02 13. Tu as compris ? 001 24 47 02 13.

Il a raccroché.

Je compose le numéro d'une main tremblante. Il y a un long grésillement sur la ligne. Puis un bruit. Puis à nouveau sa voix.

– Je suis à Berlin Ouest. Je n'ai pas d'argent, Lucia. Il faut que tu dises à mon frère de venir me chercher à la gare. Je n'ai aucun autre endroit où aller. La gare. Sous le panneau des départs.

– Mais qu'est-ce que tu vas faire en attendant ?

– Attendre.

Il rit.

– Jon, est-ce que je peux t'envoyer de l'argent ?

– Non, c'est trop compliqué. Je vous expliquerai. Appelle mon frère. Dis-lui de venir au plus vite. Je t'embrasse.

Rien d'autre que le silence au bout du fil et les vagissements de Xabi dans le berceau.

Une panique soudaine s'empare de mes sens.

J'appelle le docteur Iñaki Azpiazu à Ciboure. Il ne répond pas. Il doit être en consultation. J'appelle Mikel.

– Tu es sûre que c'était Jon ? Ce n'est pas une provocation ?

– Oui c'était lui, il vient de m'appeler de Berlin Ouest, il faut aller le chercher au plus vite.

– J'arrive.

J'appelle Xabier.

– Jon est vivant. Il vient de m'appeler de Berlin Ouest.

– J'en étais sûr, s'exclame Xabier, j'étais sûr qu'il était vivant. J'arrive.

Je rappelle Iñaki Azpiazu. Il est toujours en consultation, il ne répond pas.

La porte s'ouvre.

– Qu'est-ce qu'il a dit exactement ?

– Qu'il est à Berlin Ouest, à la gare, sous le panneau des départs.

– Je vais le chercher. Et Iñaki, tu l'as appelé ?

– Oui mais il ne répond pas.

– Tant pis ! Le temps presse, je passe prendre Diego et j'y vais.

– Mais tu es fou, comme ça, sans rien ?

– Oui, comme ça, sans rien. Ne te fais pas de souci, si tout va bien, nous serons là demain soir.

Il m'embrasse comme s'il partait pour le front.

Le lendemain soir, Iñaki Azpiazu arpente le salon en tous sens sous le regard impassible de Xabier. Julian consulte sa montre dix fois dans la minute.

– Je n'ai rien dit à mes parents, répète Iñaki, mon père a le cœur fragile. À soixante-dix ans passés, il vaut mieux éviter les bonnes comme les mauvaises nouvelles... Mais qu'est-ce qu'il a pu faire pendant sept ans ? Il aurait pu au moins nous envoyer un mot.

– Nous verrons bien ce qu'il va nous dire.

La porte du hall en bas claque, c'est la façon dont Mikel la ferme et que je reconnaîtrais entre mille. L'ascenseur s'arrête au troisième étage.

Il est onze heures du soir.

Des pas qui approchent, mon cœur cogne : ils sont là.

Xabier se lève. Iñaki est déjà dans le vestibule, il serre entre ses bras ce frère qu'il a cru mort et dont j'aperçois la gabardine beige.

– Entrez, invite Mikel, assieds-toi Diego, viens Jon.

– Bonté, dit Jon, mais c'est Julian !

Il le serre contre lui.

– Je ne t'aurais pas reconnu si je t'avais croisé dans une rue. Quoique, à la ressemblance...

Je me lève péniblement du fauteuil où je m'étais lovée.

– Bonjour Lucia, sourit Jon, toi tu n'as pas changé.

– Pfuit! N'importe quoi! J'ai vieilli comme nous tous, dis-je au bord des larmes avant qu'il ne m'embrasse.

Il a parlé toute une partie de la nuit, ce fou qui a parcouru l'Union soviétique à la recherche de deux petites filles de Bilbao, dont il a juré au père, mort dans la bataille des Ardennes, de les ramener en Euzkadi, à leurs grands-parents réfugiés à Briscous.

– Leur mère n'est plus, elle est morte dans un bombardement à Bilbao juste après le départ des petites. Alors oui, je suis parti à leur recherche de Moscou à Kiev. J'ai rencontré Dolores Ibarruri, Santiago Carrillo, des hauts dignitaires du régime. Tous un par un. Et un jour, la police spéciale est venue m'arrêter. Cinq ans de prison. Cinq ans de cachot à Kiev. Pas de procès. Plus de papiers. Je les avais fait disparaître quand je me suis rendu compte que j'étais suivi depuis mon arrivée à Moscou. Il y a presque quatre mois, lors d'un transfert avec un autre détenu à la gare de Smolensk, parce qu'il y avait un déraillement d'un train militaire sur la voie, nos gardes à cause du froid ont bu beaucoup de vodka avec les soldats. Nous en avons profité, nous avons sauté du wagon, nous nous sommes laissés glisser sur le bas-côté jusqu'au fond d'un talus. Nous avons couru dans les sous-bois, nous avons réussi à nous défaire de nos chaînes en nous servant d'un pieu métallique. Nous avons réussi à rejoindre Varsovie. Nous crevions de faim, de soif. J'ai volé de tout, même de l'argent. De Varsovie à Berlin, nous avons failli nous faire prendre dix fois mais la chance ou le destin, des rencontres fortuites, des femmes courageuses nous ont aidés à franchir le mur.

– Ah! des femmes! sourit Xabier.

– Oui, des femmes. Chaque fois ce sont des femmes qui nous ont sauvés.

– Tu es fatigué Jon, s'inquiète Iñaki, je te ramène chez moi, nous avons de la place maintenant.

– Oui, reconnaît Jon, je suis fatigué, je dirais même, je suis crevé.

Nous ne l'avons pas revu pendant plus d'un mois.

– Il s'est conduit comme un adolescent, qui a eu heureusement une très bonne étoile. Ce séjour en URSS n'a été qu'un entracte dans sa vie. Dans une semaine il part pour Paris, il retrouvera là-bas son travail de journaliste. Pierre Dumas l'y attend et je pense qu'il pourra être le lien entre les délégués de notre gouvernement à travers le monde, nous explique Xabier.

Mikel ne souffle mot.

– Ses parents lui ont légué la petite maison blanche de Bidart (avec Josefa ?). Et comme il n'a pas vieilli d'une ride, il est bien le seul, il va être aussi efficace et enthousiaste qu'à trente ans. Il va devoir sauter d'un avion à l'autre et rattraper ses sept années d'absence.

Il devrait changer les verres de ses lunettes, Xabier. Mikel n'a pas un seul cheveu blanc, et si ses traits ont gagné en maturité, il est à plus de quarante-trois ans le même qui m'attendait devant l'école des Beaux-arts. Quant à moi, j'aime bien de temps à autre me mirer très vite dans la glace au-dessus du lavabo et le miroir en pied que j'ai installé dans le couloir.

– Lucia, c'est Jon.

– Je t'ai reconnu.

– Est-ce que je ne pourrais pas te voir seul à seule ?

– Je ne pense pas, j'ai Xabi, il a besoin de moi vingt-quatre heures sur vingt-quatre.

– Écoute-moi Lucia, je t'attendrai sur le coteau de Veillesalle jeudi. Si tu ne viens pas, tant pis pour moi.

Deux nuits sans dormir. Un jour à mentir à Mikel.

Partir sur la route avec Xabi, le laisser à Clémence pour aller rejoindre Jon sur le coteau.

C'est ce que j'ai fait. Il m'attendait, appuyé contre un arbre.

– Je savais que tu viendrais, je te lis jusqu'au fond des yeux.

Il m'a enserrée dans ses bras, a bu mes larmes.

– Je t'ai voulue pour moi, Lucia, et je t'ai perdue. Égoïstement, j'ai voulu te serrer dans mes bras une dernière fois, ici même où j'ai été le plus heureux des hommes. Tu ne me crois pas ?

– Oui, je te crois, Jon. Moi aussi j'ai été heureuse. Moi aussi je nous revois les soirs de clair de lune sur l'herbe du coteau, mais j'aime Mikel et je t'aime. C'est ma grande déchirure, elle sera avec moi jusqu'à ma mort.

Il a caressé mes cheveux, glissé sa main sur ma nuque.

J'ai pris sa bouche. C'était la dernière fois.

– Et je pense…

– … à ce petit qui aurait aujourd'hui dix ans, et que nous regarderions courir sur le coteau, si la vie…

Il s'est tu. Il a pris mon visage entre ses mains.

– Je t'aimerai toujours, Lucia.

J'ai posé mon front contre ses lèvres.

Cette même nuit, j'ai cherché le corps de Mikel, je me suis blottie contre lui, j'ai caressé ses épaules, embrassé son dos, jusqu'à le réveiller.

– Aime-moi, Mikel, aime-moi fort. J'ai peur.

– Mais qu'est-ce que tu as Lucia, qu'est-ce qui se passe ?

Il a allumé la lumière.

– Pourquoi pleures-tu ?

– J'ai peur. Aime-moi, aime-moi fort.

– Je t'aime Lucia, je n'aime que toi.

J'ai cherché le sommeil au creux de ses bras, mes yeux brûlés par le vent du coteau.

– Lucia, murmurait Mikel, n'aie plus peur. Je suis là, je ne partirai plus jamais.

Julian et Manuela sont à Bordeaux, Flora à Bayonne à la faculté de droit, et moi sur la terrasse, je surveille Xabi. Non ! je ne le surveille pas. Je l'accapare. Je le blottis contre moi. Je l'embrasse jusqu'au moment où il dit de sa petite voix :

– Arrête, *Ama* !

Anastasia nous surprend souvent sur la terrasse, moi assise à même le sol où je joue avec son frère.

– J'en ai marre, clame-t-elle, la prof d'anglais m'a encore mise à la porte parce que je ne prononce pas les *thr*… Je m'en fous, je n'aime pas l'anglais.

Elle est rebelle, Anastasia, je ne l'ai pas vue grandir, comme je n'ai pas vu grandir mes aînés, si lointains, si secrets.

Elle attend chaque fin de semaine comme j'attendais l'hostie, agenouillée sur mon prie-Dieu, la langue tendue vers le miracle annoncé : le corps du Christ en moi.

Chaque samedi soir, heureuse d'être encore la petite, elle n'hésite pas à laisser éclater ses rebellions.

– Pourquoi tu m'as appelée Anastasia, *Ama* ? Je suis née à Bayonne, je ne suis pas née à Getxo, moi ! Pourquoi tu n'as pas appelé Flora Anastasia, et moi Flora ?

– C'est le prénom de ton grand-père. Tu devrais être fière de le porter.

– Ah tu crois ? Avec un prénom pareil, qu'est-ce que tu veux que je fasse de ma vie ? hein ? danseuse étoile au Bolchoï ? ou tragédienne à la Scala de Milan ?

Ses aînés rient et elle continue :

– Mais pourquoi, *Ama*, m'as-tu appelée Anastasia ?

– Ça suffit ! tonne Mikel en frappant du plat de la main sur la table. *Ama* n'était pas seule quand tu es née, j'étais là, j'ai choisi moi aussi ce prénom, ma petite fille. Quand Flora est née, j'étais à Elgeta.

L'atmosphère est lourde, personne ne souffle mot, et pour dérider cette mer qui s'enfle avant la tempête, je demande :

– J'ai fait du riz au lait pour le dessert, qui veut aller le chercher ?

– Moi ! propose Xabi.

– Pas toi, tu es trop petit ! J'y vais moi.

Anastasia ramène la jatte, la pose sur la table, et sans un mot, regarde son père comme s'il était le diable.

Julian, beau comme un dieu grec, se tait. Il ne parle jamais de ce qu'il fait à Bordeaux, sinon pour dire : « Ça va, je me débrouille. »

Rien ne s'avoue autour de la table, sinon ce que nous savons déjà : Manuela sera médecin, Flora avocate et Julian professeur.

– Mais pourquoi veux-tu que je sois professeur, *Ama* ? Je n'ai jamais dit que je serais professeur. C'est toi qui aimerais que je sois professeur.

Je me tais, au bord des larmes, et d'une voix mal assurée, je demande à Xabi :

– Et toi Xabi, qu'est-ce que tu seras quand tu seras grand ?

– Moi, je veux être berger.

Mikel sourit.

Manuela le prend contre elle :

– Et où tu seras berger ?

– Je ne sais pas encore.

J'étouffe sous le carcan de mon rôle de mère. Je navigue à vue, sans boussole, dans la brume, l'appartement est devenu un navire sans gouvernail.

J'ai pris Xabi dans mes bras et je l'ai amené avec moi jusque dans sa chambre. Une fois auprès de lui, contre lui, je lui ai raconté l'histoire de *L'arbre aux secrets* qui cache sous ses racines l'eau miraculeuse pour que personne ne parte jamais, pour que personne ne grandisse, pour que personne ne vieillisse.

À la fin de l'histoire, je suis en larmes, et Xabi, depuis longtemps, dort contre moi dans ma chaleur, ma main dans ses cheveux.

– Ô mon petit berger, ne grandis pas trop vite, reste avec moi le plus longtemps possible. Et le jour où je serai très vieille, j'irai garder les moutons avec toi. Un jour. Plus tard.

Mikel m'a rejointe dans la salle de bains où j'épongeais le naufrage dans lequel j'avais sombré.

– Ne pleure pas Lucia, c'est la vie. Il faudra bien qu'un jour nous acceptions qu'ils ne fassent plus partie de nous.

– Tu parles facilement, toi, tu les as à peine élevés.

– Tu trouves toujours les mots justes, mais pour une fois, je te laisse avec tes larmes, ta détresse, ta déroute…

– Va, va la retrouver, Maryse Castillon ! ai-je crié les deux mains appuyées sur le lavabo.

Il a sursauté, s'est retourné :

– Je ne te réponds pas ce que j'ai envie de te répondre.

Sur le miroir au-dessus des lavabos, j'ai écrit avec le tube de mon rouge à lèvres :

Mes petits chatons, la vie passe vite.

Et dès que nous savons vivre

C'est déjà fini.

Ama.

Anastasia est venue me retrouver dans mon lit.

– Je te demande pardon, *Ama*. Ce n'est pas vrai que je t'en veux. Au fond, j'aime bien mon prénom, il est original.

– Il est comme toi, original, en dehors de la ligne tracée au cordeau, et moi je t'aime comme tu es.

Elle m'a souri et elle m'a embrassée.

– Qu'est-ce qu'ils font les autres ?

– Ils jouent au *mus*.

– Il fait la tête, *Aita* ?

– Non, il rit. Il est en train de gagner.

9 avril 1956 – Ce que j'ai toujours craint depuis ma plus tendre enfance est arrivé cette nuit : Honorine est morte. J'étais auprès d'elle heureusement. Je lui ai fermé les yeux et la bouche, et j'ai gardé mes lèvres sur son front jusqu'à ce qu'il refroidisse. Je n'ai pas pleuré. Je ne lui ai pas dit adieu quand le menuisier a refermé le couvercle du cercueil. Je suis sortie dans le jardin. Manuela sanglotait dans les bras d'Hortense. Je suis allée jusqu'au bout de la digue, où la mer étale rejoint le ciel derrière l'Artha. Et j'ai regardé ce lointain où se perdent les âmes de ceux qui nous quittent et nous laissent au bord du rivage. J'entendais la voix d'Honorine : « Les chats noirs ne portent pas malheur, c'est une invention des curés, ça, ma cocotte... moi je ne te mens jamais... » La main de Mikel sur mon épaule m'a arrachée à la voix d'Honorine.

« Qu'est-ce que tu fais là Lucia, tout le monde te cherche.

– Je ne fais rien. »

Des livres entassés au pied de la porte palière, un sac de voyage, un mot sur la porte :

J'ai perdu les clés, je file à l'entrepôt. Julian

J'ouvre la porte suivie de Xabi, et le pas d'Anastasia se fait entendre dans l'escalier.

– Qu'est-ce que c'est ce sac et tous ces bouquins ? demande-t-elle.

– C'est à Julian.

– Il n'a pas ses examens à Bordeaux, lui, en ce moment ?

– Oui, il a ses examens à Bordeaux en ce moment, normalement.

– Mais alors, il est malade ou quoi ?

– Je n'en sais rien, Anastasia, je ne l'ai pas vu.

La cuisine est mon royaume, le seul où je règne, sans prétendants au trône, sur mes pots d'épices, mes secrets culinaires et ma cave à vins, seul domaine où Marcel passe de temps à autre.

J'y règne jusqu'à l'heure où la Cour daigne s'asseoir autour de la table.

Julian m'embrasse sur la joue.

Je ne pose aucune question. J'attends que le fumet qui s'épanouit en vapeurs savoureuses délie les langues.

– Bien *Ama*, voilà, c'est décidé, j'abandonne mes études. Ne crie pas !

Telle n'est pas mon intention.

– Je vais travailler avec *Aita*.

– C'est bien, dis-je, ça correspond peut-être mieux à ton caractère.

Mikel se gratte la gorge. Me craignent-ils tant que cela ?

– J'irai souvent à Caracas, au Brésil et en Colombie, c'est bien non ?

– C'est bien. Et moi aussi j'ai quelque chose à vous annoncer.

Vent de panique autour de la table, le regard pâle de Mikel s'assombrit.

– Voilà, j'ai décidé de vendre Veillesalle à Vincent et à Clémence, ils ont trois enfants. Leur logement d'instituteurs est devenu trop exigu. J'espère que personne ne regrette Veillesalle. Nous pourrons toujours y aller mais cela ne sera plus à nous.

– Oh ! pas Veillesalle ! a clamé Anastasia, j'adorais y aller.

Je n'ai pas répondu.

– Pourquoi tu ne m'en as pas parlé ? a demandé Mikel, l'œil de plus en plus sombre et la mâchoire très mussolinienne.

– Parce qu'il fallait choisir entre Bordagain et Veillesalle. Mais si vous regrettez tous Veillesalle, la maison de Rose est en ruine et en vente. Vous pourrez toujours l'acheter.

Nous l'avons achetée pour une bouchée de pain.

Julian a repris sa chambre, « le temps, *Ama*, de m'installer près de l'entrepôt », dans une succession de pièces tout en hauteur et en briques.

J'étais brusquement lasse.

Je n'étais plus qu'un carnet de croquis et de route. Colindres et le cercueil, la vieille maison de Rose sur le coteau, l'appartement de Julian sur le quai, tout à refaire…

L'avenir appartient aux bâtisseurs des mondes modernes. Évolue, Lucia ! Tu as tout à gagner. Ne t'accroche pas aux bonheurs d'autrefois, laisse les morts en paix.

31 juillet 1959 – ETA vient de naître. Mikel a eu un sourire énigmatique quand il me l'a annoncé. Tout recommence. Je ne sais que penser; les nouvelles générations qui s'engagent dans ce nouveau combat ont l'âge de mes enfants. La lutte de libération nationale qui vient de naître au sein même d'Euzkadi nous coûtera combien de morts?

Mikel m'a demandé de décommander le dîner où nous devions nous rendre lui et moi ce soir, en amoureux.

– Ma mère vient de mourir, m'a-t-il annoncé, défait, avant de s'asseoir sur une chaise, son visage pris entre ses mains.

Il pleurait. J'ai pris sa tête contre mon ventre alors qu'il enserrait mes hanches.

– Ô Lucia, elle est morte. Elle est morte. Ma mère.

– Pourquoi il pleure *Aita*? a demandé Xabi en s'approchant.

– *Amona* est morte.

– *Amona*? Je ne la verrai plus alors?

– Non, mon petit Xabi, tu ne la reverras plus, a soufflé Mikel en l'attirant contre lui... Je vais partir avec Julian, je ne peux pas laisser mon père seul.

– Je vais venir avec toi. Anastasia va s'occuper de Xabi.

– Non, ce n'est pas la peine, elle sera enterrée quand nous arriverons.

L'avion s'est envolé pour Caracas et je suis restée là à le regarder rejoindre les étoiles, auprès de mes enfants qui pleuraient leur grand-mère.

C'est la maison de la vieille Rose que nous avons décidé de restaurer qui nous a rendu le bonheur d'être. La grande bâtisse résonnait de nos chants; la nuit venue, je me glissais contre Mikel et nous nous aimions comme des adolescents jusqu'au petit matin dans la grande chambre en chantier. Les ouvriers arrivaient à sept heures et nous profitions, Mikel et moi, du temps du petit-déjeuner pour bâtir l'avenir sous la treille dans le jardin enclos de murs, où un beau figuier étalait ses branches au-dessus de la petite porte qui ouvrait dans la ruelle.

– Mon père veut que nous vendions Bordagain. Il l'avait surtout achetée pour ma mère. Pour lui, il aimerait une maison où il pourrait venir passer de plus en plus de temps dans l'année, une maison où nous pourrions être ensemble. Ici, je ne crois pas qu'il aimerait, il veut la mer (*sans -e*, ai-je pensé).

Cette maison, nous l'avons trouvée à Saint-Jean-de-Luz, sur la jetée, une maison de pierres grises aux volets rouges, une maison d'où en longeant la mer, les pas menaient jusqu'au cimetière où reposait Arantxa entre ses parents et ses beaux-parents. Une maison qu'Anastasio a aimée d'emblée et où il s'est installé dès les premiers jours. Nous y avions trois chambres pour nous où il ne montait jamais mais où se rendaient de plus en plus souvent Manuela, Flora et Anastasia ; il fallait juste traverser une passerelle de bois pour se retrouver sur le sable de la plage.

Entre deux avions, Jon parfois arrivait pour repartir presque aussitôt, toujours accompagné d'une très jolie femme – « Laure, une amie », disait-il.

Nos dîners auxquels Marcel et Anastasio assistaient, chacun en bout de table comme des patriarches, étaient l'occasion de parler surtout de la nouvelle situation d'Euzkadi, depuis la naissance d'ETA Julian s'enflammait ; il voyait déjà Franco cul par-dessus tête.

Mikel avançait ses arguments comme des pions dans un jeu d'échec, que Jon contrait, gardant sa reine pour abattre le roi.

Anastasio et Marcel se taisaient, et moi, dans le feu de l'action verbale, j'intervenais :

– Ce ne sont pas des bombes et des grenades qu'il va falloir pour mettre à bas les franquistes. Il est heureux, Franco, il a les Alliés dans son camp ; il dort même, paraît-il, avec un calot américain sur son crâne chauve. Pour renverser Franco, il faudra renverser les Américains et toutes les bases américaines de l'OTAN qu'ils ont construites dans toute la Péninsule. Rien qu'à Otxondo déjà, au-dessus de Dancharia, ce n'est pas trois bataillons qu'il va falloir mais un armement ultra-sophistiqué.

– Ah ! ah ! s'esclaffe Jon. Nous avons parmi nous un chef d'état-major incroyablement subtil… un armement ultra-sophistiqué, ah ! ah !

– Elle n'a pas tout à fait tort, laisse tomber froidement Anastasio.

Xabier m'approuve. Mikel n'avance plus aucun pion. Échec et mat, c'est moi qui l'emporte ce soir.

Ce soir, mais pas dans le lit où Mikel immobilise mes poignets de chaque côté de mon visage.

– Je t'adore, Lucia, quand les hommes se rendent à tes arguments subtils, mais là, c'est moi qui vais te faire rendre les armes.

– Idiot, soufflé-je en me soulevant vers sa belle bouche alors qu'il me maintient sous lui.

22 mars 1960 – Le lehendakari *Jose Antonio Aguirre est mort. Je ne sais pourquoi j'entends en écho cette phrase de lui, et cette seule phrase : « Il serait atrocement criminel que ces morts n'aient servi qu'à être enterrés. »*

Phrase d'un homme trahi et déchiré, l'homme d'un peuple à jamais orphelin.

Une foule compacte a envahi les rues de Saint-Jean-de-Luz. Je tiens la main de Xabi. La foule silencieuse porte en terre son président. Le commandant Ordoki ouvre le cortège.

Joseba est arrivé de Caracas avec Felix. Ramon a passé la frontière malgré les risques, il n'est pas le seul. Des hommes de tous âges suivent le cercueil.

J'aperçois Mikel auprès d'Anastasio, puis plus loin, Jon, Joseba, Felix, mon père, Julian.

– Quel âge avait-il ? demande une vieille dame dans un souffle.

– Cinquante-six ans, réponds-je en me penchant sur l'oreille de la vieille dame, toute de noir vêtue.

– Mon dieu, il était donc si jeune.

– Ce monde ! chuchote Hortense.

Nous attendons sur le trottoir de pouvoir nous glisser dans la foule du cortège après les hommes.

– Ils doivent être déjà au cimetière, chuchote une voix derrière nous.

Ils sont déjà au cimetière alors que sonne encore le glas.

– Avance, *Ama*, m'ordonne Flora d'une voix basse.

Nous avançons pas à pas dans le silence qui s'est emparé de la ville.

Une heure plus tard, nous nous recueillons devant la tombe ouverte et où, je l'apprendrais de la bouche de Mikel, Kepa Ordoki a jeté sur le cercueil la terre des sept provinces d'Euzkadi.

Après les funérailles, nous n'arrivons pas à nous séparer, nous restons dans les rues où chacun reconnaît un autre soi-même. Nous nous attablons dans un bar, puis dans un autre.

Joseba est entouré des siens, et mon père tout à coup décide d'inviter tout le monde à dîner à la maison.

– Mais qu'est-ce que nous allons manger ? s'angoisse Hortense.

– Des nouilles !

– Des nouilles pour trente personnes, mais c'est de la folie !

Avec Élise, nous dévalisons l'épicier et le charcutier. Le dîner devient un pique-nique dans la cour des Ateliers où nous avons monté à la hâte des tables avec de vieilles portes. La pluie a cessé, Dieu merci !

Accompagné de Jon, Pierre Dumas fait une apparition remarquée.

– Je tenais à vous offrir cela, Monsieur Arizmendi, c'est l'hommage que j'ai rendu au président Aguirre, un homme d'exception et un président à tout jamais irremplaçable.

– Merci, merci beaucoup Monsieur Dumas. Asseyez-vous, je vous en prie.

Et puis sans transition :

– Lucia, va chercher des chaises !

– Non Lucia, reste, j'y vais, ordonne Mikel sous le regard étonné de mon père.

La soirée s'est poursuivie tard dans la nuit. Nous avons chanté et avant de nous quitter, nous avons entonné debout le « *Gernikako Arbola* ».

Devant les tables, les chaises vidées de nos invités, Hortense nous a dit, subitement très lasse :

– Laissons tout comme cela, nous rangerons demain.

– Non, nous allons le faire, toi va te coucher, tu es fatiguée.

Thérèse, Élise et moi avons rangé, nettoyé et balayé ; à deux heures du matin, la cour de l'atelier était « comme un sou neuf », aurait dit Honorine.

J'ai traversé le pont dans la brume qui montait des eaux du port.

Anastasio ne dormait pas. Accoudé au balcon, il regardait les vagues s'éclater sur le sable.

– Vous ne dormez pas ?

– Non. Plus on vieillit, moins on a envie de dormir.

Ses yeux gris m'ont enveloppée d'une tendresse nouvelle.

– Bonne nuit *Aita*, ai-je murmuré en l'embrassant.

J'ai grimpé le double escalier sans faire grincer les marches.

– C'est toi, Lucia ? a demandé Mikel. Viens vite, je t'attendais. Xabi dort avec Anastasia, ne t'inquiète pas.

Je me suis glissée contre lui dans la chaleur de son corps ; il était doux et tendre, j'ai laissé ses mains me parcourir.

Dès le lendemain, nous sommes allés avec Joseba et Felix jusqu'à la maison de Veillesalle, bâtisse fortifiée.

Nous avons passé tout le jour à parler, à rire, à faire ressurgir le passé.

– Tu ne viendras jamais à Caracas malgré ta promesse, ma chère cousine, n'est-ce pas ?

– Je ne pense pas.

– Alors, comme tu ne viendras pas à nous, nous viendrons à toi. J'ai trois sous, trouve-moi une vieille maison. J'y séjournerai deux fois l'an avec Marixa et Ander.

– Et toi Félix ? Si tu veux revenir avec Incarnacion, tu peux, ici ou à Bayonne, ce n'est pas la place qui manque.

– C'est gentil, a souri Félix, je crois qu'Incarnacion ne refusera pas, non. Tu sais ce qui me ferait plaisir, Lucia, avant de repartir ?

– Non.

– Je voudrais aller au pont Saint-Jacques.

Nous sommes allés au pont Saint-Jacques sur la Bidassoa, jusqu'en son milieu, un peu et même beaucoup avant son milieu. Ils étaient les trois condamnés à mort. La garde civile était en face de nous.

Alignés les uns contre les autres, nous avons regardé vers là-bas, vers Donosti, en silence.

– Allez, a murmuré Joseba en essuyant les verres de ses lunettes, rentrons.

– Je ne suis jamais venu jusqu'ici, s'est ému Mikel. C'est la première fois aujourd'hui.

– Putain, quand je les vois ces salopards, j'ai envie de les tuer, a laissé échapper Felix d'une colère blanche.

Quelques jours plus tard, Anastasio a voulu faire la même chose. Il est venu au pont, il a regardé longtemps de ses yeux gris Euzkadi, et c'est la première fois que j'ai vu le grand patron des aciéries de Bilbao se retenir d'une main contre la rambarde du pont, juste un instant, le temps de passer une main devant ses yeux.

Nous sommes revenus en nous tenant le bras, sans un mot, Julian à nos côtés.

– Tu vois, *Ama*, m'a-t-il confié dès notre retour à Bayonne, jamais je n'oublierai *Aitita* comme je l'ai vu aujourd'hui. Ils le paieront cher, ce qu'ils ont fait, à lui, à *Aita*, à nous.

6 avril 1960 – Je n'ai jamais autant pleuré qu'après avoir accompagné Anastasio au pont, et aujourd'hui, après qu'il est parti avec Julian pour Caracas. Je pleure tant que je dilue l'encre rouge de ce que j'écris. La maison est vide de mes absents, Manuela, Flora, Anastasia sont à Bordeaux. Julian, quelque part au-dessus de l'Atlantique avec son grand-père, et Xabi, mon petit berger tout bouclé, à la Communale. Avant d'aller le chercher, je vais mettre mon visage sous l'eau.

18 juillet 1960 – C'est l'anniversaire de Julian. Il est à Caracas où Anastasio vient de lui passer les rênes de ses entreprises pour ses vingt-sept ans. Ils vont faire la fête avec tous les exilés. « Au moins cent personnes, imagine ! » J'imagine.

Manuela est interne à l'hôpital de Bayonne, dans le service de Paul. Flora a prêté serment au tribunal de Bordeaux. Anastasia hésite entre les Beaux-arts et la faculté de lettres. Xabi passe dans la classe supérieure. Que demande le peuple ?

Nous dînons ce soir avec Marcel qui fête ses soixante-douze ans, il est né un 18 juillet, lui aussi.

Je me suis faite femme sensuelle, j'ai craqué pour une robe en soie bleu de Prusse retenue aux épaules par de fines bretelles. Je crois que je peux encore, je ne suis pas trop fripée.

Irène Lavignes épouse dans deux jours un employé de la sous-préfecture. Un petit vieux jeune gringalet à lunettes. Elle est venue gentiment nous inviter pour une cérémonie « juste entre nous » suivie d'un petit lunch « juste entre nous ». Pauvre Irène.

– *Ama*, tu peux comprendre. J'ai vingt-cinq ans, je n'en ai plus douze. Je ne vous quitte pas, je m'installe avec Eneko quai des Corsaires, à deux pas d'ici.

– Mais je ne te dis rien. Flora vit rue des Remparts, Julian quai de Lesseps quand il n'est pas à Caracas, à Bogota ou à Mexico. Je ne te reproche rien, Manuela.

– Tu as vu la tête que tu as?

– Je vieillis, c'est tout.

L'appartement est le plus grand navire de Bayonne, il résonne des silences de l'absence.

Anastasia s'est installée dans la chambre des filles où son lit, malgré le grand tapis sur lequel elle l'a installé, fait figure d'orphelin. Elle a tapissé les murs d'affiches, de photos, sa table-bureau regorge d'objets divers.

– C'est mon domaine, tu n'y rentres pas!

Xabi a hérité de la chambre de Julian dans son jus.

Nous avons fait l'acquisition d'un poste de télévision que j'ai mis dans le petit placard à côté de la cheminée, dans le recoin où autrefois j'écoutais les messages de Londres.

– C'est pratique pour la regarder, le placard, râle Anastasia.

– Tu ouvres la porte et tu t'installes sur le divan parmi les coussins, tu ne te couches pas, tu restes assise.

– *Ama*, j'en ai marre de cet appartement. Il sent le vieux, il est rempli de poussière.

– Tu plaisantes! Il est magnifique!

– Il y a plein de souvenirs partout. Le calot de la milicienne, tiens! la fois où Flora l'a mis sur sa tête, tu l'as giflée.

– Écoute bien, Anastasia, quand tu seras majeure tu pourras partir où tu veux, pour l'instant, tu as un toit, une chambre, un poste de radio, un nouveau fauteuil, pense à tous les miséreux du monde qui cherchent leur nourriture dans les poubelles.

– J'étais sûre que tu finirais par me dire ça. Tu nous as toujours dit: « Pensez aux pauvres! Pensez aux enfants malheureux! »

– Pense qu'aujourd'hui en Euzkadi, des jeunes sont en prison après avoir été torturés, tout ça parce qu'ils ont accroché sur un clocher ou sur des fils à haute tension un *ikurriña*. Uniquement pour ça. Pense à ces jeunes-là, comme toi, qui pour des tracts distribués se retrouvent en prison pour des années. Réfléchis dans ta chambre pendant que je prépare le repas du soir.

Mikel m'a rejointe dans la cuisine.

– Le temps est à l'orage, on dirait.

– Ce n'est pas grave. C'est Anastasia. Je me suis accrochée avec elle. Ses sœurs lui manquent, alors il faut bien qu'elle essaie ses griffes sur sa pauvre mère.

Il sourit, m'embrasse dans le cou, et Xabi apparaît pour se jeter entre les jambes de son père.

La table est mise, belle, fleurie.

– Anastasia, viens dîner, nous passons à table, annonce Mikel.

– Elle ne viendra pas.

– Si je vais la chercher, elle viendra.

Elle arrive, suivie de son père. Elle a pleuré.

– Je te demande pardon, dis-je, je sais que Julian, Manuela et Flora te manquent.

Elle se remet à pleurer.

– C'est vrai que l'appartement est immense depuis qu'ils ne sont plus là, mais c'est comme ça.

Elle essuie ses yeux avec la serviette. Elle acquiesce de la tête.

– Et puis *Ama*, j'ai pas osé te le dire mais je ne sais pas quoi faire de ma vie.

– Qu'aimerais-tu faire ? demande Mikel.

– Arrêter mes études et travailler.

– Travailler où ?

– Avec toi, *Aita*. N'importe où, à n'importe quel poste !

– Je vais réfléchir, répond Mikel, justement, je comptais embaucher une secrétaire pour ne travailler qu'avec Caracas et Mexico.

– C'est vrai ? Je commence quand ?

– Demain si tu veux, pour un essai, sourit-il.

– Ô *Aita* ! – elle se précipite sur lui, le couvre de baisers –, je t'aime.

Dès le lendemain, nous avions une nouvelle Anastasia, gaie, heureuse, pleine de projets.

– Je peux changer ma chambre entièrement ?

– Si tu veux, oui, mais attends ta première paie.

Ainsi a commencé la troisième partie de notre vie, à Mikel et à moi. Une vie douce, tendre, amoureuse, où la nouveauté pour lui comme pour moi fut le port obligatoire des lunettes. Pour lui, elles ajoutaient un plus à sa séduction naturelle, pour moi, même si je leur étais reconnaissante de pouvoir lire les petits caractères des quotidiens que nous parcourions chaque jour, elles accentuaient ce que j'aurais voulu continuer à discerner dans le flou le plus total : mes rides. « Tu seras toujours assez belle pour le saint qui t'honore », aurait dit Honorine face à mes doutes.

C'était vrai. Je plaisais toujours à Mikel.

Anastasio est venu vivre pour toujours dans sa maison au bord de la mer. Il a fait livrer par le cargo vingt-trois ans de sa vie d'exilé. Un entrepôt sur le quai de Lesseps pour contenir sa vie. Il s'est réapproprié ce qui avait le plus de valeur à ses yeux : deux portraits d'Arantxa. Les deux plus petits, et sans doute les plus beaux, il les a offerts à Mikel et à Itziar. Petit à petit, il a meublé sa maison de son immense bureau qui a eu du mal à passer les portes, de sa bibliothèque, de ses quatre fauteuils en peau de buffle aux accoudoirs en corne, de leur lit de cuivre et de cuir, de couvertures indiennes à rayures aux splendides couleurs.

– Le reste est pour vous, moi je n'ai plus besoin de grand-chose, si ce n'est les photos.

Nous avons classé les objets par catégorie. Dans un coffre sculpté que j'ai ouvert sous ses yeux, j'ai découvert le petit *ikurriña* de soie où en lettres d'or, Arantxa avait brodé *Euzkadi*.

– Prenez-le, Lucia, il vous revient.

Je l'ai fait aussitôt encadrer d'un bois blanc et sculpté et pour qu'il ait sa place, sa vraie place, j'ai fait repeindre les murs du vestibule en vert olive. Dès qu'on franchissait la porte, on ne voyait que lui, et moi, je voyais au-dessus de lui la vierge de Guadalupe à Getxo.

Xabier et Anastasio ne se quittaient plus. Inséparables désormais, fermés sur leurs transactions secrètes, jusqu'au jour où ils ont réuni les six petits-enfants d'Anastasio, le petit Mikel avait treize ans et s'apprêtait avec ses parents à aller vivre à Orio.

Au retour de cette entrevue, dans le bureau de son grand-père, Flora n'a pas pu s'empêcher de dire :

– Il est devenu fou *Aitita*, il est devenu fou, regarde ce dont on hérite chacun.

– Je ne veux pas le savoir. J'espère que vous saurez le remercier.

– Mais on ne pourra jamais. Il n'a pas voulu qu'on le remercie. Tu sais ce qu'il nous a demandé ?

– Non, dis-le-moi.

– Il veut que nous allions tous nous faire photographier à Bilbao, nous ses six petits-enfants. Devant les Aciéries. C'est tout ce qu'il veut comme remerciement.

J'ai attendu le retour de Mikel pour qu'il partage mes inquiétudes.

– Il ne va pas mourir au moins, ton père ?

– Je ne crois pas. Je l'ai croisé aux entrepôts, il était avec Xabier et Marcel. Il n'avait pas l'air d'aller mal, au contraire ; la seule chose qui l'inquiète, c'est le départ à Orio d'Itziar.

À Orio, Emilio avait eu droit à un interrogatoire en règle dans les locaux de la garde civile. Médecin ou pas, ils l'avaient gardé trois jours et au bout de ce temps, ils l'avaient laissé libre de s'installer comme médecin. De repasser la frontière. D'aller, de venir sur tout le territoire de la Péninsule. Il n'avait jamais été recherché. Il était en règle.

– Mon père est fou de colère, il les a traités tous les deux de tous les noms d'oiseau que jamais il n'a employés de toute sa vie. Et toi, m'a-t-il apostrophée, tu ne dis rien à ta sœur ?

– Et alors, ai-je demandé, ils partent quand même ?

– Oui, elle est têtue Itziar, même si au plus profond d'elle-même elle meurt de peur. Elle ira voir Begoña au Carmel. Et mon père a tonné sans pouvoir se contenir : « L'autre idiote de la famille. »

Nous avons dîné tous les trois sur la terrasse. L'air était tiède. Dans une jarre de terre fleurissait un greffon du lilas de Gracieuse.

– Ah, j'oubliais, je crois avoir trouvé une maison pour Joseba. Elle n'est pas très jolie, elle est à Socoa, au bord de l'Untxin, à moitié abandonnée avec un jardin tout en hauteur.

Nous avons appelé Joseba à Caracas.

– Parfait. Simple ? Un peu en hauteur ? Quatre chambres ? Très bien… Oui ! le prix me convient.

– Le toit est à refaire.

– Tu as toute ma confiance, charge-toi du toit. À bientôt.

Le silence au bout de la ligne et l'Atlantique entre Joseba et nous.

– Voilà, Lucia, comme tu le dis si bien. Voilà, chacun a trouvé sa place. Il faudrait maintenant que l'on pense à nous, tu ne voudrais pas voyager ? Juste un mois.

– Et Xabi ?

– Il a onze ans, il peut rester seul avec Anastasia.

Nous étions assis à même le sol de la terrasse dans les rayons obliques du soleil couchant.

– Et tu aimerais aller où, Mikel ?

– Je te pose la question à toi. Tu aimerais aller où ?

– En Grèce.

Nous n'avions pas changé de voiture, et c'est avec elle que nous sommes partis comme deux adolescents. Cependant, jusqu'à Marseille j'ai appelé six fois Xabi et Anastasia.

– Oui, je vais bien… Ce soir, Anastasia m'amène au cinéma.

– Voir quoi ?

– Je sais pas, un nom comme *Benur*…

– *Ama*, c'est moi, fais-moi confiance, il va bien Xabi, il a mangé plein de spaghettis à la tomate. Allez, il t'embrasse et je t'embrasse.

Elle a raccroché.

De Marseille au Pirée, la mer est devenue houle ; avec des creux si profonds que j'ai cru mourir (de peur) dix fois. Mikel me tenait serrée contre lui, sa main sur mes yeux pour que je ne voie pas les vomissures qui roulaient d'un côté à l'autre.

Au débarcadère, une pluie fine nous attendait. Un ciel gris à faire pleurer les moutons. Nous avons cherché un hôtel grec et confortable ; nous en avons trouvé un très confortable mais pas typiquement grec. Dès le lendemain, le soleil éclairait l'Acropole ; et d'Athènes nous sommes remontés jusqu'au mont Athos. Nous voulions tout voir. Sur le mont Olympe, à l'abri d'un bloc de marbre blanc – ou de ce que j'ai pris pour un bloc de marbre blanc –, nous nous sommes aimés sous la protection des douze grands dieux. Nous avons tout adoré de la Grèce, sa musique, les petites rues blanches et bleues, les ports suspendus aux falaises, les Grecs, tout. J'étais de blanc vêtue, dorée par le soleil, et dans les dédales des ruelles, la main de Mikel sur ma nuque m'a rendu mes vingt ans.

Dès notre retour à Bayonne, nous avons été entourés, choyés comme de grands malades ; nous leur avions manqué.

Xabi ne quittait pas mes basques et Manuela nous a annoncé, ravie, qu'elle était enceinte. J'avais eu vingt ans en Grèce, j'ai accueilli la jolie nouvelle avec joie. Mikel a ouvert une bouteille de champagne et nous avons trinqué au futur bébé, à l'avenir.

La tête pleine de souvenirs heureux, je me suis plongée dans les malles où dormaient les chaussons, les brassières, les bavoirs bordés de dentelle, les chemisettes de fil brodées. Chargée de mes trésors enfouis au fond du grand sac de toile d'Arantxa, je traversais la Nive une fois par jour, jusqu'à ce que Manuela et Eneko mettent un frein à mes apparitions de future grand-mère.

Le soir, dans les bras de Mikel, je redevenais l'amante que j'avais été en Grèce. J'en oubliais les expulsions, les nouveaux réfugiés, la torture et la politique de l'État français qui continuait de cirer les bottes du dictateur.

Anastasia a un petit ami, grand et mince, à la tignasse bouclée – « que, tu comprends, *Ama*, je ne peux pas laisser à la porte. La police, je ne te fais pas un dessin… ».

– Je comprends.

Il est vraiment sympathique, le jeune Asier Olabeaga, natif d'Ondarroa. Il a passé clandestinement la frontière, et je l'ai installé dans la chambre qui ouvre sur la terrasse, en tout bien tout honneur. La vie intime d'Anastasia est encore un sujet délicat pour moi.

24 avril 1965 – Amaia est née cette nuit où la tempête fait rage. Mon émotion et celle de Mikel nous ont submergés au même moment, et devant ce petit être tout neuf, il a posé sa main sur ma nuque pour dire : « Nous sommes des grands-parents maintenant, tu imagines ?

– Pas vraiment », lui ai-je répondu avec l'immense envie d'être encore à lui et pour longtemps une amante renouvelée. Il l'a senti.

Nous sommes revenus enlacés à travers les rues.

26 avril 1967 – Trente ans déjà que les fascistes anéantissaient Gernika. Les jeunes réfugiés sont de plus en plus nombreux à passer la frontière et nous sommes nombreux à leur ouvrir nos portes.

Amaia a deux ans alors que sa petite sœur Luxi vient de naître. Nous avons fêté son anniversaire. Xabi a pris une très belle photo d'elle entre ses deux arrière-grands-pères, sur les genoux de son arrière-grand-mère Hortense. Flora plaide à tout vent – « Elle est douée », m'avoue Mikel fièrement.

Au mois d'août, nous sommes allés à Veillesalle, Itziar, Mikel, son fils, Xabi et moi. Anastasio juge cette maison sur son coteau, tel un poste de garde avancé, invivable l'été. Il ne comprend pas que nous ne préférions pas la mer dont la brise la nuit ne vous empêche pas de dormir, au contraire. Anastasia y séjourne souvent avec ses nombreux amis et laisse partout des traces de leur passage.

J'ai interdit l'accès de notre chambre et de celle de Xabi. Je peste toute la journée dans la cuisine où je ne retrouve jamais rien à sa place et la réserve largement entamée.

C'est la maison où chacun passe. Et où hier, Jon nous a fait la surprise de venir avec sa nouvelle amie Agnès, distante et légèrement sophistiquée.

Itziar n'a pas pu s'empêcher de le faire remarquer à Jon.

– Je ne te comprends pas. Tu t'encombres d'une femme qui n'est pas pour toi.

Il n'a pas répondu. Il cherchait des verres.

– Nous dînerons au jardin dès que Mikel arrivera, lui ai-je dit.

Ma robe était jaune, longue, belle. Agnès nous a déclaré dès le début du repas :

– J'ai horreur de la campagne, des moustiques, des bestioles, et Jon (elle prononçait « Jon » à l'anglaise) ne raffole pas lui non plus des vertes prairies, n'est-ce pas mon chéri ?

J'ai croisé son regard juste une seconde. Le temps que Mikel lui serve un vin jeune et amer des coteaux de Bergerac.

– Et à Orio, comment ça va ? a demandé Jon.

– À Orio, ça va. La ferme paternelle où nous vivons, avec son superbe blason de pierre ocre, est magnifique. Attends, je vais chercher les photos dans mon sac… Tiens, regarde, le verger s'étale sur la colline… Des pommiers seulement… Nous avons aussi quelques poules et même un jeune cheval que Mikeltxo monte à cru.

– C'est beau, a dit Jon après avoir regardé les photos. Mais pour le reste ?

– Le reste, Jon, tu le sais, est un dédale de complicités internes, secrètes. Personne ne parle ; nous sommes soudés les uns aux autres. Emilio et moi, nous ne parlons jamais castillan avec nos patients. Nous n'avons jamais été dénoncés, jamais inquiétés. Orio est un roc de résistance malgré les provocations policières.

Agnès s'ennuie :

– Je rentre, décide-t-elle, je vais me mettre à l'abri de toutes ces sales bestioles. Y a-t-il un poste de télévision ?

– Il n'y en a pas, mais nous avons un tourne-disque. C'est assez éclectique comme choix, vous y trouverez bien votre bonheur.

Plus je vieillis, plus je parle comme Honorine.

– Jon (toujours à l'anglaise), mon chéri, peux-tu me servir un brandy ?

Elle s'est installée dans le fauteuil, les pieds nus sur la table basse.

Itziar me rejoint dans la cuisine avec la pile d'assiettes à laver et ne peut s'empêcher de s'offusquer :

– Elle n'a aucune éducation, je me demande ce qu'il lui trouve, Jon !

– Elle est journaliste, elle est parisienne, elle est jeune et jolie. Il en est flatté.

– Ce soir, il a l'air plutôt agacé.

– Et Begoña dans son Carmel, comment va-t-elle ?

– Elle prie pour nous, elle a à peine parlé d'*Ama*, pourtant elle avait du chagrin. C'est difficile de la comprendre, de l'imaginer depuis tant d'années dans la passion du Christ.

– *Ama*, où sont les cartes de *mus* ? demande Xabi.

– Dans le placard, là où elles sont d'habitude. Vous levez la table avant de jouer ?

– Oui, oui.

Mikel et Jon arrivent avec les bouteilles, les verres, les couverts, avant de s'installer dans un recoin du salon devant la fenêtre qui ouvre sur la ruelle.

– Je vais me coucher, annonce Agnès, tu ne tarderas pas, Jon, n'est-ce pas ?

Nous entendons venir vers nous du bout du chemin Vincent, Clémence et leurs enfants. La dernière, Silvia, dévore Xabi des yeux et il rougit dès qu'il croise son regard.

C'est un soir d'été où l'on pourrait mourir dans la beauté de l'instant.

Nous discutons dans le soir couchant, assis sur les deux bancs de pierre encore chauds de ce jour d'été, dans les parfums de la menthe et des plates-bandes de pois de senteur qui remontent le long des murs.

La nostalgie m'envahit, je regarde Xabi. Il est le seul de mes enfants à avoir mes yeux noirs. Il joue en silence et abat en riant ses cartes, du même rire que Julian.

Mikel, lorsqu'il me rejoint après ses longues discussions avec Vincent, me trouve assise dans le lit un livre à la main. Xabi regagne sa chambre après m'avoir embrassée quatre fois et je me relève pour aller l'embrasser deux fois. Rite immuable, qui repousse dans les ténèbres le moment fatidique où il partira à son tour.

– L'Agnès de Jon n'est pas un cadeau des cieux, il n'a pas dû la rencontrer sur le mont Olympe, me chuchote en riant Mikel.

– Oh! tu exagères! Il fait ce qu'il veut, Jon, elle est peut-être adorable avec lui.

– Peut-être..., sourit Mikel en m'enlevant la très jolie et vieille chemise de nuit blanche, une relique de Rose trouvée dans ses trésors cachés.

J'oublie demain et le temps qui passe sous la bouche de Mikel.

10 mai 1968 – Nous avons décidé, portés par le vent révolutionnaire qui souffle sur l'Europe mais pas sur l'Espagne, de rajeunir l'appartement. Peut-être est-ce nous-mêmes que nous voudrions rajeunir, mais remonter vers les années où nos peaux étaient fermes est impossible. Se mettre nu devant le miroir est un acte hautement courageux. Mes cinquante-cinq ans attirent encore quelques regards dans la rue, malheureusement des regards d'hommes entre deux âges. J'ai trouvé pour le calot de la milicienne un piédouche en bois de citronnier. J'ai secoué la poussière de mes souvenirs, et entre deux tentures aux rayures multicolores j'ai accroché le portrait d'Arantxa. Xabi, dans la candeur de ses quinze ans, est heureux d'avoir une chambre qui n'est plus la chambre de Julian. Nous lui avons offert une armoire-vitrine où il entasse ses trésors de chasse: des pierres, des débris de poterie, des fossiles, des coquillages qu'Anastasio lui a offerts, avec une série de loupes en ronce de noyer.

Anastasia nous a quittés pour un nouvel ami-amant (un jeune réfugié aux yeux clairs et aux cheveux noirs et lisses à peine juste longs : Iñaki Basterra) et un appartement jouxtant celui de Julian. « Délicieusement moderne, décoré avec l'âme », déclare-t-elle avec un geste large de la main qui s'ouvre sur l'avenir.

La chambre des filles, je l'ai transformée en « baby-room » (j'écris pour moi, je peux mettre ce que je veux) jaune poussin, pour nos deux petites-filles. Amaia a déjà deux ans et Luxi, presque sept mois. Manuela veut bien nous les confier une soirée de temps à autre, et son œil de jeune louve reste collé à la porte dès qu'elle nous a quittés. Mikel, qui a très peu connu les biberons et les couches, se retranche derrière « Moi, je n'ai pas l'habitude » juste au moment où il faut changer les petits postérieurs. Par contre, il n'a pas son pareil pour les faire éclater de rire, en les hissant à bout de bras, et imiter les avions (de tourisme !).

Les nouvelles du Sud nous arrivent : elles sont catastrophiques. Itziar ne passe plus la frontière pour ne pas avoir à se soumettre à des contrôles qui sont souvent, au bord des routes, des fouilles au corps.

La presse écrite et les radios-télévisions internationales se taisent. Merci les Alliés ! Et bravo à tous les lâches que rien n'atteint !

François Mauriac continue sa croisade pour le peuple basque nié et bafoué.

Euskadi est en guerre.

Un jeune militant d'ETA, Xabier Etxebarrieta, pris en chasse par la police et rattrapé, a été collé contre un mur et abattu froidement.

– *Ama*, j'arriverai par le train de onze heures. Est-ce que *Aita* peut venir me chercher ?

– Bien sûr. Eva est avec toi ?

– Non. Je dormirai ce soir à la maison, à très vite.

Il est abrupt, Julian, et certainement fatigué.

Il s'installe dans la chambre des filles. Il s'étonne que nous ayons à domicile depuis quatre mois trois jeunes réfugiés, et s'enferme après le dîner avec son père dans le salon.

Je siège dans la cuisine où j'écoute les nouvelles à la radio.

Le tortionnaire Melitón Manzanas, entre les mains duquel sont passés des centaines de Basques depuis 1938, vient d'être abattu à Irun par ETA.

Je me précipite au salon, j'ouvre la porte et je me heurte au regard de Mikel et de Julian que mon apparition dérange.

– Manzanas a été exécuté à Irun aujourd'hui. Je viens de l'entendre à la radio.

Mikel se lève, mais j'ai vu ce que je ne devais pas voir : des enveloppes et des liasses de billets de banque.

– Tu n'as rien vu, Lucia, me lance Mikel lorsque dans l'intimité de la chambre, je fais semblant de dormir à poings fermés au milieu du lit, la tête sous l'oreiller.

Je me redresse comme si je venais d'être piquée par une araignée venimeuse.

– Je préférerais n'avoir rien vu, mais j'ai vu. Il vient d'où cet argent ?

Il se tait, enlève son slip et remonte le drap sur son sexe.

– Je ne peux pas te répondre.

– Ta confiance m'honore.

– Il ne s'agit pas de cela.

– Il s'agit de quoi alors ? d'une histoire d'hommes ? d'une histoire – c'est le nouveau mot à la mode – de mecs ? Il fait quoi au juste, Julian ? escroc ? C'est mon fils, j'ai le droit de savoir !

– Il ne fait rien d'autre, Julian, que de servir la cause.

– ETA ?

– La réponse t'appartient.

Je repousse le drap ; une sainte colère me parcourt, j'arpente en tous sens la terrasse ; la chaleur est moite, lourde, même les chauves-souris ne m'effraient pas.

Le ciel est criblé d'étoiles, comme le corps de Melitón Manzanas criblé de balles.

J'imagine.

« Ton imagination te perdra », me prévenait Hortense quand je passais des heures sur mes cahiers à dessins.

Elle est très petite, mon imagination, depuis une heure ; elle est comme une boîte à chaussures, rectangulaire, triplement cartonnée, à ranger dans le fond d'un placard avec une étiquette : *Ne rien voir, ne rien entendre, ne rien dire.*

Je me tais.

Je rejoins mon lit où Mikel essaie de glisser sa main sur mon ventre.

Essaie.

Je dors peu. Je dors mal.

Julian, au petit-déjeuner, discute ferme avec Luis, Gillermo et Angel, Xabi écoute, ses oreilles ouvertes en radar, Mikel beurre ses tartines. Je me fais légère.

– Je sors, dis-je, serrée comme une guêpe dans ma petite robe de piqué blanc.

– Tu vas où ? interroge Mikel.

– Je ne sais pas.

– Franco vient de décréter l'état d'urgence en Guipúzcoa.

– Je suis désolée.

Je m'échappe jusqu'au Musée Bonnat. Rien ne peut m'atteindre.

Je m'absorbe dans la contemplation du *Portrait de la sœur de l'artiste.*

Je suis seule, et j'aime ma solitude contemplative.

L'été se meurt sur Veillesalle ; Jon vient d'arriver pour deux jours avec une nouvelle amie, Brigitte, longue brune aux seins nus sous ses robes amples.

Julian est subjugué par les seins que le contre-jour dévoile à nos yeux.

– Tu n'as jamais vu une paire de seins? l'interroge Anastasia.

– Pauvre noix! a-t-il répondu, j'admire ce qui est beau.

– Merci pour moi, répond Eva, la brune élancée aux petits seins.

Nous nous serrons à Veillesalle où quatre nouveaux réfugiés envahissent la maison.

Je décrète l'état de grève pour le ménage: je ne suis là pour personne.

Je parcours les coteaux seule, et si Mikel me retrouve dans les coins les plus reculés où je m'abrite, je ne l'accueille pas comme la jeune amante que j'ai été et que j'aimerais être encore.

– Arrête, Lucia, ce n'est pas drôle. La situation empire en Euskadi. Ne joue pas. Ce n'est pas le moment.

Ce n'est pas le moment, c'est vrai.

L'été s'achève. Xabi est amoureux. Je l'aperçois quelques rares fois à l'orée du chemin, la main dans la main de Silvia.

Jon s'apprête à repartir pour Bruxelles.

– Tu n'as pas l'air d'aller, murmure-t-il.

– Oui, je vais très bien. Merci.

Il a souri, l'air de celui qui sait. De son index plié il a caressé ma joue.

Mon regard s'est fait charbon incandescent.

Les années qui suivent la révolution du joli mois de mai sont terribles.

Le général de Gaulle, en juin 1970, rend visite au général Franco.

L'amertume est immense, elle a dans nos bouches un goût de fiel.

– Lis ce que vient d'écrire François Mauriac dans un de ses *Blocs-notes*: *Que la visite de de Gaulle à Franco ne me fasse ni chaud ni froid, je mentirais de le dire puisqu'en fait j'en reste glacé et que je l'ai subie comme une offense… Cette fois, comme toujours, de Gaulle aura obéi à la nécessité. Mais je ne puis pas ne pas me souvenir de mon ami Jose Aguirre, le président de la République basque en exil. Je n'ai également pas pu m'empêcher de penser aux prêtres basques fusillés, aux morts de Guernica, assassinés par les Messerschmitt de Hitler.*

Je lis ; je voudrais me rendre à Malagar pour le remercier, mais il n'est pas à Malagar, il est malade, le vieil écrivain courageux. Je lui écris juste :

Merci à vous, Monsieur, de ne jamais nous avoir trahis. Avec toute mon indestructible admiration.

Un long coup de sonnette à la porte d'entrée. Xabier et Maria-Belen en tailleur sombre, par ce jour de grande chaleur, m'étonnent.

– François Mauriac vient de décéder cette nuit. Nous nous rendons à Paris en délégation, pour un dernier hommage. Voulez-vous vous joindre à nous, Lucia ?

La surprise me cloue sur place.

Je ne bouge pas.

– Nous prenons le train dans une heure, vous avez encore le temps.

Je décline l'invitation, et je les embrasse tous les deux avant de refermer la porte.

Il est donc mort, le grand homme. Il va me manquer.

Face à la bibliothèque, je me recueille devant l'œuvre de François Mauriac, je dépose un baiser sur chaque livre, et de la terrasse, je tends ma main vers le ciel pour lui dire adieu.

Franco, le général chamarré de l'or de ses médailles militaires, chef suprême, dictateur adulé, encensé par l'Église catholique, l'Opus Dei et les grandes puissances capitalistes, se promène sur la péninsule qui lui appartient.

Le 18 septembre, alors qu'il parade au fronton Anoeta de Donosti lors de l'ouverture des championnats du monde de pelote basque, Joseba Elosegi s'immole par le feu en se jetant aux pieds du dictateur depuis la deuxième galerie.

– *Gora Euskadi askatuta*! crie-t-il avant de s'écraser sur le sol.

Il n'est pas mort.

Nous sommes bouleversés.

Joseba Elosegi hante mes nuits de cauchemars.

Xabi a découpé une photo de l'homme calciné dans le journal.

Le cadre avec la photo, il l'a suspendu au-dessus de la cheminée dans sa chambre, avec l'inscription : *Quiero morir por algo.*

Le monde entier a enfin les yeux tournés vers Burgos, petite cité castillane, où commence le « procès des seize condamnés », tous accusés de l'exécution du tortionnaire Melitón Manzanas.

Beaucoup de monde pour une seule personne. Six peines de mort seront réclamées. Les autres peines vont de quatre-vingts ans de prison à douze ans.

Jon est arrivé de Caracas pour suivre du plus près qu'il peut le procès. Flora va pouvoir y assister : elle y sera sa source d'informations.

Des manifestations ont lieu à Paris, à Bruxelles, à Bordeaux, à Toulouse.

La manifestation de Bayonne rassemble une marée humaine. Nous sommes tous dans la rue.

Mon père, Anastasio, Xabier, Marcel au premier rang. Marcel sur le revers de son pardessus a épinglé sa médaille de la Résistance et sa légion d'honneur.

La nuit est déjà là quand le cortège s'ébranle vers le consulat d'Espagne, à quelques mètres de notre bel appartement où Hortense, à l'abri, surveille la foule de derrière les volets joints.

Les casques des gardes mobiles brillent sous la lumière jaune des lampadaires.

– Liberté ! hurlons-nous, liberté !

Un drapeau espagnol enflammé surgit au-dessus des têtes, la charge policière est brutale, d'une rare violence. Les premiers rangs s'affaissent sous les matraques. Les fumées des gaz lacrymogènes nous font refluer à la va-vite. J'ouvre en grand la porte cochère où s'engouffrent derrière moi, dans l'affolement, des grappes de personnes qui crachent, toussent, suffoquent.

– Ah ! non ! s'indigne Benoît Chotron, le mari d'Irène, vous n'avez pas le droit. Je vais appeler la police.

– Appelez-la, la police, elle n'est pas loin, rétorqué-je, fermement accrochée à la porte cochère.

– S'il vous plaît, supplie le concierge.

– Oh ! vous…

– C'est un scandale, trépigne Benoît Chotron que la fumée des gaz commence à atteindre.

– Élise, où sont Marcel, Papa et Anastasio ?

– Je n'en sais… rien, suffoque-t-elle en toussant. Il y a… des blessés… je crois.

– Ils ont arrêté Julian, crie Anastasia qui vient d'arriver échevelée, abritée derrière une écharpe, et Marcel est blessé !

Nous fermons la porte, les gardes mobiles remontent la rue, matraque en main.

La rue s'est vidée aussi vite que la charge policière a été brutale. Du quatrième, nous voyons arriver les voitures des pompiers auprès des personnes à terre.

– C'est Marcel, confirmé-je, j'y vais.

Je dévale l'escalier.

– Ton manteau ! crie Hortense.

Je suis déjà dans la rue ; je cours vers la forme allongée par terre, malgré les policiers qui tentent de m'en empêcher. Je hurle :

– C'est mon père ! C'est un résistant ! Vous n'avez pas le droit de frapper à terre un vieux monsieur !… Vous devriez avoir honte !

– Oh Lucie, gémit Marcel en me prenant la main, j'ai perdu ma médaille de la Résistance.

Il saigne de la tête.

Je la vois, la médaille, elle brille au pied des gardes mobiles qui gardent le consulat. J'y vais d'un pas ferme.

– Vous cherchez quoi ? demande un policier en civil.

– La médaille de la Résistance du vieux monsieur couché sur la civière.

– Ramassez-la, concède le gradé dégarni du chef, d'un air morgue.

Les pompiers nous conduisent à l'hôpital.

– Deux heures pour quatre points de suture sur le crâne, c'est long, se plaint Marcel.

Je m'inquiète pour Anastasio et mon père. Je m'inquiète pour Julian et Mikel.

Marcel veut m'accompagner au commissariat.

– Oui Lucie, j'y tiens. Ce ne sont pas mes quatre-vingt-deux ans qui m'en empêcheront.

Nous allons au commissariat, où une petite foule s'est agglutinée sous le crachin, sur le trottoir d'en face.

Marcel fait sensation avec son bandage sur la tête. La petite foule l'applaudit.

– Ah ! te voilà Lucia, s'exclame Jon. Julian est à l'intérieur, Mikel aussi avec ton père. Ne t'inquiète pas, ils vont être relâchés.

– Et Anastasio ?

– Il est parti se coucher chez Xabier. Viens, j'ai une mauvaise nouvelle à t'annoncer : ils ont arrêté ton neveu à Deusto. Itziar a appelé Xabier, Anastasio n'est pas encore au courant.

– Ils l'ont arrêté pour quoi ?

– Rédaction de journaux et de tracts clandestins… Prends mon blouson, Lucia, tu es glacée.

– Ils vont le torturer, tu crois ?

D'une grimace, il confirme.

Je mords mon poing.

– Gisèle Halimi, l'avocate de la Ligue des Droits de l'Homme, a été expulsée par l'État espagnol alors qu'elle assistait au procès, ajoute-t-il.

– J'irai demain à Orio, décidé-je.

Nous avons attendu sous le crachin que les interpellés sortent un à un.

Le premier, ce fut mon père, dans sa gabardine déchirée, les mains égratignées.

Une heure sonnait à un clocher.

Il ne voulait pas rentrer se mettre à l'abri malgré les injonctions d'Élise.

Il était trois heures quand les six derniers ont quitté le commissariat. Julian a souri en nous voyant rassemblés sur le trottoir ; Mikel a traversé la rue, est venu vers nous le regard soucieux :

– Mon père ?

– Il est chez Xabier… Marcel a été blessé à la tête, nous l'avons obligé à aller se coucher, Jon est avec lui.

– Bien… bien…

Chacun rentrait chez soi, et notre petit groupe a traversé le pont Mayou où des pêcheurs lançaient leurs lignes à des bancs argentés de muges.

J'ai pris la main de Mikel pour lui annoncer l'arrestation de son neveu à Deusto.

– Qu'est-ce que tu dis, *Ama* ?

– Ton cousin a été arrêté à Deusto. Je vais partir tout à l'heure pour Orio.

– Je vais avec toi, rétorque Julian.

– Non ! Il n'en est pas question. Tu n'iras pas. Personne n'ira sauf *Ama*. Mon père est au courant ?

– Non, Xabier a préféré le préserver.

– Et qui va le lui annoncer ?

– Toi, réponds-je.

Hortense et mon père, fatigués, n'ont pas refusé de dormir dans la chambre, vide pour une fois, des jeunes réfugiés.

Quelques heures plus tard, j'ai pris le *topo*(14) à Hendaye. Emilio m'attendrait à la gare de Donosti. Malgré le temps doux, j'ai mis la veste en vison, des boucles d'oreilles en or, des escarpins. Au contrôle à la gare d'Hendaye, le vison a fait impression ; la garde civile ne m'a pas demandé mes papiers. La réalité est là : ils contrôlaient plus facilement les femmes sans vison. J'ai pris l'air hautain des bourgeoises de Donosti ; il m'a évité les trois contrôles à mon arrivée.

Emilio m'attendait dehors, si pâle, les traits si tendus que je n'ai su que lui dire bêtement :

– Ça va ?

À Orio, dans la ferme restaurée, Itziar était entourée de femmes qui chuchotaient à voix basse dans le salon.

– Ô Lucia, a gémi Itziar en me voyant, j'ai mal.

Je l'ai prise dans mes bras, je l'ai bercée.

Nous pleurions toutes les deux. De Mikeltxo, nous ne savions rien, sinon qu'il se trouvait dans les locaux de la sinistre rue Gordoniz, où pendant six jours il serait tenu au secret. J'ai dormi à Orio cette nuit-là, et j'en suis repartie le matin.

Anastasio n'a rien voulu entendre de ce que je lui ai raconté.

De la pointe de ses doigts, il pianotait sur son bureau, le regard ailleurs.

Il s'est enfermé dans un silence opaque. Ses yeux gris à longueur de journée scrutent l'horizon. Il refuse tout. Et si quelqu'un le salue dans la rue, il ne répond pas. Rien n'a d'importance à ses yeux, et même le rire de ses arrière-petites-filles le laisse de marbre.

Je le trouve souvent assis à son bureau, où il rédige un cahier qu'il cache dès qu'il entend des pas approcher.

Je m'assieds dans le fauteuil face à lui et je ne bouge pas jusqu'au moment où je repars, après lui avoir déposé un baiser sur sa tempe.

14- Navette ferroviaire qui relie Hendaye à Saint-Sébastien puis Bilbao. Surnommée ainsi « la taupe » car elle emprunte de nombreux tunnels...

– À bientôt, *Aita*.

Il ne répond pas.

Un jour, alors que je le quittais, il m'a montré la couverture du cahier où j'ai lu :

Mémoires d'une guerre qui n'en finit pas.

– Aucun intérêt pour les vivants. Vous l'enterrerez avec moi.

– Oh ! *Aita*, vous n'avez pas le droit de penser cela.

J'ai hâte de retrouver Mikel après mes visites à Anastasio, et souvent je me révolte pour ne pas pleurer au creux de ses bras.

– Il abdique, ton père. Il n'a pas le droit. Il est jeune encore, il faut qu'il soit là quand son petit-fils sortira de prison.

Il se tait. Nous sommes seuls comme jamais, comme à vingt ans, mais nous n'avons plus vingt ans.

Xabi est étudiant en archéologie à Toulouse. Il est brillant, passionné ; j'attends les retours au bercail de mon petit berger, chaque fin de semaine dans les mois fastes de l'hiver et tous les quinze jours dès les premiers beaux jours du printemps.

Il arrive sous ses boucles brunes, ses yeux noirs brillants de vie.

Il m'embrasse, me soulève dans ses bras.

– *Ama*, je suis heureux d'être là, de retrouver mon lit, c'est bête, hein ?

– Mais non Xabi, ce n'est pas bête, c'est ça la vie.

Il transporte avec lui des cailloux, des fragments de pierres : chaque morceau a une histoire particulière, un pan de vie. Il sait faire parler les pierres.

Mikeltxo n'était plus rue Gordoniz, il avait été amené à l'hôpital de Basurto, gardé dès l'entrée par les fourgons gris de la police nationale.

Seuls Emilio et Itziar ont eu l'autorisation d'approcher sous escorte policière la chambre de leur fils. La chambre où ils l'ont aperçu, comme un jeune mort, la tête et les mains bandées.

Emilio a voulu rencontrer les chirurgiens, les médecins. Il n'en a rencontré qu'un. Celui qui se rend régulièrement rue Gordoniz, pour constater – tous ses rapports étaient identiques – qu'il n'y avait pas eu de torture.

– Alors, expliquez-moi pourquoi mon fils est dans un semi-coma. Comment il s'est fracturé le crâne ?

– Il a sauté du deuxième étage.

– Et ses mains ?

– Il les a fracturées en voulant amortir la chute.

– Montrez-moi les radios ! ordonne Emilio.

– Je suis tenu au secret professionnel.

– Je suis médecin, ma femme est médecin, montrez-nous les radios, nous voulons savoir où se trouvent les fractures.

Nous sommes tous les trois dans un bureau où derrière la porte vitrée se tiennent des policiers de la police nationale, les « Gris ».

– Est-ce qu'il va s'en sortir, Monsieur ? demande Itziar.

Il ne répond pas, désigne la porte. Emilio se contient :

– Nous reviendrons chaque jour, chaque jour, vous m'entendez ?

D'Orio à Hendaye, j'ai pensé à ce que je dirais à Anastasio.

Le verdict pour les militants du procès de Burgos est tombé le jour même de mon retour.

Pas de peine capitale (le Caudillo avait besoin de devises étrangères, il se faisait mouton devant l'argent) mais six peines maximales : la perpétuité. Soixante-dix ans de prison pour un, soixante, cinquante, trente ans pour six d'entre eux, les plus petites peines sont de douze ans.

Mikeltxo a été transféré à Herrera de la Mancha au mois de mars, autrement dit dans le désert d'une Espagne aride, à des centaines de kilomètres d'Orio.

– Il est très diminué, mais ne le dis pas à *Aita*, m'a téléphoné Itziar. Viens me voir si tu peux, je te raconterai.

J'ai repris le *topo*. Emilio est revenu me chercher à la gare de Donosti.

– Ils l'ont tellement torturé qu'ils lui ont brisé les dix doigts des mains avec une presse ; ils riaient, nous a dit Mikeltxo : « Comme ça, fils de pute, tu n'écriras plus ! » Sa fracture du crâne, c'est quand ils se sont amusés à se le jeter d'un bout à l'autre de la pièce, nu, complètement nu ; c'était un jeu où ils riaient beaucoup, c'était tellement drôle, n'est-ce pas ? Mikeltxo se souvient d'avoir heurté avec sa tête l'angle métallique de la table où habituellement, ils l'interrogeaient entre deux décharges électriques.

– Tu ne diras rien à Aita, m'a suppliée Itziar. Il faut l'épargner. Si je peux, je viendrai le voir. Aujourd'hui, entre nos patients et les visites chaque semaine à notre fils, je n'ai pas trop le temps. Dis-le-lui. Embrasse-le de ma part.

Anastasio me recevait comme un chien dans un jeu de quilles. Je ne lui en voulais pas. Il ne tolère que les visites quotidiennes de mon père – « Et encore ! », comme dit Hortense.

À mes retours, Mikel est là et ailleurs. Nous dormons en nous tenant la main, le reste du temps il est en réunion.

Le 15 mars, Jon Goikoetxea – « Txapela » – est abattu par la garde civile à Elizondo.

Un matin, très tôt, la sonnerie du téléphone m'a réveillée.

– *Ama*, j'ai une grande nouvelle à t'annoncer, ta petite-fille est née il y a une demi-heure.

– Ô Julian…

– Tu ne dis rien ?

– Je suis émue.

– Vous allez venir la voir ce matin ?

– De suite. Dès que ton père sera réveillé.

– Quelle heure est-il ?

– À peine sept heures.

– Elle est vraiment jolie, tu sais… Venez vite.

Nous sommes allés à l'heure de l'ouverture de l'hôpital. Et même dix minutes à l'avance. Dans la chambre, Eva était seule, le bébé accroché à son téton. Mikel a aussitôt regardé vers la fenêtre.

– Julian n'est pas là ?

– Il est parti chercher *Aitita*.

– Il ne viendra pas, mon père, a commenté Mikel défaitiste.

– Et elle s'appelle comment, cette jolie petite fille?

– Nous n'avons pas encore choisi, répond Eva.

– Ah! bon, me suis-je étonnée.

Elle sourit, Eva, en rattachant les boutons de sa chemise de nuit.

– Je peux la prendre dans les bras juste une minute?

– Bien sûr.

– Regarde, Mikel, comme elle est jolie.

Il l'a caressée de son index, le duvet fin et noir du crâne, ému mais se défendant de l'être.

À notre grand étonnement, la porte s'est ouverte sur Anastasio, élégant dans son costume gris anthracite sur une chemise à fines rayures bleues et blanches.

– Assieds-toi, *Aitita*, a invité Julian en lui avançant une chaise; puis après nous avoir embrassés, il a pris sa fille de mes bras pour la déposer au creux de ceux de son grand-père.

– Je te présente Arantxa, a-t-il dit.

Un sanglot venu du tréfonds de la vieille carcasse a secoué les épaules d'Anastasio pour venir mourir sur ses lèvres tremblantes.

Eva a posé sa main sur la main d'Anastasio:

– Elle a besoin de vous, elle aussi.

Nous sommes sortis sur la pointe des pieds, Mikel et moi.

J'ai pleuré de l'hôpital à l'appartement. Dix jours après, Anastasio nous a invités dans un restaurant connu et couru, où il m'avait fait retenir une salle depuis une semaine. Hortense présidait la table entre les deux arrière-grands-pères; Mikel et moi étions en face entourés de nos enfants et petits-enfants.

Je pensais aux absents.

À Itziar que j'allais, dès le lendemain, rejoindre pour ma première visite à Herrera de la Mancha.

Les routes blanches de poussière où nous croisions de temps à autre un camion transportant des moutons nous ont menées jusqu'à la prison.

J'y ai vu mon neveu, le crâne rasé, les pommettes saillantes, le teint terreux des grands malades.

– Ça me fait plaisir que tu sois venue jusqu'ici.

– Ce n'est pas trop dur pour toi ?

– Non, ça va. Je m'habitue.

Les visites sont courtes, nous nous disons l'essentiel :

– Ils ont refusé les permis à Julian, à Anastasia, à Flora, à Manuela.

– Ça ne fait rien. Je recevrai leurs lettres. Et Arantxa ?

– Elle est jolie comme un cœur.

– Embrasse-les tous pour moi.

– Je le ferai, mon petit Mikel, prends soin de toi.

L'hygiaphone nous séparait de lui et nous empêchait de l'embrasser.

Nous quittons la prison pour retrouver les routes blanches de poussière dans un silence de pierre.

J'ai voulu cette année-là retrouver Veillesalle dès les premiers beaux jours de l'été et rassembler autour de moi les vivants que j'aimais.

– Tu comptes inviter qui à Veillesalle cet été ? me questionne Mikel.

– Le hameau tout entier plus nous.

– Nous, c'est-à-dire ?

– Nous, les enfants, les petits-enfants... Ton père... mes parents...

– Et encore ?

– Joseba, Marixa, Ander, Felix, Incarnacion, Diego, Pablo, Juan, Marcel, Jules et Aimée, Henriette de Lassalle, Jon...

– Le marquis de Cuevas, tu y as songé ?

– Tu es vraiment un pisse-vinaigre quand tu veux, toi ! J'ai envie de vivre un été de plénitude tant que nous sommes tous sur cette terre. Je veux profiter tant qu'il est temps.

– Qui se charge de l'organisation ?

– Vincent, Clémence et moi.

– Tu as tout prévu, je pense !

– Oui, tout. Et tu seras surpris. Flora va nous présenter enfin son compagnon : Jokin Arizabaleta.

– L'avocat de Donosti ?

– Eh oui, l'avocat de Donosti.

Nous avons envahi le hameau, sans Mikel resté à Bayonne pour deux ou trois petites choses.

Vincent et Clémence avaient loué une maison sur la place dans le village, pour le trop-plein que ne pouvait contenir notre grande bâtisse.

Depuis 1969, un jeune couple avait ouvert un petit restaurant sur la place, et l'aînée des Baer, une grande blonde originale, avait repris l'épicerie-buvette. L'intendance serait donc assurée.

Ce furent des jours de fête, où parce que nous étions tous ensemble, l'été avait les couleurs fortes des immortelles.

Henriette de Lassalle a fait une entrée remarquée au volant de sa vieille 2 CV grise brinquebalante, sous les rires des jeunes qui ne la connaissaient pas.

Elle était ravie ; elle s'est présentée à tout le monde.

Aimée et Jules sont arrivés peu après.

– Oh ! peuchère, s'est exclamée Aimée, comme ça fait du bien de se retrouver. C'est une idée merveilleuse que vous avez eue là !

C'était une idée merveilleuse.

Nos rires résonnaient dans le hameau. Nous avions vingt ans. Le passé était aboli.

Vincent et Clémence avaient dressé sur la place, près de la vieille église, des tables avec des bancs. Nous dînions chaque soir sur la place ; même les vieux avaient rajeuni.

Marcel m'a invitée pour le premier tango, un soir où par la magie d'un accordéoniste dont personne ne savait le nom mais que Julian a reconnu – c'était Martial –, nous avons dansé jusqu'à l'aube.

Jon m'a enlacée, avant que Mikel ne le fasse.

Pour « *La cumparsita* ».

Il dansait merveilleusement bien, Jon, et au creux de ses bras, je me suis laissé emporter.

– Lucia, ne me regarde pas ainsi.

J'ai souri, et sa main a serré plus fort mon poignet.

Il y avait son regard bleu et moi.

Le temps d'un tango.

– Merci Martial, ai-je murmuré dans l'envolée de ma belle robe rouge alors qu'Aimée réclamait « *Adiós muchacho* », que nous avons dansé toutes les deux avec des fous rires de gamines.

Mikel me surveillait. Son œil sur moi ne m'a pas quittée, jusqu'à ce qu'enfin il s'empare de moi et déploie, sous mes yeux amusés, un talent de danseur que je ne lui connaissais pas. Entre deux pas, il a porté à sa bouche l'anneau syrien qui ne m'avait jamais quittée. J'étais sienne, et que personne ne s'avise de m'approcher.

Joseba, médusé, a ri :

– Lucia, ma chérie, ton zèbre a marqué son territoire. Malheur à celui qui franchit les limites. Moi je peux, je suis ton cousin, alors viens danser.

J'ai terminé la nuit en dansant dans les bras de Xabi et ceux de Julian.

Nuit merveilleuse. Trop courte.

Incarnacion valsait seule sur la place, dans sa luxuriante robe à rayures au bustier brodé de fleurs multicolores.

– J'ai bu, riait-elle, viens, Lucia, que je t'embrasse. C'est grâce à toi tout ça. Viens boire un dernier verre à la vie !

– À la vie ! À Euskadi ! À nous !

Je suis rentrée à pas très lents alors que l'aube blanchissait le ciel au-dessus du clocher de l'église.

Mikel m'attendait assis dans son fauteuil sous le figuier. Dans sa belle chemise blanche.

Il m'a assise sur ses genoux. Ses lèvres fraîches m'ont cueillie.

– C'est une belle idée, Lucia, et une très belle nuit.

Nous avons regagné notre chambre.

– Rien ne devrait finir, ai-je murmuré, nue sous le drap.

Il n'a pas répondu, il était déjà en moi.

Le lendemain matin, personne ne voulait se quitter.

Et pourtant, il a fallu partir. Fermer la vieille bâtisse.

– Je reste quelques jours de plus avec Silvia, annonce Xabi, tu ne m'en veux pas ?

– Mais non. Profite tant qu'il est temps.

Nous nous sommes tous juré de nous retrouver l'année d'après. Jules a invité tout le monde à pêcher le saumon à Navarrenx. Et Henriette de Lassalle, qui craignait l'hiver seule, a ouvert son château pour ceux qui le voulaient.

– Elle est dingue, m'a soufflé Anastasia.

Je suis allée parler à Henriette, je lui ai expliqué la situation. Ce n'était pas facile d'ouvrir un château aux « barbus » de l'ETA.

– Et pourquoi donc ? Je lis les journaux, je me tiens au fait des situations à travers le monde, je ne suis pas communiste, il est vrai, mais je voue une haine farouche au Caudillo. C'est ainsi. Alors si vous en avez besoin, ma porte est ouverte.

– Elle est incroyable, cette folle. Mais bon, puisqu'elle sait à quoi elle s'expose…, a souri Julian.

L'hiver est arrivé.

Xabier est entré à l'hôpital.

– Ce n'est pas grave, juste un petit examen, puis une petite opération, a-t-il confié à Anastasio.

Discret, il reste secret sur son intimité.

Maria-Belen, assise auprès de lui, garde jusque dans la chambre un grand béret noir sur lequel elle a accroché une lourde broche en or. Elle croque des chocolats à longueur d'après-midi.

– De quoi souffre Xabier, si ce n'est pas indiscret ?

– D'une maladie moderne, a répondu Tomasa, sa belle-fille et l'ancienne secrétaire de Mikel, ronde comme une barrique et enceinte de six mois.

– C'est grave ?

– Avec les médecins, ce n'est jamais grave. Il faut attendre.

Nous revenons de nos visites à Xabier jusqu'à chez nous, où trois jeunes réfugiés ont pris pension dont le plus petit, trapu et carré d'épaules, sent des pieds. J'ai l'impression d'avoir oublié un camembert sous le buffet.

Mikel passe des heures à discuter avec eux. L'odeur du camembert bien fait n'a pas l'air de le déranger.

J'attends Xabi chaque fin de semaine, il téléphone juste au dernier moment pour me dire : « *Ama*, je reste sur Toulouse. »

Abandonnée de tous, je suis partie m'installer à Veillesalle à la fin des derniers frimas. Anastasia m'y a retrouvée pour quelques jours et pour me confier son secret :

– J'attends un bébé, il va naître en décembre.

Nous restions à discuter sur le pas de la porte jusqu'à ce que Vincent et Clémence nous rejoignent.

L'été est arrivé à Veillesalle, calme, où de longues promenades solitaires étaient mon quotidien. Il n'y avait jamais eu de téléphone à Veillesalle, et c'était tant mieux.

La louve des coteaux hante les chemins, où elle croise souvent la petite silhouette de Julian sous la neige, Flora sur son tricycle, pédalant de toute la force de ses petits mollets et Manuela, en larmes, contre le tronc du noyer. Rose me rejoint sur les chemins, et je lui parle, je lui raconte. Je parle au vent aussi. J'écris la nuit.

Jon, tu me manques. La nuit dernière, je suis allée jusqu'au bout du coteau et je me suis allongée dans les herbes folles. Je t'ai attendu si longtemps que les premiers rayons du soleil m'ont réveillée. Je ne sais où tu te trouves aujourd'hui. À Bruxelles ? à Paris ? à Londres ? Il y a vingt ans, j'aurais dû te suivre. Et ce soir, je serais attablée avec toi, au bord du Nil ou de la Tamise. Qu'importe le fleuve, c'est dans ton regard bleu que je veux me noyer. L'an dernier, dans tes bras, tu le sais, mon trouble était immense et j'ai failli te chuchoter : « Je suis à toi, plus que tu ne le crois. » Tu ne m'as pas perdue, ce soir c'est toi que j'attends. Je t'embrasse, comme je t'ai embrassé une nuit sur le coteau. Lucia.

La lettre, au petit matin, je l'ai déchirée, et je l'ai même brûlée pour n'en garder aucune trace.

Le 20 septembre, Jon Aranguren Mujica est abattu à Urdazubi alors qu'il s'apprête à franchir la frontière à travers bois.

Un assassiné parmi d'autres assassinés.

Je n'ai pas regagné pour autant Bayonne où Xabier se mourait.

Le dernier jour de septembre, Mikel est venu me chercher avec Julian pour que nous nous rendions à la grande maison des Arènes.

– Deux voitures pour trois personnes, ça fait beaucoup, non ? n'ai-je pu m'empêcher de faire remarquer.

– Il ne tenait qu'à toi de descendre seule de ton ermitage !

– Et toi, tu n'as pu venir de tout l'été que pour trois misérables petits jours, où je me suis vraiment ennuyée à tes côtés !

– Arrête, Lucia ! Je suis débordée de travail, Julian aussi, tes filles aussi…

– … alors évidemment, si Madame peut se permettre de jouer à la rentière tout l'été… Je connais ! Ce n'est pas la peine que vous accordiez vos violons pour me chanter votre minable chanson !…

– Xabier est mort, Lucia, je me demande si tu t'en rends compte.

– Non, je suis gâteuse !

Dans la grande maison des Arènes, Juan-Anton nous a accueillis sur le seuil.

– Il était malade depuis longtemps mais il ne voulait pas inquiéter *Ama*.

Le président du gouvernement, Jesús Maria de Leizaola, était incliné devant la dépouille alors que nous rentrions dans le salon.

J'ai embrassé Maria-Belen et je me suis reculée dans le coin du salon que les flammes des cierges n'éclairaient pas.

Cet homme dans le cercueil n'est pas Xabier.

Il n'est pas celui qui m'a accueillie un matin glacé du mois de février 1937 pour me mettre à l'abri. Il n'est pas celui qui ne m'a jamais abandonnée jusqu'à aujourd'hui.

Jon est arrivé au moment où je sortais. Il a eu une grimace – « C'est comme ça, on n'y peut rien ».

Il a caressé ma joue.

J'ai retenu mes larmes.

– Mikel est dedans ?

– Oui, avec Anastasio et Joseba.

– Et où vas-tu, toi, comme ça ?

– Je ne sais pas. Je vais marcher.

Il est revenu sur ses pas.

– Ça ne va pas, Lucia ?

– Xabier est mort, comment veux-tu que j'aille bien ?

J'ai marché dans les rues jusqu'à la nuit tombée.

Je ne suis pas allée à l'enterrement de Xabier. Je n'avais pas envie de l'enterrer. Je n'ai pas voulu endosser mon très élégant tailleur noir pour suivre son cercueil.

Maria-Belen ne l'a pas compris. Elle ne m'a plus jamais adressé la parole.

Le jour de l'enterrement, je suis restée à jouer avec mes trois petites-filles sur la terrasse, j'ai entendu sonner le tocsin ; mais il n'était pas pour Xabier.

Noël nous a rassemblés autour de la crèche qu'Amaia et Luxi, avec les yeux émerveillés de l'enfance, avaient décorée de leurs petits doigts agiles.

Marcel a dîné avec nous autour de la belle table de la cuisine éclairée par les bougies rouges des deux chandeliers.

– J'ai un secret à vous confier, nous a-t-il annoncé avant de passer à table.

– Vous allez vous remarier ! s'est exclamée Flora.

– Oh, ça, jamais ! Gracieuse a été et restera la seule femme de ma vie. Mais c'est bien d'un mariage qu'il s'agit.

– Jeannotte ? ai-je interrogé.

– Oui, Jeannotte, elle va se marier avec Pierrot. Ils ont le même âge. Soixante et un ans. Ils se marient le 28 de ce mois. Je serai leur témoin et je crois, Lucia, enfin… si elle ne vous a rien dit… – Marcel a eu un geste confus –, j'ai peut-être trop parlé.

Le 28, j'étais aux côtés de Jeannotte dans la salle de la mairie où après la cérémonie, un de ses petits-fils a interprété sur son violon « Le Chant des partisans ».

Les marches du grand escalier, que nous descendions derrière les mariés, sont devenues très floues.

Marcel s'est accroché à mon bras, et pour fêter l'événement, le restaurant Lasserre avait fleuri la porte d'entrée d'un arceau piqué de branches de pin, d'hellébores et de chrysanthèmes des fleuristes, roses et blancs.

Un traiteur landais – un grand, pas un petit – nous a régalés de petits pains briochés fourrés de foie gras, de magret de canard aux raisins, d'une montagne de petits entremets salés et délicieux dans des flots de champagne.

– Ne mange pas trop, ai-je dit à Anastasia. Si tu accouches cette nuit, tu ne garderas pas un bon souvenir.

– C'est trop bon, répond-elle la bouche pleine.

Il nous a gâtés, Marcel, Diego a passé un bras autour de ses épaules.

– Et vous Diego, quand allez-vous vous décider à franchir le Rubicon ?

Il ne comprend pas bien, Diego, il éclate de rire :

– Le quoi ?

– Le Rubicon, répète Marcel. C'est-à-dire, quand prendrez-vous femme ?

– Oh, c'est que c'est elle qui ne veut pas. Alors je n'insiste pas.

Diego trinque avec Marcel.

Jeannotte va d'un groupe à l'autre. Elle laisse éclater son bonheur.

Jon franchit la porte fleurie pour s'excuser :

– Pardon Jeannotte, je suis toujours en retard.

– Tu es toujours en retard, c'est vrai, renchéris-je dans son dos.

Il se retourne, surpris.

– Oh Lucia, s'il te plaît.

Il attire Jeannotte dans un coin à l'abri des regards pour lui offrir un écrin à bijou.

– Non, balbutie Jeannotte, il ne fallait pas.

– Oui, et vous êtes bien la première femme à qui j'offre un bijou.

C'est un petit collier de pierres rouges que Jeannotte passe autour de son cou avec l'aide de Pierrot.

– Merci Jon, dit-elle, merci.

Ils s'embrassent.

Je m'éloigne. Mikel est le centre d'un groupe où il parle en rejetant de temps à autre sa belle mèche noire. Le Malraux de la soirée. Charmeur. Séducteur. Cynique parfois. De jeunes femmes l'entourent, il rit et moi, je me rapetisse dans mon coin, où je me suis assise auprès de la mère de Jeannotte qui ne se déplace plus qu'avec une paire de béquilles.

– Quelle belle journée, se réjouit-elle, tout est réussi. Monsieur Marcel nous a gâtés… Ah ! mais s'il n'avait pas été là, je ne sais pas ce que nous serions devenus… Pierrot, ce soir, est le plus heureux des hommes… Ça fait longtemps qu'il lui tournait autour… Presque vingt ans… Mais Jeannotte, vous la connaissez, la droiture même!…

Je fais semblant d'écouter. Elle m'ennuie ferme, la mère de Jeannotte. Je dodeline de la tête comme un âne bâté.

Xabi s'assoit sur le bras du fauteuil et passe son bras autour de mes épaules.

– Qu'est-ce que tu fais là, *Ama*, toute seule dans ton coin comme une petite vieille?

– Je discute.

– C'est votre fils? m'interroge la mère de Jeannotte.

– Oui, c'est mon fils, affirmé-je dans un sourire.

– Quel joli garçon! Je l'ai dit à ma petite-fille tout à l'heure, mon Dieu, quel beau garçon, c'est un comme celui-là qu'il te faudrait.

– Viens, *Ama*, souffle Xabi à mon oreille. Ne reste pas là, viens avec nous.

Quelqu'un a mis un disque sur un électrophone: Mikel danse avec une jeune femme au chignon blond haut perché.

– Viens, *Ama*, viens danser.

Mon cœur est gonflé des eaux de la Nive et de l'Adour réunies; je me force à sourire, et je ne sais pas quand les vannes vont lâcher.

Je danse un cha-cha-cha comme si j'enfonçais des clous dans un tapis.

Xabi m'invite pour la valse qui suit. « Le Beau Danube bleu », qui vient gonfler les eaux de mes rivières internes.

Je ferme les yeux. Je valse dans les bras de mon fils, qui sourit de toutes ses dents blanches sous ses boucles brunes.

Après la valse, je suis partie seule dans la nuit jusqu'à mon abri, ma tanière où enfouie sous la couverture rouge, j'ai lâché les vannes de mes eaux retenues.

Quand on pleure à soixante ans, ce n'est pas comme lorsqu'on pleure à vingt ans.

Mon visage dans le miroir, j'ai préféré ne pas le voir. Je n'ai jamais aimé les éponges imbibées.

Je suis allée dormir dans la chambre des filles, dans le lit d'Amaia où dans son oreiller, j'ai retrouvé le parfum de l'enfance.

– Lucia, c'est moi, où es-tu ? ai-je entendu dans mon sommeil. Lucia, c'est moi, c'est Mikel, où es-tu, Lucia ?

– Elle est où *Ama* ? a demandé d'une voix forte Xabi.

– Je ne sais pas, a répondu la voix pâteuse de Mikel.

– Comment ça, tu ne sais pas ?

– Eh bien non, je ne sais pas, elle n'est pas dans le lit.

Les portes se sont ouvertes les unes après les autres.

– Elle n'est pas bien, *Ama*, en ce moment, disait Xabi. *Aita*, tu m'entends ? Elle n'est pas bien, *Ama* !

C'est Xabi qui m'a trouvée dans le lit d'Amaia, le mouchoir bien serré au creux de ma main.

– Je dors, Xabi. Je vais bien, ne t'inquiète pas, ai-je murmuré, referme la porte s'il te plaît.

Il a refermé la porte tout doucement.

Mikel a attendu le matin pour m'affronter.

– Qu'est-ce qui va mal entre nous, Lucia ?

– Tout.

– Ça veut dire quoi, *tout* ?

– Tout.

Je pleurais sur ma tasse de thé, mes grosses larmes tombaient dessus comme une pluie d'été après l'orage.

– Qu'est-ce que tu veux, Lucia ? Dis-le-moi.

– Ce que je veux ? Personne ne peut me le donner, pas même toi.

– Je peux essayer.

– Tu ne me rendras jamais mes trente ans.

– Je t'aime telle que tu es, comme tu es.

– Penses-tu ! Hier, quand tu dansais avec le chignon six étages, tu ne m'aimais pas telle que j'étais. Tu ne savais même pas où j'étais. Tu ne m'as même pas vue quand je suis partie.

Le 29 décembre 1972 : J'ai tellement pleuré que j'ai dû me cacher dans la chambre après avoir bu le thé salé de mes larmes. Mikel est parti à ses entrepôts, désemparé. Xabi sera après-demain à Toulouse où il va saluer la nouvelle année avec ses amis.

« Et toi, Ama, *tu feras quoi pour la nouvelle année ?*

– Je ne sais pas encore. Peut-être prendre l'Orient-Express jusqu'à Istanbul.

– C'est vrai ?

– Pourquoi pas ? C'est un rêve qui me berce depuis mes jeunes années.

– Pourquoi tu ne le fais pas alors ? »

J'ai souri. Pourquoi pas l'Orient-Express, c'est vrai, plutôt qu'Herrera de la Mancha ?

Le téléphone sonne à huit heures et Xabi décroche avant que je ne parvienne jusqu'au vestibule.

– Ah… Je te passe *Ama*.

– *Ama*, c'est moi, c'est Anastasia.

Elle pleure.

– C'est un garçon. Il est né il y a à peine une heure.

– Un garçon ! Vous l'avez appelé comment ?

– Ekaitz Mikel Jose Anastasio, pour qu'il ait le choix, lui au moins.

Elle a ri.

J'ai pris une douche avant d'annoncer la bonne nouvelle à Mikel.

– Ton petit-fils vient de naître. Il s'appelle Ekaitz. J'appelle mes parents et j'y vais.

– Tu ne m'attends pas ?

– Oui, si tu te dépêches.

Nous y sommes allés les trois. Le père, le fils… et moi.

Anastasia rayonnait, Ekaitz entre ses bras.

20 mai 1973 – Un petit-fils, une nouvelle année. L'assassinat le 19 avril d'Eustakio Mendizabal, six manifestations. Deux voyages à Herrera de la Mancha. Xabi, qui fera vingt ans en août. Et moi qui flotte entre les eaux troubles de mon âge.

– L'attentat contre Carrero Blanco nous coûtera cher, a commenté Anastasio, les yeux fixés sur la mer derrière les vitres du salon. J'ai eu le Président au téléphone ce matin, le Parti va désavouer publiquement ETA.

Mikel se tait.

– Eh bien, qu'il le fasse ! Qu'il désavoue ! Excusez-moi *Aita*, je pense davantage à tous les militants torturés et à tous ceux que la police assassine qu'à Carrero Blanco. Un jour, quand votre petit-fils sortira de prison, invitez le Président à dîner. Je serais curieuse de savoir ce que lui dira Monsieur Leizaola.

Anastasio soupire profondément.

– Lucia, la colère vous emporte. Vous n'êtes pas une politique. Vous ne l'avez jamais été. Vous êtes une émotive. L'émotion restreint le champ de l'analyse. Si nous avions laissé nos émotions nous envahir, il y a longtemps que nous nous serions entretués et qu'Euskadi ne serait qu'un amas de cadavres blanchis.

Je hausse les épaules. Anastasio se sert un verre d'eau qu'il boit à petites gorgées.

Sous le haut portrait d'Arantxa trône au milieu du manteau de la cheminée, dans un cadre d'argent, la photo de Jose Antonio Aguirre, et juste à côté, dans un cadre plus petit, Mikeltxo, le torturé de la rue Godorniz.

Le dîner auquel nous a conviés Anastasio se termine en eau de boudin.

Caracas arrive à la rescousse. Julian est au bout du fil du téléphone. Il veut savoir je ne sais trop quoi, son grand-père répond je ne sais trop quoi. La cervelle de Carrero Blanco clapote dans le riz au lait à la cannelle. L'air du soir a des relents de caoutchouc brûlé. Mikel se fait directeur général. Les dividendes de l'entreprise m'enveloppent d'une douce ouate.

Il est tard quand nous quittons Anastasio.

– Qu'est-ce qui t'a pris, Lucia, pour monter comme tu l'as fait sur tes ergots ?

– Je ne sais pas. Je me moque en tout cas de ce que pense le président Leizaola.

– Ce que tu as répondu à mon père n'avait rien à voir avec ce qu'il a voulu dire.

– Ce que tu as répondu à mon père n'avait rien à voir avec ce qu'il a voulu dire.

Je le singe. J'imite sa voix.

Il met sa main sur mon genou, il rit. Il arrête la voiture à Bidart, face à la mer. Il déboutonne mon manteau, glisse ses mains sous mon pull.

– J'ai bien envie de te faire l'amour, avoue-t-il.

Nous avons basculé sur la banquette arrière. L'espace était restreint, mais mon imagination débordante.

Nous sommes revenus apaisés et peut-être bien amoureux.

– C'est vrai, chez nous, ce n'est pas toujours facile pour moi de t'aimer. Nous ne sommes jamais seuls. Nos trois occupants ne comprendraient pas que je me jette sur toi un soir où, pour un sourire, un mot, juste une caresse sur mes cheveux, j'ai une brutale envie de toi.

– Tu dis ça pour me faire plaisir.

– Non pour te faire plaisir, parce que je t'aime, tout simplement.

L'hiver est venu nous consoler de nous-mêmes. Le printemps a amené le président Leizaola au pied du chêne de Gernika pour l'Aberri Eguna. Il a pu passer la frontière sans être inquiété. Il a profité de sa présence illégale sur le sol de la patrie pour critiquer les militants d'ETA et rendre hommage au capitalisme basque.

Franco ne lui en demandait pas tant !

J'ai passé l'été à Veillesalle avec mes petits-enfants, Eva, mes filles et Xabi.

Mikel me rejoignait chaque fin de semaine. En août, nous avons déserté la grande bâtisse pour une semaine. Nous avions envie d'ailleurs, nous sommes partis à l'aventure jusqu'au canal du Midi.

Je portais une très jolie robe en soie noire à petits boutons de nacre blanche, gros comme des pépins de citron.

Nous avons adoré Castelnaudary et ses derniers moulins à vent. Le soir, les pieds dans l'eau du canal, nous parlions de nous au présent ; nous regagnions l'hôtel, enlacés, et une nuit nous avons trouvé sur notre parcours, au bord d'un quai, un piano-bar où j'ai commandé un gin-fizz.

Sur la minuscule estrade, nous avons dansé « *Tea for two* » de Django Reinhardt. Il n'avait rien perdu de son charme, Mikel, bien au contraire.

Ce fut un bel été. Notre dernier.

L'automne m'a ramenée souvent auprès de mes parents. Mon père, dans un cahier, consignait précieusement chaque événement, chaque attentat et les noms, année après année, des militants assassinés. Il les comptabilisait :

Le 28 novembre : Jose Etxebeberria Sagastume…, le 6 décembre 1973 : Jesús Artetxe… le 30 octobre : Iñaki Iparragirre. Dix-neuf ans seulement…

– Tu te fais du mal, s'inquiétait Hortense. À quoi ça te sert ?

– À ne pas oublier.

– Qu'est-ce que tu veux que je lui dise, me confiait Hortense, percluse d'arthrose, il passe ses journées à archiver. Il ne sort plus de son bureau, sauf pour aller à ses ateliers, jusqu'au port, ou chez Anastasio. Et toi, Lucie ? Tu repars quand à Herrera de la Mancha ?

– Je crois que j'y retournerai encore deux ou trois fois. Les avocats pensent qu'il sortira dans moins d'un an si tout va bien.

– Qu'est-ce que tu dis, Lucia ? interroge mon père du fond de son bureau.

Je hausse la voix :

– Mon neveu risque de sortir de prison en septembre.

– Oui, je le sais, Anastasio me l'a déjà annoncé.

– Il n'est pas sourd, me souffle Hortense.

– Non, je ne suis pas sourd, ce n'est pas la peine de chuchoter.

Quand je quitte mes parents, je les embrasse quatre fois.

– Tu reviens quand ? demande mon père.

– Peut-être samedi avec Mikel.

– Ah oui, samedi, c'est une bonne idée, vous resterez dîner.

Je revenais lentement par les petites routes du bord de mer. Mikel, à mon retour, avait dressé la table sur la terrasse. L'été indien n'en finissait pas de mourir, et à la fin novembre nous étions encore brunis par le soleil de notre bel été.

8 janvier 1975 – La mère de Juan est morte à Tarbes. Nous sommes allés aux obsèques avec Diego et Pablo. Juan, en nous voyant, a fondu en larmes ; j'avais fait livrer une gerbe : À Teresa, les camarades de combat de Juan. *Mikel a trouvé que j'aurais pu m'abstenir de faire mettre* de combat. *Il n'aime pas que j'en fasse trop. « La prochaine fois, tu t'occuperas toi-même des gerbes », lui ai-je dit. Diego et Pablo m'ont approuvée, surtout lorsqu'autour de la petite tombe neuve où repose Teresa Iturria Arribillaga, née le 13 octobre 1891 à Irun, j'ai levé le poing et entonné «* Eusko gudariak gera *», suivie aussitôt de Diego et Pablo et d'autres que je ne connaissais pas, des réfugiés de 36 qui travaillent à l'Arsenal de Tarbes avec Juan. Mikel tenait ses bras le long du corps, les mains croisées sur sa braguette. Dès les dernières notes, j'ai croisé son regard. Il me désapprouve et je m'en moque. Nous sommes allés jusqu'à un petit bar-restaurant près de l'Arsenal où après la cérémonie, Juan et sa sœur nous ont conviés à un apéritif. Entre deux tranches de saucisson et un verre de vin, je me suis glissée auprès de Mikel – « Tu es très belle aujourd'hui ». « Je sais », ai-je répondu.*

Le printemps, entre deux bourrasques de neige, de grêle et deux misérables rayons de soleil, nous oblige à rallumer le chauffage.

Irène Lavignes a glissé sur la grêle en se dépêchant sous une bourrasque ; elle a une superbe entorse à la cheville.

– Je n'aime pas du tout, lorsque je rentre chez moi, tomber nez à nez avec la terroriste du quatrième, ai-je entendu de la voix de Benoît Chotron alors même qu'il n'a pas encore refermé sa porte d'entrée.

Sans doute voulait-il que je l'entende. La porte s'est refermée sur la voix d'Irène :

– J'ai le droit...

L'injustice de certaines vies, ternes et sinistres, où la passion éteinte se devine au fond de certains regards, m'a fait remonter le bel escalier de pierre pour me jeter dans les bras de Mikel.

– Eh bien ma folle, qu'est-ce qu'il t'arrive ?

– Je me dis que j'ai bien de la chance de t'avoir chaque nuit auprès de moi.

Je lui ai raconté Benoît Chotron.

Le lendemain, j'ai offert à Irène une grande boîte de chocolats dans un écrin de velours rouge en forme de cœur.

– Que c'est gentil, a dit Irène en m'embrassant. J'adore les chocolats. Benoît en raffole aussi (*tant mieux*, ai-je pensé, *qu'il en soit constipé jusqu'à la fin de l'année !*).

Benoît Chotron a sonné le soir même à notre porte d'entrée, m'a tendu la belle boîte de chocolats, le ruban de taffetas plié en quatre.

– Il est inutile, n'est-ce pas, que je vous explique. Votre présence n'est pas la bienvenue chez nous.

– Pauvre imbécile, n'ai-je pas pu m'empêcher de répondre.

J'ai claqué la porte sur sa silhouette maigrelette et grise.

– C'était quoi, Lucia ? demande Mikel qui s'ingénie à souffler de tous ses poumons sur le feu qui n'arrive pas à s'enflammer.

– Le mari de la pauvre Irène.

Le téléphone sonne dans le vestibule. J'ai du mal à émerger de la brume dans laquelle le sommeil m'a plongée.

– Oui ?

– As-tu entendu ce qui s'est passé ce matin à Gernika ?

– Non je dormais.

– Il est plus de dix heures…, gronde mon père. À Gernika aujourd'hui, écoute-moi bien, la police a tiré à bout portant sur un couple chez qui un jeune militant était réfugié… Tu m'entends ? Un vrai massacre ! À bout portant. Le jeune a réussi à s'échapper mais la police est à ses trousses. Mikel est là ?

– Non, il est aux entrepôts.

– Je vais l'appeler. Je t'embrasse.

Ce 18 mai 1975 – Blanca Salegi et Iñaki Garai Legarreta ont été assassinés chez eux, dans la chambre où ils dormaient. Les voisins ont entendu hurler Blanca, mais pas Iñaki. On n'entendait que les tirs des armes, et lui, Jesús Mari Martiegi « Mutriku », qui a réussi à s'échapper, il a été abattu un peu plus tard devant la borde où il s'était réfugié. Il en a franchi le seuil les mains en l'air ; il n'était pas armé. Les chiens aboyaient. La garde civile a mitraillé son corps jusqu'à ce qu'il s'affaisse. Ils ont arrêté les paysans de la ferme proche de la borde. Puis les policiers sont revenus chercher le corps de Jesús Mari Martiegi, qu'ils ont entièrement dénudé avant de le jeter sur un buisson près de leur caserne à l'entrée de Gernika. Le corps martyrisé, ils l'ont laissé à la vue de tous, avant de le recouvrir d'un plastique. Pour que personne n'oublie sans doute qu'ils sont les maîtres de l'horreur, à Gernika et ailleurs.

Je pense à la jolie Emilia et à Emeterio, disparus depuis 1938.

Je ne dors pas. J'écoute le vent de la nuit qui se lève. Je marche entre les tombes. J'écoute l'écho des voix disparues.

1er juin – Xabi a passé ses examens, avec mention très bien et félicitations du jury. Mikel veut lui offrir un voyage en Crète ou en Égypte. Et à moi, un petit plumeau pour la poussière de mes souvenirs.

Veillesalle, où je passe l'été entre mes petits-enfants, mes filles, mes gendres, mes fils, est un fortin où je savoure la vie.

Joseba nous y rejoint souvent avec Marixa, sans Ander. Il préfère le sable de la plage, ce jeune célibataire.

– Pas que le sable, sourit Marixa, il préfère une jeune Luzienne, qui ne se décide pas à le suivre de l'autre côté de l'Atlantique.

– Si la jolie Maritxu hésite, c'est qu'elle ne l'aime pas assez, affirmé-je.

– Écoutez la voix de la passion, rit Joseba. Il est vrai que tu n'as pas hésité une seconde à traverser la Bidassoa, toi, dans le passé.

Du fond de son fauteuil, à l'ombre du figuier, Mikel sourit de ce sourire où mon cœur de jeune fille vient se cogner.

– *Ama*, pour aller en Crète tu amènerais quoi, toi ?

– Pas grand-chose. Vous allez mourir de chaleur là-bas.

– Tu peux prêter ta robe blanche et la bleue à Silvia ?

– Non ! Xabi, mes robes sont à moi.

Personne n'a compris mon refus ; pourtant, chaque robe a une histoire, un parfum, une caresse d'homme, un instant inoubliable, une part de soi que l'on ne peut ni partager ni prêter.

– *Ama* ! quand même ! a protesté Manuela.

Je n'ai rien voulu expliquer. Il n'y a qu'à Mikel que j'avouais plus tard, dans la nuit, ce qui était pour moi une part de moi dont je ne voulais pas me détacher.

– J'avais compris, Lucia. Je te connais. La couverture rouge de la rue de Candale, crois-tu qu'elle serait sur notre lit si tu n'attachais pas aux objets une part de toi, une part de nous qui ne doit pas mourir ?

Nous avons accompagné le lendemain Xabi et Silvia jusqu'à l'aéroport, mais avant qu'ils ne partent, je suis revenue avec une grande poche cartonnée où se trouvaient une très jolie robe blanche en voile brodée et une autre bleue, identique.

– C'est pour toi, Silvia. Dans tes souvenirs, plus tard elles auront le parfum de la Crète et le beau sourire de Xabi.

Je l'ai embrassée très fort.

– Profite. Sois heureuse.

Nous avons attendu que l'avion soit haut dans le ciel, dans la nuit du ciel, pour suivre la petite lumière rouge qui clignotait avant qu'elle ne disparaisse à nos yeux.

Nous avons rangé la vieille voiture dans la remise, comme autrefois. La lumière brillait dans la cuisine et dans le salon.

– Ils ont arrêté à Barcelone un jeune de Zarautz, Juan Paredes Manot ; ils l'accusent du meurtre d'un policier. L'état d'exception pour la Biscaye et le Guipúzcoa, qui devait soi-disant être levé, a été maintenu. Il y a demain une manifestation à Bayonne pour Tupa et Otaegi. Nous y allons, a poursuivi Joseba.

– Ça ne peut pas durer éternellement, il faut que nous soyons nombreux à la manifestation, tu vas venir, *Ama* ? demande Manuela.

– Oui, je vais venir.

Le mois d'août a été une suite d'affrontements au Sud, et au Nord, une suite de protestations et de manifestations.

Je n'ai pas quitté Bayonne de tout le mois d'août, j'allais parfois à la plage avec mes petits-enfants et Mikel. Nous louions une tente, achetions des beignets à l'abricot et des glaces à la vanille chez Lopez.

Les arrestations succédaient aux arrestations.

Flora dénonçait les cas de torture et les photos qu'elle nous montrait me glaçaient, surtout celles des femmes aux corps meurtris, bleuis de coups.

Nous étions de toutes les manifestations et nous sommes allés au pont International, la nuit du 26 septembre, pour que Juan Paredes Manot et Angel Otaegi, condamnés à mort par le conseil de guerre, ne soient pas exécutés.

Toute une nuit au pont à implorer leur grâce.

Partout, dans toute l'Europe, la nuit fut la même ; une nuit où jusqu'au petit matin, de Londres à Bruxelles, de Paris à

Amsterdam, un peuple debout, le même, a hurlé sa colère pour, au petit matin, plier les genoux quand à la radio nous avons entendu que la sentence venait d'être exécutée.

Diego, d'un coup de poing, a brisé la vitre d'un autobus qui revenait de Lourdes. J'entendrai toujours sa voix devant les pèlerins apeurés qui tendaient leurs chapelets.

– Il est où, votre Dieu, par une nuit pareille ?

Le sang de son bras giclait sur les vitres de l'autocar tandis qu'il brandissait son poing tendu vers le ciel.

Nous l'avons conduit jusqu'à l'hôpital. Seize points de suture.

Marcel nous attendait assis contre la porte palière.

– Je sais, j'ai écouté la radio. Je viens de renvoyer au président de la République ma légion d'honneur. Je voulais vous le dire. Je n'ai trouvé que cela pour faire savoir mon indignation.

Nous l'avons aidé à se relever. Il était blême, fatigué ; il tremblait.

Nous avons passé la matinée dans la cuisine, auprès du feu où les sarments de vigne crépitaient dans la cheminée.

Le dernier adieu de Juan Paredes Manot, « *Txiki* », a été pour ses deux jeunes frères, Kepa et Fernando.

Demain quand je mourrai
Ne venez pas me pleurer
Jamais je ne serai sous terre
Je suis vent de Liberté.
À Kepa et Fernando.
Txiki.

– Il a entonné « *Eusko gudariak gera* » et avant son exécution, de ses doigts levés il a fait le signe de la victoire à son frère.

Flora raconte d'une voix blanche la fin de Txiki, puis celle d'Otaegi.

– N'oublions pas les trois du FRAP qui ont été aussi exécutés ce matin, dit Mikel.

– Je ne les oublie pas, *Aita*, je parle de Txiki et d'Otaegi, parce que je suis allée voir leur mère avant-hier. Je pense à elles, je ne peux pas m'empêcher de penser à elles. Elles ont cru jusqu'au bout que l'exécution n'aurait pas lieu.

Ô Flora, ma petite fille douloureuse, grandie si vite, dévouée à la cause des autres, où est passé ton rire d'autrefois ?

Un matin de septembre, Anastasio est apparu rajeuni au bras de son petit-fils.

– J'ai été libéré il y a trois jours, nous a dit Mikeltxo, je viens vous saluer.

– Entre, et viens que je te prenne dans mes bras...

– Le cauchemar est terminé, a soufflé Anastasio.

– Tu es arrivé comment ? Et quand ?

– Cette nuit, en bateau, j'ai quitté Orio avec un chalutier et j'ai rejoint un bateau du Nord qui m'attendait au large. Et après, le patron du bateau m'a amené chez l'abbé Larzabal à Sokoa, et l'abbé m'a amené chez un armateur à Ciboure, à Bordagain, ou j'ai été très bien accueilli et où j'ai une très belle chambre.

– C'est quoi cette histoire ? Et nous, nous ne pouvions pas t'accueillir ?

– Ne te vexe pas, je viendrai vous voir, j'irai parfois dormir chez *Aitita*, mais je préfère vous tenir écartés de ma nouvelle vie.

– Quelle nouvelle vie ? ai-je interrogé, intriguée.

– Ma vie ! J'ai besoin d'espace, d'être libre, d'aller, de venir, de ne pas être couvé, surveillé. Je passerai de temps à autre, c'est cela l'important.

Il a fait ce qu'il a dit, tel un animal rétif, sur ses gardes. Il passait ; c'était bien le mot. Il pouvait discuter deux heures avec Xabi, pour s'échapper vers un autre ailleurs.

Il dormait une nuit chez son grand-père, et à l'aube il piquait une tête dans les vagues, il se douchait, il déjeunait avec Anastasio avant de regagner les hauteurs de Bordagain.

– Il faut le laisser faire, disait Anastasio, il a besoin de liberté.

Il téléphonait à ses parents pour dire :

– Je vais très bien, ne vous faites pas de souci.

Il parcourait des kilomètres sans que l'on sache où il allait.

– Il est libre, répétait Anastasio, il fait ce qu'il veut.

La porte d'entrée s'ouvre sur Manuela, pâle, le sourire crispé.

– As-tu écouté la radio, *Ama* ?

– Non, je n'écoute plus la radio.

Flora franchit le seuil sans refermer la porte.

– Allume la télévision, *Ama*, vite, c'est l'heure des informations.

L'écran bleuit avant qu'apparaisse le visage de la journaliste.

« Un militant français d'ETA a été arrêté ce matin à Huesca, en Espagne. Le jeune Xabi Lizardi Olazaguirre a été interpellé alors qu'il avait rendez-vous dans un bar de la ville avec deux séparatistes recherchés par la police pour le meurtre de l'inspecteur Juan Gonzales Garcia. »

– Non, ce n'est pas possible, non… ce n'est pas vrai, pas Xabi. Pas Xabi.

Je me recroqueville sur moi, je sens dans mon cou la main froide de Manuela qui me caresse.

J'entends la voix de Mikel. Il m'arrache au fauteuil.

– Ce n'est pas vrai, dis-moi.

– Ô Lucia, quelle catastrophe !

Je m'accroche à lui tandis que le téléphone sonne.

– Oui… oui, *Aitatxi*, elle sait, répond Anastasia.

C'est tout.

Je ne me souviens de rien d'autre, seulement de mes mains qui ne lâchaient pas Mikel et des sonneries du téléphone qui n'ont pas cessé durant tout le jour.

Je ne me souviens pas d'Anastasio, ni de Jon, accouru de je ne sais où, ni de Marcel qui voulait absolument que je dîne, ni de mes petits-enfants.

– Embrasse *Amatxi*, Amaia, et toi aussi, Luxi.

– Pourquoi elle pleure *Amatxi* ?

– Parce qu'elle a un gros chagrin.

Tard dans la nuit, j'ai entendu la voix de Mikel.

– Tu ne dors pas Lucia ?

– Non, je n'arrive pas.

– Levons-nous, allons marcher.

Il a conduit jusqu'aux plages d'Anglet ou de Biarritz, je ne sais pas.

J'ai fait trois pas dans le sable avant de m'écrouler, à genoux, la tête sur mes cuisses, ce cri au fond de mes entrailles qui n'arrive pas à sortir.

– Relève-toi, Lucia. Il faut que tu marches. Lève-toi.

– Je ne veux pas. Je veux mourir.

Il me saisit sous les bras, me redresse et m'oblige à marcher le long des vagues, d'une poigne ferme.

– Tu ne dois pas te laisser aller, Lucia.

Nous avons marché des heures.

Nous sommes revenus à la voiture, nos cheveux collés par le sel de la mer.

Il m'a tenue debout contre la portière de la voiture, je l'ai regardé. Il pleurait.

J'ai pris sa tête contre mon épaule, ma main dans ses cheveux.

Nous sommes restés l'un contre l'autre jusqu'à ce que l'aube blanchisse à peine l'horizon.

Quand nous sommes revenus, les boulangeries embaumaient l'air des senteurs du pain chaud et des croissants.

Flora remontait l'avenue une poche à la main.

– Où étiez-vous ?

– Nous sommes allés marcher, a dit Mikel.

– Moi, je vous ai amené des croissants.

Nous nous sommes installés autour de la table dans la cuisine, dans la bonne odeur du café que Flora servait à son père.

– Et toi *Ama*, qu'est-ce que tu veux ?

– Je vais me faire un peu de thé.

– J'ai eu des nouvelles par Jokin. Xabi a été transféré à Madrid avec les deux autres. Ils seront tenus au secret pendant six jours.

– Et après ? a demandé Mikel.

– Après, cela dépendra du juge.

– Oui…, a soupiré Mikel, les épaules voûtées.

Manuela est apparue sur le seuil de la porte :

– J'ai amené des croissants moi aussi. C'est très original. Je viens de rencontrer Jon, il arrive aussi avec des croissants.

– Et pour ce qui est de la torture ? a interrogé Mikel, sa nationalité française va peut-être le mettre à l'abri…

– … *Aita* ! Nationalité ou pas, en ce moment même, ils le torturent.

J'ai mordu mon poignet jusqu'au sang.

– Tiens, *Ama*, prends ça, ce n'est pas une drogue, c'est juste un petit relaxant, a dit Manuela en déposant au creux de ma main un petit cachet blanc.

– Tu es gentille. Je n'en veux pas.

Jon, chargé de journaux et d'une poche de croissants, a ouvert comme il a pu la porte du vestibule alors que le téléphone sonnait.

– J'y vais, a dit Manuela, pour revenir aussitôt.

– C'est Silvia, *Ama*, elle veut te parler.

Je me suis assise dans le fauteuil, sous le bel *ikurriña* de soie brodé par Arantxa.

Je n'ai entendu qu'un sanglot au bout du fil, puis la voix de Clémence.

– Lucie, je ne sais que vous dire… Nous sommes catastrophés. Silvia voudrait savoir si elle peut venir chez vous.

– Oui, bien sûr, bien sûr qu'elle peut.

Nous avons attendu six jours et six nuits, puis trois jours et quatre nuits avant de savoir que Xabi était à Carabanchel.

L'avocat commis d'office a appelé pour nous le confirmer.

J'avais le droit de le voir.

J'ai pris le train avec Flora.

Mikel, sur le quai de la gare, me souriait, entouré de Julian, d'Anastasia et de Manuela qui le protégeait de son bras.

Les mots étaient de trop.

Madrid.

Un taxi pour Carabanchel.

L'attente. Les papiers. La carte d'identité. Les portes qui s'ouvrent. Se referment après les portiques sous lesquels je dois me déchausser, enlever ma ceinture, ma montre, ma veste de tailleur palpée, repalpée par les mains des gardiens.

Les lumières qui clignotent au-dessus des portes. Le couloir des parloirs. Le parloir. Son parloir.

– Ô Xabi, mon fils, mais qu'est-ce qu'ils t'ont fait ? Dis-moi, mon chéri, qu'est-ce qu'ils t'ont fait ?

– *Ama*, murmure-t-il, *Ama*...

– Ô mon chéri, qu'est-ce qu'ils t'ont fait pour que tes lèvres soient si boursouflées, dis-moi.

– *Ama*... Je ne peux pas trop parler.

– Et tes mains, Xabi, qu'est-ce qu'elles ont tes mains ?

Il secoue faiblement la tête.

– Et ton œil, qu'est-ce que c'est cette étoile de sang ?

– *Ama*... Je ne peux pas trop te parler.

– Mais qu'est-ce qu'ils t'ont fait ?

Une vitre transpercée de trous nous sépare.

Il fait des efforts pour parler, mais son corps douloureux que je devine l'empêche de s'approcher.

– *Ama*, comment ça va ? *Aita* ? Tous les autres ? Silvia ? Tu as des nouvelles ?

– Oui mon chéri, elle est à la maison avec nous.

– Tu l'embrasseras.

– Oui, je l'embrasserai.

– Tu embrasseras aussi *Amatxi*, *Aitatxi* et *Aitita*.

– Oui.

– Ne pleure pas, *Ama*.

Ne pas m'effondrer, être forte, aller jusqu'au bout de la visite avec le sourire.

– Tu diras à *Aita*… tu diras…

Ses yeux se voilent, son corps bascule en arrière.

– Xabi ! Xabi !

Mon cri résonne. Des portes claquent. Des gardiens apparaissent, se penchent pour soulever son corps.

Je hurle :

– Ne le touchez pas !

Je frappe du plat de la main sur la vitre :

– Ne le touchez pas !

Un gardien s'empare de moi, me pousse dans le couloir, me traîne jusqu'à la sortie.

Flora est dehors, elle m'attend assise sur une rambarde métallique. Je m'effondre dans ses bras.

– Si tu savais comment il est ! Ce n'est plus lui. Il va mal, il vient de s'évanouir… Ô, Flora, tu aurais du mal à reconnaître ton frère.

– Viens *Ama*, ne restons pas là.

– Je veux appeler *Aita*, j'ai besoin de l'appeler.

– Ne l'appelle pas. Tu le lui diras dès que nous arriverons.

– Non ! Je ne pars pas sans l'avoir revu. Je reste.

– Mais ils ne vont pas t'accorder d'autres visites !

– La prochaine est dans cinq jours, je sais, mais je ferai tout pour le voir avant. Rentre toi, Flora, ton travail t'attend. Je n'ai pas peur de rester seule, je t'assure.

Elle m'a raccompagnée jusqu'à l'hôtel sans me cacher son inquiétude.

– Tu es sûre que ça ira, *Ama*? que tu vas pouvoir rester seule?

– J'en suis sûre.

– Je demanderai à Jokin de venir, s'il peut.

Je l'ai serrée contre moi, je l'ai embrassée avant qu'elle ne me quitte.

J'ai appelé Mikel de la chambre d'hôtel.

– C'est moi. C'est Lucia.

– Oui, a dit la voix au bout du fil, comment va-t-il?

– Il ne va pas trop mal… enfin… ce n'est pas vrai… il va mal, très mal… Ô Mikel, tu me manques. J'aurais tant voulu que tu le voies… Il s'est évanoui pendant la visite… alors je reste. Je vais essayer d'aller le voir demain. Tu me manques, Mikel.

– …Oui, je sais… ne pleure pas, Lucia… je t'en supplie, ne pleure pas. Je t'aime. Donne-moi le numéro de ta chambre, je vais te rappeler.

Je suis allée à la prison chaque jour. J'attendais, ils me faisaient attendre. Je les apercevais derrière les vitres de la casemate de l'entrée. Je sonnais. Ils ne me répondaient pas. Chaque jour, j'ai remis une lettre pour le directeur, à l'entrée des familles. Je n'ai pas rencontré le directeur, je n'ai pas eu de réponse.

Jokin m'a rejointe un après-midi où la pluie tombait dru.

– Vous allez attraper la mort à rester mouillée ainsi, m'a dit Jokin.

Il a pu entrer pour ressortir une petite heure après.

– Comment va-t-il?

– Il va mieux. Un médecin l'a vu mais il m'a dit ce qu'ils disent toujours: il a constaté quelques traces de coups ne mettant pas en danger les organes vitaux.

– L'œil éclaté, ce n'est pas un organe vital, c'est vrai!

– Pour eux, rien n'est grave.

– Leur avez-vous demandé pour mon droit de visite?

– Oui, mais vous ne l'aurez qu'après-demain.

J'ai attendu la prochaine visite avec la peur de ne pas l'obtenir.

À l'hôtel, deux policiers en civil me surveillaient en permanence, du petit-déjeuner jusqu'après le dîner où je remontais dans ma chambre. Ils auraient pu sortir leurs armes que je n'aurais pas bougé.

Depuis le premier jour, je passais mes journées devant la prison, et dès que j'y étais, ils y étaient aussi.

Je marchais autour de la prison, dans l'air froid qui fait couler le nez et rougir les yeux. Ils marchaient derrière moi.

Le matin de la visite, j'étais la première contre la porte d'entrée, à attendre que mon nom soit appelé. Ils m'ont appelée la dernière.

Xabi était dans le parloir au fond du couloir, dans la partie la moins éclairée.

– Tu es incorrigible, *Ama*, a-t-il souri d'un pauvre sourire qui tendait ses lèvres douloureuses.

J'ai appuyé mes mains contre la paroi de verre où il fallait parler dans les petits trous.

– Mets tes mains sur les miennes, Xabi.

– Je ne peux pas. Elles me font mal.

– Montre-les-moi alors.

– Je n'ai pas le droit, ils vont suspendre la visite.

– Ton malaise, c'était quoi, mon chéri ?

– La fatigue. Les coups. Les coups. Ils m'ont parlé d'*Aita*, tu le sais… je te l'ai dit l'autre jour, je crois.

– Oui, tu as commencé à m'en parler.

– Ils m'ont parlé de lui souvent, ils m'ont même dit qu'ils finiraient par le tuer puis, *Ama*, j'ai vu le pire. Le gars qu'ils torturaient à côté de moi, il s'est fait sur lui, ils l'ont obligé à manger sa merde. Ils m'ont enlevé la cagoule de plastique rien que pour que je voie ça. C'était horrible. Ô *Ama*, il faut que tu le dises à l'extérieur, qu'ils sachent ce dont ils sont capables.

– Je le dirai, Xabi, je me battrai. Nous allons nous battre.

– Et toi ça va ? Tu n'es pas trop fatiguée ?

– Ça va, je dors dans un lit, je mange bien, je suis mieux que toi.

– Tu vois, *Ama*, je peux te le dire, je ne te l'aurais pas dit autrement, mais je te trouve très jolie, toute jeune.

Mes yeux s'emplissent de larmes.

– Et puis je suis fier de toi.

– … Je viendrai chaque mois, je te le promets, je viendrai le plus souvent que je peux. Tes sœurs viendront, Julian viendra. Silvia attend d'avoir l'autorisation. Elle viendra dès qu'elle l'aura reçue.

Il sourit faiblement.

– Tu lui diras que je pense à elle. Tu diras, je veux que tu le dises toi à *Aita*, c'est très important, que je continue le combat qu'il n'a jamais cessé. Je suis fier de lui, de ce qu'il a fait pour Euskadi.

– Visite terminée !

– Je vous aime tous.

– Je t'aime, Xabi. À très vite. Tiens bon mon chéri.

– À bientôt, *Ama*.

À mon retour à Hendaye sur le quai de la gare, j'ai aperçu un groupe duquel s'est détaché Mikel.

Il a ouvert ses bras pour que je m'y réfugie.

Je ne voulais que cela. Il a posé ses lèvres contre ma tempe et sa main sur ma nuque.

– Comment va-t-il ? a-t-il murmuré à mon oreille.

– Il allait un peu mieux hier après-midi, mais ils l'ont totalement défiguré.

– Comment est-il ? a demandé Julian en me prenant le bras.

– Il va mal. Je ne peux rien dire d'autre, il va mal mais il tient le coup.

– Bande de salauds ! a hurlé Julian le long de la voie ferrée, le poing tendu vers le sud, bande de salauds !

– Viens, Julian, viens. Ils ne t'entendent pas.

Nous sommes revenus vers le groupe où Hortense se tenait au centre, devant mon père, entourés de leurs petites-filles et de Silvia.

J'ai haussé les épaules en les regardant, pour dire ou ne pas dire ce qu'ils craignaient tous :

– Oui, il a été horriblement torturé.

– Le pauvre…, a dit Hortense, les yeux embués de larmes, en me prenant les mains. Le pauvre.

– Nous allons rentrer à Bayonne, a annoncé Mikel, si vous le voulez, vous pouvez venir.

– Lucie est fatiguée, nous viendrons vous voir demain, n'est-ce pas Lucie ? a interrogé Hortense.

– Oui, je préfère.

Mon père se tenait droit à ses côtés.

– À demain Lucia, a-t-il murmuré le regard désespéré.

Je les ai vus s'éloigner silencieux, chacun avec le même imperméable bleu marine. Anastasia les a rejoints pour ne pas les laisser seuls dans leur douleur.

– Je vais avec vous, attendez-moi.

– Où est Silvia ? ai-je demandé.

– Elle est derrière nous, a répondu Mikel.

Elle est apparue sous la lumière forte du hall de la gare ; je suis allée vers elle.

– Xabi m'a dit de t'embrasser, alors je le fais pour lui.

Elle a caressé ma joue, a tenté de sourire.

Nous avons regagné Bayonne, Mikel et moi, comme deux naufragés.

– Mes pauvres parents, ai-je dit, je leur ai à peine parlé.

Dans le vestibule, nous avons retrouvé nos enfants, Jon, Jokin et deux jeunes étudiants, des « amis de Xabi » que m'a présentés Manuela.

Nous nous sommes installés dans le salon.

J'ai parlé, mais ce n'était plus moi. C'était une autre femme. Une combattante qui avait laissé son cœur à Madrid.

– Nous avons créé un comité de soutien à Xabi, a annoncé l'étudiant qui s'est présenté, Sebastián, fils de réfugiés de 36. Nous avons recueilli plus de deux cents signatures à l'université.

– C'est bien, a approuvé Mikel. Il faut continuer jusqu'à sa libération.

– *Ama*, a chuchoté Manuela à mon oreille, Irène Lavignes est là.

Je me suis levée, elle attendait dans le vestibule, les yeux fixés vers la petite porte qu'elle connaissait bien.

– J'ai appris, a-t-elle chuchoté, je suis désolée. Je voulais vous dire combien je compatis, combien je pense à vous.

– Merci Irène.

– Je voulais juste vous dire cela et vous embrasser.

Puis elle a ouvert la porte pour s'éclipser dans l'escalier avant l'arrivée certainement de Benoît Chotron.

– Dans le contexte actuel, avec les charges qu'il a contre lui, il sera condamné à dix ans de prison au minimum. Jokin a pu consulter le dossier. Xabi est accusé d'avoir fait franchir à plusieurs reprises la frontière à des militants d'ETA recherchés par la police. La première fois est le 12 février 1974. La deuxième fois, le 6 mars 1974, et ainsi de suite.

Silvia est recroquevillée à même le sol contre le fauteuil où est assis Jon. Il prend des notes, il pose des questions.

– Est-ce qu'ils en savent plus ?

– Ils savent qu'il procédait de la même façon. Il se servait d'un fourgon aménagé pour le camping.

– Mais c'était le nôtre ! intervient Silvia. Nous l'avions acheté pour faire de la montagne.

– Excuse-moi, Silvia. Je ne fais que vous dire ce qui est dans le dossier. Il avait donc une tenue de parfait randonneur. Les autres étaient équipés comme lui. Les dimanches, sur la route de Bielsa, il y a beaucoup de circulation liée aux randonneurs qui reviennent du mont Perdu, d'Anisclo, de la Muña, enfin de tous les sommets prisés des montagnards. Jusqu'à la dernière fois, il a eu beaucoup de chance, la dernière fois, les policiers l'attendaient dans le bar où il avait rendez-vous. Il a tenté de faire demi-tour quand il a senti le piège mais c'était déjà trop tard. Le quartier était investi par la police nationale.

Tout le monde écoute Flora qui s'est levée et livre toutes les informations qu'elle a sur son frère.

– Dix ans ? Sur quels critères tu te bases pour annoncer une peine aussi lourde ?

– Mais *Aita*, réagis ! Ce n'est pas parce que c'est ton fils qu'il aura moins que les autres. Dix ans, c'est une petite condamnation aujourd'hui.

Jokin abonde dans son sens.

– Alors, dit Mikel, si l'on sait déjà à combien il va être condamné, à quoi ça sert d'assurer une défense ?

– À défendre la cause pour laquelle il se bat.

– *Ama*, téléphone, c'est Joseba, coupe Julian.

– J'arriverai après-demain, je veux être auprès de vous. Et lui, comment est-il ?

– J'ai du mal à en parler.

– Tiens bon, Lucia ! Il a besoin de toi, ton zèbre. Et Xabi aussi bien sûr. Je pense à toi, je suis avec toi de tout mon cœur, de toutes mes forces, à très vite, je t'embrasse.

L'appartement s'est vidé tard dans la soirée.

– Tu t'en vas Silvia ?

– Oui. Je vais dormir chez Anastasia, je reviendrai demain.

Marcel est arrivé à l'heure du dîner, précédé de Jeannotte.

– Je voulais juste vous embrasser et je repars, a-t-elle dit.

– Je ne veux surtout pas vous déranger, s'est excusé Marcel. J'ai simplement cuisiné pour vous cet après-midi et j'ai fait pour vous, Lucie, vos plats préférés. Il faut que vous mangiez pour tenir le coup tous les deux. Je ne vous demande pas des nouvelles de Xabi. Ça ne se demande pas, des choses pareilles.

– Asseyez-vous, Marcel, a invité Mikel, restez avec nous. Jon est encore au salon avec les jeunes Toulousains, nous dînerons ensemble.

Le monde s'est découpé en tranches. Des strates de douleurs superposées et autour, les objets qui vivent, qui s'animent, les assiettes qui bougent, les verres qui tintent, le vin qui coule. Le sourire de Marcel. Les deux jeunes étudiants toulousains qui dressent des listes de personnalités à contacter, Jon qui écrit, téléphone, s'assied, se relève, pose une question à Mikel.

Le silence à nouveau. Les portes qui se referment.

Le bain. Les serviettes douces. Mikel qui caresse mes cheveux, embrasse mes yeux.

– Tu ne m'as pas appelée avant-hier. J'étais inquiète.

– Je suis allé à Paris.

– À Paris ? Mais pour quoi faire ?

Il soupire :

– Je suis allé à Paris, rue Singer rencontrer le président Jesús Maria de Leizaola. Il m'a reçu bien évidemment. Je lui ai demandé que le Parti dénonce publiquement les tortures infligées aux militants arrêtés. Il m'a écouté, comme il avait écouté mon père lorsque Mikeltxo s'est fait arrêter à Deusto – « Le Parti ne peut et ne doit pas intervenir », m'a-t-il répondu. « C'est un désaveu total, Monsieur le président, pour le combattant que je suis. Aujourd'hui, par votre refus de condamner la torture, vous désavouez le commandant que je fus et mes *gudari* morts dans la défense de Bilbao, vous désavouez tous ceux qui se sont battus jusqu'au dernier pour libérer la pointe de Grave. Je suis de ceux-là, et vous le savez. »

« Il n'a pas soutenu mon regard. Il fixait le coupe-papier qu'il tenait au bout de ses doigts. Je lui ai tendu ma carte du Parti avant de la déchirer sous ses yeux et de la déposer sur son bureau. Je suis sorti. J'ai pris le train. C'est tout.

Il sourit tristement.

– Je vais me faire une tisane, tu en veux une toi, Mikel ?

– Pourquoi pas… J'espère que ce que Flora annonce comme sentence… Enfin, tu me comprends, j'espère qu'elle se trompe.

– Moi aussi, ai-je répondu, maintenant qu'on est seuls toi et moi, je peux te confier ce que Xabi m'a chargé de te transmettre : « Tu diras à *Aita* que je continue le combat qu'il n'a jamais cessé. Je suis fier de lui, de ce qu'il a fait pour Euskadi. »

Il s'est assis, a pris sa tête entre ses mains.

– … Je ne veux pas pleurer, Lucia… je ne veux pas. Donne-moi ta main.

Il a levé son visage vers moi, ses yeux pâles encore plus pâles.

– Euskadi nous a déjà coûté beaucoup de larmes, n'est-ce pas Lucia ? Aujourd'hui, elle nous arrache une partie de nous. Tu te souviens de ce que je t'ai dit là-bas, à la Bastide, quand tu es venue me rejoindre avec toute ta fougue, ta passion ?

– Oui, je me souviens. Tu m'as dit : « Ce que je veux faire maintenant, je le sais. Je ne voudrais pas que tu le regrettes un jour. »

– Et tu le regrettes ?

– Non, je ne l'ai jamais regretté, encore moins aujourd'hui. Je suis soudée à toi, Mikel, nous l'attendrons ensemble, Xabi, et nous irons le chercher ensemble le jour où il reviendra.

Dans le silence pesant de cette nuit de novembre, nous regardions le feu mourir à nos pieds, serrés l'un contre l'autre comme de vieux adolescents. Nos cœurs étaient ailleurs, à des kilomètres, à Carabanchel.

Il n'y avait pas de mots entre nous, seulement nos mains serrées et nos regards plongés l'un dans l'autre pour partager notre indicible souffrance.

– Allons dormir, Lucia, ou du moins essayons de dormir un peu.

Il s'est endormi, Mikel, sa tête posée entre mes seins, ses bras passés autour de mes hanches. J'ai attendu longtemps avant de pouvoir me glisser hors du lit.

4 novembre 1975 – Mon petit berger que j'ai laissé à Madrid sans pouvoir mettre mes mains dans les tiennes blessées, comme je souffre de ton absence et de l'horreur de ton absence. J'ai toujours eu peur pour Julian, jamais pour toi. Tu vois comment une mère peut se tromper.

Je pense aux dix ans à venir, sans toi, sans ton rire, et à la douleur de ton père qui attendra dix ans avant de te serrer contre lui.

Dans dix ans, mon chéri, il manquera sans doute beaucoup de monde pour ton retour. Et je sais les futurs morts qui ne reverront pas ton sourire. À moins d'un miracle.

Mais quel miracle espérer quand Angel Otaegi a été fusillé uniquement parce qu'il a ouvert sa porte à Jose Antonio Garmendia ?

Quel miracle espérer quand le président Leizaola désapprouve votre combat ?

Cette nuit, j'ai laissé la porte de ta chambre ouverte comme lorsque tu étais petit; comme lorsque vous étiez petits, j'ai laissé allumée la lampe sur le coffre dans le couloir.

Et chaque nuit désormais, j'écouterai tous les bruits de la maison, les craquements du bois, les portes qui se referment doucement.

J'entendrai – il le faut – ton rire, et de la même façon que tu as d'aimer les pierres et de les caresser comme des êtres vivants, je le ferai à mon tour, tous les jours jusqu'à ton retour.

Xabi, je n'aurais jamais cru que cela serait possible d'être là à une heure si tardive de la nuit, à écrire pour ne pas sombrer dans le désespoir. À t'écrire et à te parler pour ne pas crier ma douleur de mère, pour ne pas m'arracher les seins et le ventre, pour ne pas hurler comme une louve.

L'aube point. Les oiseaux s'éveillent.

Je vais aller leur donner des miettes de pain. Je vais prendre ta main dans la mienne, et ton rire clair éclaboussera l'aube.

Le jour se lève, sois forte, Lucia !

Remerciements

À Ione, grâce à qui le manuscrit a vu le jour sur l'ordinateur jour après jour sans qu'elle ne se départisse ni de son sourire, ni de son infinie patience.

À ma mère, pour les retours au passé qui, malgré ses quatre-vingt-cinq ans, n'ont pas vieilli d'une ride.

À Xavier Guimon.

À Odette Labarde, pour le quartier de la Bastide à Bordeaux.

À Maritxu et Haize, mes filles, qui n'ont jamais le temps mais qui l'ont pris pour moi.

À Muriel Junca et Édith Krier, pour leur aide précieuse.

À Uxue et Otxanda, mes petites-filles, qui m'ont inspiré les moments forts de l'enfance qui ne sont jamais enfouis très profond.

À mon fils Antton.

Et à celui, pour ne pas le nommer, qui m'a supportée pendant ces cinq longs mois.

Bibliographie

La guerre d'Espagne, Hugh Thomas, Robert Laffont, 1985.
Exil et solidarité, La ligue Internationale des amis des Basques, Jean-Claude Larronde, Bidasoa, 1997.
Histoire du peuple basque, Jean-Louis Davant, Elkar, 1977.
L'hôpital de « La Roseraie » 1937-1940, Jean-Claude Larronde, Bidasoa, 2002.
Le bataillon Gernika, Bidasoa n° 4, 1995.
60e anniversaire du gouvernement basque, Jean-Claude Larronde, Bidasoa n° 5, 1996.
El árbol de Guernica, Georges L. Steer, 1963.
1936 Guerra Civil en Euskal Herria, Aise, I-VIII.
Euskadi eta Askatasuna, Txalaparta, I-VIII.
L'Illustration 1938-1944, Le livre de Paris, 1990.
Le camp de Gurs 1939-1945, Claude Laharie, J & D Éditions, 1993.
François Mauriac, Violaine Massenet, Flammarion, 2000.
Le Journal du Pays Basque
Gara
Un siècle à Bayonne, Manuel Castiella, Atlantica, 2003.
Journal des Années noires, Jean Guéhenno, Gallimard, 1947.

Lexique

Aberri Eguna : *Jour de la patrie*
Abuelita : *Grand-mère* (en espagnol)
Aita : *Père, Papa*
Aitatxi : *Grand-père, Papi* (en usage au Pays basque nord)
Aitita : Grand-père, *Papi* (en usage au Pays basque sud)
Ama : *Mère, Maman*
Amatxi : *Grand-mère, Mamie* (en usage au Pays basque nord)
Amona : *Grand-mère, Mamie* (en usage au Pays basque sud)
ANV : Action Nationaliste Basque, de tendance à gauche
Bisua : *Rousseau*, poisson de la famille des dorades
CEDA : Confédération Espagnole des Droites Autonomes, fondée en 1932. Mouvement fascisant créé par Jose Maria Gil Robles (1898-1980)
CNT : Confederación Nacional del Trabajo – Confédération Nationale du Travail (centrale syndicale anarchiste)
Cortes : Parlement du Royaume d'Espagne établi en 1978 après la mort de Franco
Donosti : Saint-Sébastien
El cinturón del Hierro : Fortifications et tranchées de défense de Bilbao et de ses alentours
Ene ! : Exclamation intraduisible
ETA : Euskadi Ta Askatasuna – Pays basque et Liberté (mouvement

de libération du Pays basque)
Eusko gudariak gera : Hymne des combattants basques
Euzkadi : Nation basque
Euzkera : Langue basque
FAI : Federación Anarquista Ibérica – Fédération Anarchiste Ibérique
FRAP : Front Révolutionnaire Antifachiste et Patriote
Gernikako Arbola : Hymne du Parti Nationaliste Basque
Gora Euskadi askatuta : *Vive le Pays basque libre*
Gudari : *Combattant*
Ikurriña : Drapeau basque
Lehendakari : Président du Gouvernement Basque
Miqueletes : Corps armé en Guipúzcoa et en Biscaye dont l'origine remonte au 24 septembre 1839
Mus : Jeu de cartes typiquement basque
Puñeta : Juron qui vient de *poing*
Requetés : En 1936, recrues navarraises et carlistes sous le commandement du colonel Enrique Varela
Turrón : *Pâte d'amande*
Txalo : *Bravo*
UGT : Unión General de Trabajadores – Union Générale des Travailleurs (centrale syndicale socialiste dominée à cette époque par les communistes)
UNE : Union Nationale Espagnole. Organisation politique de résistance fondée en 1942 à Montauban puis transférée à Toulouse par les adhérents du Parti communiste espagnol et du Parti socialiste unifié en Catalogne

Table des matières

Mise en pages et suivi de fabrication
Atelier Graphique Cairn
Achevé d'imprimer en octobre 2016
sur les presses de Pulsio
pour le compte des Éditions Cairn
29, rue Carrérot - 64000 Pau
Tél. : 05 59 27 45 61 Fax : 05 59 98 84 89
editions-cairn@wanadoo.fr - www.editions-cairn.fr
Dépôt légal : octobre 2016